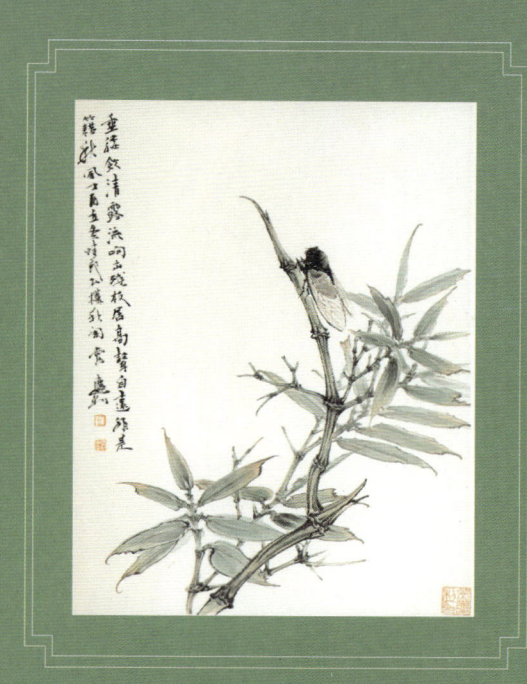

张鲁镭，一级文学创作。中国作家协会会员，辽宁省作家协会主席团成员，大连市作家协会副主席，现工作于大连市文化艺术事业发展中心。小说集《小日子》入选2008年"21世纪文学之星丛书"。曾获第五届、第六届、第七届、第九届、第十届辽宁文学奖，第二届"禧福祥杯"《小说选刊》最受读者欢迎小说奖，第六届《中国作家》剑门关文学奖，第二届曹雪芹华语文学大奖。作品发表于《人民文学》《中国作家》《当代》《十月》《北京文学》《小说月报·原创版》《青年文学》等杂志，并被《小说选刊》《小说月报》《中华文学选刊》《新华文摘》《作品与争鸣》《长江文艺·好小说》等杂志多次转载。

浣花溪记

HUANHUA XI JI

张鲁镭 著

时代出版传媒股份有限公司
安徽文艺出版社

图书在版编目（CIP）数据

浣花溪记 / 张鲁镭著. -- 合肥：安徽文艺出版社, 2025.4
ISBN 978-7-5396-7692-0

Ⅰ. ①浣… Ⅱ. ①张… Ⅲ. ①中篇小说－小说集－中国－当代②短篇小说－小说集－中国－当代 Ⅳ. ①I247.7

中国国家版本馆CIP数据核字(2023)第011473号

| 出版 人：姚 巍 | 责任编辑：张妍妍 姚 衍 |
| 绘 图：常庆利 | 装帧设计：马德龙 |

出版发行：安徽文艺出版社　　www.awpub.com
地　　址：合肥市翡翠路1118号　　邮政编码：230071
营 销 部：(0551)63533889
印　　制：安徽联众印刷有限公司　　(0551)65661327

开本：880×1230　1/32　印张：12.375　字数：300千字
版次：2025年4月第1版
印次：2025年4月第1次印刷
定价：49.50元

（如发现印装质量问题，影响阅读，请与出版社联系调换）

版权所有，侵权必究

目　录

中篇小说

　　火车去哪儿 / 003

　　黄金搭档 / 051

短篇小说

　　梅花吟 / 105

　　暗香 / 124

　　乌鸦喁啾 / 143

　　从前有座山 / 173

　　游离 / 196

　　葱伴侣 / 217

　　风筝 / 242

桉树下面 / 258

笑春风 / 279

手链丁零 / 298

浣花溪记 / 321

梦蝶 / 348

吉日 / 372

中篇小说

中国小说

火车去哪儿

1

白杨就像她的名字那样亭亭玉立,虽然接近不惑,却仍结结实实地挺拔着。你撇什么嘴?看你撇嘴我就来气,怎么了,女人上点岁数就不能亭亭玉立吗?当然可以,就像我们的白杨。白杨一直认为自己的名字好听,挺脱俗的。像她那个年代出生的女孩儿,名字大都跟果蔬和花有瓜葛,白杨却偏偏和树搭上,虽然爹说杨树不是什么好木头,大都被劈了烧火。她不管这些,觉得自己这棵白杨就该美美地挺直了。小时候她用火柴棍画眉毛、拿面粉涂脸,再后来拿牛奶往身上滋。这下惹祸了,爹一个酒瓶子飞过来,奶奶的你连饭都吃不上,还臭美。酒瓶子飞到墙上碎了一地,白杨的心也如这满地玻璃片儿七零八落的。

几年前白杨下岗了,与此同时,二林子又给了她临门一脚。这一脚踹得白杨元气大伤,没有经济来源加上离异,你说怎么办?她需要吃饭,需要有张床睡觉,需要饭后有点水果,然而这些流程在她回娘家后就进行得异常艰难。白杨并非好吃懒做,只是她有着不同于大众的生活方式,让我们拉开一点距离看:白杨长得既不好看也不难看,喜欢穿素色衣服,每逢春天,就算日子再不济也要从牙缝里挤出一点钱,买上一块细布,用工做成窗帘、床罩、枕套,还会在底部抽上褶皱、拉上大大的荷叶边,给平凡的细布添上一分贵气;偶尔的奢侈是买一束玫瑰花放在罐头瓶里;她身上永远藏着一块散发着香味儿的手帕……这些小讲究、小情调没什么大不了,在别人那里完全可以归结到热爱生活。可正如她爹说的,肚子都填不饱呢! 仰仗娘家的她当然知道自己的处境,偶尔对自己体贴一点实属本性难改,如果生活里缺了这些还有什么意思? 干脆死了算了。望着满地的玻璃碎片,白杨一不做,二不休,去买耗子药。背包里仅有的那三十块钱也被侄儿草帽偷了,好在衣服口袋里还幸存着几枚硬币。去买耗子药的路上白杨跌了一跤,然而这一跤跌得又理想又精彩,电话那边说要给她介绍个男人,在群众艺术馆工作,是个诗人。生活啊,就这么忽冷忽热的,咕咚一个陷阱掉坑里了,咣当一个馅饼砸脑袋上。

诗人可不一般,白杨上小学时就知道李白、杜甫、白居易,那都是圣人、活神仙。白杨后怕,自己动作再快点就见不到诗人了。看来做什么事都不能心急,一个带着配乐般红彤彤的希望。

老路,符合白杨对诗人的所有想象:宽边黑框眼镜,没有一丝褶皱的白棉布衬衫,厚底儿圆口布鞋,白皙的皮肤,温文尔雅、字正腔圆的谈吐。当时白杨胸口小鹿乱撞,咚咚,咚咚。白杨颔首低眉,两团红云当即挂在脸颊。你叫白杨? 是的,白菜的白,杨树的杨。忽然觉得这么回答实在对不住眼前的诗人,又补充,她出生的时候,窗前那棵白杨树正茂盛,给窗前遮出好大一片阴凉,她安安静静躺在阴凉里,父亲觉得杨树朴实用处广,能打家具、能做屋子栋梁,所以给她取名白杨。这补充听起来有那么点意思。其实不然,她父姓白母姓杨,图省事就白杨了。可见我们的白杨是个有心的女人,女人实在说不好,遇见心仪的男人,要么突发性糊涂了,要么刹那间充满智慧了。此时白杨在心里无比感激她那懒惰的爹娘,难道这都是命里注定?白杨见老路面露悦色,又讲她也喜欢诗,上学那会儿愿意写作文,还会背诵《荷塘月色》:沿着荷塘,是一条曲折的小煤屑路。这是一条幽僻的路;白天也少有人走……临阵磨枪,这么一小段费了小半宿工夫。

老路说你回去准备准备,下个月结婚。白杨还以为听岔了,又不好意思问,她快速在脑子里回放一遍,没错,老路就是这么说的,你回去准备准备,下个月结婚。我唯一的要求,婚后你要多关注我。没问题。别说下月,今晚都行,我们的生活充满阳光、充满阳光,啦啦啦……

一个月后白杨和老路结婚了,注意,不是同居入住,是正儿八经扯了证的。白杨即便躺在她新婚的双人床上仍是找不到北,在民政局验过身份证,还有这一屋子的书,都充分证明这个老路来路可靠。白杨把这一切都归结到"造化"这两个字上,自己脱俗的名字还有那些个不离不弃的情调,不都是冥冥中为遇见老路在准备?

2

老路所在的艺术馆工作弹性大,他一般都待在家里。老路在家时不开电视、不开窗子,屋子里安静得让人心慌,偶尔的一声咳嗽都会震得灰尘飘落,白杨惊得赶快用手捂住嘴巴。老路要么在电脑前噼噼啪啪打字,要么手上拿本书,他时而颔首微笑,时而一声叹息。老路不仅写诗,还精通历史,能把《史记》倒背如流,眼下正在写一部历史题材的电视剧剧本。不是诗人吗?还能写电视剧剧本?我的天,白杨就像捡了个新钱包,打开看看里面竟躺着一沓钞票。她带着一颗崇敬的心端坐在老路对面。这是老路婚前的要求,你要时刻关注我,我需要以我为主的家庭生活。白杨本以为关注就是多给他关心体贴,比如嘘寒问暖,晚上再捶捶后背,可她完全理解错了,老路要的关注很直白,就是在需要的时间段里,白杨要一刻不停地用眼珠盯着他,倘若有人这么盯着白杨,不仅是她,谁被这么死死盯着都会浑身不自在,干吗呀?人家又不是贼!但老路偏偏得意这口。白杨在卫生间稍微磨蹭,老路就会很不耐烦。刚开始白杨试探,说想出去找点事干,老路很坚决地反对,出去干吗?照顾我就是你的工作。她没有一技之长,出去也就干干家政、带带小孩,现在的雇主也不好相处,给人家带孩子还得抱着背着,和老路在一起,只需擦亮一双眼睛,比看孩子省力。

这么盯了一段时间,老路就有了进一步要求,他说你总这么傻愣愣坐着也不行,干脆练书法吧!好主意,白杨屁股都坐疼了,眼皮还直打架。有几次晕晕乎乎就睡过去了,老路用一声长咳来警告她,有一次老路把手掌重重拍在她肩头,白杨同志,白杨同志到站了。白杨记起来早年上夜班时,不少人都戴着墨镜偷睡,那是糊弄洋鬼子,老路不是洋鬼子,她也甘愿忠于职守,都是不争气的眼皮子!这下好了,白杨手握大白云在毛边纸上横竖撇捺写起来,老路还买来背背佳让她套上,老路说你身板还算直溜,不过一看就没受过训练,软塌塌的,没有精气神儿。戴背背佳遭罪呀!整个人像被捆起来,刚开始连喘气都费劲。白杨把背背佳藏在衣柜里,老路不答应,穿上穿上,都买了干吗不穿?白杨捆着背背佳在纸上练字,没多久,脸也白了眼也直了,脑门冒出一层细汗,她捂着胸口鼓励自己,人这辈子只有享不了的福没有受不了的苦,再咬咬牙!老路偶尔一抬头,发现白杨握着毛笔的手在抖:坚持住,做什么事都需要毅力。老路偶尔也看看电视,不过他只看新闻和体育频道,有球赛时还跟着嗷嗷喊。你也过来看看,我顶喜欢对抗性强的赛事,足球可是世界第一运动。白杨不懂球,只能傻坐着。她从前的空闲时间都是用电视剧和睡觉打发的,一晃大半天过去了,陪老路看足球,墙上那挂钟就跟生了锈似的,这时候背背佳的功力彰显出来,把她给勒得胸闷气短,眼前一阵阵发黑。进了,进了,老路兴奋得跳起来。白杨紧紧抓住老路胳膊,麻烦您,麻烦您帮我倒杯水。转天老路告诉她,除了练字也可以翻翻书,先看看这个,《如何成为优雅女人》。

3

后来的某一天里,白杨在大街上无意撞到草帽,在草帽眼里,白杨完全出落成了一个优雅女人,都算得上脱胎换骨。当时白杨就像刚从笼子里放飞的一只鸟,她手上拿着柳枝,边走边信马由缰地思前想后,忽然迎面撞过来一张熟悉的脸。

草帽还是那副德行,一对眯眯眼,两颗小虎牙,倒是比先前壮实了。草帽扑过来在她腮帮子上狠狠嘬一口。姑我可想死你了。草帽请客,在台湾风味店给白杨点了一份卤肉饭外加一个大炸鸡腿,草帽说姑好漂亮,和从前比像换个人似的。白杨只顾闷头吃,鸡腿可真香。草帽说自己已经中专毕业,在一家汽车修配厂工作,都挣工资了。鸡腿在白杨嘴巴那儿转一圈就变成一根光溜溜的骨头,机灵的草帽又买来一个。姑你这么爱吃鸡腿?废话,多少日子没见荤腥了,白杨心里说。你在家里不常吃?白杨这才意识到自己的吃相过于"凶猛",她暂且停下来,草帽从餐桌上拿了纸巾递过去,白杨摇摇头,为了洗刷刚刚的吃相,她慢悠悠地从背包里取出一块带着香味的手帕。我和你姑父每天都有固定食谱,现在谁还大鱼大肉的,想"三高"啊?草帽懂了,有档次有品位的如今都吃素了,他们家那样的才大鱼大肉呢!他这个姑走了鳖运都吃上素了。草帽问,姑用什么手段勾到姑父的,好厉害。《晚报》上说那个电视剧马上要到我们这儿拍,男女主角都是大腕儿。你能不能和姑父说说给我弄个群众角色?王宝强当年就是从基础做起的。姑父能和导演说上话吧?白杨剜他一眼,当然,还要请你姑父现场指导呢!草帽两眼放光,姑真有本事,居然认识这么有档次的人,给我们老白家都争了气。他把手机举给白杨,我女朋友,怎么样,漂亮吧!她现在在一家餐厅当服务员,你和姑父说说也帮她弄个角色,我俩一起奋斗,将来一起当大明星。白杨笑了,你理想还挺远大。是啊,我要向姑学习,对生活充满希望,说不定哪天就走了鳖运。二林子在南马路菜市场摆了个烧饼摊儿,他家里生了个小男孩儿。那个人和我没关系了。现在你姑父是大名鼎鼎的作家,他一集稿酬不知道抵二林子卖多少烧饼。姑父他爱你吧?当然,你不知道和文化人一起生活有多浪漫,我们一起望月亮数星星,一起去湖边野餐,一起摘苹果,一起带着狗狗散步,一起搬捡来的破烂,哦,是一起搬新买的家具。他熬的白米粥晶莹剔透,他买的手链挂着铃铛……唉,活到这个年纪才领略爱情是啥滋味。白杨说得有鼻子有眼,沉浸在自己的乌托邦里。

　　草帽听得直晕,从前家里都讨厌他这个姑,瘦兮兮的,穷讲究,在家混吃混喝不交饭钱,有两个半钱还东掖西藏,哈,最后也没逃过他的火眼金睛。现在这女人抖起来了,过着和他们不一样的生活,一定要把这女人拉拢腐蚀过来。好人好报,姑从前就心地善良、菩萨心肠,小时候总看见你拿馒头喂流浪猫,我年幼不懂事,惹姑生了不少气。还不都是爷爷撺掇的,爷爷对你实在过分,他过世你还回去送,姑真是太善良了。

上次姑父怎么没一起回？他哪里有时间？草帽想见见姑父，白杨说他出差在外，什么时候回不一定。从前父母哥嫂的那个家几乎在她大脑里被删除了，老爹去世也是匆匆忙忙一走一过，白杨对那个家没什么感情，爹先前疼他儿子，后来疼他孙子，妈看爹眼色行事，二十出头就催她成亲，腾出地方好让哥娶嫂子。后来再回去也是走投无路。眼下白杨可不愿意他们参与自己的新生活。草帽忽然想起什么事，他暧昧地朝白杨眨眨眼，姑，咱奶奶也在奔往新生活呢！

白杨在天台上一面啃鸡腿一面喝红酒。草帽给打包回来的，这小子倒是比先前懂事了。嗝，她吃撑了，山中无老虎，猴子称霸王，老路在家可不行，鸡腿和红酒可不能硬邦邦凑一起。要凑也得有规有矩，鸡腿是要切成丁的，上面是要插牙签的——一身臭毛病。现在多过瘾，一口鸡腿一口红酒，仰望夜空中最亮的星，白杨沉醉得都想作诗，真是嫁鸡随鸡、嫁狗随狗！生活好奇妙，她对草帽绘声绘色的描述多么诱人！白杨忽然明白一件事，虚构，对，虚构说瞎话也可以让生活快乐起来。

4

门铃把白杨从床上喊起来，老路不在，难得多懒一会儿。是她老妈。白杨懊悔昨天碍于鸡腿的情面把草帽带回来。杨儿，我的亲闺女，妈好想你！老妈动情地叫着。老妈的皱纹比从前更深重，眼神却扑闪着一种明媚的光芒。她像巡视员一样把几个房间里里外外浏览一遍，宝贝呀！家里的小狗蹦蹦跳跳跑过来。宝贝呀！白杨一指，宝贝这不是来了？去！宝贝女儿呀，昨天听草帽讲你过上了幸福生活，耳听为虚，眼见为实，你真掉进福窝了。闺女知道不，你爹那坟是我决定坐东朝西。你太姥姥讲过,坐东朝西旺闺女。我不管你哥嫂愿不愿意,就坐东朝西了,看看,灵验吧。看见闺女享福,更坚定了老妈我追求幸福的决心。说话间眼神里还流出一股娇羞。老妈要去哪里追求幸福？不远,就奔三楼老钱头。我的天,钱大爷有八十多了！她太了解了,老钱头就住她家楼上,从前在政府部门工作,很结实干练的一个人,穿锃亮的皮鞋,拎一个黑色公文包,总像刚参加完一个重要会议。他们家有一个儿子俩闺女。儿子在外地部队,俩闺女一个叫大雁一个叫小雁。

在那个穿白衬衫蓝裤子的年代,白杨脖子上系着红领巾。大雁小雁脖子上系丝巾,姐妹俩身上总散发着一股淡淡的好闻的味道,走在路上,人没到芳香就先飘过来。傍晚楼道里传来一阵有节奏、有气势的脚步声,嗒嗒嗒,嗒嗒嗒,一定是大雁小雁回来了,没错,整个楼里只有她们的高跟鞋才能敲出这么好听的声音。白杨不崇拜电影明星,但崇拜大雁小雁,电影明星跟故事一样太遥远,大雁小雁就在她身边啊！她们让白杨知道眉毛可以画成弯弯的,脸蛋可以涂得白白的,趁没人她偷偷拿火柴棍和面粉实践。她们于她是美丽的导航和启蒙。白杨幻想着自己长成大姑娘时也像她们那样时髦漂亮,以至于她的好多同学都知道白杨家楼上住着两位这样的姐姐,时髦精致,长长的头发、细细的高跟鞋,她们走过的地方,留下一阵阵香……她们如亲姐姐那样呵护着白杨,给她编头发,给她画眉毛。可实际情况不然,白杨在姐妹俩面前就像丑小鸭面对白天鹅,那是被放大了的卑微和怯懦,偶尔的擦肩而过,她恨不能藏起自己穿黄胶鞋的那双脚。至于那些个质朴的虚构情节,完全是一个女孩对美好生活的向往。机会来了,白杨在窗台上捡到一块手帕,白色手帕上开着红梅花,一股淡淡的芳香钻进鼻孔。多么熟悉的味道,她朝楼上望去。手帕把被窝变成暖暖的香屋,夜晚躲在里面闭上眼睛,白杨感受的不再是黑暗,而是一股半透明的红光,就像黑夜里摇曳的蜡烛。那一刻她紧紧抱着双肩,叫自己亲爱的小孩儿。三天后她一个深呼吸敲响房门。出来的是小雁,小雁看看手帕又看看白杨,只说声不是我的就把门关上。不是小雁的一定是大雁的。她再次敲门,大雁接过去看看,你用过啦?没有,就是晚上放在……就知道,你看看都黑成这样。算了,不要了。嘭,门重重地关上。后来语文课上老师讲到鄙视和仰视,白杨觉得这两个词就是在说大雁小雁与她。

老钱头身体还成?凑合,不犯病不用拄拐棍,还能去街心公园跳广场舞。钱老太不行,瘫床上有一阵子了。哎哟,怎么回事?老妈自负地笑笑,谁叫那死鬼对你刻薄?谁叫他喝完酒就发疯?老妈我就要给你报仇。这事儿老太太知道吗?她瘫痪在床有些日子了,现在喂饭、洗澡、换衣服都是我的活,我告诉她尽管放心,今后我会照顾好老钱。老太婆说早看出你们眉来眼去的,你这人优点是能干、能说会道,缺点是家里太穷,你那两个半退休金还不够吃药的,你儿子儿媳也强不到哪儿去。你儿子穿的那皮鞋旧得不像样,我的箱底儿有好几双新皮鞋还没上过脚。老太婆躺在床上也就动动嘴,我现在的困惑是老头,老家伙一把年纪还那么花心大萝卜,成天有好几个老太太围着,他安排我在家里伺候老太婆,自己去外面和女人乐和。本想着老太婆一蹬腿我就顺理成章过去,像宝贝闺女一样过上幸福生活,没想到半路杀出好几个老太太。那几个老太太我知道,一个会拉手风琴,一个会吹喇叭,还有一个会唱老生,简直就是个戏班子。人啊,就怕比较。白杨没想到她老妈的晚年生活居然这么丰富。那你下一步有什么打算?我还能怎么样?尽心伺候老太婆,让老头高兴就是。大雁小雁知道吗?她们俩没那份心思,大雁现在比保姆还辛苦,一边照顾男人一边侍候孙子,她男人多年的糖尿病,都赶不上老钱头硬实。小雁家里也一堆事,她们偶尔来一趟,看我把她们的妈料理得干干净净,能有啥说的?

晚上草帽过来,带了熟食和啤酒。他摘下花盆里的一个西红柿,姑,草帽今后就指望你了,求求你,把我也拉上幸福大道吧!

5

草帽这孩子也真是的,还有白杨老妈,你们知道"虚构"这个词吗?生活也分表里,如果你们转过身扒着门缝往里瞧,老太太白内障眼神不济,草帽应该能看清的!

老路这个人啊,怎么讲好?怪物,绝对是怪物。有段时间他成天猫在屋里,白杨只能在他眼前关注着,他除了对"关注"比较在意,其他饮食起居还算好伺候,说不好听的,比一条小狗还好伺候。他是山西人,只要饭桌上有醋和面就成,白水煮面条,面条捞出来放上碎辣椒和盐,再浇上醋,边上盛一碗煮面的汤,老路说这叫喝原锅汤化原锅食。他口重,喜欢吃咸,家里要常年储备咸菜疙瘩,一碗面、一瓶醋、一个咸菜疙瘩就是一顿家常便饭。他讲五味调和离不开咸。老路赞成素食,他说君子近素!素食静心,人一静就会往悠远和虚幻上想,很自然就有了佛家的缘分。午后老路要听佛曲,佛曲响起来白杨都有种身居寺庙的感觉。呵呵,其实老路也不是绝对素食者,偶尔煎个小黄鱼、啃个猪蹄,却要限时限量。老路最喜欢十元五元面值的小票,说花起来方便,还说用小票从某种意义上讲也是一种制约。老路手里有大把小票,他每天从里边抽出一张放在餐桌上,旁边还附有纸条:一个胡萝卜、一根黄瓜、一头大蒜……有特殊需要视情况而论。采购的活当然归白杨。老路厉害,扫一眼方便袋就能说出大概的花销,一块五、两块六,八九不离十。找回的硬币和毛票白杨如数放餐桌上,老路会一分不落地拿走。

老路在屋里没白忙活,他鼓弄出一部电视剧来,运气好,馒头一出锅就碰上买家。这下老路手里有大票了,原来老路不只喜欢小票,晚上他把红红绿绿的钞票揽在被窝里说,这些换成十元的能装一麻袋。白杨笑,换成毛票能装一车。老路,这床……这床你用好多年了吧?一动总是咯吱咯吱响。老路说,是螺丝松动,拿螺丝刀紧紧就成。你看灯罩上裂个口子。这有什么,用强力胶一粘就好。家里备有各种各样的强力胶,老路的烟缸掉地上摔成四瓣,他用三块钱买一支哥俩好强力胶粘上,粘时手划破一个口子,买创可贴花费五角。总之,三块五角钱让烟缸起死回生。老路言之这是对劳动的尊重,你知道做一个烟缸要多少道工序吗?

老路喜欢黄昏的湖边,他带白杨到明泽湖边野餐。这时候的湖边凝聚着浓重的黄光,一派夕阳无限好。湖边早有人在野餐,他们三三两两聚在那儿,地上铺着塑料布,水果、熟食、海鲜,酒瓶和酒瓶碰撞如打击乐一般……老路打开餐盒,一沓馒头片,俩咸菜疙瘩,一块红酱豆腐,两根水萝卜。白杨怪难为情的,老路指指不远处那些饕餮者,笑他们曲解了野餐的意义,野餐关键在一个"野"上,野外的风光,野外的心情,人全身心投入大自然,看看那边的胖子只顾闷头吃……老路把酱豆腐汁抹在馒头片上。白杨想,从前和二林子过日子虽不富裕,但也没这样清汤寡水。二林子在宾馆里烙烧饼,有时候他还把肉丸子偷着塞进烧饼里带回来。想到肉丸子和烧饼,白杨嗓子眼儿涌出一股涎水。

老路去外面锻炼身体了,白杨抓紧时间点火烧油,她把馒头片炸得外焦里脆,再抹上厚厚一层白砂糖,冰箱里面有暗藏的熏肉。老路平时把钱攥得死死的,可他还有手指头缝呀!他又不是鸭子。老路抽烟,抽得蛮凶,白杨寻觅到一个烟酒批发市场,这样不仅有了熏肉,还有了水果香皂呢……智慧还不都是给逼出来的?环境太打造人了。她先问候亏缺油水的肚子,然后在莲蓬头下舒舒服服来个洗刷刷,先打水果香皂,再把牛奶敷上……哥嫂家那么恶劣的条件下她都能蠢蠢欲动,何况现在乎?我们的白杨是个懂得快乐的人,什么时候都能见缝插针让自己乐和乐和。老路出去锻炼身体的时间相对要长些,去健身房游泳馆?开玩笑,老路最喜欢拥抱大自然了。爬山徒步逛大街,无须任何花销,还能有货真价实的收益。

看看,老路锻炼回来了。他扯个嗓子在楼下喊,白杨,白杨!白杨闻声赶紧下楼,这是又来大家伙了,一张半新婴儿床。老路出门贼,不走空趟。家里备下一个大箱子,里面都是老路沿途的收获:螺丝、钉子、扣子、卡子、铁圈、毛绒玩具、不会响的闹钟、蹦不起的足球、断了线的羽毛球拍、缺盖儿的塑料盒……当然有箱子里装不下的,客厅里那个盛着金鱼的鱼缸,窗台上开着海棠的花盆,角落里蜷缩着的那条叫宝贝的小狗。白杨看看婴儿床,你弄个鱼缸我们可以养几条鱼,弄个花盆可以种几棵花,弄个婴儿床这是要再生个孩子?你这人真没创意,把四边螺丝卸掉,放两层三合板,不是好端端一个鞋架?老路似乎有特异功能,百米开外地上一根钉子也能看见,让那些个没戴眼镜的大呼汗颜。他真给白杨弄个好东西回来——一条亮晶晶的手链,上面挂着一个个小铃铛,不管什么材质,到现在也没褪色。什么?绝对是捡的,老路一位诗人,这又写电视剧剧本了,能干那些偷鸡摸狗的事吗?不能。那些放在小区墙边的大家伙,他一定要观察几天,确信人家不要了才去弄。老路讨厌"捡"这个字眼儿,白杨维护他,两人统一口径,一个字:弄。看看这又弄回一堆苹果。白杨陪他去医院检查身体，难得老路这次没在路上踅摸，正觉奇怪，见他疯狂地奔向墙边那片小树林，地上散落着好些苹果，有的已经烂掉。老路心疼得直跺脚。他用屁股轻轻一撞，噼里啪啦，噼里啪啦。有一天白杨实在忍不住，为什么你喜欢往家里弄东西？这和你的童年生活有关系吗？她听说人的好多习惯都和童年有关。老路一笑，你知道生活中最大的奢侈是什么？惊喜和情趣。

6

老路的第一部剧大获成功，这不，他又接了个单子。老路告诉白杨，他并没有背叛诗歌，那关乎他的灵魂。可一集电视剧好几万，好几万啊！即便把刀架在脖子上老路也敢说，他热爱诗歌，是诗歌让他获得了美好的爱情，那个曾经的帅小伙，有理想有抱负，因为爱情，千里迢迢来到北方……

老路背上行囊去采访，白杨把他送到楼下，她把手挥到看不见装老路的小轿车为止，然后一口气跑上楼，进屋时竟在客厅里跳了一圈。阳光从洞开的窗户涌进来，让屋子变得陌生而亲切，这就是她的家吗？这就是她的家啊！她甩掉拖鞋，松松垮垮地把自己扔进沙发里，索性拽下高束的发髻。她蜷在那儿左看看右看看，还是第一次这般闲适、这般认真地打量自己的家。房间里的地板门窗都是统一本木色，通体白墙上分别挂着书法条幅和壁挂，身下是方格子布沙发。简简单单的装饰，就让满屋子洋溢着艺术气息。老路这一次要走些日子，白杨心里有种说不出的兴奋，先前只盼他去锻炼身体，匆匆忙忙搞个"小自由化"，现在一下子有了这么大的空间，她居然惶惶不知所措了。

把电视调到影视频道,正巧王志文在屏幕上惆怅,她久违了的偶像。当年因为一首《糊涂的爱》,白杨喜欢上这个人,那时候他多帅呀,一头齐肩长发,现在他脑袋上竟如此稀疏,时光匆匆,王志文也老了。让他先在这里惆怅,白杨要去卧室舒服舒服,老路没有午睡习惯,他讨厌大白天在卧室里磨叨。老路规矩多着呢!两口人要用六双拖鞋,客厅、书房一双,卧室一双,厨房、卫生间一双。开始白杨记不住,老路就喊,宝贝,并告诉她换鞋。白杨怕自己不长记性,就在手心里写上,换鞋换鞋。老路还要求进卧室必须换睡衣。什么睡衣拖鞋的,现在白杨就是在床上打滚翻跟头也没人管。她想起第一次进卧室的情形,雪白的墙上挂着个白白胖胖的裸体女人,这话怎么说的?白杨像干了亏心事那样低下头,老路笑笑,一幅人体油画,艺术品。既然老路说艺术品那就艺术品吧。她一翻身跑上天台,天台可是好地方,也就八九平方米的面积,上面放着藤椅和茶几,老路还用板条搭了个小凉棚。密密麻麻的爬山虎把天台装饰出一个绿幽幽的小世界。老路非常喜欢这方小天地。他在这一坐一天,听风赏月数星星……赶上心情不错也会让白杨坐下来,给她讲个传说小故事什么的。老路说,你往北边看,看见那像勺子一样的七颗星星了吗?那就是北斗七星,它们叫天枢、天璇、天玑、天权、玉衡、开阳、瑶光。传说在古代,北斗七星是个热心肠,有一天他去银河游玩,见到了牛郎织女不能相守的凄苦场面,就决定帮助他们。他拿出大勺子舀银河里的水,舀出的每一滴水都成为流星在美丽的天空划过……白杨喜欢老路的故事,这时候她就会感叹老路的才华和才情。多么浪漫,牛郎和织女,让自己也沾染了仙气和文气。如果常常这样,就算天天萝卜白菜也没关系。可多数时候老路愿意吃独食,他提示,泡完茶你可以下去了,我想一个人静静。有办法了,白杨利用泡沫箱在天台上种些小菜,绿葱、黄瓜、西红柿,能吃上绿色蔬菜老路当然开心。

7

白杨要出去,她要去外面走走。平日里的外面仅限于农贸市场,而且要脚底生风,老路在家掐表呢!明泽湖边栽着一色的柳树,眼下柳树都绽出嫩芽,风一吹,柳枝飞飞扬扬,树上的鸟儿忽悠悠地荡秋千。今天的太阳是金黄色的,每一束金黄色的阳光里都浮着红,质地柔软,带着昨夜的雨水,亮闪闪的,令人愉快。她怎么能不愉快呢?老路这一走要小半个月,还给她留下了红彤彤的大票。出来时忘记脱下背背佳,腰板就格外挺拔,她现在基本上适应了这东西。她的心飞起来,迈开轻快的步伐,仿佛变成少女时代的大雁小雁。

大街上人来人往,买菜的,闲逛的,上班的,各式各样的路人水一样从身边淌过。他们杂乱无序却又充满生机。白杨攥着兜里的票子一路欢歌,那天家里来的记者居然叫她嫂夫人,听听,都夫人了。虽说老路抠门有洁癖,但做起事来很爷们儿,她还没反应过来就把婚给结了,当时她走投无路,都想去阎王爷那报到了,结婚这颗定心丸她吃得受用,要知道半路走一起的谁还愿意找这份麻烦?老路他有责任心,敢于担当。白杨能报答老路的就俩字——听话,你指哪我打哪!现在老路手里又多了一张银行卡,即便不归她掌管,那也是家庭实力,是做人的底气。在一个锅里吃饭,吃不上肉多少也能喝些汤的。白杨兴奋得飘起来,飘着飘着就撞上草帽,紧接着老妈来敲门。

8

老路回来说他要痛痛快快放松几天，然后把自己关起来，投入到新的剧情里。新剧的定金都给了，他的银行卡又壮实了一圈。老路的放松没啥新节目，都是些小吃小酌、小打小闹。老路对白米粥和猪蹄感情深厚。尤其煲白米粥，他会亲自操练。这碗白米粥可不一般，它晶莹剔透如水晶。为什么这样晶莹？原来在熬粥时加进去一勺藕粉，剔透得都让人不忍心吃掉。另外还配有莲子和枸杞，红红的枸杞就像开在白米粥里的花，莲子是圆叶。早晨的阳光打在餐桌上，桌上是晶莹的白米粥和金灿灿的小黄鱼。老路洗浴后出来，他顶着颗湿漉漉的脑袋坐下，睡衣是敞开的，头发上的水珠从脖子那滚下来落到胸口上，老路先像猫那样弓背闭眼，拿鼻子在碗边嗅一圈，然后把嘴努成个花骨朵去吸碗里的枸杞，吸上来的若是莲子，他就用舌头给推出去，一定要吸到枸杞才罢休。吸到枸杞，老路不让它直接进去，而是用门牙捣，节奏紧凑却不凌乱，捣碎后用舌头一卷，进去了。老路要在吃掉所有枸杞后再动莲子，这回老路不吸了，用勺子、筷子？错，用牙签，老路用牙签追着碗里的莲子跑，几圈下来碗里只剩下白米粥，老路惬意地把头靠在椅背上。他会闭目小憩片刻，然后把头发往脑后一捋，张大嘴巴，开始喝粥，两口粥的间隙要吃掉一条小鱼，两口粥一条小鱼，两口粥一条小鱼……一碗普普通通的白粥，让老路吃得风云变幻，神圣得不可侵犯。在最后一口粥进去时，他以最快速度让碗在舌尖上打个转。老路起身，后面是一个比猫舔得还干净的空碗……

这天老路正在享用白米粥，老妈风风火火闯进来，她兴奋地说，老太婆走了,总算走了。一回头看见老路,手脚就没地方搁、没地方放,她说,没看见路作家,路作家好。钱老太过世,她希望白杨和老路能出现一下,杀杀某些人的威风。白杨太愿意跑一趟,她希望见到大雁小雁,更希望见到二林子。真要看见二林子那可太经典了,白杨有点激动。她看看老路,通常是老路读书写作,白杨在旁边默默练字,老路放下书本,需有一杯茶递过去。白杨买菜回来,老路指着手表,你此次耗时一小时二十五分……一个半大老头恋女人恋到这种份上?错,这和感情无关,老路需要的是关注,毫不含糊的关注。老路同意过去。他平时最不好事,碰到热闹也要绕过去,此刻却像花猫闻到了炸小鱼的味道,快,快!

这里是白杨成长的见证,她的童年、青年以及出嫁都没离开此地,二林子就住中间门洞。本以为自己会在这里过到终点,可惜半路被人家踢出来。二林子骂她是只不会下蛋的鸡。白杨一面在心里呼唤"二林子出来,二林子出来",一面狠狠挽住老路的胳膊。楼前那棵大树依然茂密,白杨望一眼心里就平添了几许惆怅,老树关乎着她的童年和感情,现在这些都不在了。不知道什么时候树根那还围上一圈砖头,据说这棵树有上百岁的年龄,它就像一个安静忠实的门卫,看着楼里的人们出生、老去、离开……奇葩的是树腰身那开着老大一个洞,能像袋鼠一样把她和二林子装进去,夜晚两人蜷缩着把脑袋挤在洞口,对面窗子里的灯光和人影依稀可见。那时候多傻!有人出来了,白杨拉着老路紧走几步,身量对,脸不对。白杨多么希望这个人就是二林子,她会把老路介绍给他,这位是路作家。面熟!那就对了,前不久报纸还登了他的大照片。白杨瞟一眼楼上那个阳台,仍是她扎的那根晾衣绳,上面挂着的小孩毛衣被风吹得摇摇晃晃——乡下寡妇的蹩脚手艺。

回来的路上白杨有种不可名状的失落,想见的人一个也没见到。老路却有着电影散场归来的意兴盎然,他感慨:精彩,比电视剧都精彩!你看那老钱头八十多岁眼珠还骨碌碌的,再看他身边那几个老太太。说实话,你老妈胜出的希望不大。白杨说,管他呢!一个白胡子老头,天知道他能活多久,真不知道这些人图什么!老路说,你真不明白?那老钱头可是离休,退休金、医保的等级还用说吗?这就是老头的硬件,因为这硬件才有现在的局面。这时老妈电话追过来,她再次感谢路作家和宝贝闺女的出席,老钱头说她跟闺女沾光,竟成了作家老丈母娘。下一步我有个打算。白杨问,还有下一步?当然,下一步我准备搬到老钱头家去。

9

周末哥嫂邀请白杨和老路回家吃饭,老路平时不愿意应酬饭局,他讲人最大的愚蠢就是把时间丢在饭桌上。这回老路倒是积极,去,为什么不去?老路在门洞那儿捡了一个钥匙扣,用手摇摇,一闪一闪发光。这份惊喜更坚定了他此次出门的决定,说,这个就送给草帽当礼物。

家里干净得像刚刚大扫除,窗帘床罩统统新的,地板家具也被擦拭得放光,老路进屋时差点滑个跟头。嫂子充满歉意地说,怪我,都怪我。知道路作家来,昨晚打的蜡。白杨问,妈怎么不在?在三楼。老路要去看望钱大爷。老头去外边跳舞了,奶奶在他家守空房,草帽嬉皮笑脸。他把捡来的钥匙扣拴在手机上左右摇晃,作家姑父送我的,等下发到微信上去。嫂子凑过来,干吗这么破费,都是一家人,以后不要这样客气了。哥凑过来,这里边装着电池吧,还一闪一闪的,这么精致,看看姑父对你多好。老路捡来的这个钥匙扣像被开过光,在这家人手里传来传去。草帽给奶奶打电话,作家姑父来了,你还不快回来。

饭桌上祥和温暖,体现着亲情,老妈讲,白杨小时候聪明勤奋懂礼貌,在公交车上给老人让座,帮抱小孩的妇女打伞,拉幼儿园小朋友过马路。哥讲,小时候有一条狗要袭击白杨,是他不顾自身安危扑过去,他大腿上现在还留着狗咬的疤。为了表明没说瞎话,他把裤腿一个劲儿往上撸。嫂子说,白杨温柔又善良,一双美丽的大眼睛,辫子粗又长……

饭后嫂子在厨房收拾碗筷,哥和草帽陪白杨看电视,老妈趁机把老路拉到一边。路作家能帮我个忙吗?您有文化有见识,能帮我想个什么办法战胜那几个老太太?这道题太偏太突然,老路显然没有准备。老妈说,你看看这个家,草帽到现在还和我住一间屋,这种情况连女朋友都得吓跑。老路略微思考,老人家,要我看,取得胜利的办法还要靠胸怀。老妈低头看看有些不好意思,我都这么大岁数了。老路说,男人要温暖要关怀,还要女人肚子里能撑船。他喜欢跳舞唱歌,那就让他跳让他唱,不要有抵触情绪!老妈说,他偏偏和那几个老太太又唱又跳。老路说,这就是胸怀,老钱头和老太太们把腿跳断你也别不高兴,该烫酒烫酒,该炒菜炒菜,你也可以把老太太们请到家里陪老头。不过谋事在人,成事在天,还要看个人造化。老妈说,我懂了,我要表现成一个保姆老妈子,他愿意和老太太们疯就疯,我只当没看见。他们在屋里唱,我在屋外给他们包饺子,路作家看我这胸怀行不?

送走老路、白杨,嫂子这心里苦辣酸甜的,生活真是难以预料,谁想到白杨会有今天?她一直觉得自己是条能踢能打的好汉,十五岁入团,二十岁入党,三十岁当劳模,三十五岁下岗,下岗有什么,还不是去应聘了大堂经理？白杨却是哪里摔倒哪里哭，要啥没啥还穷讲究。她曾把一个亲戚介绍给白杨，一个国企员工，白杨不同意，白杨打小喜欢二林子，二林子能给她烧饼吃。就这么点出息，天知道这个路作家怎么想的。前一阵报纸上登了这人好大一张照片，她的生活圈子里从没有过这么像样的人物，最有本事的是一个在银行当办公室主任的堂哥，成天西装革履的，让他帮草帽找份好活，他把头摇得像得了帕金森病。嫂子虽说能踢能打，却也能屈能伸，能屈能伸是本事！

10

　　投资方租下酒店让老路去写剧，白杨成了家里的座上客。哥嫂还有老妈一天几个电话催。草帽变成她的小跟班，有时俩人会在路边吃点烧烤，有时就在家里天台上搞几个小菜、弄点红酒。草帽主动买单，白杨也不客气。草帽问，姑父什么时候回来？白杨想，现在这样挺好的！草帽问，姑父这回能赚不少钱吧？白杨说，那当然。可赚多赚少和自己有什么关系？老路这个人嘛，白杨对他没有过多奢望，给了她一个家，给了她一个作家夫人的头衔，还给了她一个表象华丽的生活。表象华丽也是一种华丽，不然哥嫂对自己能这么多山珍海味的？就算小时候老妈也没这么待见过她。白杨总结，你落魄别人给你白眼那是活该，谁让你落魄呢？现在别人对你恭敬那就享用，不用白不用！

　　然而这世上有免费的午餐吗？草帽从前那个不成熟的小心思，遇见他姑白杨后就茁壮起来。他准备跟同学合开一个冷饮店，一直苦于资金问题，现在家里出了个财神爷。财神爷，您看这事儿，店铺早就看过，在一个中学附近，姑你不知道，现在的小孩子花钱流水一样。我和一个朋友每人出三万块。白杨心里叫苦,三万块!草帽啊,让我怎么跟你说!白杨后悔曾经那些不着边际的吹嘘,她这里痛快痛快嘴,别人就以为她腰缠万贯,这就开始伸手借钱了。要开冷饮店,你那修车的活不干了?这个两边都不耽误。你妈能同意?只要不从她手里拿钱无所谓同不同意。以后成家立业还不是靠自己?又能指望家里多少?草帽说得不无道理,可老路的钱姓路啊!你说过姑父他很爱你,你在家里很有地位的。那是。你和姑父说一下,我可以打个欠条,到时候连本带利一起还。姑没有小孩,就把草帽当成自家儿女,将来会尽心孝顺,为姑养老送终。这事白杨不是没想过,可草帽的话又能信几分?再说她也拿不出这个钱。白杨只能敷衍,现在生意都不好做,你没有这方面经验,还要多考察。

　　老路的女儿灵犀来了。灵犀在南方一个城市读大学,刚刚毕业,平时和老路走得并不近。白杨这是第二次见灵犀。老路的剧本正在紧张进行,他匆匆放下些钱又返回去。到底是亲姑娘,老路留下带着封条的整整三摞钱。白杨愤愤地把钱扔进抽屉。灵犀话不多,和她还算客气。白杨买来一本菜谱,绞尽脑汁搞了一桌子菜,她只简单搛了几筷。这让白杨很犯难,扔掉可惜,留着上顿,下顿热剩菜也不是那么回事,问灵犀又说不出想法。白杨给草帽打电话,哦,姑父的女儿来了,漂亮不?这样,那晚上我请。人家认识你张三李四啊?姑晚上不用做饭,等着我。

　　晚上草帽带来烤鱿鱼、薯片、虾条、果冻、冰激凌……俩人把东西搬到天台上,说说笑笑、热热闹闹地吃起来,吃完俩人又一起出去逛夜市。第二天一大早灵犀就往外跑,白杨说,你还没吃早饭。灵犀说什么白杨没听清,门已经关上。白杨来到窗前,楼下那个人好眼熟,淡蓝色运动装,银灰色棒球帽,领口挂着墨镜,正斜靠在一辆黑色轿车前笑眯眯呢!

草帽。人靠衣裳马靠鞍，身后还有轿车当背景墙，把这小子衬得人模狗样。她看见草帽很绅士地拉开车门，灵犀嗖地钻进去。

晚上灵犀从外面回来，脸蛋儿红扑扑的，这是喝酒了。白杨赶紧到天台上给草帽打电话。灵犀只是来度假，没几天就回去了，草帽犯不上这样又搭工夫又搭钱的。这个……姑不觉得这世上草帽最心疼你吗？姑买菜做饭多辛苦，满满一桌子，灵犀又能吃几口？不做还说不过去，做人难，做人家后娘更难。难不难是我的事，你少跟着掺和。你那车是怎么回事？姑忘了我在汽车修配厂上班，一天换一辆都没问题。白杨认为，表示一下心意可以了，别让你姑父看见不高兴。姑想复杂了，灵犀和你们有代沟，和我倒投缘，你不知道今天她多开心。

这几天灵犀天天往外跑，白杨倒是不用费心做饭。晚上她翻来覆去睡不着，这个时候灵犀还没回来，打电话也不接，万一有个闪失如何向老路交代？她顺手拉开抽屉，身子一激灵，脑门渗出细密的汗珠，老路留下的三万块招待费神不知鬼不觉变成一张巴掌大的纸条，上面是草帽狗爬的字体。狗改不了吃屎的东西！她抓起电话，那边已经关机了。白杨欲哭无泪，还不是自己大意，在眼皮底下就让人给偷了。白杨悔后当初把草帽带回来，现在她恨不能拧下那个浑蛋的脑袋。

早晨总算把灵犀打发走，白杨直奔车行，车行里灵犀正歪着脑袋看草帽一扳子一扳子修车。白杨强压怒火。姑这一大早的有事吗？你他娘的……白杨看看灵犀，把已经喷出来的脏话咽回去。姑是为那个钱的事吧？草帽淡定得让白杨吃惊，她赶紧打断，你奶奶不舒服，我买些药送去，要不你也一起回去看看？早上还去给老钱头买油条了，这怎么就……你看我这正忙着，要不……灵犀去对面看拖车了，白杨迅速地在他大腿上拧一把，同时又在嗓子眼里叽里咕噜骂他个狗血淋头，这么压抑的打骂就显得滑稽,草帽扑哧乐了!钱借了好几天,姑也没动静,还以为你没拿这俩钱当回事。废话,你以为三块五块的。我在欠条上已经写得清楚,到时候连本带利保证还。姑放心,我不会赖账,冷饮店已经盘下来了,等筹备筹备就开张,你看这是收据。姑别生气,就当买下潜力股,等我赚了钱一定好好孝顺你。白杨看过收据,心里稍稍舒坦些,毕竟这小子没拿钱去吃喝嫖赌。草帽,我的生活也刚刚稳定,你这不声不响的……让我很被动。老路那个人你是不知道……他对你不好?倒也不是。灵犀在对面冲草帽摆手。你和灵犀也不要这么黏糊下去,不可能的事就没必要浪费时间,弄不好我和你姑父再闹矛盾。也没什么不可能的,这世上的事谁能说得准?灵犀是名牌大学毕业,她今后要在南方生活。你们俩不在一条道上。那又怎么样?如果我像姑一样好命呢!之前你想过和姑父这样的人物在一个屋檐下吗?梦都不敢做吧?下岗女工都能嫁给作家,女大学生就不能爱上修车小伙?你不是有个女朋友,上次你手机里那个,比灵犀好看。姑这话说得,你和二林子都能离婚,我为什么就不能分手?老妈来电话,白杨啊白杨!她声音打战。白杨说,你别急,出什么事了?宝贝闺女,老妈我胜出了,幸福来得突然,我有点晕。我和老钱头领结婚证了,我给你报个喜。

晚上白杨给灵犀痛说草帽:那小子就是机灵,上幼儿园那会儿就热爱劳动,总是抢着当值日生,当值日生可以去厨房打水,顺便偷吃几块锅里的肉。上学那会儿不爱学习不写作业,一年下来书本还和新的一样,就这样居然能考出高分,你说这不是天才?高考落榜,草帽大骂,该死的摄像头,老子从小到大第一次失手。有一次在菜市场,前边一女的掉下来一张钞票,草帽飞奔过去用脚踩住……还有一次……真的吗?阿姨,原来草帽这么厉害,我简直爱上他了!

11

一进门,白杨就看见桌子上放着一堆花花绿绿的药瓶。这一瓶是保养心脏的,那一瓶是预防"三高"的。老妈逐个向她介绍,都是用老钱头医保卡开的,她得意地从衣兜里摸出两张卡,老钱头统统让我保管。还要感谢路作家指点,他简直就是诸葛亮。等下我给他好好炜一锅猪蹄子。老妈沉浸在大功告成后当家做主的喜悦里,白杨实在不好把草帽捅的娄子告诉她。就老妈那张破嘴,说不准哪天就泄露给老路了。她都开始羡慕老妈了,刚刚进门就掌握了财政大权,再瞧瞧自己。老妈说,草帽姥姥昨天住进医院,嫂子正在医院护理,自己不知道送些什么东西好,就去药房买了这些。说着递给白杨一个药瓶,这个缓解眼睛疲劳,路作家用得上。白杨忍不住,你买这些钱大爷他知道吗?他那个人除去吃喝享乐,其他事懒得管。老妈压低嗓子,每月工资都花不掉,卡里不少富余呢。白杨在心里骂,娘的,都是大男人,做人的差距咋这么大呢!于是,上去见见这个慷慨老头。

老钱头正在屋里听广播,他穿了件紫色的格子衬衫,头上居然还扣着鸭舌帽。他一面张罗着拿水果一面感叹白杨命好,谁能想到呢,你比大雁小雁强,那俩丫头现在啊……问问作家电视剧需要老头不?我可是个帅老头。老钱头说着就从柜子里翻出一摞帽子,你看戴上这个像不像特务?还有这个戴上像画家,这个戴上像运动健将,等我再戴上墨镜你瞧瞧……嫂子来电话说回家取东西没带钥匙,白杨眼睛一亮,从老妈那接过钥匙,俩老人也一起想跟着出来。白杨攥着拳头机关枪一样道出草帽的好事。嫂子一点都没激动,还晓之以理给白杨指点了迷津。

这个事嘛,草帽确实做得不妥,可一笔写不出两个白字,既然有欠条我们就不怕他,姑且我们就相信他一次,给他个机会。嫂子一口一个我们,俨然已经和她统一了战线。杨啊,人都有动不了的那天,总得给自己找条后路的,草帽多机灵个孩子,一定错不了,我们就等着享福吧。你这人天生有福气,一不留神撞上路作家,这又白捡个大儿子。你知道养个儿子要付出多少?好事都让你摊上了。这个护犊子的女人讲得嘴角冒白沫。白杨说,老路一直在外面写戏,这事他还不知道。

路作家就是知道也不要紧,他那么大度大方、大人大量,他也喜欢草帽的,上次还送礼物给他,老爷们儿个个重男轻女。嫂子啊,他再重男轻女跟草帽也沾不上边!杨,抛开草帽不讲,路作家多迷恋你啊!上次你回来,他连着三个电话往回催。白杨心里叫苦,你知道个啥?那是催我回去做饭。杨,妹子,咱们都是女人,说实话我好个羡慕嫉妒恨,你现在可是我们白家的后盾,碰上大事小情,一想到你我们心里才踏实。嫂子一半真诚一半戴高帽,白杨被架得晕头转向。本是讨债,对方却免费给她塞过来一个儿子,倒像自己得了个大便宜。

白杨又说起草帽和灵犀的事。嫂子一指窗外,老妈和老钱头正坐在楼前的大树下乘凉,老妈用蒲扇一下一下给老钱头扇风。相濡以沫的人间图景,祥和安宁,就像歌里唱的那些最浪漫的事。注意,马上就不安宁了。有个老太太走过来,先是拍拍打盹的老钱头,又把手里的两条鱼递给老妈。老妈不干了,蹦起来把鱼摔地上,两条鱼在地上翻了几个跟头,鱼尾一颤一颤的,鱼鳃一抖一抖的。老妈实在太愤怒了,她索性用脚下的小板凳来表达她的愤怒,扔出去的板凳被老钱头接住,他掐腰像盾牌那样横在俩老太太中间。嫂子说,看老头这身手哪像八十多岁的人?白杨说,都打起来了还有心看风景!那老太太倒机灵,看见白杨她们转身闪了。老钱头踢着板凳说，你先前不这样，先前她们来你不反对，即便反对也不敢说出来，今天还动了板凳，你让我很失望。老妈从地上捡起那两条翻着白眼的鱼一拉老钱头，回去给你煮鱼汤喝，看鳃还动呢！老钱头说，要多放些胡椒粉还有香菜。嫂子望着白杨，你看见了吧，当初我们都在苦日子里挣扎，半路你和奶奶咔嚓一个华丽转身，你们就都奔幸福了。知道老钱头一个月多少退休金吗？我和草帽爸俩人都赶不上。你就更不用说了。爱情本来是年轻人的事，青春和爱情的关系就像鱼和水的关系，现在老弱妇女都来凑热闹，又何况草帽……

12

白杨寝食难安，她下半辈子的幸福如果栽在那三万块钱上，可亏大了。老路虽然吝啬，却能给她平静的生活，像她这般年纪这般状态，还能奢望什么？经过世事的白杨，即便愁肠百结也没有放弃努力，她把为数不多的伙食费统统买了彩票，她愿意相信人生路上的转机和奇迹。这天白杨从彩票站回来，一进门就看见老路和灵犀正聊天，草帽在一边茶水伺候。剧本还没写完老路怎么忽然回来了？吃过饭灵犀让草帽陪着去看电影。老路说，草帽和灵犀还能玩到一起去？是啊，草帽单纯，灵犀简单。他们这代人二十几岁还像小孩子，愿意和同龄的小伙伴玩呢！白杨在撇清，不是草帽勾引了灵犀，是你闺女自己愿意。老路说，草帽有股机灵劲儿，有个剧组里正缺群众演员，刚刚告诉他明天去试试。

草帽在剧组里当了三天群众，一天挣二百块钱。草帽太兴奋了，他说在地上爬几圈就二百块，要是再有句台词的话……演员这活来钱真快!

咖啡厅里,嫂子对老路表达了一百二十分的感谢。嫂子说,我们这一家老小还不多亏您?您造化了白杨、指点了奶奶、帮助了草帽,您是我们全家的大恩人呢!以后草帽还要指望您提携。老路在酒店写剧,电话里接到邀请,他先是一愣,今天这剧遇到个坎儿,老路正头疼,也好,权当放风了。我一个摆弄文字的,其实也没有多大本事。路作家别担心,我就是想和您探讨一下人生,人生这个题目太大,就探讨生活吧!哎哟,老路觉得今天没白来,有点意思。路作家,您说这女人一定要用婚姻来改变命运吗?老路说,我一直赞成女人自强自立。嫂子苦笑,我十五岁入团,二十岁入党,三十岁当劳模……她从身后取出一个旧皮夹,老路认出是早年公交售票员用的票包,看得出主人的精心,肩带上缠着毛线编织的线套,包口那儿缝着红布条。嫂子从里面取出一摞小红本,她一个个递给老路,有工作证、三八红旗手证、线路标兵证,还有劳模证……老路看见工作证上的一英寸黑白照,眼前这个女人那时候多年轻,饱满的前额、薄薄的嘴唇,多像……男人从来不嫌麻烦,总是在心里把女人比来比去。公司改制后男售票员学开车,女售票员下岗回家,她们不少人都去干保姆、干服务员,我不干,我当过劳模、当过标兵,和那些人不一样。在公交车上我把乘客指挥得妥妥帖帖,前面的乘客往里让一让,后面的乘客抓紧上一步,好嘞!我顶愿意吆五喝六的。我去面试大堂经理,老板把十几个服务员叫过来,我上来一顿吆喝,成了。老路说,这不很好吗?自强不息。好什么好?扑腾这么多年,到头来都赶不上白杨和草帽奶奶,我这心里别提多悲催了。老路说,每个人的生活方式不一样,不要看别人,关键是自己要活明白。咖啡馆里正放着一首缠绵的歌:"我不明白呀,我不明白……"嫂子说,我也不明白,路作家,我有个疑惑,你为什么看好我家白杨呢?是啊,这个问题不光嫂子要问,好多人都丈二和尚,连当事人白杨都没弄明白。

老路还是小路时就迷恋诗歌,迷到什么程度?就像现代人迷手机那样,他手上总拿着本诗集。小路不光爱读,他还会写,大刊小报没少发表。小路坐火车去北方游玩,夜晚车厢里的灯光很暗,像一个蔫软的橘子发出昏黄的光,角角落落都被罩上一层雾蒙蒙的黄,对面那个女孩在摆弄一只橡皮狗,昏黄的光线下,她光洁饱满的额头上发出一种奇异的光,从一旁望过去像是为自己挑起的一盏小灯笼。她就镶在灯笼下的光晕里,那只橡皮狗被她把玩成一个小球,她笑了,露出一排整齐的牙。小路捧着诗集当即声情并茂地朗诵起徐志摩的《沙扬娜拉》,小路看见那个女孩抬起头,小路还看见女孩脸上骤然升起的红云。她叫梅子,北方一座小城的电台播音员。

后来小路把梅子带回山西老家,他老妈偏偏不开心,一个白白净净的大儿子,又读了大学,为了一个丫头说往北飞就往北飞,她当然愿意把儿子捧在手心里!儿子可是她苦心培养的,为他曾经流过的汗,为他曾经花费的钱,精打细算的小路妈又怎能不考虑成本回报这个事?这眼看就见到回头钱了,谁想到……仙女又怎么样?还不跟花似的,要不了多久就蔫了、谢了、败了。老妈对事物的认知朴实却很有哲理。她可是十里八街的人物,小时候每到月底,妈就去爸单位领工资,领回来交给姥姥,姥姥把钱塞进裤腰里,需要时进去摸一张,姥姥每次往外摸钱都很吃力,像从肋条骨里往外拽。那时候学校组织看电影要一毛钱,姥姥不给,姥姥告诉他邻居小强家的灰桶里有个牙膏皮。后来姥姥不在了,钱又钻进妈裤腰里,妈比姥姥厉害,她裤腰外面又添了串钥匙,妈把衣柜、米柜、碗柜都加一把锁,里面锁了哪些宝贝呢?几件旧衣服,一点五谷杂粮,锅碗瓢盆、豆油瓶子、咸盐罐子,这些东西没什么,却是一种权力的标志。她每迈一步身上就哗哗响,哗啦,哗啦,一片当家做主的声音。老妈持家有道,男人每月的黄酒、孩子跑步的球鞋以及日常伙食都有统筹安排。老妈像领导一样掌控大局,局部的零碎活就摊派到爸头上。买菜做饭洗衣服,爸本想在火热的劳动中昧几个零花,妈给爸两毛钱买一碗甜面酱,妈拿眼一搭,你这是一毛五分钱的。爸就像泄了气的皮球,当,一枚五分硬币掉在地上。狗急了跳墙,爸急了自己想办法,爸拉上他在夜深人静时戴上口罩,手里拿着铁钩和蛇皮袋子,出没在大街小巷垃圾堆旁。换了钱就藏在鞋窠里,赚到一定数目爸领他去馆子里吃红烧猪蹄儿。爷儿俩捧着猪蹄一阵狂啃,爸催促,快点,快点,说不定你妈一会儿摸来了。爸一边用卫生纸擦嘴角上的油一边叹息,我这辈子就这样了,以后你可要活出个主权来。小路懂事地点点头,于是牙缝里涌出一股使命感。铁钩、蛇皮袋还有红烧猪蹄,那是他童年里最温馨幸福的记忆。

老妈无奈地给儿子讲了关于红颜祸水的典故……记住,漂亮媳妇都是给别人养的,你小子等着瞧吧……趁没人,爸拉住他袖口,走吧,管他三七二十一。

老路在北方小城的群众艺术馆谋得美差,他也从一个诗歌爱好者成功转型为专业诗人。可不,人们都路诗人路诗人地喊。小城里有一道特色菜八珍酱猪蹄,听说是祖传秘方,乾隆年间就有,不知比他们家乡的要好吃多少倍。小路堂堂正正甩开腮帮子,他动作敏捷,分分钟的工夫就能啃个溜光。他感慨道,美味猪蹄,我的人生观。于是想起他那可怜的爸,马上写信,这里男人喜欢大碗喝酒大块吃肉,美味猪蹄让人忘忧,速来品尝。没几天接到回信,你妈说要一同前往,那再说吧。一个同事去老家出差,正好捎回去几只。老爸回信,都说天上龙肉地下驴肉,要我说天上龙肉,地下八珍酱猪蹄,我儿一边抱美人一边啃猪蹄,人间天堂莫过如此。此乃家门大幸,祖坟冒青烟。你妈那个抠门玩意儿,把每只猪蹄分成三份,每次仅允许我吃一份,想到我儿每日里能拿猪蹄当饭吃,为你高兴。

小路热情高涨,他开始疯狂写诗,一堆一堆写,家里门上、墙上、窗户上都粘着五颜六色的彩纸,彩纸上是他的大作、梅子的小楷。梅子写得一手漂亮毛笔字,她匍匐在地板上,小路说一句她写一句,说一句她写一句。梅子在家里总爱穿件宽宽大大的棉布睡袍,把她整个人都装在里面,只露出一颗漂亮的小脑袋。梅子包在睡袍里的身体柔韧有型,她有芭蕾舞功底。一缕青丝落下,她手一撩,明亮的额前蹭上墨汁。小路在爱情和诗歌里徜徉,晚上他拉着梅子来到明泽湖边,梅子说,你诗里提到的普罗旺斯真有那么好吗?小路告诉她,那是个比天堂还美丽的地方,就在法国东部,从现在起我们把稿费存起来……

生了宝宝的梅子更漂亮了,小路的诗也释放起人间烟火,他诗里写道:窗帘、被单、尿布像风中的彩旗哗啦啦飘。小路把诗歌糅进现实生活。他熬的白米粥亮晶晶,他煎的小黄鱼金灿灿,梅子最喜爱那有情有调的白米粥了,里面又是藕粉又是枸杞、莲子,梅子喝粥时喜欢先把枸杞捣碎,枸杞粘在她贝壳一样的牙齿上煞是好看。梅子说白米粥是她餐桌上的小太阳。梅子后来被调进电视台,从电台到电视台的跨度,是从声音到影像的飞跃,梅子忙成了一只鸟,扑啦啦到银屏前,扑啦啦到大千世界。小路手忙脚乱地盯着鸟儿飞向天空……有一天小路擦地板的手忽然停下来,想起他那能干的爸来。

小孩没娘,说来话长,其实不算长,连过渡都没啥创意,就像电台和电视台,原本就在一个办公楼里,只是电视台花样繁多。灵犀上幼儿园那年梅子应邀去了普罗旺斯。小路说过的人间天堂,已经被她踩在脚下。薰衣草、葡萄酒以及哥特式古堡,阳光从柏树叶间透露出斑斑点点的金色,风儿轻柔,雀鸣婉转,梅子满眼都是纯美的薰衣草,这恭候爱情的紫色小花啊!梅子怎能辜负?她就此转过身来,投身邀她去普罗旺斯的那个人。

老路看得开,不看开又怎样?梅子是他小路时代的爱情,一份奢侈品,就像天上的彩虹睡眠中的美梦,他已奢侈过了。现在他是老路,老路就要有老路的活法。他把白米粥坚定地保留在生活里,那是口福,也是生活态度。他没日没夜看书写诗,什么失落,什么一去不复返,那列轰隆开过的火车,却是无以寄托、无以施与……把所有的郁闷心情化作诗歌出发,把世上美好的事物载入诗歌出发!其间老路历经教师、医生、公务员、个体经营者,最后他豪迈地选择了白杨,一袋米,一个女人,再加上一把打扫灰尘的扫帚,这些东西放在他面前,就是生活的全部意义和画面。

13

在咖啡馆里老路告诉嫂子,白杨是个会脸红的女人,我喜欢。嫂子像遇见难兄难弟那样抓住老路的手,第一次见面,草帽爸也脸红了,我们就结婚了。我为这个家出过多少力、流过多少汗,他们白家人都愿意听我的。路作家别误会,现在我们都听您的。老路说,还是听你的吧。嫂子说,谁有本事听谁的,我们家草帽最爱听您的。您能不能给他解决个工作?在车行里总不能干一辈子。草帽会修车会开车,这又演戏了。

路作家帮帮忙,我们家草帽一定要比过那丫头。哪个丫头?哦,说起来有点远,在公交车上卖票那会儿,我和开车的司机好,后来他调到办公室看上了财务科出纳。有人给我介绍草帽爸,我一生气就嫁了。后来那女人也下了岗,自己开个小店干缝纫活,就屁大个地方,一台缝纫机一堆烂线头,俩人都转不开身。我呢,应聘上大堂经理,酒店大堂宽敞得能骑自行车。其实之前我早占了上风,我家生儿子,他家生姑娘,后来他家养出租车,我帮草帽爸用假文凭进了热电厂。说实话,这么多年是那个家伙激励着我,刚下岗那会儿别人都凑合着再就业,我心里憋着一口气,就是不凑合。可现在那丫头是外企白领,我家草帽是修车工。

老路看着她喋喋不休,想这女人倒是有股子倔强,前男友竟成了她生活里的参照和奋进动力。老路看看表,今天出来的时间差不多了。他趁去卫生间结了账。这让嫂子很过意不去,本来是我请客,却让您结账,这话怎么说的!老路说,你像一个朋友,一个曾经的朋友……

14

白杨在彩票站里撞大运,和她一样撞大运的人还不少。大家为了共同的发财目标聚集在一起,有人拿着万年历推算,有人在坐标纸上画表格,有人则反复推敲一些稀奇古怪的号码。白杨没那么专业,脑子里琢磨个号就买下来。当然也中过两次,面值没超过十元。想通过这个途径发财好比去天上摘星星。白杨现在哪有什么更好的办法?闹闹哄哄在这选几个号,听着那些差之毫厘、失之千里的叹息,一天也就打发过去。老路仍在酒店写剧,灵犀成天跟着草帽在外面跑,她也懒得去管。好久没去哥嫂那里吃饭了,彩票站旁边有个包子铺,早上白杨拿着冒热气的包子刚在彩票站坐下就接到老妈电话,宝贝女儿,宝贝女儿。别宝贝了,说正事。我现在在医院里。白杨着急,生病了?不是,老头子住院了。哦,白杨松口气。你赶快过来,路作家最好也过来。白杨不高兴,有你照顾就可以了,我们去干什么?老钱头的病说是我给害的,大雁小雁要把我送进监狱。你和路作家快过来援助我,快啊!尽管老妈恨不能让她飞过去,可白杨还是先回家把自己打理了一番,她搭上一件和这个季节不大相宜的披肩,戴上太阳镜,喷上香水。她和老路赶到医院时,看见两个女人正围着老妈吵。哪里还有什么大雁小雁,曾经两个身轻如燕的姐妹,已让时间折断了翅膀。而白杨身上的翅膀是那么鲜艳夺目。一件比被单子小不了多少的淡米色披肩,上面开着奶白色小花,是那种纯正的手工家织布,是老路在云南一个小作坊里买的。老路的本意是当壁挂,白杨没深没浅地往身上缠,老路就觉得可以一石二鸟。披肩本身就是一种象征,虽然不昂贵,却充满艺术气息。尤其在这大热天里,就更显得超凡脱俗。艺术本身就是一种力量,这种力量完全可以给一个普通人增添砝码,从而成为盔甲,让人变得坚硬挺拔有力量。此处无声胜有声,大雁小雁嘴巴立刻上了封条。老钱头是因为血糖过高导致昏迷,究其原因是老妈给了太多甜食,让老钱头的血糖一下子蹿到二十八,医生说哪是吃糖,吃砒霜呢!老钱头已经稳定,躺在病床上翻一本漫画。老路来到床前,钱老先生以后还要不要拼命吃甜?要,喜欢。白杨抖了一下披肩,一双眼睛笔直地射向大雁小雁。老妈一下来了精神头,宝贝女儿,她们说我谋害老钱头,还说要把我送进监狱。老路拿过那本漫画问,老先生喜欢看漫画?没事翻翻,其实我更爱看美人杂志,就是那种大美人头,纸厚厚的,还发亮光。你有就拿给我看。好,但你要保证不吃甜品,看看这次多危险。路作家,你那电视剧里需要老头的话找我啊,我穿上运动装戴上帽子老帅了。老路叮嘱老妈,年纪大一定少吃甜,以后可要当心。他和医院里一位主任很熟,等下要去拜托人家关照。白杨和老路正准备离开,老妈可怜巴巴地拉住白杨的手,老路说,病房里人多影响休息,您回去给老先生煮点粥,千万不能放糖了。出门时白杨则夸张地挽住老路的胳膊。老妈也乐滋滋地跟在后面,她像刚参加完一次饭菜很硬的婚宴。路作家就是气派,往那一站她俩就老实了,之前凶得差点把我吃掉。不过等会儿送粥我还有些担心。老路要赶回酒店,他让白杨今天陪老妈。分手时老路说现在电视剧拍摄正在紧张阶段,没大事不要打扰他。灵犀过几天要回去,走时把家里那三万块钱给她带上。

15

分分钟的幸福还没来得及细嚼慢咽就被打回原形,白杨愤愤地踢飞一个矿泉水瓶子,正巧落在一辆自行车前面。这不是二林子吗?白杨设想过多种和二林子见面的情景:她拉着老路的手散步,前面小商贩正和城管纠缠,那个拿着铲子的正是二林子;她坐的小轿车撞翻路边的烧饼摊,她从车窗伸出头去……二林子头戴白帽,腰间扎着油渍麻花看不出底色的围裙,车后座上驮着保温箱。二林子好像很疲惫,眉眼上挂着面粉。老妈兴奋地迎过去,二林子这自行车骑得好苦,挣了那些钱,该买个新的才对。我老太太可要给你作揖,多亏你那拳脚,把我们白杨打到和作家一个屋里吃饭去。白杨斜她一眼,你去煮粥,等煮好打电话给我就是。白杨此时被那三万块折磨得哪还有脾气,如果老路早些告诉她,怕是在大雁小雁面前也不会有刚刚的威风。烧饼还好卖吧?凑合。听说你得了个儿子？二林子苦笑,老天爷和我开了个大玩笑,那女人丈夫根本没死,是偷东西被关进监狱,出来后硬把她给拉回去,两人从来没办过离婚手续。她舍得孩子？有什么舍不得？她愿意快脱身呢！一个脑瘫孩子,这么大了都站不起来。那现在……现在白天雇人看着,晚上我带。平时哪好意思和别人讲,我说孩子他妈去乡下照顾老人了。二林子像看见久别的亲人,恨不能把肚子里的苦水都倒干净。一切都是命,命啊！听说你找了个有本事的作家,这就好,这就好。你这是去哪？昨晚孩子高烧,折腾一夜,现在在前边社区医院挂吊瓶,趁他睡了,我把定下的烧饼送去。是这样,那在什么地方？你照顾孩子,我送去。送过烧饼,白杨来到社区医院,顺便给孩子买了点水果。这个医院就在家附近,走路也就几分钟,相当简陋,一个戴眼镜的老头是大夫,一个胖胖的妇女是护士,总共还不到十个床位,可里面热闹兴隆,附近居民有个头疼脑热都到这里来。孩子还在睡觉,小脸蛋红扑扑的,稀疏发黄的头发粘在脑壳上,二林子坐在床边打瞌睡。护士过来换药,她朝白杨扫一眼,像忽然想起什么来,又朝二林子看过去。护士是个胖子,脖子老粗,她看人需要不自觉的三个步骤,像要告诉对方,我看你呢,就看你呢！白杨猛然想起来,那次她被二林子打得满脸开花,就是胖护士给处理的,她一面擦酒精棉球一面安慰,前天来那女的比你还惨,牙都被揍掉了,听说回去就离了。你这,揍完还陪着来医院。二林子转身出去抽烟,看着床上的孩子,白杨说不出心里的滋味！多像一部戏,难道不是吗？一个卖烧饼的男人,背叛妻子后又让那个乡下女人甩了,他们生了个病病歪歪的孩子。简陋的摊铺下面,男人一边烙烧饼一边喂孩子,多么凄惨悲凉。那个妻子就不一样了,她脚蹬高跟鞋,围着大披肩,一看就气度不凡,当然有气度,她都到医院看孩子了,还买了水果。要不是那个该死的窟窿,她都能笑出声来。白杨用卫生纸把床头小桌擦抹干净,向临床借了水果刀,把西瓜分成一片一片放在饭盒盖儿上。她想起有一年夏天特别热,大地像一片叶子那样被烤焦了,只有街边一堆硕大的西瓜如一滴还没蒸发的水珠,闪着清凉的绿色的光芒,二林子奔过去用拳头敲开一只,他俩就坐在街边吧唧吧唧吃。二林子抽烟回来递过一片西瓜,上面的西瓜子掉下来露出一个圆圆的小窟窿,那什么,你……能借我三万块钱吗?白杨声音小得蚊子叫,二林子当然听见了。病房里一片静默,消毒水和香水的味道交织在一起,人心慌慌的。老妈来电话,白杨啊,我刚刚出门把脚扭了一下,要不你去医院送粥?白杨问要不要去医院拍个片子。不用不用,歇歇就没事了。在门口那个胖护士小声问,你们,还过着呢?过你个头!

16

　　白杨看见老钱头坐在病床上和人东拉西扯,说他们单位那些老头成天围着机关门口转,见有人抱一箱鸡蛋出来就打听,你们分鸡蛋了?我可没那份闲工夫……白杨问,怎么就你自己,她们呢?她们爱去哪儿去哪儿,我懒得管。白杨把粥盛在小碗里,是红豆糯米粥,这粥熬得真争气,又黏又稠,整个病房都飘着袅袅的米香。刚端起碗,邻床一个老太太从外面回来,她抽抽鼻子,好香的粥。钱老头要白杨扶他下床,白杨以为要去厕所。老头下地从柜子里拿出一个小碗,倒满满一碗粥给老太太端过去。他看看白杨,上午她给了我一个猕猴桃,礼尚往来嘛!他坐下喝两口粥又要穿鞋下床。白杨说,你还需要什么?我来。你去柜子里把帽子拿来。喝个粥还戴什么帽子?老头放下碗要自己拿,白杨只得给他拿过来。戴上帽子，老钱头冲那个老太太笑笑，又朝白杨敬个礼。白杨被他逗乐了，这个老头！护士来打吊瓶，老钱头嚷，你先回去，我要喝粥，不然就凉了。护士不理，几下子就在他手背埋上吊针。白杨端起碗，用不锈钢小勺把粥送到他嘴边，老头一愣，接着就把眼睛眯成一条缝，把嘴巴张成一个瓢，甜甜的红豆粥，怎么舍得一口咽下去？他要在嘴里含一会儿，多含一会儿。一滴米汤掉在胸前，白杨擦干净又把毛巾前前后后围他脖子上，小雁进门时，正看见白杨喂她老爹喝粥。老头这会儿没工夫搭理她。小雁坐下，无聊地把带来的葡萄一个个剥皮，圆溜溜的紫葡萄顷刻就变成晶莹剔透的绿珠子，小雁看似漫不经心，实则正用眼角卖力气地瞧个究竟。白杨把粥一勺勺送到她老爹嘴里，一粒米粘到唇边，白杨用小勺轻巧地扫进去，喂完粥还投了热毛巾在她老爹脸上搞了一遍卫生。再看她老爹那副陶醉样，不由得起了一身鸡皮疙瘩。这老头喝迷糊汤娶了白杨妈，看看现在又饶上个孝顺闺女。老太婆的目的谁都清楚，可白杨……她不是找了个有本事的男人吗？白杨本没打算把感情表达得这么细致淋漓，倒是小雁鼓舞了她。她一边剥着葡萄一边看着窗外，目光空洞，眼中无人，她是在刻意摆出一种傲慢姿态。那么没办法，白杨也要表现一下了，她刻意放慢了每一个动作，还夸张地添加了抖披肩的情节，就像电影里的慢镜头。一碗热乎乎的稀粥变得透心凉，老钱头才不管，他多想就这么一直喝下去，喝下去。两个女人默默地较着劲，谁都不搭理谁，却又暗自偷窥，窥着窥着一不留神，咣当，四只眼珠撞到一起，白杨笑了，笑得很有内容。小雁愤愤地过去把一颗葡萄丢进她老爹碗里，给你，糖衣炮弹，然后摔门而去。一个米粒儿溅到老钱头鼻尖上，浑蛋玩意儿！门吱呀呀弹出一条缝来，这时候上帝那双温柔的手就从门缝里钻进来，在白杨脑门上轻轻一拍，一缕微风吹在身上，沁人心脾。

外面的空气真好，阳光浓浓地洒下来，老钱头立刻像被镀上一层金，那颗花白的脑袋顷刻灿烂了。他笑眯眯的，一脸慈祥，如果认真考究，那慈祥里还冒着一泡坏水。白杨把他安置在树荫下坐好，医院的后花园里有不少穿着病号服的患者走动，有慢慢散步的，也有让人用轮椅推着走的。白杨一指，等下也给你找一辆车。老钱头呼啦站起来，猛然抬起一条腿，白杨吓得赶紧扶住他。我这腿脚上山都没问题。这病号服不行，我要是穿戴起来才年轻呢！那次在公交车上一个小朋友就喊我叔叔。一辆轮椅从他们面前经过，老钱头轻蔑地翻了下眼皮。他看见车上的老头对推车的女人说了什么，女人就拿出指甲钳帮老头修指甲。你有指甲钳吗？也帮我修一修。锉刀在老钱头手指上打转，一圈又一圈。顷刻间，长满老年斑的手和涂着指甲油的手交织在一起……

打发了灵犀没几天，草帽也走了。草帽说，好男儿志在四方，不管结果怎样我都想长长见识。灵犀支持我，她给我三年时间，成功了就做我女朋友。灵犀让姑父给我联系了北京一家文化娱乐公司，先跑跑腿，边干边等机会。草帽的离开让白杨多少有点失落，尽管草帽给她制造了不少麻烦。

老妈在电话里告诉白杨，出大事了，出大事了，出家贼了！白杨说，你再这么一惊一乍的我也该住院了。老妈讲她去银行取钱，发现竟然少了三万块，老头承认把钱借给一个老战友，鬼才相信，准是贴给哪个老妖婆子了，该死的妖婆子，出门撞个稀巴烂。白杨告诉她，老妈做人要知足，知足常乐。你再这么大呼小叫的，当心他把卡收回去。老妈说，我看他跟旁边那个老太太聊得热闹，你说他们是不是有一腿？要不让路作家来观察观察。白杨拜托她不要疑神疑鬼，她天天送饭怎么没看出来？老妈说，有宝贝闺女在这儿我就放心了。

17

白杨现在的日程是这样，从老妈那里取了饭送到医院，喂老头吃过午饭，扶他在医院的花园里遛几圈，然后坐在大树下剪指甲，老钱头的指甲差不多给剪秃了，不行，他非要剪。白杨只得象征性用小锉刀在上面磨两下。磨着磨着，她那只手就成了老钱头的手把件，老钱头稀罕死这个手把件了，就像对待珍宝和名贵瓷器，捧在怀里一下一下摩挲，事先还悄悄去小卖店买了护手霜擦上，唯恐对不住那温柔的手把件。老头非常痴迷午后这段幸福时光，他坚决地把午睡也放到户外去。到底是老了，不想睡也得睡，他轻轻握着手把件，一颗花白的脑袋已经放到白杨肩上。有一次还在梦里哼起了歌。白杨也闭上眼睛，午后的阳光从树上透下来，细碎的光斑在她眼皮上又蹦又跳，好像被人调皮地逗弄着。曾经这是一双多么有力的大手，一手拉着大雁一手拉着小雁，拉着她们吃冰棒，拉着她们买新衣服。白杨的记忆里，她老爹的手厚重且有力量，那是一双拿大锤的手，啪一下，铁块被砸成铁饼。小时候这双手常常会光顾白杨的脸蛋和屁股蛋。那时候的孩子恐惧妖魔鬼怪，白杨不知道妖魔鬼怪啥模样，但她老爹铁钳一般的手实在令人寒战。那时候多么幻想能有一双温柔的手，拉着她在黑夜里慢慢走，就算再黑都不会害怕。

白杨觉得她完全可以掌控这个局面，无非是太阳地儿里的手把件和枕头，一个耄耋老者的肺活量能吹起多大风浪？又那么明晃晃地大白于天下，再说白杨对老钱头没有任何不良情绪，她甚至联想到在天台上享受阳光的老路，那么安宁悠闲，那么旁若无人。许多斑斓的光跳跃在闭着的眼皮上，什么都不想，就么安安静静地享受阳光。也绝非单单你情我愿的男女，当真包含着一种父爱的弥补，至于老钱头的心思她无暇顾及。大家各取所需。白杨想得简单了，人还得休个礼拜天呢，何况太阳？人家也不能天天出勤，这不就碰上雨天了，还是个连雨天。老钱头在病房里憋得不行，一会儿趴窗台看看，一会儿百无聊赖地摆弄帽子。前几天他让老妈把家里所有帽子都送来了，外加一套运动服。老钱头把小帽一戴，两只手往兜里一插，端着肩膀在病床之间来回溜达。旁边老太太揶揄他打鸡血了！不好，大夫来查房了，赶紧换病号服，手脚不利索还是被撞上，这老头要当模特呀！他朝白杨吐吐舌头。白杨赶紧避开。他让白杨给气象局打电话，这都连下三天了，问问什么时候晴天！这几天把老头憋得心里长草，再这样下去都能憋疯。老钱头盘算等天气好了他要在大树下面支个钢丝床，那样一日三餐都可以在外面进行了。他嚷着剪指甲，白杨没理。不给剪那就出去转。白杨说，你看看这么大的雨。老钱头说，可以打伞。老妈推门进来。老钱头一挂脸，你怎么来了？他坚持要出去转。老妈不明白他又闹什么幺蛾子，得，就出去转一圈，白杨说过就拿他当个老小孩。不、不用你，我要和白杨去。一边的老太太憋不住乐。白杨脸上像被人抽了似的，我还有点事……夜里白杨睡得正香，老钱头打来电话，现在雨停了，我们去外面……

　　白杨嘴角起了好大一个水疱，再这么折腾下去可要出大笑话了。冤有头、债有主，她告诉嫂子，灵犀走时老路让把那三万块钱给她带上，自己没办法只能向朋友借。现在那边急催。哦，草帽那天来电话还打听你，说以后发达了一定好好孝顺姑。白杨急了，那是后话，要孝顺现在就把钱还上。嫂子一点都不急,她倒愿意看白杨火烧火燎的样子,看她嘴角的疱有黄豆粒大,她琢磨着白杨胸膛里该有多少火苗呢?放上一锅水也能烧开吧。水疱亮晶晶的,泛着光晕,光晕下的白杨通体透明。看看,路作家挣了那些钱,妹子倒为钱犯了难。白杨说这不是钱的事,关键是草帽不光彩的行为。杨啊,你们家的财务路作家掌管吧?要我说咱们女人啊,还要争取个家庭地位,哪能就图个虚名?白杨的心当即被戳了一针,文化人和你们表达方式不一样。白杨把"你们"这两个字咬得很有重量。我们早计划好在郊外买别墅,老路说房产证用我的名。白杨把"我们"这两个字拉得很长很长,带着余音,带着愤怒。嫂子答应还钱,一定还。可什么时候还她没想好。等等,急什么!她想听听一锅开水咕噜咕噜冒泡的声音。嫂子与白杨,她们之间不是道德问题,也不是沟通问题,而是属于女人之间的纷扰和纠结,再说这世上姑嫂之间能有几分亲情?面和心不和都算最高境界。

　　白杨扶着老钱头打着伞迎着风雨在花园里转悠。老钱头拽着那心爱的手把件,半个身子牢牢斜在白杨肩上。那也是一百多斤的重量,白杨哪撑得住?你刚刚在病房里不是挺精神的,又抻胳膊又伸腿。我浑身没力气,可能是老风湿犯了,不行了,你得揽住我的腰。不行赶紧回病房,你要躺这里我可没办法。老钱头不理睬,仍旧舒舒服服地把她当杠杆。白杨好不容易把老头拽到墙根,好几年没干这么重的体力活了,要了命了。墙外边有个老太太打着伞在遛狗。她凑过来,你老爹在屋里待不住吧?她往脚下一指,和我们这个一样,闹死个人……

　　白杨向嫂子摊牌,现在草帽可在老路朋友的公司里,如果老路知道他是这副德行,你们看着办吧!嫂子虽然心有不甘,但想想白杨说得也有道理。她琢磨着应该把账平了。嫂子的钱被股票套住,但三万块也不是难题。你们不了解有些女人吗？她们往兜里装钱时欢天喜地，越多越好，反过来嘛……呵呵，你们懂的！

这世上有好多种遇见，嫂子和老路，他们不属于不期而遇，是本来就应该。之前嫂子并不知道老路就在她们酒店里写剧本。现在嫂子负责餐饮部，而老路多数时候是把饭菜叫到房间里吃。嫂子遇见老路时，他正在餐厅里和几个朋友吃饭，老路情绪高昂，剧本已经收尾，关键是投资方已经把余款打过来。老路尽量收敛自己，争取喜怒不形于色，可真金白银揣在身上谁都难免。手机短信通知他钱款到位那一瞬，老路用手抚摸着那张银行卡，就像爱抚刚刚得手的情人一样，于是便发出一番对生活的感慨。想他从一个血气方刚的小伙被岁月打磨成半大老头，其间历经了多少酸楚和疼痛。有一段时间他穷得就剩下诗歌了，文人当然要有气节，没有也得有，活生生得把气节给逼出来。吃素、克己、吝啬，后来逼出一个铁骨铮铮的精神贵族。而这一刻老路却对财富有了另外的感悟，其实财富就是一种自由度的体现，是选择空间和做人的底气。

老路见到嫂子时已经酒过三巡，肚子里有酒，文人就不再酸文假醋。文人也是人啊！老路发现身着经理制服的白杨嫂子换了个人似的，像模像样带着一股干练。嫂子一挥手让后厨加俩菜。有人问这是谁啊，老路真不知道她怎么称呼，嫂子是万般叫不出口的。嫂子很机灵，我是路作家的亲戚，也是这里的餐饮部经理，有什么需要直接吩咐我就好。嫂子敬酒，她发现路作家今天跟平时不大一样，嫂子的印象里，他总是端着，有种拒人于千里之外的感觉。今天却家常随和，和人碰杯的间隙还来几句笑话。嫂子当然要感谢他对草帽的关照。就是举手之劳，说起来草帽也算我大侄儿。老路压低嗓子，从白杨那里我该叫你嫂子才对。这怎么使得？嫂子脸都红了。一圈酒后嫂子已经放开，她感慨有多羡慕白杨，那丫头就是命好，简直都让人嫉妒。听说你们要买别墅了，而且用她的名字。老路一愣，这一愣的表情很短暂，也就一眨眼，可还是被嫂子捕捉了去，哦，是这样！

老路喝了好些酒，他这辈子还从没喝过这些酒，关键是他这辈子也从没见过这些钱！老路把大家喝倒了也喝跑了，还说饿。嫂子让后厨盛了白米粥，还有一份小黄鱼。老路眼睛一下子润了。听白杨说你喜欢这个。老路要倾诉，他要把肚子里的块垒一股脑儿都吐出来，哪怕对面是个打扫卫生的老太太今天也休想离开。餐厅打烊，老路不走，嫂子只好让服务员把吃食拿到露台上。露台更好，能看到星星月亮。老路嚷着要红酒，嫂子又去吧台拿酒。老路说，我们家天台上也能望月亮，还能望北斗七星横夜半，白杨不懂星星也不懂月亮，白杨什么都不懂，就是听话，白杨可以教化。嫂子，不，妹子！你摸我这头热吧，可梅子不理睬，烧到四十摄氏度都装没看见。她是要去普罗旺斯，普罗旺斯你知道吗？说好我们一起去的，可我那星星沫沫的稿费，她怎么等得起？梅子她是一只鸟，一只美丽的会跳芭蕾的鸟，当初老妈说得没错，她飞得那么高我怎么抓得住？现在想想我又给过她什么呢？一列轰隆驶过的火车，一颗瞬间滚烫的心！我们下车后在铁轨旁找了一块草地坐下。我把两枚硬币放过去。没多久耳边便有了火车的轰鸣，渐行渐近，大地在颤抖，一列火车飞驰而过，一个拳头举到梅子面前，拳头慢慢张开，两枚叠加的硬币被火车轧成了亮晶晶的一个小饼，微微交错，那是一个心连心的形状。梅子摸着还有点烫手的"心连心"哭了，嫁了。老路说那时候人都单纯，一个小把戏就让人终成眷属，可后悔吗？他掏出银行卡，那时候要是有它帮忙筑篱笆……

嫂子完全是被此情此景启发的,她也喝了不少酒,之前真的没有多余想法,即便现在也没有任何企图,只是老路把银行卡那么一晃,让她联想到背负的三万块钱债务。她说自己这些年省吃俭用,买菜都去批发市场,在酒店也抢着加班,倒也积攒了些家底儿。为了让家底儿尽快递增,就让别人带着炒股,那人说有内幕消息。开始是嗖嗖往上涨,可某一天里哐当一下,多年的积累化为乌有……草帽心疼我,也张罗着做点小生意,到现在还欠着三万块,债主天天上门,把我搞得没处躲没处藏。想到这些年为了省几个小钱披头散发的苦相,嫂子眼里噙了泪花。老路着实喝大了,喝大的人难免就要孟浪,就要发神经。他拽上嫂子直奔酒店大厅,那里有一台自动提款机,老路把银行卡塞进去,在上面鼓捣几下,哗啦啦,大厅里一片钞票滚动的声音……

18

老路这次回来特别淡定,他甚至都没和白杨提起那件看似很有分量的事。白杨当然清楚,连报纸上都说高额的稿酬。从前真心没啥想法,可眼下肯定有所憧憬,谁不期待着美好的生活呢?嫂子为她四处搜罗房产信息:你也不要太挑剔,我看蓝湖那地方就很好,价格是高些,但升值空间大,对你们来讲完全可以承受……还有绿山鼎盛和红海听涛……嫂子对买房这事表现出空前的热情,几乎成了房产推销,白杨烦得关掉手机。日子一天又一天,白杨再猴急也需拐着弯投石问路,这就是半路夫妻的尴尬。得想点什么办法!电视上的广告产品、报纸上的旅游线路都成了她的小伎俩。连老妈都不知深浅来发传单了,路作家看看这个,听草帽妈说你们要买别墅,我一个娘家外甥在干房屋销售,直接找他可以八折。路作家就是有远见,把钱放在银行里还不是等着贬值?老路仍眼皮不抬淡定着。文化人都这么沉得住气吗?哪有的事?老路正较劲呢!

老路稀里糊涂损失了两万块,那天一睁眼就看见嫂子在他房间里,他一激灵抓住被角快速在脑子里搜索着零星的记忆,依稀记得他喝大了,这个女人说欠下外债,他就去提款机取了钱。后来呢?实在想不起来了。老路顿时觉得眼前这个女人太阴险,定是趁自己酒醉一步步诱导的结果。他老路平时省吃俭用,怎么可能轻易把钱放掉?都是她精心设计好的。就算他酒后发飙也应该阻拦,而不是趁火打劫。谁不知道酒桌上的话不算话,酒后的事不算数?可这个女人却说,谢谢,您比绿林好汉还仗义。他查出自己仗义疏财两万块——提款机一天的最高额度,还多亏这个额度。老路郁闷,如果丢了他也认,老路现在就觉得被人诓了,还诓得他哑巴吃黄连。这种时候白杨的小伎俩实在没意义了,老路把这些统统定义为一种手段,是阴谋,是算计。连老妈无意的介入都被他定性。你们这些人!原本他也有过一些想法,比如和白杨去青海、去西藏,还打算买一处农家院落,不过这些都被嫂子无意吹起的歪风连根拔起,统统玩蛋儿去吧!老路文人的拧劲儿上来了,他不光要淡定,他还要昨日重现。叫你们惦念我那俩钱!老路把日子又过回到萝卜白菜、生活费的清单、小零钱的回收,连买小黄鱼都限制尺寸。老路说做人要懂得节制,这和条件关系不大。看看那些贪吃的家伙,脑袋有脸盆大,肚子比锅都圆。梭罗说过,贪吃的人是处于幼虫状态,现在有多少人处于这种状态,他们没有梦想,没有追求,成天算计着不劳而获。老路说得直攥拳头,像宣言着某种告诫。

老路也不需要白杨在他眼前多晃,这会让他一环套一环联想到那个仗义疏财的损失,老路说,把饭菜做好就忙你的吧。可白杨她有什么好忙的吗?账目均已平息,老钱头也出院了。现在她也不想和老妈嫂子太多走动,麻烦。白杨去逛大街,逛着逛着就会没来由地心慌。她想起小时候一个人躲在被窝里紧紧抱着自己跟自己叫,亲爱的小孩儿。街上的行人个个那么孤独,还有那些忙碌的小商贩也那么孤独,对,还有老路,不知道这个尘世间哪个人是不孤独的。

老路忽然间喜欢上火车,他买来一辆儿童电动火车,在客厅里铺上轨道,没事拿遥控器开着玩。老路从外面回来身上粘着草叶,白杨问询,他说去铁道边看火车了。火车有什么好看的?这个你不懂,也不需要懂。白杨觉得还是从前好,没有多余的想法,成天围着老路转,日子倒也踏实。

白杨接到老路电话时正在买菜,老路说不用准备他的晚饭,等下他要去银行汇款,然后在街上随便吃点。汇款?是啊!在灵犀那边买房子。白杨听见老路像完成了什么艰巨任务那样长出一口气。老路说要汇出他全部的稿酬,注意,是全部!

南马路菜市场上,二林子正在他的烧饼摊前忙碌,他一面把烙好的烧饼放进一个大铁盘里,一面招呼顾客。看见白杨递过去一把椅子转身又去忙了,正值下班,买烧饼的人还不少。已经有人往她这边瞧了。这谁呀?有熟客问。亲戚。白杨今天没有刻意打扮,只穿了件亚麻连身裙,头发被一根长长的竹簪别着。好一阵没在自己身上花心思了,可如今她随随便便的穿着都会显出韵味来,尤其在一个简陋的布满烟尘的烧饼摊子前。什么亲戚啊?问的人朝二林子挤挤眼。白杨只当没看见,老路的电话让她一阵虚飘,虚飘后是强烈的饥饿感,于是她想到二林子那又香又脆的大烧饼。小时候因为打碎一个碟子,爹把她撵出去不让吃饭,多亏二林子从家里偷了烧饼,那时候烙烧饼的是他爷爷,也许是从前吃得舒服,只要胃发出饥饿的信号,大脑里就会现出烧饼的具象。人渐渐多起来,盘子里的烧饼越来越少,二林子腰间的围裙被零钱撑得满满当当。

烧饼摊上支起一张小方桌,一个白净的女人和一个油渍麻花的男人在对饮。如果有人从旁边经过又无意间瞧到这一幕,哪会想到他们曾经就是一家人呢?那些曾经的挥之不去的记忆……

二林子就着花生仁送进去一口啤酒,如果早一点开店都能开上汽车。是啊,早离开酒店你就不会遇见那个女人了。都不好意思问你,你口味两极分化得让人无语。当初你求婚送的香水吧!你知道我喜欢这个,还悄悄喊我小香。怎么就找上个狐臭女人?那次去酒店找你,差点没让她给熏过去。知道吗,有一天我在你身上闻到一股臭鞋垫的味道……谁知道怎么就鬼使神差的,都过去了,一切会慢慢好起来,刚刚你也看到这烧饼多红火,还不算那些个订货的。好啊!为你早日发财干杯。上次你说需要三万块钱,明天过来拿。凉啤酒缓缓流进胃里,心底涌出一股久违的患难与共的温暖。

几次蠓虫在眼前捣乱,那时候他们在路灯下约会,二林子从怀里掏出热乎乎的一包芝麻,他把家里的烧饼挨个颠一遍,两人把手指头舔湿了蘸着吃,一抬头就看见一盘圆圆的月亮,正巧有一群蠓虫扑啦啦飞,二林子说,看,多像我家的烧饼,粘着一粒粒芝麻。旧有的记忆浮出水面,它氤氲出微风爽爽和烧饼的焦煳香气,轮廓依旧那样清晰。二林子甩掉脚上一只拖鞋,又从摊位下面翻出一只皮鞋穿上,然后模特般一拐一拐走起来。白杨骂他喝多了闹妖,二林子看看她,这样硬凑在一起多牵强!他重新坐过来把腰间那个盛着钱的围裙解给白杨,你若回来咱

火车去哪儿 / 049

天天数钱……白杨看见对面街上一只野猫正心事重重在路口徘徊,难道它也在左右思量?急促的电话铃把白杨从野猫那里拉回来。看孩子的老太太催二林子回去。多可怜的孩子,一辈子都站不起来,一辈子只能栖息在二林子背上,一个沉甸甸的包袱,不堪重负的包袱,白杨把那个盛钱的围裙放回桌子上。

已经是夜里了,那只野猫去哪儿了?刚刚还在。家里的窗户黑洞洞的,老路去哪儿了?白杨来到铁道口时,正有一辆火车开过来。借着灯光,她看见老路正坐在铁道边把酒瓶贴在一只眼睛上。白杨想,老路在干什么?正巧脚边有个酒瓶,她忙捡起来放到眼睛上,白杨就看见一条黑黑的宛如游蛇的火车被装进瓶子里。火车这是要去哪儿……

发表于2016年第8期《小说月报·原创版》
2016年第9期《北京文学·中篇小说月报》转载

黄金搭档

1

金凤端起保温杯抿一口水,那只端着杯子的胳膊忽然一阵酸痛,她于是放下杯子活动筋骨,又是揉又是捏的。刚刚抽老奚的脸蛋子用力过猛,把自己胳膊给伤了。她看见老奚正撅着屁股整理角落里的音响,后腰那儿露出一块花白的肉,就像捆着一条习武之人常用的板带。她真想冲过去对准那块肉狠踹两脚!

金凤咕咚咚咚干掉一杯水,水凉丝丝的,早晨出来时还特意加了蜂蜜,这么甜蜜清凉的水刚好把胸膛里的怒火给浇灭。金凤不能冲动,胳膊扭了事小,腿脚坏了事大,否则她可怎么跳舞?不跳舞毋宁死!金凤对着老奚喊,老奚放歌,放《女人花》。老奚不理,依旧摆弄着手里的音响。金凤几步蹦过去,聋啦!让你放《女人花》。老奚抬头白她一眼,你还像个女人吗?这个欠揍的玩意,金凤正要拿麦克风抡他,有人叫,金凤,你手机响了!

彩云的名字在显示屏上跳,金凤心里一抖,什么情况?她想赶紧按静音,两只手越急越不听使唤,手机早地拔葱一般唱到高潮:呀啦索,那就是青藏高原,呀啦索,那就是青藏高原……不少人往她这边瞧。

喂，彩云"咯咯咯"母鸡下蛋似的笑了好几分钟，笑得金凤头皮酥麻。你……什么事啊？我看见你了，你好厉害！金凤被针扎了似的从条椅上弹起来环顾四周，只见老奚正费劲巴拉往眼镜框里塞眼镜片，刚才那一巴掌把他墨镜打飞了，别看是塑料墨镜，结实着呢，没碎，仅把镜片摔出来。

金凤拿着手机那条胳膊开始倾斜，彩云你在哪？咯咯咯……你那舞跳得真带劲，以前我只见过双人花样滑冰，你俩脚下没冰也能跳成这水平！那男人把你抱起来一圈一圈转，我看都看迷糊了。你不晕吗？那个舞搭子把你又扛又举，大洋马一般的体格！金凤后背冒出一层细汗，你这家伙到底在哪？我老胳膊老腿的，没你那本事，在家待着呢！在校友群里看见的，你俩配合得太完美了！你那舞搭子头上别的玫瑰怎么发黑了？塑料的吧！咯咯咯……

金凤走过去替老奚把墨镜弄好后架到他鼻梁上，又从他背包里翻出一顶黑色礼帽，她把帽子扣到老奚头上，后退几步左右端详，上面别着的那朵红玫瑰确实不鲜艳了。不过人靠衣裳马靠鞍，有了这行头老奚确实鸟枪换炮了。老奚摘下帽子嘟囔一句，神经了！妹妹金玲摇着手机喊她，金玲笑得前仰后合，她再不过去对方都能笑背过气去。金玲拉着她，彩云来电话了，夸你舞跳得好，还夸你的舞搭子体格壮，像大洋马，哈哈哈……

金凤赶紧翻开微信找到造船中学校友群，里面足有上百人，有时候群里连个蚊子声都没有，有时候却哄一下热闹放肆。

此刻这里正人声鼎沸，她越过一束束鲜花，穿过一排排大拇哥，终于找到那个视频，她和老奚一会儿展翅高飞，一会儿举头望月，一会儿动感旋转！好多人在表达自己的钦佩，金凤真成了一只金凤凰，这都飞起来了。到底是小时候的童子功,漂亮! 怎么像十八岁小姑娘,十八岁的姑娘一朵花哟! 姑娘,晚上有空吗? 老不正经了! 也有赞美老奚的,说他有气势有派头,还问校友聚会能不能让他也参加。金凤撇撇嘴,老奚是铁路中学的,关他什么事?

金凤想让老奚看看群里的喝彩,又怕他骄傲找不到北。刚刚跳错了舞步还嘴硬,还扬言换人,没把她给气死! 当初你觍个脸求着跟我学跳舞,现在翅膀硬了,敢嫌弃我! 金凤出手又快又重,啪,现在老奚的脸蛋子还落着一片红。金凤叹息着摇摇头,就有一只怜惜的触角从胸口伸出来,你的鞋跟儿都磨偏了,等下去买一双新的。老奚看看她,都是鞋不舒服才总跳错。这老奚,还学会撒娇了!

2

老奚和金凤买完鞋又去农贸市场买菜,到家时已经下午四点多。彩云靠在沙发上缝衣服,她在给一件小衣服镶金边,金边一闪一闪,刺得眼疼,嘉宝趴在她脚下打盹。彩云不时把手里的衣服在嘉宝身上比来比去。老奚把屁股挪进沙发,马上就放《非诚勿扰》了,他挺喜欢这档相亲节目,觉得现在的人比从前真诚多了,即便在电视上也不装,都是发自肺腑的真心话,喜欢钱就说喜欢钱,喜欢车就讲喜欢车,老奚认为这样好,不累。

彩云放下针线活拿眼睛盯着老奚,主要是针对他脸部,好像那里绣着一朵美丽的花。老奚脸上没花,刚刚那一片红已经在买鞋买菜的途中消退。老奚被盯得耳根发热,一双粗壮的大手狠狠在脸上抓两把。彩云目光如炬,像要在他脸上掘地三尺。老奚默不作声走进厨房,他知道身后那双眼睛依旧火辣……

老奚手脚利索,煮了红豆粥,烙了土豆饼,拌了老虎菜,还把小鲫鱼煎得两面金黄,饭桌上红红绿绿,那盘煎鲫鱼更像一个灿烂的小太阳。彩云目光单纯地只看着食物,她把土豆饼中间夹上老虎菜卷着吃,喝红豆粥就小鱼。彩云一口接一口,吃得专注又投入,认真体味着食物在喉咙里停滞和下滑的快感。

老奚给自己盛了一碗粥想端进去一面看电视一面吃,他迟疑片刻,还是坐在了饭桌前,老奚把筷子伸向土豆饼时发现盘里仅剩下一块。他放下筷子用手撕一牙送进嘴里,很快彩云把这张少了一角的饼夹到自己碗里。今天这顿饭比平时晚了近两小时,她饿得心烦!咯嘣,彩云皱了下眉头,有粒沙子在她嘴里作怪。老奚赶紧递上清水和烟灰缸,彩云一面漱口一面说,下午嘉宝在床上尿了。

收拾好碗筷,老奚开始洗床单,又用洗床单的剩水投了拖布,顺便把地板擦一下,屋里到处都是狗毛,彩云上班时还常常带嘉宝出去遛,现在她什么也不干,在家里一坐一天。那时候俩人早出晚归,该吃饭的时候吃饭,该睡觉的时候睡觉,生活上有次序,精神上有放松,自由上有空间。哪像现在?忙完手里的活,老奚一头歪在沙发上,他明显感觉累了。

老奚是被吓醒的,他做了一个梦,梦见和金凤跳舞时,他一个飞人旋转把金凤扔了出去,扔得那个远啊,比他上学那会儿扔铅球都远!夜已经深了,卧室里传来一阵悲戚的哭诉,皇上,臣妾做不到啊!彩云白天晚上追宫斗剧,这会儿肯定睡了,老奚懒得去关电视,他坐起来给自己倒杯水,最近状态不好,总感觉四肢无力,记性也差,那些烂熟于心的舞步居然能跳错!

老奚睡不着玩手机,打开一个舞蹈小视频,一对穿着海魂衫的男女正面对大海翩翩起舞,背景音乐是《军港之夜》。老奚反复看了几遍,感觉这舞蹈的基本动作和难度系数都在他和金凤的掌控之内,和他们跳的那个《十五的月亮》好多地方相似。老奚有点兴奋,好久没练新舞蹈了,虽然金凤常把之前的舞蹈加入一些新内容,可到底也是换汤不换药,下功夫把这个《军港之夜》练明白,也换换心情,再好的美味天天吃也腻烦。新的盼头冉冉升起,老奚一翻身,咣当,他把茶几上的水杯碰倒了。

明天是单号,老奚有班,中午不在食堂吃饭,约上金凤直接去美服市场,各买一件海魂衫,当然这个钱他出,估计不会太贵。老奚躺在沙发上掰手指头,明天十一点半下班,坐公交车到美服市场需半小时,挑挑选选一个小时够用,一点钟往回赶,路上买一点菜,两点左右肯定到家,这样给彩云做饭就不会耽搁。实在饿的话他先买个烧饼垫垫,今晚的月亮好圆,像一张白白的大烧饼。老奚心潮澎湃,他仿佛看见两个穿着海魂衫的人正在月光下翩跹摇曳。

老奚逢单号上班,早晨七点半到岗,午饭后交班。这是雷打不动的工作日程。可他告诉彩云的却是另一套时间体系,没有单双号、没有节假日,每天风雨无阻到岗。彩云问,连个休息日都没有?一个保安,哪来的休息日?每天半日班,这就不错了。

休不休息彩云并不介意,只要不耽误家里的活,主要是不耽误做饭就行。彩云把一日三餐看得很重,现在她对生活的掌控就是一天三顿饭。老奚在时间上打了埋伏留了余地,金玲建议他干脆告诉彩云二十四小时连轴转,这样空间更大了。老奚不同意,月圆则亏,什么事都不能做得太满,差不多行了。那些被他隐藏的空间里,住着另一个老奚。

3

老奚喜欢这份保安工作，天气好时他就站在大门口，明晃晃的玻璃门能照出清晰的自己。老奚常趁人不备偷偷对着玻璃门练跳舞，这方法蛮好，哪里有缺欠、哪里有不足一针见血。别人练舞用镜子，老奚练舞用大门。你别管什么方式，达到目的就行。

老奚站着站着自己先笑了，这是一份多美的差事，对着大厦的大门，拿着大厦的薪水，练着自家的舞蹈，愉悦自家的身心。老奚都爱死这扇玻璃门了，他手里永远都捏着一块抹布，拼命擦呀，擦呀，见不得半个污点。老奚格外珍惜这份工作，他还帮着收报纸收快递，遇到搬搬抬抬的力气活也往前冲，一晃，他在春天大厦干了好多年！

写字楼里的年轻人都喜欢他，逢天气不好他们就喊，奚叔，进来，快进来！老奚不为所动，他在玻璃门前看自己看习惯了。这个人啊，你看他身着保安制服，两鬓斑白、眼角耷拉，腮帮子上的肉已经下垂，手里虽然握着警棍，却打不起精神。可就是这个人，明天摇身一变你都不认识了，不信明早去公园看看！

公园长廊里，老奚上身黑色健美服，下身黑色运动裤，头上黑礼帽，脚下黑皮鞋，鼻梁上黑墨镜，礼帽上还插了一朵明艳的玫瑰。你看他身姿健硕、舞步婀娜，最要命的是他还有个妖娆的舞伴，那女人有着面条一样柔韧的身段。别看她瘦小伶仃，哟，那女人来电话了。金凤说楼上水管跑水，把她家给淹了，你抓紧，下班马上赶过来。

老奚午饭也没吃赶去金凤家，除了地上有点水，问题不大。他里里外外地收拾，还把一个松动的门把手拧紧了。金凤太喜欢这个《军港之夜》，眼睛差不多都掉进去，这个老奚还真有心。就倒一杯蜂蜜水给他，还用大拇哥赞一个。他们已经太久没有新舞蹈，公园里那些围观者去年看这些，今年还看这些，就是跳的人也烦了。

一寸光阴一寸金，不能白白浪费时间，金凤一面看视频一面指挥拖地板的老奚练动作，其间有个动作之前没接触过，男女相对而立，男的需要拱起膝盖，女的一只脚踩在男的大腿上，另一只脚腾空跷起并展开双臂，金凤打开身体凑过来，老奚赶紧拱起膝盖，你看他一手握拖把，一手掐着金凤腰，那神情宛如一个铁骨铮铮的战士。可惜他裤子是化纤材质，金凤在他大腿上直打滑。

老奚用力握住拖把，努力让大腿绷成直角，可到底扭不过化纤裤子，金凤一次次从上面出溜下来。她把一块毛巾铺到老奚大腿上，这回站住了，金凤想把毛巾缝到老奚裤子上再练练，那怎么行，还得赶回去做饭呢！昨天买鞋回晚了，彩云那眼神扎得他到现在后背都疼！

老奚走得匆忙，把一个呢绒红布兜子落在沙发上，这个呢绒兜子原本的红色，让老奚用成了酱紫色。老奚用它装菜，装烧饼，装烂桃、烂杏、葡萄粒，老奚仔细，愿意买特软特甜即将腐烂的瓜果，还专门买葡萄粒，说是好洗，吃着方便，其实就是图便宜。一次在菜市场偶遇，菜市场人多，金凤是先认出那个呢绒兜子，它被老奚塞得鼓鼓囊囊，下面还滴着汤汁——烂桃被挤破了。呢绒兜子像小孩尿布那样斑斑驳驳，金凤用手捏着放进水池，心里直骂，彩云这个懒婆娘！

前几天下雨，窗户上留下一条条泥印，刚才忘了让老奚把玻璃擦擦。老奚常过来帮她干一些体力活，金凤腰不好，腿脚也不好，半个身子都僵着，因为，因为她是个脑血栓患者。自从患上这个病，她丧失了好多劳动能力，比如擦玻璃、拖地、挂窗帘的能力，却偏偏没丧失跳舞的能力,这也是老天眷顾她,劳动能力丧失就丧失吧,反正老奚和金玲能帮忙。跳舞可没人替。跳舞好比一日三餐,她是那么依赖它。怎么说好呢?狗啃骨头能有多少肉?还不就为嘅个味儿,这个比喻不好,但人总得有点精神追求!

刚才老奚建议买海魂衫,这个舞蹈不穿海魂衫哪有魅力?金凤打开衣柜,里面挂着一嘟噜一串的芬芳艳丽。金凤有个孝顺的儿媳妇青青,总会把不穿的衣服从遥远的杭州快递给她,青青人高马大,衣服都是 XL 号码,金凤个头瘦小,不足一米五。那有什么关系?比如那件湖蓝色旗袍,拦腰咔嚓一剪子,上半部分用丝巾做成两个袖子安上,下半部分从中间缝出两个裤腿,还把原来的亮片珠子拆下来安到裤脚上。金凤想,要是青青像篮球运动员那样再高些,还能饶出来一个背心。

比如那件像面口袋一样的背带牛仔裤,金凤把两条腿从中间分开,一条腿做成 A 字裙,另一条腿做成马甲,中间那个背带兜兜做了个小挎包。金凤在舞友里面跳舞一级棒,穿戴也耀眼,一个月下来不会重样,每次都跟花蝴蝶一样闪亮登场,从后面看像个年轻闺女。金凤不光手巧,关键她还有一颗勇敢的心,花甲之年的人还打扮得青枝碧叶!她无视马路上那些让人咂舌的回头率,管你三七二十一,是敢罚我的款,还是敢上我的税?

金凤在柜子里找到一件蓝白杠卫衣,后面有一个红帽子,就它了。她把帽子拆下来做成红披肩,这活简单,不费多少力气。穿在身上对着镜子端详,花钱买都不一定有这效果。拍了照片给老奚发过去,海魂衫已搞定。金凤人讲究,舞友中尤其那些长期搭档的,男人都要给女伴花银子的,陪你跳舞、让你抱、让你搂,你不给花钱?妹妹金玲之前那个舞搭子就没少为她破费,服装鞋帽,偶尔再去饭店嗨一顿。金凤在经济方面对老奚没想法,就希望这么一直跳下去……

金凤掂量着给海魂衫配裤子,左试右试还是白裤子显得干净亮堂,明天告诉老奚也准备一条。儿子打来电话,奚叔给我们寄樱桃了,一个个又大又红,像小灯笼,青青一口气吃下去半箱。青青对着电话喊,哪有啊!是连安吃的,我只吃了一点点。不过樱桃很甜,奚叔真好。此时金凤这边也跟吃了樱桃似的,儿子高兴她就欢喜!金凤说,我们准备跳《军港之夜》,两个人都穿海魂衫,等准备好给你们拍照片发过去。

这老奚自己烂桃烂杏的,却给连安寄樱桃,都没告诉她一声。这个季节的樱桃不便宜,而且鲜果的邮费也贵。对了,楼下菜市场有卖海魂衫的,就是老头衫,十块钱一件,那摊位上的衣物统统十元。什么贵贱的,就那么个意思!对门大哥也穿一件,挺好!金凤在菜市场给老奚买了海魂衫,她灵机一动,又在文具店花两块钱买了一条红领巾,这个创意好。和自己那件刚好相配,十二元搞定!她兴奋地拍照给老奚。回到家,金凤反复看视频,总觉得差点什么,帽子,是帽子,视频里那对舞者都戴着海军帽,海魂衫配海军帽才完美。

4

公园里金凤告诉老奚,跳《军港之夜》先要解决两个问题,一个裤子,一个帽子。老奚觉得这根本不算问题,在美服商场转一圈什么都解决了。现在他要把菜市场买的新行头披挂起来,穿上海魂衫,再戴上红领巾,他就不是老奚叔了,是奚哥哥。舞友们一面喊一面朝他敬礼,老奚自己也美得不行。金凤也换上那套自制的海魂衫,哇,一下就招风了,看看这俩老妖精!

人穿新衣精神爽，尤其是这样标新立异带有情节性质的新衣。虽然是旧舞，两个人却都带着新感情。人们拍手叫好。老奚想，如果再戴上海军帽那可帅呆了，到时候大家会叫他什么？老奚弟弟？老奚憧憬着海军帽，脑子跑偏，跳到望月这个环节，应该是老奚双手托着金凤腰，金凤一只手背在后面，另一只手引颈遥望，因为想着帽子没配合好，还以为到了展翅的环节，金凤打开的身姿没依没靠，另一条腿又使不上劲，人差一点儿没出去，老奚反应还算快，用腋窝把她夹住。人们一阵哄笑……

金凤没心情跳了，老奚还沉浸在新装备的喜悦里。见金凤在一边歇着，好多女舞友蜂拥而上。老奚和金凤跳舞有点紧张，还有点不自信，和别人就不一样了。你看他一会儿把对方拉进怀里，一会儿又滑步送出去，整个场子就看他了。见老奚和妹妹金玲跳完一曲，金凤过去问，不买帽子了？老奚得意忘形，他把帽子的事给忘了。

他们在美服商场东逛西逛也没看见海军帽，裤子倒是有，可看好的价格都贵得离谱，太便宜的又不能穿。金凤建议干脆买一块布料，家里缝纫机坏了，正好彩云闲着。他们选了块涤棉的料子，要价三十五块，还到三十二块。

老奚认为童装店里应该有海军帽，真让他说着了，童装店的姑娘很热情，海军帽当然有，给孙子还是孙女买？这个……都买！哦，龙凤胎！您二位福气不浅，小朋友几岁了？俩人把一顶顶海军帽扣头上。都太小！你们戴当然小，不过小孩子的头能有多大？还有更大的吗？没了。他们把经过的童装店转个遍也没找到合适的，不能再转了，得回去做饭了。

老奚开门时，嘉宝正卧在门口，今天它穿了件镶金边的新衣服，彩云对它拍拍手,给老爸跳一个。嘉宝蹬着两条小腿在地上转,彩云咯咯笑弯了腰。老奚把饭菜摆在桌子上,从包里拿出一块布料让彩云帮他做条裤子。哦,涤棉的!彩云用手捏捏,转身扣到嘉宝头上,一顶黑色小礼帽,瞧,我们嘉宝多帅气!又从花盆里掐一朵花别在上面,帽子小不好做,还是打电话向金凤咨询的,等让金凤给嘉宝调教调教,没准都能当她舞搭子!咯咯咯……

快吃午饭时老奚接到金凤电话,约他去海港公园练舞,《军港之夜》嘛,在海边跳更能找到感觉。老奚推说海边风大,再者他还没吃饭呢!你抓紧时间,风不大,我已经在这了,给你准备了几个烧饼,就穿那条保安裤子过来,纹理粗不打滑。那……那只能练一中午……

他们在海港公园的凉亭里操练起来。这个舞蹈看似简单,实则不然,这次不是裤子问题,是自身问题。保安裤子厚实,水洒上面都掉不下去。因为上次有拖把助力,老奚的腿才得以绷直,他去旁边树林里弄了一截树干,这下给绷直了。金凤说总不能拄根棍子跳吧,老奚认为到时候可以拿一把步枪当道具。一阵凉风习习,树叶在枝头摇晃,金凤在老奚大腿上摇晃,沙子吹眼睛里了,她差一点就来个猪拱地。

好在这里人少,偶尔有人朝他们看几眼也并不在意。他们也不想这个时候被围观,谁愿意被看见这龇牙咧嘴的狼狈相?俩人暗里吃苦使劲,明里永远都是劳动公园一道亮丽的风景线,提着鸟笼的老头,推着婴儿车的老太太,买菜路过的妇女以及周遭闲逛者,尤其老头老太,那眼神羡慕嫉妒恨的,说起来也算同龄人,看看人家!人越多他们跳得越起劲,简直人来疯了!

金凤不气馁,要想人前显贵就得背后遭罪!这个《军港之夜》必须拿下!今天就到这,还得回去……临走金凤把几个烧饼给老奚,回去弄一点菜就成,自从彩云在家,你成天忙得屁滚尿流。知道不,她把你家狗跳舞的视频发到群里了,穿件小黑衣服,还戴个礼帽。

老奚给彩云做好饭便躺在沙发上,他浑身疼,好像一用力就散架了。彩云在桌前细嚼慢咽,自从回家,她把每一顿饭都吃得特别有仪式感,哪怕一根咸菜,也要用舌尖嘬出深味来。今天老奚拌了一个皮蛋豆腐,还有清炒鲜笋,蒸了鸡蛋羹。彩云一小口一小口的,也不知道能吃到什么时候。

当年这个女人也曾有过好看的光景,清秀、单薄,怀里抱着奚宝,就像抱着个大活娃娃,他一兴奋就把两个人举过头顶,彩云管这叫串糖葫芦,后来那串糖葫芦没了,仅剩下眼前这个要么沉默寡言要么咯咯没完的陌生女人,有一阵子俩人基本无话,后来她则自言自语,再后来她喜欢对着嘉宝说……他们的生活异常宁静,没有争吵没有哭诉,宁静得地上掉根针都让人胆战。

现在彩云除了一日三餐再没别的乐趣,所以她对每一餐都很严谨,很有情绪,针尖儿对麦芒儿的!有一次她嘴里含着牛肉丸子对嘉宝说,人这一辈子啊,所有的挣扎都是徒劳,到头来还是这一蔬一饭最实在最值得珍惜,于是她把盘里的肉丸子吃个精光。蒙眬中似有剪刀在布料上游走的声音,咔嚓、咔嚓,嘉宝,今天几号?该吃海麻线包子了。你也馋了吧?

5

天蒙蒙亮老奚就起床,他拿上小铁盆准备去海边弄点海麻线。这季节海麻线最嫩也最贵,半天能弄个一小盆,够给彩云包包子了。头班公交车上还没人,那个开车的小伙子好像闭着眼呢,老奚咳嗽一声,小伙子睁开眼睛,倒把老奚吓一跳。这人居然长着一张孩子脸。

老奚下车直奔海边,有一条醒目的红色运动裤被丢在沙滩上,他弯腰拾起径直往里走,礁石旁边好像有人,还有比他更早的?也来弄海麻线?走近才看清楚是刚刚那个公交车司机。老奚狐疑着,他怎么在这儿?再看,竟是奚宝,奚宝脸上湿漉漉的,全是水珠。老奚伸手拉他,奚宝嗖一声钻进水里,老奚吓得满身热汗,窗外有半个月亮黄黄地照进来,把门厅照得昏黄一片……

怎么就醒了?他还有好多事要问奚宝。老奚在黑暗中睁大眼睛,有个亮光一跳一跳,是手机在茶几上闪。这大半夜的谁啊?金凤在信息里告诉他,自己刚刚做了个梦,有人从海里钻出来,浑身是水,吓死我了,现在还一身汗!没法睡了,我把屋里的灯都打开了。老奚的手心也湿湿的,他和金凤居然在同一个夜晚走进了相同的梦境。他和金凤啊……

那天下夜班,老奚一早换好衣服准备回家,厂工会的人来装卸队通知,工人文化宫正举行全市职工业余舞蹈大赛,一会儿大家都去!去参赛?你们装卸队谁是那块料?去当看客,老奚就这么被拉去了,从此他被拉上了另一条船……

本来想在现场睡一觉,没睡成!让台上给闹的。确切说是让金凤给闹的,当然那时候他还不知道这个能让胳膊腿飞起来的女子叫金凤。在他有限的见识里,仅电影电视剧里的人才能把舞跳到这种程度,这女子竟像鸟那样在他眼前翩翩飞。虽然昨晚干了一夜活,可老奚一点睡意都没有,他要把这优美的舞姿镶进心里。

那天他和彩云去体育馆接奚宝,路过中山广场时看见好多人在跳舞,看,金凤,我中学同学。彩云过去打招呼,老奚惊讶,这个金凤就是工人文化宫里那只会飞的鸟!后来老奚包揽下接送奚宝的任务,这孩子是区少年足球队的,每晚都在体育馆训练。当时金凤的舞伴是妹妹金玲,她们一个穿红裙子一个穿绿裙子,就像开在广场上两朵游弋的花。老奚抻个脖子看也看不够,早把接孩子的事忘干净……

6

一早金凤打来电话,让老奚直接去海港公园。还去?对!老奚仍被昨晚的梦纠缠着不想动。他先去单位把音响送到劳动公园,金玲一群人还等着音响跳舞呢。因为春天大厦和公园仅一墙之隔,这些音响设备就由他管理。赶到海港公园时金凤已经候在那儿,手上还拿着一捆黄表纸,你帮我找个背静地方,先把这纸烧掉。什么日子啊,就烧纸?昨晚酒仙来找我了,他从海里钻出来,拿着一把明晃晃的菜刀追着我砍!当初,金凤一指前面的海滩,我把他给扔海里了。

老奚见过酒仙两次,一次是在中山广场上,金凤正跳得热闹,一个拎酒瓶子的男人朝她冲过去,那男人圆头圆脑、块头不小。人们呼啦闪到一边,现在的人遇事就躲,连点见义勇为的精神都没有。老奚正酝酿情绪准备英雄救美,只见金凤反手扭住对方脑瓜,那人还没来得及反抗,已经被金凤提起衣服领子扔出去老远。人群中一阵惊呼!

酒仙是金凤的男人,也是方圆地带有名的酒鬼,整天游手好闲,今天偷这家鸡明天摸那家狗,还用竹竿把人家晾在阳台上的裤子钩下来。孩子学费都让他喝光了。金凤劝过也揍过,没用,这家伙被打得鼻青脸肿也不悔改。后来金凤举着斧头把他从家里赶出去,给我滚远点!另一次是在舞厅,那天他和金凤正在舞池里旋转,酒仙醉醺醺地闯进来,还没站稳就被两个保安架出去。等跳完出来,酒仙一直尾随身后,直到他们坐出租车离开……

金凤把黄表纸点燃,老奚心头一凛,是她把酒仙给做掉的?难道他身边还藏匿着一个杀人犯?老奚后背冒风。不对呀,酒仙是喝醉了掉下水井摔死的,派出所打电话让金凤去认领。当时他们正在舞厅里展示高难度动作,那时候经过一番苦练他们已算得上业余舞者里的龙头。金凤对着电话喊,我们早没关系了,你找别人吧!但最后还是去了……

金凤一面烧纸一面唠叨,你找我干啥?我都把你儿子供上大学了,你们家八辈子也没出过大学生,你不感激我还拿刀砍我!你儿子媳妇都娶了,两个人在杭州生活。房子是贷款买的,还有一辆二手车。不贷款怎么办?也没摊上个好爹!我可没拖累儿子,日子再艰难都没向他们伸手。当年你把我气成脑血栓,到现在还吃着药,药费贵,我的医保卡不够用,就拿金玲她老头的买。大病吃药,小病自理,闹嗓子就在公园拔两棵蒲公英泡水喝。

当时你们家谁都不出头,我看在儿子分上把后事给你办了,是节省了些,缝个红布口袋把你装进去,可当时儿子的学费都没着落。你从小喜欢在海边玩,我也是按照你的喜好。大海有什么不好?好多伟人最后还不是归了大海!今晚你可别来找我了,平心而论我对得起你。

太阳当空,金凤的身影被拉得长长,一直拉到岸边,像个鬼魅,有张纸被风卷起来在半空飘,捎带着一股黑烟,忽而高忽而低地刚好落到金凤脸上。她害怕了。酒仙,你还有什么不满意?你看老奚来气呀!老奚,过来!老奚……

老奚坐在礁石上望着波光潋滟的海面,他有好多年没来海边了,这女人非上这来练舞。一群海鸥在空中盘旋,有一只忽然冲到海面叼起一条小鱼,奚宝最爱吃鱼了,他抓起一块鲅鱼像啃馒头那样啃。

那年夏天出奇地热,老奚心中也燃着一团火。金玲去外地,老奚好一番恳求才成了金凤搭档。他底子硬、体格壮,他可是扛大包的装卸工,二百斤的大包扛起来一路小跑,他把金凤悠荡来悠荡去,上天揽月下海捉鳖,金凤发现这个人有潜力,于是俩人去舞蹈培训班报了名。

培训班教的动作很基础,他们却是为拔高来的,于是又给了教练几百块钱吃小灶,两个人练得很刻苦!老奚即便在扛大包时也心系跳舞,他悄悄画着舞步,让上百斤的大包在肩上辗转腾挪。外表依然是那个老奚,闷头干活,不爱说话,不太合群,灵魂深处却发生了巨变,从此老奚的生活不仅仅是扛大包、接孩子,他还拥有舞蹈,那是贴心贴肺的精神生活,相当于心理按摩。

那天和奚宝约好去海港公园游泳,因为之前动作上的偏差被金凤教训了,他一个人躲在角落里闷头加油,把游泳的事给忘了,赶到公园时已经很晚了,他以为奚宝自己先回家或者压根就没去,结果孩子没回家。找遍了整个公园,只看见沙滩上一条红色运动裤,那是彩云做的,他迅速把运动裤收入囊中……奚宝再没回来……

7

近几天连阴雨,听说还有台风光顾。公园不能去了,老奚打电话给金凤,要不咱上舞厅?金凤那边冷笑,不甘寂寞了?金凤说这一阵她要练习独舞《鸿雁》,同学聚会在即,大家让她一定跳一段。老奚说,彩云以为我每天都出来上班,待在家里怕要多费口舌,不如去你那里。金凤不同意,我练独舞,你来干什么?我给你擦玻璃。下雨天擦什么玻璃。那就拖地板。你在地中央晃我还怎么练舞?金凤从来说一不二!

自从彩云回家,他的生活明显逼仄了,每天都提着一颗心,时时刻刻盯着手腕上的表。现在彩云不愿意出去做事,也不好强迫她。奚宝出事后,彩云就辞掉俱乐部售票员的工作,专门给人家带小孩,这么多年经她手带大了不少孩子。彩云也在这个领域里名声大振,幼儿餐、宝宝健身操、小孩推拿,样样精通,孩子在她手里你是一百个一万个放心,洗澡水要用温度计测,做饭要用电子秤称,洗衣服要用消毒液,睡觉要垫茶叶枕,就算那些挑剔的奶奶姥姥在她面前也没脾气,这姐妹儿太敬业,我们可来不了!这哪里是侍弄孩子,简直是照顾奇珍异宝。不少准妈妈排着队找她,彩云说累了,不干了!

明天休班可怎么办?之前逢雨天老奚就到金凤那边做家务,跟下家老孙头换班?那个老头,还是算了!大厦里一共五个单位,每家出一份钱雇了五个保安,有个老头因为没地方住,常年盘踞在夜班,剩下他们四个就每人半天一个班,彼此生疏,没有什么交往。

这时候连安发来信息,说这一阵天气不好,还要有台风袭击,奚叔一定注意安全,没事最好不在户外活动。奚叔颈椎不好,给你买了个玉石枕头,已经快递回去,注意查收。老奚眼圈红了,心里边翻涌着一脉脉父慈子孝,他把手机贴在心口,暖暖的,热乎乎的,觉得人生有了依靠……

老奚喜欢跳舞,尤其和金凤跳,呵,正常都是男伴带动女伴,可身量小巧的金凤能把大块头的老奚牵引得团团转,他们缠绕在一起,金凤运用肢体和语言导航,双飞、展臂、翱翔……那一刻老奚就像个听话的孩子,一板一眼都十分认真。那一刻整个人是打开的,心都在飞,太阳照在他晦暗的脑门上,内心强大起来,和装卸队的工友们就有了遥远的距离。他们抽大烟、喝大酒,玩牌、打麻将,老奚都不喜欢。金凤给了他一个抓手,老奚认识了另一个自己。

金凤手把手像老师对小学生,更像严母对待笨蛋儿子,一个步伐跳错就拿棍子往身上抡,老奚后背时常青一道紫一道的。金凤是个练家子,从小跟着师父学武,她说那师父都拿炉钩子抡徒弟。

那年连安放假从学校回来,正赶上金凤教训老奚,老奚被揍得连滚带爬,连安奋勇夺下金凤手里的棍子救出老奚。他把老奚带到一家饺子馆。看见热气腾腾的饺子,老奚居然像孩子那样委屈得哭出声。

连安替妈妈向他道歉,妈妈啊心肠不坏,性格暴烈,也算得上女中丈夫,之前我们楼院谁家女人受了男人欺负,她总是跑去替人家出头,追得那男人满院子跑,男人们见了她就像耗子见了猫,于是对家里媳妇都小心伺候着,捶背连打洗脚水。从此那个楼院特别祥和,都被评为"五好楼院"了!金凤小时候身子弱,被家人送去学武,那师父教一帮孩子习武,然后出去打场子赚钱。师父凶,往死里打徒弟,徒弟之间也互相打,慢慢练就了金凤能动手就不动口的坏习惯。

连安回忆,当年爸爸撒酒疯,金凤一拳下去打掉他两颗门牙。妈妈从小在武术班子里没人疼爱,后来又遇到酒鬼丈夫,这个家都靠一个人撑着,白天在服装厂上班,晚上回来安拉链,有时候能干到下半夜。还好有个跳舞的嗜好,不然这一辈子多悲凉。还望奚叔多担待,就这么一直陪她跳下去,将来我一准像儿子那样孝顺您,养老送终,义不容辞,奚爸爸!两个男人的手紧紧握到一起,"爸爸"这个词久违多年,老奚整个人在颤抖……

之前老奚时常夜不能寐,满眼都是一盏孤灯两行浊泪的晚年图景。

连安的承诺让他内心明朗,再遇金凤施暴就那么顺着受着,不再执拗生气,也不再想着反抗逃离,连安是个多好的孩子,他又有儿子了……

8

外面风雨交加,老奚拿着雨伞走出家门。他站在楼门洞望着外面的滂沱大雨,一种悲壮涌上心头。这样的天能去哪儿?他忽然对身后那间三十八平方米的小屋充满眷恋,虽然房屋老旧,虽然外墙体上写了好几年的"拆"字,却一直都屹立着没拆成。小房子干净整洁,盛放着他这辈子清苦又温暖的光阴,他在屋子里渴了有茶水喝,饿了有米饭吃,累了就躺在沙发上看看电视,看到两眼打架就来一觉。刚才他在屋子里磨磨蹭蹭不愿意出来,彩云看看嘉宝,你老爸今天怎么不去上班?老奚一咬牙,我去。

楼道里贴着五颜六色的广告,修家电的,上门换锁的,租房的,卖二手家具的,找保姆的,治鼻炎的,治脚气的,治不孕不育的,一张巴掌大的黄纸上写着专疗狐臭。老奚平时没太留意,这楼道简直像个中介所。他在这儿住了快一辈子,好多老住户已经搬走,现在多数是租住的外乡人,他对门就是一对四川夫妻,两个人都在澡堂子搓澡。老奚顽强地留在这栋墙上还有"毛主席万岁"字样的大红楼里。

老奚在这儿住习惯了,不习惯也没办法。因为他不具备离开这儿的条件。他退休金一千多,当保安一千多,加起来还不到三千块,除了负担家庭开销、养活彩云,对金凤也要有所付出。虽然人家没什么要求,却也不能装傻,逢年过节还有过生日,都要有所表示的。倒是可以申请政府补贴的经济适用房,不过那地方太远,差不多就城乡接合部了。这边虽小,好歹算个城里,彩云也不想动,她说万一奚宝回来就找不到家了!

彩云的钱不在开销之内,即便交两块钱卫生费,她也把单据拿给老奚报销。对,嘉宝的狗粮都是她负责。对彩云的收支老奚从不过问。自从奚宝出事,老奚就搬出卧房,他每日在门厅的沙发上下榻。门厅就门厅,在哪不是睡觉?这会儿他是多么留恋那个门厅!嘎吱,彩云出来倒垃圾了!老奚冲进雨里。

公交车上就老奚一个人,上车时他连站牌都没顾上看,雨太大刚好来一辆就上了。老奚选择了那个爱心座椅,蛮舒服的,看街景的角度也好,不过此刻大雨把玻璃窗变成水帘。司机轰隆轰隆往前开,遇到站点也不停——没人。电子报站说下一站是桂林街,再坐两站就是长春街,金玲住那儿。老奚确定自己坐的是五路车。

老奚给金玲打电话,说要过去帮她男人洗澡。金玲男人瘫床上好多年了,胖得球一样,翻身都费力。金玲偶尔叫他过去帮着洗澡。大雨天洗什么澡?做好事也要选个时间,弄感冒了你背他去医院?金玲的口气像老奚在恳求她给她的老伴洗澡,这个女人啊,不是老奚孤儿似的没地方落脚,鬼才这么主动。金玲没金凤大气,这娘们儿就认钱,在舞搭子身上没少捞油水,脖子上那条水波纹金项链就是人家送的,后来那老头去了新西兰儿子家,她居然让人家往回寄蜂蜜……

金玲在公园里四处张望,她既要舞伴又要钱袋儿,这难度大了,那些刚刚从工作岗位退下来的有点嫌她老,那些耄耋之人的工资卡大都不自己掌管,况且他们的身子骨也不行,金玲喜欢跳欢快的舞蹈。她找也找不到,平时在公园和几个女伴跳,也和金凤、老奚跳,新近收了几个老头徒弟,教他们跳慢四,一天能赚个几十块。这娘们心眼儿多,她瞥一眼老奚,姐,你生日快到了。那意图傻子都能看出来。老奚你看,我姐的鞋都快漏了。老奚,我姐最爱吃猕猴桃了!

老奚坐在爱心座椅上看窗户上的水珠,他用手指头把水珠擦净,哈气在上面画画玩,小猫、小狗、小鸡、小鸭、小猪、小王八,画了擦,擦了画。老奚在车上坐了好几个来回,没事,他有老年证。司机在反光镜里看着他乐,老奚谁都不看,只画画。一大早的能去哪儿?那几个老工友估计连早饭都没吃,这时候商场也没开门啊!雨天马路上格外清净,司机撸起袖子踩着油门开,下车、我下车!老奚喊,再不下来他就吐了。司机朝他看一眼,大叔,没事上来玩啊!

沃尔玛里几乎没人,老奚对琳琅满目的商品没兴趣,他本身就不注重物质,老奚自认现状还说得过去,甚至都有小小的满足感。别看一个月就两三千块,可它覆盖面广,又负担家庭又供养彩云,还支撑个舞伴,偶尔还要关怀一下远在杭州的干儿子,这点微薄的收入,摊子铺得居然这么大。

他把超市从头到尾转个遍,最后在图书区域停下,这里主要是儿童读物,老奚拿起一本《狼来了》。那时候他常带奚宝去新华书店看书,咬着面包喝着矿泉水一蹭大半天。对面那个服务员闲极无聊在弹电子琴:鸿雁向南飞,飞过芦苇荡,天苍茫,雁何方……金凤最喜欢的曲子,老奚条件反射画着步凑过去,金凤过生日就送她这么一台电子琴。价签上标注五百六,他是在小商品批发市场买的,比这省一半。

金凤现在能弹不少曲子,全部死记硬背,她都不识谱,按阿拉伯数字记的。金凤身上有一股劲儿,一般事难不倒她。现在她要么去公园跳舞,要么在家练琴做衣服,日子安排得满满当当。连安对他好一番感激,老奚叔,不,奚爸,我同学在代理风景区公墓,那地方有山有水,风景

黄金搭档 / 071

贼美，一水儿的天然大理石墓碑，等我把照片发给你啊！多孝顺一孩子……

服务员介绍这款琴里面储存着一百首儿歌、一百首古诗，还有乘法口诀《增广贤文》和《弟子规》，买回去不光弹琴，小朋友还能学到不少东西，五百多块钱半个老师请进家。今天买的话可以打九折，还赠送一袋洗衣粉、一块透明香皂。服务员去柜子里翻香皂，老奚赶紧往前走。

有股焦煳的香味钻进鼻孔，一个女人正用电饼铛煎荷包蛋，还煎火腿和面包片。她朝老奚招手，这电饼铛不光能煎能烙，还能爆爆米花！于是丢进去几粒苞米，噼里啪啦、噼里啪啦变戏法似的冒出一锅爆米花。女人拿个纸袋儿把爆米花、荷包蛋、火腿统统盛给老奚。老奚忸怩着不好意思，客气啥？每天都有展示品，不吃也浪费。

女人摘掉口罩，怎么也有五六十岁的光景。这大雨天的，你……没地方待？老奚张张嘴略显尴尬。没事，我也是没地方待才出来干活，家里房子小，儿子、媳妇、孙子占满了一张床，我一般都在厨房里，晚上在过道支个折叠床，自打来超市心里亮堂多了。女人又给老奚倒了一杯水，水像一股暖流浸润着心房，同为天涯沦落人，老奚咬咬牙，我买一个……

9

雨还在下，地上溅起一片片水花，那水花忽而又变成一个个小水泡，透明的、亮晶晶的，雨点变成水花再变成水泡的过程很调皮、很有趣，可惜没啥人欣赏，街上很安静，人和车都在屋子里躲台风。老奚纠结电饼铛是给金凤送去还是拿回家，正踟蹰着发现旁边有一舞厅。人啊,还是要经常出来走动,今天运气不赖,刚刚吃也吃了喝也喝了,择日不如撞日,这又给撞上个舞厅!

老奚在门口买票,里面的老头正神情恍惚,他看着眼前这个抱电饼铛的人有些丈二和尚,小子,不对,大兄弟,"玲玲"要来了!谁?"玲玲",台风!怎么还给台风起个闺女名?谁知道,听说联合国给起的!那什么,门口那些陪舞的娘们儿今天都在家里躲台风,一时半会来不了。赶个好天来,一窝一窝的,多着呢。老奚毅然从兜里掏出五块钱。

舞厅像一口深不见底的黑洞,连灯都没开,老奚在墙上摸到开关。多么熟悉的环境,陪他多少年风和雨,从来不需要想起,永远也不会忘记。老奚坐在角落里,穿越时光隧道,他看见舞池里正旋转着一对男女,他们把华尔兹、探戈、吉特巴全部糅合在一起,俩人暗地里流血流汗做足功课后,终于选定这个能够展示自我的天地。

他们就是舞厅里的皇上皇后,众目睽睽下掌声响起来!人们把他俩围在中间当花心儿,好像花三块钱进门只为看跳舞,他俩打一枪换个地方,跳遍大小舞厅,连城乡接合部都去了。那种感觉牛气冲天,浑身上下满足感爆棚。舞厅对他们的到访表示热烈欢迎,连三块钱门票都免了。人们奔走相告,那女的走路有点跛,跳舞却不含糊;那男的单手能把她举起来,看面相岁数都不小了……营业额打着滚地往上翻。不知不觉中他们引领了舞厅里的另一个风尚——跳舞。

其实,大家来这儿的目的,呵呵,有谁单纯到只为跳舞呢?幽暗的灯光,空虚的男女,暧昧的缠绕,低级的欲望,连空气里都飘散着色情的味道。唯有老奚和金凤那是真跳,他们动作优美、节奏欢快,看看,这样跳也蛮好的,身心都健康了,就有人决定放弃之前的低级趣味,也来当一把舞者。

黄金搭档／073

艳羡与掌声过后,老奚对周边环境萌生出一颗好奇心,他开始鼓着鼻子寻腥。那天趁金凤去卫生间换衣服,老奚当场俘虏一个妹子,那妹子不止一次给他送过秋波。老奚掐算着,金凤换衣服、化妆、梳头大概需要十几分钟,俩人完全有机会结结实实跳一曲。老奚还往她手心里塞了十块钱。妹子讲究,一曲结束又赠送一曲,赠品就像天上掉下的金丝饼,能拒绝吗?

那天恰巧没带梳子,金凤就在头发上节约了时间,转了两圈也没看见老奚,幽暗的灯光下除了脑袋就是肩膀,连正脸都没有。换曲时有人还把灯给闭了,金凤一脚踩空摔在楼梯口,脑门当时一个大紫包。不知道谁把番茄酱洒在那儿被她蹭个满脸,她是脑血栓患者,半个身子都不听使唤,在地上吭哧了半天才爬起来。

灯亮了,老奚正跟妹子难解难分,金凤脸都没顾上擦,扑过去捣他一拳。那妹子吓得嗷嗷叫,以为从地上冒出来个鬼。金凤没动她,关人家什么事,怪老奚不是玩意!那天回去老奚吃尽苦头,鸡毛掸子都打飞了。

后来他们再没进过舞厅,常在河边走,哪能不湿鞋?当时金玲在劳动公园跳舞,俩人就迁到这儿,公园太适合跳舞了,不用花钱,空气新鲜,围观者大都心思纯洁。金凤告诉金玲,老奚跳舞时人模狗样的,再去舞厅他就长翅膀了。

俩人的关系嘛,算得上半个相好的!老奚在金凤家就像在自己家那样,系上围裙擦桌子、拖地板、起火做饭,对她也像对自己老婆那样知冷知热。可离名副其实相好的却有一步之遥,那是至关重要的一步,跨过去就圆满了。可惜终究没跨过去,老奚借酒壮胆,送礼物献殷勤,把身子压过去那一瞬间,金凤的两个鼻孔像小蜜蜂那样鼓起来,脸都憋青了,老奚像泄了气的皮球败下阵来……

老头进来,要不咱俩下盘棋?不会!下雨,门口那些陪舞的娘们儿今天不会来了,我这有几个备用电话,给你联系一个?行,联系一个。一般都多少钱?这个要问对方,不过最少也得五六十,当然还有更贵的!涨价了,当年才十块钱。这话说得,现在连瓜子都十几块一斤了。老奚看着一旁的电饼铛,今天已经透支,算了,时间差不多了,回家做饭去,用这个电饼铛给彩云煎地瓜片。

10

天空好像被划开一条口子,龙王爷继续往下泼水。老奚坐在那儿盯着大堂的旋转门,手中的抹布被他攥成一个团儿,只盼望"玲玲"快点来,它一来雨水就被刮走了,天就晴了。

一个小伙子推门进来,老奚叫住他,"玲玲"到底什么时候来?"玲玲"?奚叔,你是说台风吧?我给你看看啊。小伙子快速翻着手机,"玲玲"已经到达威海,正在威海上空盘旋。什么时候能到咱这?小伙子笑了,这个连气象台都说不准,或许一会儿就到,或许明天后天,或许就绕道走了,这要看它心情。现在有谁知道老奚的心情,明天又休班了!金玲来电话让他明天去家里帮忙熬中药,老奚兴奋地把抹布撇向大门,他明天有着落了!

老奚坐在小板凳上看着锅里咕噜咕噜冒泡的褐色中药,其实给药房一点钱直接就给熬好,金玲舍不得那几块钱。厨房里弥散着一股清苦的味道,不难闻,还有催眠效果,老奚趴在灶台上打盹,倒比一圈圈遛公交车强。金玲在客厅练舞,为过几天校友聚会做准备。金玲很兴奋,开始啊，大家都让我姐跳，后来知道我也会跳，就安排我开场，我姐压轴。金玲在客厅里练得卖力，她要在众人面前冒一泡!

金玲指指卧室，叫你！叫我？胖子叫你。老奚侧耳，尿、尿，胖子在卧室里喊。胖子足有三百多斤，把一张双人床铺个严实。这家伙瘫好几年了，说话也不利落，但脑子没瘫，两只眼睛一会儿东一会儿西。老奚洗过手刚坐下，胖子又喊，喝、喝。他又进去喂水。一只脚还没迈进厨房，胖子又喊，尿，我尿！胖子喝与尿的频率太快，把老奚折腾成走马灯。这不是闹人吗？死胖子你有完没完？胖子一脸坏笑，露出一嘴黑黄的牙。胖子比他还小两岁呢!

金玲练舞专注，这边再怎么折腾都不肯耽误。胖子又喊，饿、饿。老奚从冰箱里找到一个馒头。胖子摇头，不、不。老奚告诉他，冰箱里只有这个。不！老奚指着尿壶，要不你吃这个？胖子很愤怒，呸！金玲在客厅里喊，胖子，想吃啥老奚给你做！鸡鸭鱼虾！金玲笑着进来，看看，胖子想吃鸡鸭鱼虾。冰箱里冷冻的怕来不及，你现在就去市场，还鸡鸭鱼虾？甭听他的，就一只烧鸡，二斤青虾。老奚问，他能吃这么多？胖子瞪着眼，能。金玲拍着胖子脸蛋，我们胖子本事，两只烧鸡都没问题。胖子使劲点头，嗯呢!

这时节二斤青虾要一百来块，一只烧鸡也得二三十块，老奚把每天开销控制得极其严格，有数的几个钱，不计划好怎么行？这钱都够去宾馆住一天了，犯得上来这儿熬中药？这女人总觉得金凤跟他亏了，亏不亏那是他俩的事，犯不上你来敲竹杠。还青虾，小皮虾老子都有日子没吃了。

老奚灵机一动去了快餐店，白米饭上面有两块鸡肉、一朵绿色西蓝花、一粒红色虾仁，就它了，有荤有素还挺好看。怕胖子着急，这里面鸡和虾都有了。金玲打开看看,老奚这大雨天你家柜子里的钞票发霉了吧,得空我去帮你晒晒。金玲关门时,忽然用手一捂鼻子。

11

"玲玲"还没来,天依旧悲伤着哭泣。一些脆弱的树叶被敲落到地上,搅得人心里灰暗又冷寂。老奚坐在公交车上,手里攥着从楼道撕下来的那张黄纸,刚才正巧和对门的四川女人走个顶头,她肯定看见了。不过墙上的广告那么多,能看清他撕的哪一张?老奚闭着眼,离广告上说的那个地址还有一段路,不知道那大夫是副什么德行。

老奚是个蛮好的老头,有固定退休金,还有本事当保安挣外快,双份的来钱的道。他还会跳舞,还有一个能歌善舞的搭档。经济方面、精神方面都说得过去,这个年龄段如他这样堪称完美,可老奚他……他有暗疾。

其实也不属于暗疾的范畴,像抑郁阳痿这些不深入接触就不容易被察觉的隐秘的身体隐患方能称为暗疾。老奚不是这样,认识他的没有不知道的,就算不认识的彼此面对面站一小会儿也都心知肚明。只不过人们心地善良,揣着明白装糊涂。可再怎么装,客观事实总归存在。

老奚他……他有狐臭,就是人们通常说的臭胳肢窝,腋下汗腺的毛病,胎里带来的。老奚都上小学了还用尿布,他的尿布都夹在腋下,那里总会分泌出一种黏糊糊的黄色液体,并且散发出一种怪异的臭气,就像筑在他体内的一个小型厕所,无论如何都驱除不掉。老奚的学生时代没有"同桌的你",从来都是单打独斗。他在医院动过刀吃过药,没用。

老奚孤零零很自觉地和大家保持着距离，长大后他义不容辞选择了装卸工，这个职业好，大家出力流汗，彼此臭味相同，即便体味重些，也不那么突兀鲜明。上天有怜惜之心，让他在谈婚论嫁的年纪遇到了先天没有嗅觉的彩云，在彩云的两只鼻孔里，玫瑰和茅房没啥区别。老奚的臭味在她这儿意义为零。两人恩恩爱爱过上日子，生下孩子。

大夫是个和老奚年龄相仿的老头，看上去有些单薄，他座椅后面挂着一张成吉思汗画像。其实大街上治疗狐臭的广告遍地开花，墙上、树上、电线杆子上、垃圾桶上，狐臭患者有那么多吗？老奚这么多年都没找到惺惺相惜的队友，年轻时听说内蒙古那地方患病率高，当时都想迁徙过去与他们会合。

老头相过面、把过脉、看过舌苔，拿出白色药片和黑色药面，说一个疗程会有效果，希望他把一个疗程三个月的药都买回去。老奚迟疑着，这些药片药面也没有商标和说明。蒙古药？老头看一眼身后的成吉思汗画像，我的祖先一生发动了六十多次战争，他逢敌必战，逢战必胜！我祖先麾下的铁骑，席卷俄罗斯、阿富汗以及印度北部，在广袤的欧亚大陆成为战无不胜之神，对手无不闻风丧胆，屈服于他的脚下，大半个欧洲都被他拿下！老奚不知狐臭和成吉思汗有什么关系，莫非他老人家也是……我知道蒙古族这样的病例多，你这个药……

老头又看一眼身后的成吉思汗，这世上所有的疾病都是半治半养，这个病先要调整情绪，压力大、情绪激动、精神紧张都会让分泌物活跃起来，气味越来越重。这话有道理，当年奚宝出事，那一段时间老奚像毒气弹一样臭不可闻。他拿上钱骗彩云说是当路费去找奚宝，他知道奚宝永远都找不到了，但他要给彩云一个希望。祛狐粉、西施露、半月清,中医西医,钱折腾干净,臭味依旧。

老头看老奚的脸比外面的天还阴,没成过家吧?老奚用手点着自己鼻尖,我,儿子都成家了!那老头就不能理解了,老婆儿子都齐全了,这个岁数还折腾啥?不过也好,自己都好几天没开张了。老奚说儿子一米八的个头,长相白净斯文,曾就读于美术学院,现定居杭州开公司,儿子开轿车、媳妇开吉普。老奚一面在虚荣的幻想里游走,一面描绘着他理想中的儿子。

现在无论谁提到儿子,他脑子里都会映出连安的形象,夜里还时常梦见他。老奚已不记得奚宝的样子了,使劲想都想不起来。奚宝出事后彩云把孩子的相关物品全部藏匿。老奚拿出手机让老头看,我儿子帅吧!老头说,这孩子不大像你,不过你真了不起。老头朝他竖起大拇指。

何止老婆孩子,连相好都有呢!老奚得意地打开手机视频,就这个。这男的是你?当然。老头半信半疑,刚好衣架上有顶礼帽,老奚果断戴上,还借用了老头的花镜,然后来个展翅的动作,老头都对他刮目相看了,兄弟厉害,兄弟人才!老奚说在劳动公园他有好多拥趸者,女士居多,大姑娘、小媳妇、老太婆。老奚越说越来劲,嘴角上的唾液堆积得越来越多,海浪一样越过了海岸线。老头又拿出一小袋白色药片,这个送你的,看看公园里有合适的……兄弟,老伴走好几年了,我也想……窗外一阵呼啸,有玻璃摔在地上的破碎声。"玲玲","玲玲"总算来了,两个老头默不出声,他们知道风雨过后一定会天晴。

12

连安在网上淘到两顶海军帽,彩云也把白裤子缝好了,可金凤仍在跟《鸿雁》死磕，不就是个同学聚会？可她付出的热情仿佛去大赛角逐，整天在家里对着镜子练个没完。

老奚过去帮她包了一批饺子，三鲜馅的，从拌馅擀皮到出锅，全程拍照发给连安。他把饺子八个装成一袋儿，一共装了十袋儿放进冰箱，饿了随时煮着吃。老奚看她跳得来劲，两只脚也痒痒上。金凤厌烦，豆大个地方你还添乱，快回去给你老婆做饭，可别把她饿坏了。

休班时老奚依旧去公园跳舞，没有金凤金玲姐妹俩长廊这边明显黯淡了，跟金玲学舞的老头们去对面凉亭唱歌了，那里有一群人在大合唱，领唱那个女人打扮得很正式，穿白旗袍，肩上还搭着红围巾。她手里拿着唱谱，嘴巴像金鱼那样一张一合。这边不少老头被分流过去，长廊里的雄性力量明显削弱。可不知从哪儿跑来一群花枝招展的女人，有人还掏出小圆镜，扑扑粉、点点唇，然后对着镜子欣然一笑。

老奚一袭黑衣黑裤，就像游荡在羊群里的一匹狼。不过羊们对他没有丝毫的恐惧，还蛮欢喜的，争抢着往他这边蹭。老奚呼扇着胳膊淌着热汗，他要给每只羊都插上翅膀，内心是从未有过的欢畅！老奚太嗨了，嗨到都忘了回去给彩云做饭。

他在快餐店打包了水饺往家赶，半路接到彩云电话，说她去参加同学聚会了，让老奚傍晚去接。现在的女人啊，一个同学聚会也弄得这么隆重，忽然想到金凤也在那儿，他满心不想去，却也只能硬着头皮。老奚在衣柜里上翻下找，去年夏天连安给他买了套中式白绸衣裤，老奚对着镜子照，不行，这衣服太飘，他要尽量把自己淳朴的一面表现出来，不被看出破绽。想想还是保安制服接地气，于是返回大厦取。

同学聚会正值酣畅，彩云却挽着老奚胳膊走了，她走得娉婷有致，稳扎稳打，十几步的路让她走出了贫贱夫妻的历程。金凤刚刚跳完《鸿雁》,正坐在那儿喘息,望着眼前的一双背影,心里忽然就惶惶的,一片茫然,像什么东西被挖走了,在她身上留下一个窟窿。金凤强悍的外表下藏匿着伤疤和隐痛,只不过她牙齿咬得紧,衣服围得严实,一次坐在公交车上,看着窗外越来越浓的暮色,看着老奚拎着呢绒兜子的身影,嘴里就苦涩起来,内心就荒凉起来,没着没落的。她用手揉揉眼睛……金玲走过来拍拍她,姐,咱俩来个双人舞吧!

老奚在大厦接到金凤电话,说她早晨开始胸闷,两条腿也一阵阵疼。老奚马上请假赶过去,还在路边买个大西瓜。他担心死了,如果金凤身体出问题,那自己真就成了半瓶子醋,只有和金凤搭档,他才算得上一瓶完整的有滋有味的醋。每一次起舞都神圣庄严、面孔生动,都有一种光彩在他身上焕发,由里及外元气满满!

尤其高难动作,他紧握金凤脚踝腾空旋转,那一刻就像脚踏万丈深渊之后的绝处逢生,那是生命的制高点,大庭广众下的化腐朽为神奇。同其他人跳舞不同,那些拖泥带水的左拥右抱都是无法言说的虚荣心,老奚默默祷告着,金凤别有事,千万别有事。

老奚觉得问题并不像说得那么严重。金凤解释早晨确实身体不适,现在好多了,还到厨房把西瓜切了。金凤还说歇会俩人一起练练《军港之夜》。可别练了,一旦有个闪失还了得?就老老实实歇着。金凤说卫生间下水道堵了,老奚干完活金凤还是想练。这都几点了,家里菜都没买呢!金凤猛地吐出嘴里那块西瓜,难怪金玲说你吝啬,西瓜也买烂的。

13

这时节流行同学聚会,老奚也要去聚一聚,还要打破那些俗套的吃吃喝喝，玩个花样，大家知道老奚会跳舞，有了，那主题就叫——让我们荡起双腿。有人在社区找了个场地，老奚休班直接过去教大家。他头一次为人师表，有点激动，还有点紧张。他告诉金凤，这个月集中培训，下个月全体同学在中山广场一起亮相，趁着胳膊、腿还听使唤，给自己赚些美好回忆。金凤一撇嘴，摇身变奚老师了。

金凤在公园里要么自己跳要么和金玲跳，别人谁都请不动，有时候跳完几个曲子还没散场她自己先回了。她给老奚打电话，说夜里总是梦见老妈，清明都没去给她扫墓，想让老奚陪着去坟上看看。老奚去过一次，那地方在城郊，坐大巴得一个多小时。老奚正跳得来劲，同学们把他当成宝贝，又拿水果又递饮料，上学的时候怎么没发现，老奚竟有这本事，那步伐轻盈得像小伙子。

老奚说他正忙着，能不能等几天。老太太见天晚上来找我，赶紧去坟上给她送点纸钱。老奚让金凤在枕头下面放一把菜刀。屁话，那是我亲娘，昨天连安打电话来，我说你奚叔现在老牛了，天天辅导同学跳舞，连公园都没空去。老奚咳嗽一声，明天有班，那后天一早去。

老奚买了黄表纸和塑料花，金凤带了水果和点心，她心情明亮，穿戴整齐，像去串亲戚，到了墓前却哭得稀里哗啦，像个刚刚没娘的孩子。她说，有段日子没来看望您老，现在自己要么在公园跳舞要么在家里弹琴唱歌，反正是过一天算一天。女儿找妈泪花流，不见妈妈心忧愁……

老奚看看表，差不多了，该往回走了。金凤对着墓碑喊，老奚这个不是人的，刚来这么一会儿就闹着回去，咱们母女多久不见，都不让多待一会儿。要不是陪他跳舞，我还能多来几趟！老奚正接一个电话，那边同学问今天能不能赶过去。老奚说，郊外上坟呢，对方问谁没了，老奚看着墓碑发愣，这人谁啊？他认识吗？

老奚刚到社区还没来得及换衣服就接到金凤电话,她的一只耳坠子掉进马桶,让老奚过去给捞出来。掏马桶是水暖工的活,老奚一个装卸工干不了这个。他记得家里楼道上就有这样的广告,专业下水管道疏通打捞。老奚只得返回去在楼道里抄电话,大门一响把他吓一跳,还好不是彩云!老奚电话咨询,打捞一次要五百块,太宰人了。金凤那耳坠子倒是金的,但是非常单薄,顶多值个三百二百的。老奚说今天不行,明天过去看看。

第二天过去怎么都敲不开门,邻居老太太告诉让派出所叫去了。这又闹的什么妖?怎么还惹着派出所了?老奚在楼下遇到金凤,昨晚唱歌动静大了,影响到楼里一个高考学生,把她直接告到派出所。等我去打听一下,你那房间最好装上隔音板,你也别唱太晚,自己注意休息!

前一段时间买的那双鞋我得拿走,过几天集体表演要穿。我那耳坠子呢?打捞队什么时候来?太麻烦了,等生日送你一副。过一段时间连安回来,我想把房子收拾收拾。行,等忙过这几天。老奚要上楼取鞋。金凤说要赶着去一个同事家,明天给他带到公园。

一群人马浩浩荡荡来到中山广场,老奚打扮得很隆重,一身白绸缎套装,脚下新皮鞋。老奚站在前面领跳,他精神抖擞滑出去一只脚,好像哪里不对劲,脚出了问题?不,是他脚下的路出了问题,只见老奚一颠一颠像个瘸子似的无法平衡。什么情况?这个跳法有意思!围观的人哄笑,后面的同学直摇头,老奚今天这是怎么了?坚持着跳完才发现他右脚上的鞋跟儿没了,刚刚穿的时候没注意,老奚赌气把鞋塞进垃圾桶。

午餐时老奚喝了好几瓶啤酒,他问旁边的女同学,那时候我俩是同桌吗?对方摇头。忘了,我压根就没同桌,大家都嫌我臭,你闻闻现在还有臭味没？老奚把身子扭过来，对方呵呵乐。那时候你们都不爱搭理我，后来我也娶了老婆生了儿子，我老婆娇小玲珑，我儿子斯文白净，他在杭州开公司。家里一台吉普、一台轿车，儿子过几天回来，我得把房子归置归置。我还有个相好的，那身材，你这分量能顶她仨。女同学正侧着身子和别人说话，老奚心里一阵难过，他忽然想起刚刚塞进垃圾桶那双鞋，一双崭新的皮鞋，去修鞋铺安个跟儿最多五块钱……

14

晚上老奚给金凤发微信，明天带上装备跳《军港之夜》。那边回复，不辅导那些女同学了？你没看见那虎背熊腰的体格，就是一起乐和乐和！忘了，明天还缺个道具，到哪儿找个步枪？金玲孙子有一杆，一米多长，和真枪差不多。明天，明天你再帮我找个地方修鞋……

老奚和金凤在长廊里一亮相，整个公园一片沸腾，推婴儿车的老太太告诉遛鸟的老头，练剑的大哥告诉卖鞋垫的小媳妇，拉胡琴的大叔告诉算命先生，快看，长廊里那二位系着红领巾、戴着海军帽，男的手里还握一杆枪，真枪吗？众人欢呼，对面凉亭的大合唱都黄摊了，有这节目谁还有心思唱歌？大家出来不就为娱乐？快点，等会儿挤不进去了。

长廊四周种着好多枝繁叶茂的树，也不知道是什么树，开着一朵朵粉白色的花，有几只鸟也来凑热闹，它们从这棵树跳到那棵树，叽叽喳喳个没完。还有那成双成对的蝴蝶，它们比小鸟的胆子大，都飞到长廊里，都飞到舞者的肩膀上了，都随着音乐和人家一起跳上了……

金凤和老奚热情高涨，当歌曲唱到"海风你轻轻地吹，海浪你轻轻地摇"那一刻，老奚巧妙地从地上捡起步枪，他一手挎步枪，一手托金凤腰,金凤飞身跳到他大腿上金鸡独立,掌声鞭炮一般炸响,有个老头手都拍肿了,他看看腋下的拐棍,都想一脚给踢飞。

哎呀,金凤忽然一个倒栽葱扑倒在地,这时候歌曲刚好唱到"让我们的水兵好好睡觉",人们以为是剧情需要,不对劲!看,头都流血了!老奚扔掉步枪喊,快,打110。人群里一阵骚动,120,应该是120!

金凤外表仅擦破点皮,内里却多了一种金属成分,她心脏上搭了三个支架。之前检查身体说她心肌缺血,但并不十分严重,没想到发展得如此之快!金玲大骂老天爷不公平,本来就脑血栓,偏不让人好好活!金凤自己倒觉得没什么大不了,她这一辈子吃过多少苦受过多少罪,区区支架能奈她何?活一天算一天,她要尽快恢复,《军港之夜》还没跳完呢!平时练习都没问题,如果没把握谁敢当众亮相?怎么就摔下来?莫非冲撞了哪个?得让金玲再去海港公园烧点纸,再带上一瓶二锅头。

手术前金凤叮嘱老奚,这事不能让连安知道,孩子在外边奔波不容易,回来劳民伤财也不解决问题。不过她还是在病房里录了视频,如果手术不成功他们母子就此别过,儿子也不用悲伤,继续好好生活,手术顺利的话中秋节全家团圆。这话把两个病友听得眼泪汪汪,没想到这个干巴瘦小老太太竟是条硬汉,她们也不再恐惧,怕个屁!不就上手术台吗?一个女的说她儿子在报社,这样的典型应该宣传!

在手术室门外,金玲和老奚念叨,听说金凤住院,她原来那个去新西兰的舞搭子还微信转来一千块钱,其实,人家跟金凤也没什么交情,就是偶尔带带他跳舞,真是个有情有义的人。凉亭合唱队一个男的打电话问候,河边那个练双节棍的也要帮她,我们同学群里也人人献爱心。金玲讲述着身边的好人好事,她要探探老奚的底!

这就讨厌了,老奚从准备好的三千块里拿走一千。俩人跳了这么多年,金凤是他生活里很重要的一部分,无论如何他都不会袖手。金凤说过,自己有五万块钱在一个老同事那生利息,住院费用除去医保部分还能应付。不上班时老奚就往医院跑,熬粥煮汤拌小菜,没事还看视频研究舞蹈,病友取笑,儿子不回就不回,有个好男人比什么都强。大厦的人问,奚叔怎么一身消毒水味儿?这时候老奚就想起彩云来,没有嗅觉真不是件坏事!

15

老奚拎着保温桶在走廊里就听见刺耳的咯咯咯、咯咯咯,他心里打个趔趄,赶紧下楼给金凤发信息,谁在那儿?彩云和另外两个同学刚到。老奚拎着保温桶来到公园,只要一进公园,外面的喧嚣就没了,车流人流,满大街的汹涌躁动,都仿佛一种画外音被遮蔽在外边。

长廊里是另一拨跳舞的,当初金玲和这些人为争地盘还打过架,之所以能在这儿跳舞,是金玲打下来的天下。他们的舞蹈不入流,老奚懒得多看,他坐到树下,树上有只鸟受了惊吓倏忽间飞走了,飞到夹竹桃那边去了,一旁的玫瑰开得正热闹,红的、粉的、黄的,一朵一朵在微风里颤巍巍着,有一群蝴蝶在上面嗡嗡嘤嘤你追我赶,老奚嘴里糯糯的百合莲子粥和这景致正相宜。凉亭那边有人过来,几个老头想组团看望金凤,问他能否带路,老奚说医院让病人静养,自己也没去,过一阵再说。

彩云来电话说她到医院看望金凤,晚上还要留下来陪护就不回家了。老奚在公园直坐到太阳下山,街上的人流和车流乌泱涌动着,老奚知道这一刻人们无论在次序上还是心思上都有些慌乱,有一次和老孙头换班,他就目睹了这种乱象。男人女人们从格子间里出来穿梭于大堂,女人们步伐飞快,像跑百米,学校里有孩子等她接,灶上有火等她点,篮子里有菜等她择。

男人们却在玻璃门前抖擞起身子,检查一下钱包里的现金,捋捋头型,往嘴里扔一块口香糖,迈着方步走出大厦,在拐角处还回头望了望,然后径直奔向通往女人的花街。动物界求偶总是分季节的,而人类则是在夜幕降临之后……老奚长了见识,就是那次老孙头敲了他两张饭票的竹杠。

夜里老奚躺在沙发上翻来覆去睡不着,那天把金凤送到医院,他想坐下来歇歇,屁股刚落凳就出溜下来。再坐再出溜,反复几次发现是裤子犯病,这条棉涤裤子是彩云给做的,老奚掀开裤腿,里面是柔软的棉,外面是滑溜溜的涤,整个反了!老奚准备把白裤子放进大厦衣柜,那里还有一双鞋,曾被他塞进垃圾桶又捡回来的那双鞋。

病房里只剩金凤和彩云,两个病友偷偷跑回家,她们是术前检查,晚上不愿意住这儿,彩云执意要留下来,拦都拦不住。金凤不想和她多聊,虽说是同学,却也没什么好聊的。在内心里她对这个女人还是有些亏欠的。毕竟这么多年是她的男人在呵护自己,陪她跳舞,陪她交游,陪她看病,陪她给老娘上坟,帮她包饺子、擀面条、擦玻璃、拖地板。

彩云已经在对面床打上呼噜,这女人个头不高,气量不小,整个房间轰隆轰隆像开过山车,真是个没心肝的女人。什么地方啊,你这么睡?床头柜上的两个桃也没了,小饭碗似的俩大桃,难怪老奚总忙着跑回去做饭,这胃口!彩云上学时也喜欢唱歌,还上台表演过《我们的田野》,小模样挺俊的!当时交往并不密集,自己也是通过她才认识老奚,她问过老奚,不如让彩云一起来公园跳舞？老奚看看她,那神态像说,你在逗我玩吗？

彩云的呼噜来势凶猛,日光灯被震得刺啦啦响。金凤把被子蒙头上,把脑袋钻枕头里,把卫生纸搓成球塞进耳朵,然而都无法抵御。她打开手机听歌,那边的呼噜排山倒海压过来,她把音量调高,那边呼噜的分贝也随之增加,她再调,那边再增,索性调到最大声,隔壁病房传来怒吼,几点了？还让不让人睡觉！

金凤太想睡觉了,她刚手术不久,需要静养,更需要充足的睡眠。可她睡得着吗？金凤把手边的一份报纸飞过去,轰隆……金凤把矿泉水瓶子飞过去,轰隆轰隆……金凤把电视遥控器飞过去,轰隆轰隆轰隆……金凤打开灯,她看见彩云在床上睡得像头猪,口水在嘴角处熠熠闪光。

这个二货,老奚骗你天天上班,你知道他都干了些啥？他陪我跳舞,他帮我干活,我们家洗衣机坏了他修,灯泡坏了他安,他还给我儿子寄樱桃,他还给我买小挎包,知道了这些看你还睡得着！彩云一翻身把报纸掀掉,又一翻身把矿泉水瓶子掀掉,呼噜停止,彩云在梦里笑了,咯咯咯、咯咯咯……

早晨金凤血压也高了,血糖也上来了,查房大夫问,昨晚没休息好？没,挺好,我都能跳舞了,现在就跳一个。别,再养养！不信你看,金凤打开手机,一曲《鸿雁》在病房上空飘,金凤穿着蓝白杠病号服一会儿窗台一会儿门框,把小护士都看直眼儿了,阿姨,国庆院里有表演,到时候你来啊！大夫带头鼓掌,精神可嘉,但还是要注意休息。金玲来医院,彩云说她回去换衣服,晚上再过来。金凤给金玲递眼色,金玲说她今晚在这儿。

彩云告诉老奚,金凤真厉害,搭了支架还能跳舞,那《鸿雁》跳得比同学聚会上都好,到底是习武出身,这么扛摔!说话时他们正在晚饭桌上喝鲫鱼汤,老奚特意在里面加了辣椒和胡椒,汤很热,可老奚后背还是一阵发凉。

彩云打电话问金凤这几天需不需要她过去,自己现在也没上班,随叫随到。老奚今晚熬了鲫鱼汤,好喝,给你送点过去……金凤告诉金玲,她再住可真要出人命了,你没听见那呼噜打的,真难为老奚了。金玲只关心老奚这次给多少钱。两千!这么大个事才两千!是少了点!他一个保安能有多少钱?你也知道,彩云平时一分钱都不出!老奚这个人,在一分一厘上都抠掐,这次都怪他没扶住你,不然哪至于?

金玲一直撺掇她姐换人,一个搭档半个相好的,能借上多少力!在公园里金凤足以勾起许多老头难言的情怀,说实话,比她人气旺得多,就有几个老头埋伏在对面凉亭,他们装模作样在大合唱,眼神却往长廊这边飘。

16

连安确定好回程日期,机票都买了。金凤一面忙着出院,一面指挥老奚收拾房间。刮大白、换窗帘、擦瓷砖,洁白的墙壁就衬托出家具的老旧。那套沙发有年头了,那张茶几也活动腿了,他们跑到大小家具市场对比价格、选择样式,总算买到价廉物美的。再看那旧茶盏也不舒服了,统统都换掉。

金凤里里外外转一圈,又率领老奚拆洗被褥,金凤拆老奚洗,为了加快速度还利用上电吹风。公园暂且不去,老奚一休班就跑过来干活,金凤想让金玲过来帮忙,老奚说他自己能应付。现在只是出出力气,金玲来保不准又闹什么幺蛾子。

连安就要回来,老奚都两年没看见这孩子了,心里惶惶的,还有点紧张,怎么说也是儿子见老子,没啥好紧张!但说到底那孩子也是念过书的,在大公司里上班什么世面没见过?老奚想,他和连安见面要正式而亲热,温馨而不油腻。他去商场给自己选了套衣服,白色休闲裤、米色格子衬衫。看看这条白裤子,柔软细腻结实,金凤怎么折腾都摔不下来!他在菜市场跟人要了一个黑色塑料袋把衣裤放进去,上面还压上一大捆菠菜。

彩云不在家,老奚有些兴奋,他把衣裤拿出来试穿,镜子里的老奚精神矍铄,面容慈祥,他块头大,有衣服架子,从来没对自己下手这么狠,足足花掉大半个月工资。老奚想着和连安见面要先握手,然后拥抱,然后再喝着茶水促膝长谈,当然要聊聊金凤,那是连安委托给他的重任。金凤身体恢复得很好,身体好的原因是心情好、保养得好,一直都坚持喝南瓜粥,他每天从菜市场买好南瓜带给她,和那个卖南瓜的老头都成朋友了,常把那些破了相的南瓜免费送他。

舞一直都跳,即便天气寒冷也没停歇,天冷就坐火车去周边县城,他和金凤拉动内需,盘活了当地舞厅,那里平时根本卖不出去几张票,他们到场票自是不用说,连矿泉水、瓜子都卖空了,人们把舞厅当看台,几块钱就能看一场,便宜死了!金凤每次回来都哼着歌。当然来回费用都由他负责,男人嘛!

他还陪金凤去郊外上坟,把那坟上的草拔得干干净净。当然前一阵她摔了一跤,这个纯属意外,不过恢复得蛮快,在病房里都能跳舞了。还有报社要采访她。说不说金凤又和他动粗了?当着那么多人,上去啪一个脸蛋子,把他打得两眼冒金星,算了,这个就不说了。后来金凤还给他买了双鞋,后来又把鞋跟儿……这些都不说了,孩子回来一次,拣高兴的讲。

有钥匙开门的声音,彩云回来了,老奚赶紧脱掉衣服塞进塑料袋。彩云把一张水电费单据放到茶几上,四十五块六,老奚从兜里掏出五十元。今天有点累,好歹给饭伺候上,烧饼和一碗西红柿鸡蛋汤。彩云把烧饼扯成一块一块放汤碗里,抱起嘉宝往碗边凑,嘉宝对这个没兴趣,刚刚转圈好,彩云奖励它蛋黄派,现在肚子还圆着。彩云对嘉宝太好太好了,给它买薯片、棉花糖,那天在公园看见一个小孩吃辣条,回来就给它买一包,太辣了,嘉宝不喜欢。还给它买玩具熊和手枪,彩云勾着扳机朝它嘟嘟开火,嘉宝疯着往上扑,疯累了就去床上睡,彩云一面拍它一面哼着歌。老奚一回来家里就安静了,彩云只是闷头吃饭,不过今天这顿饭不合胃口,看那脸拉个老长。

老奚从沙发上爬起来重新系上围裙,煎里脊、炖南瓜、糖醋水萝卜,饭桌上立刻像模像样的,其实饭桌上最透明了,糊弄应景一眼就能发现。见彩云在桌前吃得安静,老奚的心踏实了。

老奚没别的本事,只能做点饭,把人家儿子弄没了,所有的愧疚都让他化成一盘盘饺子、一锅锅包子、一碟碟炒菜,努力烹制珍馐,不然能怎样?在老天没来收你之前,日子再难也得挨下去!

疲惫的白天夜晚也不安宁,老奚先是梦见连安自己开车回来,还梦见了奚宝。小奚宝肉嘟嘟的,光着屁股在他身上爬来爬去,想抱却抱不住,身上滑滑的,像个泥鳅。这奚宝整整在他身上爬了一夜。老奚在大堂里犯迷糊,脑子像钻进了瞌睡虫,只要闭上眼睛就是奚宝,这样的见面他不喜欢,恨不能拿火柴棍把眼皮支上。

有人喊,奚叔,你手机响了,看看又迷糊上了。金凤说她买了海麻线,让老奚过去包包子,包上冻起来等连安回来吃。老奚说他昨晚没睡好,有些头晕,金凤问,连安那个玉石枕头不舒服?

整整一大盆海麻线。这东西属于海藻类,上面有黏液和沙子,不好处理,老奚在水龙头下好不容易洗干净。拌馅时发现姜没了,老奚不愿意将就,下楼买姜。馅拌好,金凤又说里面放些香菜更提味,老奚再去买香菜。

一盆海麻线加了肉和调味作料,转眼变成两盆,老奚看看表,不急的话先放冰箱,明天我过来包,得回去了。出门前金凤拿给老奚一对水晶耳钉,耳钉在太阳下闪着细碎的光芒,过年时儿媳妇给买的,也没戴几次,就告诉彩云你给她买的。

刚刚老奚在金凤那儿顺了一小团海麻线用塑料袋包回来,他又去菜市场买了几条小鱼,交钱时他把那耳钉也掏出来,悄悄丢进一旁的垃圾袋,那里面装着烂鱼头,水晶耳钉就像鱼流下的一滴晶莹的泪。彩云这个人对食物之外的东西没兴趣,那次过生日他和金凤在商场里给她选了一条丝巾,彩云似笑非笑看一眼,然后一门心思吃烧鸡,那天她整整吃了一只鸡!后来那丝巾围到了嘉宝脖子上!

金凤来电话说想把卫生间的洗手盆也换掉,老奚只盼着连安快点回,否则这娘们折腾个没完。菜呀肉的这些随时在超市都能买,可金凤偏要提前准备,冰箱都快撑炸了。明天还得过去蒸包子。

老奚进屋时看见茶几上有条白裤子,彩云做的那条和自己买的那条都让他放在大厦的衣柜里。怎么回事?老奚一边做饭一边拿眼睛瞄着茶几,彩云过去展开,原来是一块布料。她用手比画着,嘉宝穿上白西服更帅,嘉宝,快过来!给你做件西服,到时候再配个红领结。嘉宝在地上摇晃着尾巴。托彩云的福,它总有新衣服穿,夹克、衬衫、西服,简直就是一狗模。

老奚把海麻线馄饨盛上桌,其实啊,他和彩云之间没有屏障,更没有鸿沟,仅隔一层窗户纸。彼此站在对面隔岸观火,心里的不如意也都藏着忍着掖着,运气好的话能藏上一辈子,谁都不说!人一辈子不容易,何况到了这般晚景,他喜欢跳舞就跳下去,彩云喜欢养狗就养下去,没几天就老了,就到站了。老要疯狂少要稳,大概就是这么个道理。

金凤又发来信息,这个女人一会儿三九一会儿三伏的,可老奚偏偏贱骨头一个!又厌着又恋着,这娘们儿性子刚烈得像个活祖宗,老奚不缺祖宗,他缺个儿子……他要调整好状态,连安过两天就回来了。他忽然想到梦里肉嘟嘟的小奚宝,最近这是怎么了?

金凤在信息上说,所有包子都废掉,老奚你忘放盐了。我说过明天蒸,谁想你这么急?蘸酱油吃吧!金凤回复,你们家包子都这么吃?我说过今天头晕,现在还晕着……

老奚一连几天都昏昏沉沉,这把年纪哪经得起两头忙?金凤来电话说连安公司临时有任务不回来了,那些包子给了邻居。老奚心里狐疑,是因为一锅没放盐的包子,还是他这几天没过去,金凤就使性子不让他见连安?马上打电话求证,连安解释不是不回去,是假期推迟到下月。看见那新沙发新桌椅了,弄得像新房一样,还有那海麻线包子,都给我留着。奚叔多劝劝老妈,毕竟两年没回去了,听说我假期推迟,她不太高兴。不如你们去旅游吧,你们选好地点告诉我,费用我负责。连安停顿了一下,当然也带上金玲小姨。

老奚最近状态不好,倒是想出去转转,他不少工友和同学都去旅游了,成天在朋友圈晒照片。老奚还向大厦的年轻人咨询这个季节去哪玩好。北京？上海？广州？金凤却一盆冷水泼过来，自己住院都不敢惊动儿子，还不是怕他破费？他出钱你旅游？你不知道他那房子还贷着款？金凤一番话直把老奚推到南墙上。连安在微信里问，奚叔，选好地点了吗？我好让媳妇订票。

17

同学群里正组织旅游，地点是省城风景区，来去四天，每人收费五百块，可以带家属。五百就五百，老奚决定带彩云走一趟。彩云同意去，后来考虑到嘉宝，送宠物店寄养一天得八十块。她看看老奚，老奚也觉得八十太贵，他们旅游住宿一天还合计不上这么多，彩云等他后面的话，等啊等，半个小时过去了，老奚闭上眼睛打盹，看起来他没有要分担这笔钱的想法。

老奚到大厦请假，又去金凤家里把地板一顿擦，还把这几天的吃食给彩云准备好。老奚出趟门容易吗？最后到位才六个人，不是有事就是身体欠佳。老奚态度坚决，六个人也去，不然白忙活了。

彩云约金凤在步行街见面，和她要一块红绒布给嘉宝做领结。在遮阳伞下彩云还请她喝了绿豆沙，金凤给她带来几个海麻线包子，这个忘放盐了，你蘸点酱油吃。咯咯咯，彩云笑，其实海麻线包馄饨更好，前几天老奚给我包了，那个鲜啊！彩云咂咂嘴巴。

身体恢复得怎么样？还跳舞吗？当然，不跳舞活着哪来乐趣？人啊，出门不一定能找到钱财，但一定能找到快乐！轻伤不下火线。彩云劝她小心，总不至于冒着生命危险找乐吧！她们前楼一个老太太也这毛病，上个星期在广场上扭秧歌，扭着扭着人就没了！我单位那个老头,去市场买了二十斤大米,爬一半楼梯就累不行了,彩云目光友好,坦然真诚。金凤不屑,该河里死不会井里死,生死自有天命。彩云说好死不如赖活着,她又在手机上找到好多注意事项,你这个病啊,不能跑跳、不能剧烈运动、低脂饮食、注意休息……这包子有肉吧,不能嘴馋。喊,那活个什么劲儿?我那个邻居,搭支架十几年了,天天猪蹄子、红烧肉。

彩云把手机递给金凤,看嘉宝穿上西服多帅,用你这块红布再给它做个领结,我们嘉宝还会跳舞。金凤急着去买药,彩云压低嗓子,老奚和他同学去旅游了,一共六个人,三男三女,咯咯咯,哪是旅游,简直是集体情人聚会,咯咯咯。还让我去,我能打扰人家吗?咯咯咯……金凤觉得这娘们儿脑子真有问题,上学那会儿没这么缺心眼儿啊!

金凤照例去公园跳舞,她发现围观者明显减少,缺了老奚那些忠实的看客其他人也都心不在焉,没有掌声没有欢呼,她自然也不来情绪。和金玲跳舞玩不了高难,金玲哪有老奚那身力气?她和那些围观者就像鱼和水,水都干了鱼也没法扑腾。金玲想让她趁机甩掉老奚,把和她学舞的一个老头拉过来,这老头是个军人,退休金一万多。

老头退休金不赖,腿脚却不灵活,只能跳慢三。金凤和他推破车似的在长廊里转,一种强烈的厌恶萦绕心头,白瞎了她一身好舞功。

于是就想念起老奚来,那是她的铁杆搭档,不,黄金搭档。老奚跳舞不是很灵活却有把子力气,有力气太重要了,他能抓住金凤的脚踝转好几圈,那一刻整个人都有腾空飞翔的感觉。现在人身子骨弱,即便年轻人,有老奚这把力气的也不多。

树上有鸟叽喳,叫得人心烦,金凤仰头骂,滚!鸟们继续叽喳,完了吧,没有老奚失落了吧!金凤捡一块小石头撒过去,鸟扑棱棱飞了……

金凤给老奚打电话,左一遍右一遍,没人接。

那时候老奚来中山广场看她跳舞,见天来,两眼直勾勾的,没遮没拦。正赶上金玲去外地,自己成了孤雁,内心难免空落,酒仙又时常骚扰,老奚有着铁塔一般的身子骨,结实剽悍,跳舞不是问题,震慑酒仙也不是问题,但他自身有问题!

怎么说呢?老奚有狐臭,这种味道往往本人并不知晓,却时刻殃及周遭。这世上哪有十全十美的事?她又不好发寻人启事招募搭档,暂且将就着,骑驴找马也不失为一种方式。况且办法总比困难多,不是还有香水吗?

那杨贵妃不就是靠香水掩盖狐臭吗?香水居然在老奚这儿不奏效!看来他的病情比杨贵妃还严重。更要命的是那香水和老奚的体味产生了强烈的化学反应,两下一混合形成了更为刺鼻的味道,那是臭味的另一种升华,能让人窒息。

金凤小时候学过游泳,会憋气,受不了就憋上一口。别人没这本事啊!他俩跳舞时,大家自觉地开始退避,金凤把香草缝进荷包带身上,缓解了一些,再做衣服时就悄悄把香草放进接缝处,老奚衣兜里也揣着香草包,两人同仇敌忾。

金凤教他跳舞、帮他驱臭,拯救了一个无望的装卸工,打造了一个充满自信的舞者。被重塑的老奚腰杆直了、脖子挺了,人缘都有了,还有女人缘呢!电话总算通了,那边很乱,老奚说他正参观故宫,他看见皇帝睡觉的床了,有女人的声音,老奚,快过来拍照!

算算日期该往回走了,老奚却说几个人玩得开心,还要再续几天,到水洞那边玩玩。金凤想只要一跑出去人就野了,当初在舞厅,如果不是果断把他拉回来,老奚怕早飞了。今后一定严加看管,保不齐人就跑了,再找,哪那么容易!

金凤给老奚打电话,也没什么事,就是问问哪天回,闲着闹心。金凤对老奚还看不上眼儿,有时候甚至都排斥,一个坐没坐相、吃没吃相的装卸工,老奚蹲在那儿呼噜呼噜吃面条,样子特别不雅!

金凤家庭不俗,爷爷和老爹都是教书先生,连酒仙也算个文化人,写得一手好毛笔字,还是楹联协会的。刚结婚那会儿,逢春节,左邻右舍的对联都是他写。那时候他们一个能写会画,一个能歌善舞,也曾羡煞过旁人。酒仙要是走正路,自己哪至于到今天?电话拨出去又给挂掉,不能让老奚感觉自己在想着他念着他,缺了他这枚鸡蛋就做不成蛋糕了,老奚这个人爱骄傲,有女人多看他几眼就美得鼻涕冒泡。

好事从天降,报社要采访金凤,采访者就是上次住院那个病友的儿子。阿姨,您在病重期间都那么坚强,还在病房里跳舞鼓励其他病友,听说您是脑血栓患者,这么多年始终坚持跳舞,现如今社会上就需要您这样的正能量。金凤握着电话的手在抖,那、那是我应该做的!

这一个跟头竟然摔到了报纸上,值,太值了!塞翁失马,焉知非福!报纸就是一个高音大喇叭,它能把好人好事一股脑塞进人耳朵里。从此会有更多的人知道她、羡慕她、崇拜她,金凤仿佛看见那长廊已经被围得里三层外三层,先前她们单位有个劳模上过报纸,那是一人上报,全家光荣,就因为一张报纸,三个光棍儿儿子很快都娶上媳妇。

对方还没见识过她的舞蹈,金凤把那个《鸿雁》视频发过去,自己反复看了几遍,好几处不尽如人意,她又把和老奚的双人舞发过去,还是这个更博眼球。太棒了,就这个双人舞,到时候我带摄像过去现场采访,连视频一起发到报社官网上,对方定下日期。

现在可以理直气壮地让老奚早点回了,报社、报社要采访!得好好准备,看看这,跳着跳着还上报纸了!金凤明显激动,老奚那边倒很平静,不就上个报纸吗?怎么像中了六合彩!你赶紧的,采访那天就跳《军港之夜》,练那么长时间了,多好的机会!你回来马上联系我。

18

老奚回来并没急着联系金凤,他还有更重要的事,药确实见效果,这次同学出游很说明问题,之前他一出现,人们不是皱眉头就是借故和他保持距离,这回不一样,他们肩并肩拍照,手拉手过山洞,他还在山顶教他们跳舞,好几个人都上道了。

现在老奚两个腋下红疙瘩连成一片,腋下这个部位比较隐秘,别说红疙瘩,绿疙瘩也无所谓,但老奚太痒了,尤其最近几天,痒得夜里都睡不好觉。难道治好一样再搭上一样?搭上这样比臭味还难耐,臭味老奚闻不到,红疙瘩却奇痒!

你们这些人啊,就是心急!那是一种正常排毒方式,把体内的气味通过红疙瘩散发出来,哪能不疼不痒就把臭味赶跑了?西医取瘤子还得忍受刀口之痛呢!老头一边说一边咻溜咻溜喝茶,老奚一边听一边挠胳肢窝。麻烦您给想想办法,实在受不了了!最近还跳舞吗?和同学去旅游了。带老婆去的?没,她在家里看狗!相好去了?也没!其实我也想有点锻炼,之前练过一段太极,没意思!你看我跳舞行不?

老奚在老头身上瞄两眼,可以从初级阶段开始,公园里就有教的,我那个相好的妹妹就干这个。说完老奚就后悔了,怎么还给她介绍生意?不过那女人顶不是东西,光盯着人家腰包,对学员没耐心,跳不好还要吃棍子。她还打人?打!拿棍子往身上抽!有一次把我抽得……

不,把他们抽得身上洗衣板似的!要不我教你?老头看看他,你教有啥意思?

麻烦您给想想办法,然后我告诉您个好地方!痒痒不算病,痒起来真要命!我们祖先在长期的游牧生活中,发明了一套止痒操。你们祖先连这个也发明?老头看看身后的成吉思汗画像,那当然,我的祖先聪颖智慧,骑马出征一走数年,上哪洗澡去?为了不影响征战,他们自创一套止痒操,下面请跟着做,两条胳膊狠狠夹紧肋骨,往前顺时针蹭三下,巴雅尔、巴雅尔,往后逆时针蹭三下,巴雅尔、巴雅尔。两条胳膊交叉蹭,巴雅尔、巴雅尔!

只要一痒痒就做,嘴里念着巴雅尔!神了,老奚他真不痒了!

刚才你说要告诉我一个地方,哪儿啊?哦,你不是要跳舞吗?去舞厅,门前一群群陪舞的!贵吗?价格不等,面相好的要上百块,还得给买雪碧。老头觉得上百块太贵,价钱不公道,老奚不屑,公不公道在买卖双方,那是生意!你去过?当然。现在怎么不去了?我俩的舞在那儿施展不开,我相好的倒是喜欢那里,霓虹灯一闪一闪的。我喜欢在公园跳,她听我的!有电话进来,一个女同学问什么时候去公园,明天我上班,后天吧!老奚拧开桌子上一瓶矿泉水,又一个电话,老奚,你死哪去了?

长廊里一片热闹,金凤、金玲大黄蜂似的来回跑,金玲那几个学员自然不用说,金凤又去对面的凉亭里发动,能上报纸,还给录像!人数不少了,但这姐妹俩贪心,想一多再多!金玲手里拿着一条丝巾,什么时候鼓掌、什么时候叫好都要有节奏、有次序,不能像平时那样没章法。金玲拍拍手,大家看丝巾,往左就叫好,往右就鼓掌。有个老头问什么时候来?现在是排练,明早晨八点半准时。还给点劳务费不?上报纸多光荣的事，还要劳务费？

有两个女人要去检查身体先走了，一出公园大门就唠叨上，真不知道记者采访她什么？说她意志坚强，在脑血栓和心脏搭桥的情况下仍坚持跳舞，是正能量！她还正能量？天天抱着人家老爷们儿跳舞，跳不好还使用暴力。你说老奚家女人知不知道？金玲说老奚那女人是个二货！一个小伙子往她们手里塞了张传单，阿姨，华联超市鸡蛋打折，买五斤送一斤。两个女人笑了，去华联，坚决不给那娘们儿当托儿！

金玲指挥众人，金凤编排队形，老奚倒是悠闲得很，正教人跳舞呢！就是这次一起旅游那几位，有个女同学笨，跳舞总像挎个筐，老奚一点也不厌烦。金凤把他叫过来没好气，总得把《军港之夜》再练练，明天报社录像！

老奚胸脯挺着，像棵小白杨，旁边好几个同学呢，看那个女同学大嘴张的！金凤也把腰肢扭动得格外带劲，脖子昂得像骄傲的大白鹅。她手搭凉棚，像白毛女迎着曙光走出山洞做引颈遥望状，这时候老奚的动作应该同步，但这家伙没跟上节奏，两条胳膊直往后使劲，引颈、引颈遥望，金凤小声提示，老奚这边遥不了了，一阵瘙痒袭上心头，如千万只蚂蚁盘踞在胳肢窝，赶紧做操，巴雅尔、巴雅尔！金凤有点蒙，只见老奚胳膊一扭一扭，嬉皮笑脸地看着那女同学。

金凤镇定，大臂旋转，她贴紧老奚身边转，这时候如果老奚接下去根本看不出破绽，可他太痒了，操刚做一半，到交叉环节了，巴雅尔、巴雅尔！胳膊肘力度强，正好拐在金凤胸口窝，把她推出去好几步远。金凤过去薅老奚，一使劲，那件十块钱的海魂衫就在肩膀上裂开一条口子，露出通红的胳肢窝，人们欢笑，不玩了。老奚扭头离开，金凤对准他后背飞起一脚，出去旅趟游就不是你了？你个臭装卸工，你个臭胳肢窝。有人好奇,舞蹈怎么一下子变武术了?

老奚脸都紫了,这会儿也不痒了。他丹田叫劲,拎大包似的拎起金凤,嗖一下撅出去。有个聋老头没明白怎么回事,他对边上的老太太说,为了登个报纸,空中飞人都上来了,这么拼!金玲跑到玫瑰园里,姐,姐!金凤脸上顶花带刺,她慢慢睁开眼睛,去,去给我把老奚杀了!

19

彩云破天荒做好饭,煎鱼、炖肉、煮汤、芝麻烧饼,都摆饭桌上了,还有啤酒。老奚看看窗外,外面依旧是昨天的光景。有串辣椒火苗似的挂在对面阳台上,向晚的风微微掠过树梢,发出飒飒的声响,知了不知道躲在哪棵树上开心地唱着,吱、吱、吱……

老奚干掉一罐啤酒,又拿起一个烧饼,他一面咬一面把粘在唇边的几粒芝麻用舌头扫进嘴里。他告诉彩云大厦要调整作息时间,以后隔天一个班,工资照旧。两罐啤酒撞在一起发出清脆的叮叮,两个人也轻飘飘了,就像卸下肩上的包裹!窗外西边天空一疙瘩一疙瘩的闲云白棉花似的虚虚蓬蓬,接着白棉花又变成红色,一层一层往外翻涌成无数朵玫瑰,比公园里的都鲜艳……这时候那手机一闪,跳出一行字,明早八点半,《军港之夜》不见不散……老奚看见彩云正拿着一罐啤酒,不紧不慢地喝着……

发表于2020年第2期《中国作家》

2020年第4期《小说选刊》转载

短篇小说

梅花吟

桃未芳菲杏未红,冲寒先喜笑东风。

——《红楼梦·咏红梅花得"红"字》

接近年关,晚上五六点钟外边已经黑得不像样了。杨光从外面回来脸上就不大好看,怎么回事?他的钱包丢了。虽然里面没有巨额钞票,但丢钱包毕竟和捡钱包是两码事。出门去咣当捡回个三百二百的,那是什么心情?钱数再少那也是外财。反之就不是那么回事了。再说今天这钱包丢得蹊跷,早晨上班钱包还好好地躺在衣兜里,他有私家车,在公交车上被掏的事根本摊不上,去了单位就把外套挂在椅背上,中间他去了两趟厕所,中午还在食堂吃了顿饭,下午来了个熟人,走时他把人送到电梯口,晚上路过烤鸡店想买只烤鸡才发现口袋里的钱包不翼而飞。

女儿杨洋兴奋地把他拉到自己房间,爸爸快看。杨光看见杨洋床头那儿站着一盆怒放的梅花,这梅花小树似的,足有一米来高。树上的梅花一个个饱饱满满,像挂在枝丫上的小灯笼,把杨洋的房间都映红了。哪来的?早上一个戴眼镜、围白围巾的叔叔送来的。那人是谁?他放下梅花就走了,没说。这孩子,人家送东西也不问问名字。唉,对一个十岁的孩子也不能要求过高。杨洋妈回来看见梅花更是一脸惊喜,她顾不上做饭就开始和梅花拍照,前一张后一张,左一张右一张,那兴奋劲儿跟捡了钱包似的。这娘儿俩抬着梅花在屋子里折腾来折腾去,后来杨洋体力不支,随便吃点东西就去睡了。

老婆现在迷上了微博,仿佛一下子成了天真烂漫的孩童,对世界充满了好奇和感情,整天拿着个手机一个劲儿咔嚓,从家里的床单窗帘枕套、花瓶酒杯、锅碗瓢盆、拖把、筷子,到外边的野猫野狗、树枝树杈,以及耗子打洞、蚂蚁搬家……她把这些统统晒到微博上,以一个发现者的姿态与大家共享,她的粉丝也跟着她的双眸一路飙升,已经发展到大V的级别。这娘们居然要晒杨光满脸泡沫剃须的模样,被杨光夺下来狠狠按了删除键。杨光现在都有点作病了,看见老婆举手机马上下意识地用胳膊护脸,像明星碰到狗仔队。现在微博于她那就是鱼儿离不开水呀瓜儿离不开秧,这时候家里多了盆梅花又岂能放过?

杨光觉得今天真是诡异的一天,先是他的钱包神不知鬼不觉长了翅膀,然后家中又莫名其妙来了一盆梅花,一看就知道这梅花价格不菲,会是谁送的呢?年关嘛,单位里发东西、派红包,亲朋好友礼尚往来,人情世故溜须拍马,人们忙得一塌糊涂。那个"眼镜、白围巾"又是何方神圣?居然还做好事不留名。送礼不留名那就是瞎子点灯,况且还是一份厚礼,如今还有这么二百五的人吗?这盆来历不明的梅花让杨光暂时放下那个不明去向的钱包。

杨洋妈在电脑上修照片。哈,她都是把照片修一番后才发到网上的,她修完眉毛修眼睛,把自己修饰得桃红柳绿,像个嫩粉美眉。杨光不懂如今这些女人,她们精明起来一笼子的猴都不换,愚蠢起来掩耳盗铃的事都能干得别有滋味。他们单位一个女的,都五十往上数了,一要求交证件照,就把扎着两个羊角辫的照片拿出来。有人取笑说,怎么把你姑娘的照片拿来了？人家才不管呢，下次照样交"羊角辫"。杨洋妈不喜欢"羊角辫"，她给自己弄了身嬛嬛的行头，屏幕上的"小主"正在赏梅呢！

杨光把她拉到沙发上，又把梅花搬到眼前说，拜托你长长脑子，别在那些破相片上花心思了，这事我们得来分析分析，花究竟是谁送的？怎么做了好事连个名都不留？他边说边用疑惑的目光把梅花上下打量个仔细。杨洋妈说，这还不简单，你那些同事朋友，哪个戴眼镜，打电话过去问问不就清楚了？可不是，关键时候还要仰仗女人的智慧。杨光把能想到的戴眼镜的人统统排查一遍，结果呢？没有任何结果。杨洋妈又分析是不是送错了，在他们这座金融小区里，流传着不少这样的段子。本来是给张主任送礼，结果李主任正巧开门撞上，送礼的还算反应快，说李主任好，这不快过年了嘛，就这么点意思……有个糊涂虫要给马处长表示，却敲响了牛处长的家门，牛处长夫人出来开门，糊涂虫问，马处长在吗？那夫人不高兴了，真是牛马不分。

杨光呼地从沙发上站起来，就势把杨洋妈往边上一推，闪开。杨洋妈脸都给吓白了，只见杨光飞身从厨房里拿了水果刀和筷子。杨洋妈欲往前凑，被他一声喝住，别过来。只见他左手拿刀右手拿筷子，把筷子由浅入深地慢慢插进泥土里，然后轻轻一掘，再用水果刀把掘出的泥土刮到一边。他表情严肃，动作果决，仿佛要从花盆里面挖出个定时炸弹或地雷什么的，直到花的根须裸露出来，也没见任何易燃易爆物品。他把后背仰到沙发上长出一口气。杨洋妈说，你以为这里边有炸弹？这年月什么事没有？杨洋妈笑笑，别以为自己是什么大人物呢！对付你还值得用定时炸弹？你知道那玩意成本有多高吗？真要解决你，一块板砖就完活。这话杨光不爱听，说，你也太不把我当盘菜了，我怎么

梅花吟 / 107

就不配炸弹了？为了证明自己和炸弹相匹配,杨光列举了几个实例,诸如在他们信贷科,他的职称、他的工作业绩,包括他和领导的关系,那都往前边数。还有,过了年他们科长就要告老回家,和他竞争科长的就有那么一两位。一个小科长,人家至于拿炸弹崩你？

杨光忽然联想到今天丢钱包的事,杨洋妈最关心钱包里有多少钞票。倒不多,千儿八百块吧。但这钱包丢得太蹊跷,他今天没去过任何公共场所,仅在单位里上了两趟厕所,钱包就神不知鬼不觉地没了。杨洋妈忙问他在单位里有没有声张。回家路上才发现的。那就好。杨洋妈讲,前一阵她们储蓄所里一个小姑娘在单位把手机丢了,这小姑娘自以为是,又不长脑子,她居然打了110,结果单位里在场的人个个都被警察审一遍,弄得大家很尴尬,现在这丫头片子在所里很不好过,正找关系调工作呢！听老婆这么一说,杨光觉得不仅仅是丢个钱包那么简单了,或许还关乎政治阴谋。

说实话,杨光特想当这个科长,废话,问问他们科里谁不想？谁不知道银行里信贷科的油水厚？就连普通科员的日子都好过得很,何况科长乎？他们银行待遇本来就好,就拿这个金融小区来说,哪家没有私家车？他们开着小车,穿着名牌,遇到节假日便全家出动,搭飞机出国旅游去。享受生活的热浪在小区里沸腾着,人们你追我赶,在这个小区里住着,想不热爱生活都难。他们是福利分房,房价几乎是市场价格的十分之一,人们就住上了又大又好的房子。当市中心的房子挤挤挨挨,前后楼的人都能站在阳台上相互握手拥抱时,请看这里:蜿蜒的溪水在小区里流淌,可不是那种为了见水而设的人工水池,绝对天然小溪,水波纹一圈一圈,笑容一样地展开,东一片西一片的叶子漂在上面,随着笑容荡漾。刚搬来那会儿正值初秋,天空蓝得透明,白云安静得像睡着了,溪水里映着树枝,像生在水里的蓝天倒影上的根,一个个好日子就沉在水里面。还有那高高矮矮的山石和蘑菇一样的凉亭,都有那么点江南水乡的味道。塑胶篮球场边,冬青树旁有秋千。傍晚阳光散了,西天的颜色多起来,酱红色、紫红色、粉红色、橘红色,草叶下的蛐蛐儿叫,有如那琴弦声,孩子们坐在秋千上,你荡过来,我荡过去。风像丝绸一样,微微皱着,时卷时开,搭在肩头,系在女孩子头发上,在她们耳边窸窣作响,把她们的裙子吹得飘呀飘,还有一股焦煳的味道顺风而至。

领导为了让职工更好地享受生活空间,就在市郊火葬场附近买下这块地皮。领导想得周全,现如今还有什么比享受空间更惬意呢?远是远点,不还配备了班车吗?再说大家也都具备买私家车的条件。确实,离小区不远处就屹立着一个又高又粗的大烟筒,遇到顺风时还能闻到一股味儿。但和这恰似江南水乡的环境比比,那点味道也算不得什么,最重要的是舒适的生活空间。起初人们看见火葬场的大烟筒每天冒着滚滚的浓烟心里很不舒服,还有火葬场边上的公墓,那一座座墓碑宛如一场场谢了幕的戏剧,加上那呜呜哇哇的送殡车队,久而久之人们就觉悟了,也想得开了。你想啊,那个屹立的大烟筒和呜哇的车队就像哲学家一样在给他们上课,于是大家都觉得这地段太好了,太有教育意义了,它时时提醒大家,白驹过隙,人生苦短,乐和一天是一天!

杨洋爸妈越聊越深入,白眼仁儿和黑眼球飞快地转来转去,转来转去。他们相互启发提醒,像正参与一场智力竞赛,生怕落在对方后面,用脑子的时候到了,为什么说人类是智慧的结晶?此时这夫妻二人就在全力运用他们的智慧,应该达到了一休的境界,格叽格叽格叽格叽,一休哥!他们压根没想过钱包是否掉到停车场、电梯口、马路边,那些不属于他们的智商范畴,一定要深挖洞,狠狠挖,直到挖出一个大炸弹

梅花吟 / 109

来。这也不能怪他们,现在谁还愿意从正面考虑问题?人们习惯于从边边角角、沟沟坎坎中排查,睡不着觉那是床歪,走不稳是路不平。俩人就像挖地道那样,排除了好多泥土沙石,终于把对门的刘宇鹏同志给掘出来。

此人是杨光金融学校的同学,现在和杨光一个科室。在学校时两人住上下铺,那时候大家还没有太多心事,每逢星期天出去玩,他们就在对方的衣服箱里翻出最干净最漂亮的穿在自己身上,还隔三岔五在小馆子里喝顿啤酒,彼此称兄道弟。毕业后俩人居然被分到同一家银行同一个信贷科,这样两人的关系就有了本质性变化。怎么能不变?单位那是什么地方,同事之间能生出友谊吗?不能。利益就是一把砍刀,在这里情谊和友爱被劈得四分五裂。他们还像从前那样嘻嘻哈哈说笑,也去对方身上找烟抽,可俩人心窝里都清楚,一场赛事已经拉开帷幕……

他们就像拴在一根绳上的两只蚂蚱,这么多年抛不开甩不掉的。有个竞争对手可不是坏事,两人甩开膀子往前奔,生怕被对方扔在后面。科里每季度都公布个人工作业绩,这个季度是杨光荣登榜首,那下个季度一定是刘宇鹏,一个"比"字彻底调动了他们的积极主动性。这二位不光在工作上你追我赶,就连娶老婆生孩子也不甘落后,两位夫人模样还都说得过去,也都在银行系统工作。在学校念书时,杨光就把班里最漂亮的姑娘弄到手了,杨光劝刘宇鹏近水楼台,也把终身大事一起完成了吧,谁不知道他们这里的学生一毕业就有份好的工作在等着?找女朋友漂亮固然重要,但工作也很重要,那关乎今后的生活质量。当时杨光也是有意在刘宇鹏面前显示一下,可后者一副事不关己的样子,不急不急,俺还年轻呢。工作不久,有一天杨光在街上看见刘宇鹏和一个挺漂亮的女孩勾肩搭背,被抓了现行,刘宇鹏不得不承认是自己女朋友,问及女友工作,刘宇鹏只说工作一般,直到两人结婚,杨光才知道女方是个待业青年。这让他心里一阵畅快,觉得自己已经跑到刘宇鹏前面了,收入方面不用说了,他们银行是只给本系统双职工解决住房的哟!谁知不到一年工夫,刘宇鹏老婆居然进了他们银行工会,这让杨光有些措手不及,想那刘宇鹏之前连一点口风也没露,那时杨光就发现这小子不是等闲之辈,平地起惊雷,有那么一股子阴劲儿。

婚后杨光坚持让老婆服用"多子丸",他渴望一炮双响,来个龙凤胎,怎奈命中无子。杨光把悲愤藏在心里,逢人就笑嘻嘻地说,就愿意当老丈人,有人给打酒喝。几个月后刘宇鹏也得了个千金,取名婉婉。杨光又松了口气,心里也不那么悲愤了,幸福和悲愤是相对的,都是比较而言。这话落到现实生活中要倒过来讲,比赛永远是龙头,至于友谊嘛,那要看环境、看心情,看合不合拍子。单位福利分房时他俩评分等同,最终成了一步之遥的邻居。呜,一声号角,两个人的赛场,变成两家人的角逐。

他们是好邻里、好同学,两个女主人也像姐妹那样拉着手去逛商城,去美容院做皮肤护理,晚餐时也会分享葱油饼、韭菜合子。她们不会像普通女人那样你一个红苹果我一个绿鸭梨,她们是不动声色的那种暗较量。杨洋妈是学财务出身,她认为对方是半路出家,属于混入金融界,自己才是专业对口、根正苗红,嘴里会有意无意地蹦出一些财务术语,什么总资产、流动资产、净资产……关键是她的专业就像一只母鸡,可以生蛋。她在工作之余还另外代了两份账。几年的资本金积累成了一个大金蛋——一台尼桑轿车。第一天,她就开车拉婉婉妈去购物了。

那次全行联欢,大行长诗朗诵完毕在婉婉妈肩上很哥们地拍两下。杨洋妈也耳闻她很会和领导拉关系,杨洋妈不太热衷这个。她觉得自己业务好,还能挣外快,犯不上刻意去接近他们。和领导关系好当然没亏吃,这事她也可以。杨洋妈过日子凭兴趣,没什么宏伟目标。她只想证明自己的能力,她能我为什么不能?有些事情在于激发和启发,杨洋妈的热情完全是被激发的。她在储蓄所工作,不像婉婉妈那样近水楼台,但她有自己的一套办法。

杨洋妈手巧,上学时就会编织。那时候她总穿着与众不同的毛衣外套,大麻花、小麻花、元宝针、小米粒,她有一件毛衣竟然编了十种花扣,后来杨洋爸常戴着长围巾和绒线帽在操场上奔跑。再后来各种时装竞相出现,让手工编织不再那么抢眼了,但杨洋妈的巧手没有浪费。现在哪个女人不愿意把自己打扮得光鲜耀目、与众不同?可在都不差钱的情况下,这种效果就很难达到,于是杨洋妈的纤纤玉手派上用场,她从小商品城买来好多色彩不同的珠子、亮片、蕾丝花边、贴图……这些东西在她的手下变成了花鸟鱼虫、亭台楼阁、蔬菜水果……人们就会看到有只鸟站到她肩头,有朵花开在她胸前,有颗草莓挂在她衣领上,有束青藤爬到她裙子上,有匹马在她裤腿上奔跑,牛仔裤的屁兜上还睡着两只小花猫。杨洋妈把这些手工升华成一种情致、一种艺术,她走到哪里都算得上标新立异的女人。她常会在街上被人叫停,喂,你这从哪儿买的?自己缝的。每每这种时候,杨洋妈的下巴都翘着。很自然她网罗了好多爱美女人,现在还有不爱美的女人吗?不容易找,她们像报仇似的恨不能一天化八遍妆、换十套衣服。

杨洋妈很快结识了大行长夫人,那女人和她年龄差不多,瞧着比她还面嫩。大行长已经搬离这个小区,不过房子还留着。那天行长夫人回来取东西,杨洋妈恰到好处地把一塑料袋儿五光十色的彩珠和亮片掉到地上,女人对颜色非常敏感,尤其这么漂亮的颜色,行长夫人的眼球被一地的"珠宝"吸引了过去。杨洋妈一面蹲在地上捡一面朝行长夫人笑笑,不是啥"珠宝",都是些往衣服上缝的小玩意!行长夫人发现杨洋妈的黑棉衬衫的左侧正绽放着一枝盛开的玫瑰,玫瑰的花瓣是用小米粒一样的红珠珠穿起来的,还有由浅入深的层次,叶子是用翠绿色亮片缝上去的,这枝花把一件普通的黑棉布衬衫照耀得熠熠生辉。往下看,蹲在地上的女人的牛仔裤裤脚那儿散着一圈半寸宽的黑蕾丝边,正好和上衣相呼应,看起来这女人穿戴上还是讲品位的。你这一身儿很漂亮、很别致嘛!杨洋妈说这都是自己没事弄着玩的,把以前的衣服改良一下,废物利用。行长夫人说效果不错!于是眼神里就有了也想玩一玩的意思。杨洋妈顺手拿起一个缝好的奶白色亮片叶子往行长夫人领口处一搭,很配的,回去拿线一连就行。这多不好意思。嗐,一个小区里住着,不值几分钱的东西。我是觉得你这身衣服搭上这片叶子更有效果……可是我哪里缝得好?噢,你去车里坐一会儿,三分钟的活……

在很短的时间里,两个女人的友谊之花绽放了,杨洋妈把做好的小玩意拍成照片发给行长夫人,对方会把自己的穿戴也拍成照片发过来,然后两人在网上讨论研究。最经典的作品是,行长夫人有件黑丝绒旗袍,说是前几年的箱底货,改良不了就准备扔掉。杨洋妈用绸布制成绳儿,盘了一溜大大的玫红锁扣,沿着前襟一路扭下来,每一个都像一只媚人的红嘴唇。行长夫人穿着去参加宴会,人们都夸行长娶了一位气度不凡的大上海闺秀。行长夫人也会给杨洋妈香水、丝巾等一些小礼物作为回赠。她会挑拣一些不喜欢的送人,不过送的时候要加以说明,是我们行长夫人送的哟。杨洋妈要的就是这效果,和婉婉妈完全不是一个初衷。她知道婉婉妈想要什么,不就是给自己男人做个铺垫吗?杨洋妈愿意让自己的姐妹知道这层关系,却没把这朵友谊之花告诉杨洋爸,这是她手里的一张金牌,不到关键时刻不会打出去,这就像揣在兜里的私房钱,哪能随便亮出来?杨洋妈也不愿意让杨洋爸跑得太快,男人有了钱、权,对女人来讲算不上太好的事。这样的例子太多了!这一点她觉得自己比婉婉妈要成熟。和行长夫人交往,就想让她给装装门面,其他别无所求。那行长夫人也很有心计,杨洋妈曾约她一起去参加同学聚会,被她婉言拒绝。还有一次,就在行长家附近(虽然她没说,但杨洋妈知道她家就在左右),杨洋妈说有点不舒服,想歇歇脚,行长夫人最后把她领到一家咖啡馆。杨洋妈清楚,这朵友谊之花远没有她认为的那样灿烂。

  杨光对目前的状态也心烦,那刘宇鹏就像附在他身上的鬼影,在单位里对着那张脸,在路上能从反光镜里看见他的汽车,在家里能听到他的脚步声,这真叫如影随形,比和自己老婆都紧密无间。杨光不知道老天为何把他俩扭得这样紧,连一点缝隙都不给。没有空间,人就会窒息,这让还没衰老的杨光很是头晕眼花。

  当上科长,他就会拥有自己的办公室,无论形式上还是实质上都和刘宇鹏拉开了距离,在科长的宝座上要不了几年他就会在市中心买套商品房,离开金融小区,如果顺利的话他还要向处长的位置进军,如果再走运些……那时候他和刘宇鹏之间就隔着天河了。可刘宇鹏会坐着傻等吗?绝不可能。刘宇鹏擅长爆冷门,打你个出其不意。古人为夺王位尚有子弑父、弟杀兄,何况……他已经看到了刘宇鹏那鬼鬼祟祟的模样。

看看,丢个钱包竟然拉扯出这么一摊子,都说想象力能改变这个世界,绝对是真理。杨光说刘宇鹏明摆是他前进路上的绊脚石,可眼下他没办法把这块石头踢开,他能做到的只是小心谨慎,步步为营。再看眼前这盆梅花,又是一块心病,究竟是谁送的呢?他又把手机拿过来,对方是个年轻小伙,声音脆脆的,杨哥,这可不是我干的,大过年的,我哪能那么不懂事?送梅花,让你倒霉运,没钱花……杨光像被烫了一样扔掉手机,快上网查查,看看到底怎么回事?杨洋妈还没反应过来,杨光已经坐在电脑前了,他在百度上打出两个字:梅花。网上说梅花耐寒,能傲霜凌雪开花,系蔷薇科,属于落叶小乔木,有种不畏严寒的精神,还有一些是梅花种植的信息和诗词歌曲。这些都不是他需要的,他索性进了论坛,论坛里有不少帖子都讲到时下送礼的禁忌:不能给领导送下山虎(字画上的),那意味着走下坡路,要倒台子;不能送表;不能送被子;最好不送给人梅花,"梅"的谐音就是"没"和"霉"……杨光啪地摔了鼠标。谁他妈这么和我过不去呀?怪不得今天把钱包丢了。杨洋妈说赶紧把这倒霉玩意扔了,放在家里还不是添堵?杨光说,黑灯瞎火的往哪扔?要不咱也送个人情吧!送谁啊?杨光笑笑,用手指了指对面。杨洋妈说,等我把照片删掉,省得沾上霉运。杨洋妈还不知道,在杨洋的 QQ 里还有好多她和梅花的合影,还有婉婉的,这事还得从今天白天说起。

昨晚下了一夜雪,开始雪花无声无息地落到地上,像一个漂亮精致的女人在往脸上敷粉,一点一点,慢慢均匀敷到每一个部位,紧接着变成一个皮肤粗糙、性格暴躁的女人在往脸上涂粉,后来女人又成了一个会算计的小漆匠,没多久这个小漆匠就发了脾气,跟不过了一样,拿着桶往下倒白漆。早晨,外边成了冰雪大世界,白茫茫一片真干净。杨洋平时最喜欢下雪了,她喜欢在雪地上打滚,喜欢堆一个有胡萝卜鼻头的雪人。她穿戴好就去找对面的婉婉,婉婉可是她最要好的朋友,她们在一个小学里读书,可惜不在同一个班,不过杨洋已经很知足了,因为有了婉婉,她才不会像别的同学那样孤独,多数同学都在网上找乐,他们打游戏、聊QQ,基本没有户外活动。她和婉婉一起写作业,一起在小区的广场上放风筝、荡秋千……她们一起度过了新鲜的秋天、有趣的冬天、和煦的春天、艳丽的夏天,好得跟亲姐妹一样。她们的快乐是那种清澈如水的快乐,她们的友谊也是那种无缘无故清澈如水的友谊。就在杨洋出门时,她遇到了那个戴眼镜、围白围巾的叔叔,叔叔只说这是送她家的梅花,再没多说什么。要是有人敲门杨洋还会问问,她不会轻易给人开门,安全教育老师和爸妈都讲过。可今天是撞上的,况且这花太美了,它开得那样灿烂,一直灿烂到杨洋心里去了。她还很诗意地想到了踏雪寻梅,于是杨洋和婉婉抬着梅花、拿着相机来到楼下。

小区里安静得像安徒生童话中描写的,蓝天底下,那些凉亭全成了胖乎乎的大蘑菇。冬青树变成圆滚滚的瓷娃娃。路灯蓬着头,似乎还倾斜了身体,像是插在雪地里的大棒棒糖,让人恨不能咬一口。几只胖得跟乒乓球似的麻雀在地上跳来跳去。这梅花就像雪地里升起的一轮太阳,两个小姑娘兴奋地抱在一起。梅花的枝杈很丰满,高矮和俩孩子相差无几,花盆也敦敦实实的,俩人抬着它就像蹒跚在雪地上的两只企鹅,在她们身后留下了一串串深深浅浅的脚窝。她们甜甜地喊着"茄子,茄子",然后咔嚓,为拍合影还请来保安叔叔帮忙。雪地红梅,还有两张天真烂漫的笑脸,保安叔叔说,简直是童话里的两个小公主。她们又在外边堆了一阵雪人,婉婉担心时间久了梅花会冻坏,两人又抬着花盆吭哧吭哧往回走,进门时在墙边蹭了一下,一朵梅花掉下来,两个孩子心疼得快流眼泪了,杨洋把梅花拾起来别在婉婉头上。杨洋觉得应该给梅花做个生长记录,她们找来米尺给梅花量了身高,还很有耐心地数了具体的朵数,然后登记在册。婉婉说,如果长到比屋子还高可怎么办?杨洋认真想想,到时候就放到学校的大礼堂去。婉婉想到科学老师说过,雨水和雪水对植物的生长有益,于是两个小姑娘又拿上大盆小桶到外边收集雪。她们商量好了,冬天收集雪,夏天让梅花到阳台上淋雨。现在两家浴缸里的雪已经开始融化了。

杨光和老婆把梅花送过去时,两夫妇正窝在沙发上看电视,屋子里暖暖的灯光照着他们的睡衣,睡衣是质地上好的真丝缎,发着闪闪的亮光,一看睡衣就知道这家人日子过得不错。杨洋妈觉得那睡衣上有些点缀会更好。杨光说朋友送了盆梅花,听说婉婉特别喜欢,就送给她好了。之前杨洋妈怕女儿知道要发脾气,杨光说,一个小孩子还摆不平?就说人家送错了,原本是送婉婉家的。

平时两家都是君子之交,没有太多的礼尚往来,就是孩子们和女人之间串换些小东西,数九寒天里,这梅花不会便宜。今晚进门时确实看见婉婉头上别了一朵梅花,说是杨洋送的,今天婉婉像是很累,吃过饭早早就上床睡了。刚刚正演一个婆媳之战连续剧,俩人看得来劲,这下哪还有心思?这就好比平时两人只有五块钱交情,现在对方冷不丁拍过来五千,你小子怎么个意思?刘宇鹏太知道对方的秉性了,他们一起念书一起工作,彼此在一起黏了有十几年,都快成对方肚子里的蛔虫了。眼下正是两人较劲的时候,杨光就是送礼也送不到他头上。

还不都是为科长那个宝座?最后到底会到谁的屁股底下,他还是杨光?同事们都在暗地里观望这一根绳上的两只蚂蚱,婉婉妈也去领导那里探过口信,人家态度也不明朗。如果能力方面确实比对方差,那

梅花吟 / 117

倒也认了,同班同学也有成大事的,也有出苦力的,并不能说明什么。关键是这么多年俩人一直咬得很紧,从没分出个高低上下,那把椅子上也不可能坐上两个屁股,这回如果那把椅子上的屁股不是他的,那种心理落差他能受得了?

问题复杂了,刘宇鹏又进卫生间洗洗脸,以便不被对方的糖衣炮弹搞晕。莫非是要拉我退场?开什么玩笑?我这么拼命不就是为了那把椅子?也和那小子拉开些距离,天天看着那张脸心里都堵得慌。婉婉妈迅速哈腰用鼻子在花团上走了一圈,花倒是很美,放在屋子里也有气氛。婉婉妈忽然想到,这回春节联欢,就让大行长朗诵《咏梅》,这几天她正琢磨给他选哪段电影对白呢。电影对白篇幅都长,节奏也不好把握,就《咏梅》了,像他这个年龄的人差不多都能背下来,还符合他的个性和身份。

婉婉妈是幼教出身,能歌善舞,在工会刚好有用武之地。她特别愿意行里搞联欢会,不光可以展示自己的才艺,还可以和大领导、小头头儿亲密接触,她给他们安排诗朗诵、吹箫、京剧表演……都是因地制宜,各取所好。她事先摸清底细,大行长五音不全,文艺才华几近于零,他的天赋就是喝,据说一顿能畅饮二斤白酒,喝啤酒更是一绝,如果坐在马桶上喝的话,可以用吨来作为计量单位。他肚子里像揣了一只锅,领带在紧绷绷的前胸挂下来,狗舌头一样拖在肚脐眼下,头发仅剩下可怜的几缕,风一吹就飘到另一边,被他一把抓回来,小心地放回原处,这个动作很滑稽。怎奈联欢会上不好表演这些!二行长会吹《浏阳河》,三行长能唱《沙家浜》,决不能把大行长晒在一边,她给大行长选了诗朗诵,慷慨激昂和抒情部分由配乐里的女士来,平静无波澜之处大行长来,这样的效果不是小好,是大好。大行长自己都觉得朗诵出了一定水平,恨不能再来一段。婉婉妈把筛选好的几套方案发到领导们的邮箱里,然后再电话逐一落实,从配乐到画面,再到灯光,样样具体,会后她把领导们的精彩表演刻成光盘。大行长高兴,他觉得自己身体里还有不少艺术细胞没被开发。她又淘来外国电影对白,还建议下次开联欢会大行长可以尝试。婉婉妈是个聪明人,联欢会于她是工作,更是机会。她知道做事要讲究方法,以她的财力是拼不过那些企业家的,投进去再多也激不起多大浪花,还是小情小调好,既拉拢,又不腐蚀。行里大小领导对她印象都不错,家里的汽车就是求领导买的顶账车,省下不少钱呢!她的志向可不仅仅是辆车,她希望有一天自己家里也能诞生领导。联欢会就像一只船,载着她向彼岸划去。

马上到年关了,婉婉妈正筹备一台大型联欢会,她利用午休时间领着大家排练,把一个个网虫从电脑前拉上舞台。开始人们也抵触,觉得午休是个人时间,上网、睡觉都该自己说了算,后来在舞台上喊喊唱唱,再舞舞胳膊动动腿,整个下午精神头儿都见长,觉得这样的活动也挺好。婉婉妈还有个计划,她要在春节过后带领大家做健身操。在银行,大家基本都是对着电脑工作,如果休息期间再和电脑面对面,人迟早要变成机器,她要拉上大家锻炼身体。她还要建议工会主席买一些健身器材。工会主席还有几年就退休了,本身也不是太爱动,能有个愿意干活的手下当然高兴,婉婉妈乐此不疲。她渴望将来能进步,能做更多的事,和婉婉爸共同进步。

眼下婉婉爸确实很累,累就累在他和杨光在一个科室,不然那科长的位置非他莫属。婉婉妈说,你和杨光上辈子不是仇人就是夫妻。刘宇鹏说,我不管上辈子的事,眼下我就想当信贷科科长。这几天你再找机会跟大行长探探底儿,要不我们就出点血。婉婉妈撇撇嘴,我们那点血对大行长来说太小儿科了,意义不大。刘宇鹏一脸无奈,他揪下一朵梅花,把花瓣一片片撕下来。有了,就把这梅花送给他,完全拿得出手,既高雅又有情调,还不俗气。婉婉妈再次灵感爆发。杨光不是说给婉婉的吗?刘宇鹏问。管他!他那只葫芦里还不知道卖的什么药呢!不管什么药,我们先把这花送给大行长再说,弄不好杨光还帮了个大忙。我现在打电话,等联系上了你一会儿就送过去。大行长刚好在家。"联欢会上您朗诵《咏梅》怎么样?比较符合您的气质。"那边:"《咏梅》,《咏梅》好,我中学时候就倒背如流。"婉婉妈忙说:"连配乐都准备好了,您看古筝配乐行吗?""可以。""还有,我为您准备了一盆梅花,我朋友从南方带来的,比小树还高,您对着梅花吟诵《咏梅》,更能激发感情。没有腐蚀您的意思,我是为工作哟。"那边:"噢,工作态度这么认真,该评劳模了。""这就让我们家刘宇鹏给您送过去,信贷科的刘宇鹏……"

刘宇鹏一路欢歌,还是老婆有头脑。杨光啊杨光,不管你是什么目的,我都把它当敲门砖,我敲的是大行长家的门,也是我奔向仕途的大门。来时老婆交代过,一定趁机把自己的情况介绍给大行长,不要说杨光半个不好,领导最忌讳了。刘宇鹏很佩服老婆,这种联络感情的方式最经济实惠,这就叫花小钱办大事。刘宇鹏一高兴还走错路了。此时婉婉妈正窝在沙发上削苹果,长长的果皮从刀尖上吐出来,蜿蜒起伏,一跳一跳的,像舞蹈,甜美而湿润。我呀,有聪明才智又能歌善舞,我还气质有佳,我有远大理想,我会主持节目,天,我原来这么优秀!之前怎么没发现?如果发现早,也许就不是刘宇鹏他老婆了,跟个官员就会帮他走得更高更远,跟个老板也会帮他把生意打理得盆盈钵满,跟个……打住,还有正事要做,她得赶快上网给大行长找配乐。

网络就是一个密不透风的大锅盖,人们被罩在大锅里,里面的是非想不知道都难。婉婉妈在找到优美配乐的同时,也了解到关于梅花的几种说法,杨光那人的目的暴露了。她打电话给刘宇鹏,怎奈送出去的东西就像泼出去的水一样,收不回来了。刘宇鹏郁闷,非常郁闷。出门时还满心欢喜,以为踏上了奔前程的康庄大道,这下可好,等于送出去一个大炸弹,还是定时的。他只在行长家门厅那站了一会儿,看见客厅里的红木家具泛着红光。是行长夫人出来接的,她让刘宇鹏把花放在指定位置,说是行长有事出去了,刘宇鹏告辞。这行长夫人比行长小好多,态度说不上热情,也说不上不热情。行里人传说这夫人很精怪,把行长看得死死的。没进屋就没进屋吧,反正东西送出去了,可抽根烟的工夫那东西变成炸弹了,都说这世界变化快,现在刘宇鹏是真领教了。现在他都想把杨光脑袋揪下来当球踢。同一屋檐下,相煎何太急!

因为有积雪,夜路并不黑,刘宇鹏看见前方火葬场的大烟囱正向他这边砸过来,他本能地把车停在路边,再一看,那个大烟囱离他还老远,纹丝不动。怪了,刚刚他确实看见那烟囱倒下来,刘宇鹏用袖口擦擦脑门上的细汗。

刘宇鹏和老婆说刚刚他真看见那个大烟囱向他砸过来。婉婉妈知道这是心情烦乱使然,就安慰他,没关系,大行长也不见得知道这种说法,就是知道了也不会相信,我们又何必搞得自己心烦?刘宇鹏说,现在上到八十岁,下到八岁,还有不上网的人吗?你没听说一个领导把他家祖坟都挪了?这事婉婉妈知道,那领导还是她同学的一个亲戚,说那坟地的风水不好,被远处的一个山石罩住了气,影响后人的发达。还有他们单位另外一个行长,把办公室里一人高的仙人掌扔掉,换成一盆富贵竹。婉婉妈说,如果知道,那刚刚我打电话他为什么不拒绝?不要把问题往死胡同里想。刘宇鹏说他那夫人一看就不是省油的灯,说不出一股子什么劲儿。打电话时行长明明在家,这么一会就出去了?有些事就怕女人跟着乱,一乱准坏菜。婉婉妈对那夫人也知道些,如果她跟着说三道四,那真麻烦了。懊恼至极,他们就开始骂对面的杨光,是杨光挖的井,让他们往下跳。刘宇鹏都要去砸对方的门,被婉婉妈拦下。这时候打掉的牙只能往肚子里咽。他们开始绞尽脑汁排除那个炸弹:比如直接告诉他那花有不吉利的说法,让他扔掉;比如建议他把花拿到单位去;比如找个高手把花从他家偷出来;比如可以用发财树把梅花换回来……他们冥思苦想出一个办法,然后又用无数个论证去推翻这个想法。他们开始怀念从前,从前该多好,虽然过得都不富裕,心里边却风平浪静,天没黑就睡着了,连梦都不来烦扰,现在日子好了,心却惶惶的,没来由的禁忌和恐惧。做梦要请人算,出门也要看皇历,产妇要根据掐算的黄道吉日提前把肚子里的孩子剖出来,还不都是因为恐慌!他们现在更恐慌,他们不知道行长家那颗炸弹什么时候爆炸,到底能不能炸,还有多少个不眠之夜在等着他们……

现在大行长正慷慨激昂地朗诵《咏梅》:风雨送春归,飞雪迎春到。已是悬崖百丈冰,犹有花枝俏……他身边是盆梅花。读到动情处,那小锅一样的肚子一起一伏、一起一伏,真像只大青蛙。她把即将的喷笑按进肚里,不时送上几片清脆的掌声。夫人说,你应该考播音主持专业,说不定现在会成为"国嘴"。大行长念累了就去摆弄那梅花,夫人说这花很美。她的一个女朋友喜欢梅花几乎到了痴迷状态,她家墙上、被子上、窗帘上、床罩上,连鞋垫里都是梅花图。听她妈妈说,生她时,树上刚好开了一朵梅花,说这孩子是梅花托生的,后来这女朋友真嗜梅如命,她要有这么一盆梅花,一准乐疯了。行长说,如果是这样,你就送她好了。你舍得吗？一盆花有什么舍不得？再说又是你好朋友。她小燕子一样扑到大行长怀里，香吻奉上。

行长夫人的嘴角永远朝上挑着，无论开心还是不开心都往上挑着，大行长喜欢，说这叫喜兴，是旺夫之相。其实他不知道，这是他夫人的一个硬功夫，心里无论想什么，无论高不高兴，她都永远挑着嘴角，雷打不动的愉快表情。七岁时母亲带她来到继父家，就是靠这个功夫她没有挨打没有挨饿，一路走到了今天。现在物质在她眼里已经不再是物质，而是抚慰身心的一只大手。她根本没有什么喜欢梅花的朋友，她是不喜欢这梅花的妖气，她知道花是谁送的，银行工会那个挺能嘚瑟的女人，在网上看过她主持节目。她居然能想到送花给领导，暧昧了。这女人还想当劳模，等着吧。她马上打电话给一个朋友，让他把花送到一个地址。那人说都这么晚了，要不明天吧。你要不愿意我找别人。我送，我送。搬出去时夫人还把脸凑上去闻闻。

睡梦中的杨光被门铃叫醒，他去开门时看见一个戴眼镜、围白围巾的男人站在门口，那人手里抱着一盆梅花，足有小树那么高……

发表于2014年第2期《阳光》

暗香

肖女士正在引导另外两位女士喝咖啡,她们是小雪和小乔。外面的天气微微有一点阴,恰似淡淡的忧郁,正符合咖啡的某种气质。酒精炉里蓝色的火苗正舔着一个不锈钢小铁壶,热气和咖啡的浓香一块儿从壶嘴儿那咕嘟出来,弥漫了整个房间。肖女士把咖啡分别倒进三个杯子,又从抽屉里拿出炼乳和方糖包。她把小匙放在杯子里轻轻搅动,然后端到鼻子底下闭上眼睛,还没喝就有几分陶醉的模样了。小雪和小乔也学着往杯子里加了方糖和炼乳,用匙搅拌几下还是觉得太烫,便盛了一匙,小嘴努着吱溜进去,天啊,苦死了。哈哈,肖女士笑得很开心很满意。不苦才怪,这是著名的海南苦咖啡,尽管加了糖,依旧坚定不移地苦着。年轻人嘛,当然要先尝尝苦头。财务科来了新人,肖女士都要送上一份这样的见面礼。你们之前没大接触过咖啡吧!她端起杯子轻轻摇晃,一板一眼地分解了动作,就像电影里的慢镜头。看明白了?肖女士讲单位里没法太讲究,她们家有各种咖啡用具,光咖啡机就两台。咖啡嘛,可是女人最好的伴侣,轻轻抿上一口,丝丝苦、丝丝甜、丝丝香一起涌入心头,这也是生活品位的标志。肖女士说着端起杯子,咖啡的各种况味已经深入其心,她的目光都开始迷离了,迷离的目光须投向窗外才符合情调。小雪和小乔交流了一下眼神儿,眼前这位肖女士高盘着发髻,发髻侧面别着一个蓝色的小星星,随着身体的扭动,小星星一闪一闪,时尚却不夸张。她穿了一件紧身黑连衣裙,外面披着一件卡其色风衣。风衣总往下滑,可肖女士就让它半披半挂在肩膀头。俩年轻人开始琢磨这女人是什么来头。她只不过是个代账会计,一周就来两天。之前听说是代账会计,她们心里好一阵轻松,谁不知道对出纳员来讲,会计就是主管领导,甚至比领导还领导。最初她们称呼她肖阿姨,后来听大家都喊肖女士,她们也跟着喊肖女士了。对这个肖女士,小雪和小乔觉得还是要表现得乖些、懂事些。肖女士已经把目光从窗外收回来,她明白苦咖啡已经初见疗效。

肖女士开始阐述关于咖啡的百般种好!从历史到文化,再到艺术,相信我,爱上咖啡,里面的情趣妙不可言。她自己还会拿牛奶在咖啡上拉花呢!树叶呀,各种小动物呀……小雪、小乔欢呼着让她表演。好吧好吧,就让你们见识见识。这时候外面天忽然黑下来,还嗷嗷地刮起狂风,山雨欲来风满楼。肖女士抓起电话,球球你马上回家一趟,这就来雨了,家里衣服没收呢。球球说,早晨一起出的门,哪里晾衣服了?盖子,缸盖子,我早上把它掀开了。噢,你是说臭豆腐缸没盖。轰隆隆一串雷鸣,肖女士发现她竟然碰了免提……

肖女士的家坐落在开发区边上,那个小区入住率很低,多数人家都把这当成节假日休闲度假的地方,平日里很少光顾。小区环境上乘,环境好是因为人少,可不是吗?想想看,一个笼子里装两只鸟什么样?装一群鸟什么样?离海边还近,这就烘托出一个风景宜人的宅邸。肖女士的家在小区最里面一栋,靠拐角一楼。他们有得天独厚的条件把周遭的空地圈为己有,老大一个院子。现在谁家要是有个院子,幸福指数就上去了。肖女士家的院子装饰得烂烂漫漫,居然有好几块被修得整整齐齐的小花田,鸢尾、玫瑰、蝴蝶花竞相怒放着,边上还有一簇簇小葱和小白菜列队,微风吹过来,满院子都香喷喷的。再使劲儿抽抽鼻子,还会有一股说不清道不明的味道混杂其中。院子里除了花花朵朵、菜菜叶叶,墙根那还蹲着两口油亮亮的大黑缸,威严肃穆的两口缸。酸菜呢还是咸菜呢?不告诉你!

安静,心急吃不上臭豆腐,不,是热豆腐。想想这世上哪有不透风的墙?周末你来海边玩吗?来的话绕进小区,对,一直往后走,其实也不用指点,闻着味儿走。越来越浓、越来越浓,小区里有猪圈?胡扯,尊重个人喜好,养个猫狗就可以了,还猪圈!这臭气熏天的,受不了了,我不上茅房。什么茅房,肖女士家这就到了。开门看看吧!

不看不知道,好家伙,这一家子正围桌子轰轰烈烈地吃臭豆腐呢!不是小吃,是大吃。院子中央的小方桌上并排放着啤酒和红酒,肖女士用竹签穿臭豆腐,老方往上面刷肉酱,球球负责放到炭火上烤。烤好后臭豆腐被放到一个大铁盘子里,它们已经披上华丽的外衣,黑如墨,软如绒,臭气如硝烟一样笼罩着院子,一边的花呀草呀菜呀都被染上一股隐蔽的臭气。花草们就算手拉手抱成团儿也没办法,那枝独秀好强大,唯有好脾气地等待烟消气散。这世上每个人的口头福都不一样,有人喜欢山珍,有人喜欢海味,有人喜欢猪尾巴,这家子的喜好还用问吗?

一家人围坐在院子里,大碗喝酒,大块吃臭豆腐。小葱刚刚拔出来洗过,塞进嘴里时还往下滴水。辣椒和大蒜也不用盘子装,就零零散散地堆在桌子上。老方和球球敞胸露怀大裤衩,肖女士舒舒服服趿拉鞋。他们嘴角挂着酱,手指沾着油。什么奉承、什么客气话,这可是在家里,粗陋和生猛才是真谛。让吃回归吃本身,回到最基本的口腹之欲。当然,肖女士更愿意喝点红酒。红酒配臭豆腐?是啊!你怎么知道那不是美味呢?她捏起一小块放嘴里,如醇如酥……再看看那大快朵颐的父子俩,心思浩渺了……

追根溯源,还不是球球奶奶,人家扔的虾壳、鱼骨头、蛤蜊皮她都捡来,然后放在楼道的一口缸里腐烂发酵,这怎么得了!等于筒子楼里又增加了一个公厕,还是不能冲洗的那种。众人纷纷声讨,环境污染、不讲文明、损人利己,别人还要过日子呢!方家不文明,我们还要文明,要争做五好家庭。这样一群人冲到方家,还不成了打群架?就推举一个代表,摆事实讲道理。肖家姑娘如何?她去年进了厂宣传队,讲起话来脆萝卜一样。方家那小子可是报社的一支笔,能是人家的对手?管他,上去会会。

鼻梁上架着眼镜的方家小子客气地接待了她,快坐快坐。来得早不如来得巧,这手艺不许外泄哟。就见方妈妈正把豆腐切成一个个小块儿,看见有个水灵灵的姑娘上门嘴都合不拢了,讲她儿子是个多么好的青年!上车给抱孩子的妇女让座,下车扶老太太过马路,路边捡一分钱交给警察,工作勤恳,不迟到,不早退,不无故请假……方家小子被表扬高兴了,一高兴就帮他妈干活。俩人把切好的豆腐放在一块大白布中间,然后紧紧包裹严实,方家小子搬了饭桌反压在上面,饭桌上还放了大石头。方家妈妈解释要压上两天才行,像那样。她用手一指,旁边一个大盆里装着好多被压瓷实的豆腐干。她翻出一堆玉米叶,肖姑娘也来凑个热闹呀,先把叶子铺在纸盒箱里,对,就这样一层叶子一层豆腐干往上码,真是个心灵手巧的姑娘!她和方家小子配合默契。这就做成臭豆腐了?哪有那么快。这些豆腐干要放在阴凉地方慢慢长出毛来,毛越长越好,然后放到臭卤水里浸泡。臭卤水?对,楼道的那口缸。

肖家姑娘告诉邻居,臭豆腐里含有丰富的蛋白质,堪比鸡蛋的营养,那是闻着臭吃着香,不信你们尝尝。再说做个臭豆腐碍着谁了?你

暗香 / 127

们坐公交车碰到脚臭的,还能把人家赶下去吗?邻里应该相互体谅的。这也是五好家庭评定标准之一。还有什么好说的?这姑娘喜欢上了臭豆腐,确切说是喜欢上方家那小子了。方妈妈太兴奋了,变本加厉往缸里扔各色腐物,赶上毒气弹了,邻居们开始翻箱子找口罩。有孩子已经戴上口罩。他们把鼻子、嘴捂个溜严,露出的一对眼睛里都是对那口缸的怒火。有天,方妈妈发现大缸上歪歪扭扭写着五个字——打倒臭豆腐。

众人议论,水灵灵一个姑娘,她怎么受得了?这些人,他们根本不懂爱情。爱情的力量何其伟大!况且人家姑娘已经品尝到奇臭后面的香喷喷了。

龙生龙,凤生凤,方球大爱臭豆腐。小时候人家孩子饿了要面包,他一饿就要臭豆腐,球球吃完乐呵呵跑出去玩,往小伙伴身边凑凑,人家哗啦散了。没人愿意和他玩儿,球球就很孤单。妈妈告诉他出门前不能吃臭豆腐,吃了一定刷牙。小孩子记不住。这时候她通过财务考试已经拿到会计资格证,由车间正式调入财务科,经过多年的奋斗努力,她总算脱下工人阶级的外衣,有了属于自己的独立办公桌,办公桌上放着冒热气的保温杯和记账簿。球球被爸爸领着来拿钥匙,阿姨好、叔叔好。那小嘴里喷发出来的除了甜甜的声音,还有一串串令人窒息的浊臭!打发走父子俩,她把胳膊放在办公桌上,两手托腮进行了长久的人生思考。如今她已然晋级为财务工作者,该努力培养一些和财务工作者相匹配的情趣才是。她看杂志上说,咖啡一点都不贵,贵的是时间和闲情,要时间和心情都有闲,才能品出咖啡的悠闲。她再三权衡,咖啡属于适用经济型的高品位,就咖啡了,中间还可以点缀些音乐、时装杂志之类的情调,改变生活格局。关于臭豆腐,狗尿苔登不上金銮殿,臭豆腐拿不上办公桌。取缔？不可能！那是他们家的口中宝,也算精神寄托。在外边遇到不开心的事,想想家里那缸黑乎乎往下滴油的臭豆腐,一股暖流涌上来。得想个办法把它保护起来,变成一种私密的暗香,像一束开在犄角旮旯的花,悄悄绽放在家里的饭桌上。他们还须节制,有节制的生活才井然有序。球球喜欢比萨饼,还喜欢三明治。思路已经清晰,现在就是要尽早脱离那个住所。那是一座老住宅,人满为患,整天老婆哭孩子闹。况且他们一家的臭豆腐嗜好全楼皆知。大人还有所顾忌,小孩子表达感情的方式就很直接,他们说球球是个臭皮球,比臭鸡蛋还臭。因为被孤立,球球已经有了不合群的倾向。得挣钱买套房子,会计资格证书就是个搂钱的耙,偷偷代账去。

当一家人在开发区这边安居下来时,原来那家工厂倒闭,她去了另外两家公司代账。她把头发盘起来,穿上长裙,还带上一把咖啡壶。你们就叫我肖女士吧。一个钟情于咖啡的女人应该被这样尊称的。

现在臭豆腐缸就明晃晃屹立在窗下,不是一口,是两口。天气好时把盖子掀开晾晒,一晒一整天。闲暇时一家三口在院子里修花剪草、做臭豆腐,球球还常常搞点小花样,往卤水缸里添加新鲜辅料,把豆腐包上树叶晾晒。臭豆腐发酵好也不急着吃,单等到周末。球球已经长成大人了,现在他比谁都懂得节制,不节制还了得,他还要上班,他还要见储户,最重要的是他还要交女朋友！周末桌子一放,清凉的啤酒,香喷喷的臭豆腐,所有的奔波和辛劳被驱散得干干净净。饭后伸个懒腰,一起到海边看海上生明月,看月亮从亏到盈。日子虽然和富豪没法比,但也如此小桥流水,涓涓不断,人们总唠叨幸福在哪里,在哪里？你说在哪里？

周末肖女士让老方把竹签找出来,那缸拿虾酱发的臭豆腐已经初见成效。这可是球球研制的新品种,他特意去水产市场买的小红虾,回来用锤子砸成泥,又是蒸又是晒,糟出一缸味道迥异的卤水,里边的臭豆腐已经黑里透红。球球没事就扒着缸往里看。肖女士揶揄球球明天可别把肚皮撑爆。明天不行,明天他要约个朋友来家里。他要找雨布把缸捂严实了,还要点些干艾草熏熏。女朋友吗?当然是女朋友。肖女士和老方有点晕,他们一点心理准备都没有,之前没有任何铺垫,这呼一下就往家领人了。肖女士急,当妈的这种时候都急,怎么从来都没听你提起?你女朋友是干什么的?一个朝鲜族女孩,很快就去韩国发展了。她现在……在我们银行旁边的韩国饭店实习。饭店服务员?肖女士明显沉不住气。什么服务员,人家是学习料理制作,为去韩国做准备。肖女士还是觉得别扭。老方倒认为可以见见面。早年他们家邻居是朝鲜族人,那女人可了不得,左手抱孩子,右手拿铲子,分分钟连汤带水满满一桌子。那家男的可美死了,要么在沙发上抽烟,要么在阴凉处下棋,油瓶子倒了都不扶。邻里老少爷们都眼馋得流口水,他们一边操劳着手里的活计,一边偷看家里的母老虎,心里暗暗攥起拳头,这辈子对付着过吧,下辈子说什么都要找个这样的女人。

吉顺是个典型的朝鲜族女孩,细眉细眼小个头。肖女士见她穿一双老高的厚底鞋,鞋子太重,吉顺太瘦,这样她驾驭起来就有些难度。她弓个腰,每迈出一步都像坠着个铅球。看起来她很喜欢这个院子,拖着两个"铅球",这边闻闻花,那边摸摸草。好重的鞋,别说吉顺穿着累,看的人也能累死。因为餐厅小,午饭被安排在客厅里,之前肖女士还特意换了窗帘和沙发套。吉顺在院子里磨磨蹭蹭不肯进屋。你不是讲家里经常在院子里吃饭吗?她问球球。我妈在屋里已经准备好了。吉顺很不情愿地卸掉两只"铅球"。坏了,吉顺一下缩水了,身高都赶不上小学生。午饭已经摆在茶几上,蛋挞、烤肠、烤面包片,当然还有一壶浓郁的咖啡。老方还做了一盘水果沙拉。这模式怎么有几分早餐的意思。别那么认真,夏天的衣服都可以冬天穿呢!关键要突出品位。吉顺不大开心,她好像还留恋着院子,有花有草,还不用脱鞋。她咬一口面包片看看球球,用牙尖勒下一丝蛋挞又看看球球。肖女士请她喝点咖啡,朋友从国外带回来的。吉顺用小匙舀一口,扑哧,不知是咖啡的苦涩还是气管的原因,总之,这个喷嚏排山倒海地来了,盘子、碗上到处星星点点。吉顺懊恼,今天这丑她丢大了,但丢得很不服气。大中午,这家人居然这么对付他儿子的女朋友。朝鲜族女孩儿吉顺性情率真。阿姨,你们平日都这么吃午饭?能吃饱吗?跟我们朝鲜族太不一样了。我们起码要有菜有饭有汤。正宗的朝鲜族大酱汤里面有蚬子、豆腐,有土豆小瓜,还有小鱼小虾,一碗汤荤荤素素,各种营养搭配齐全,再加上一碗白米饭,包你吃得热气腾腾。我们饭店里才十块钱一份。叔叔阿姨,你们哪天去店里我请客。肖女士看球球一眼,她用手指捏起汤匙在杯口轻敲一下,你从前没接触过咖啡吧?这个是用来搅拌的。咖啡有它独特的品格,和大酱汤怎么能扯到一起?街边有很多咖啡馆,没见专门的大酱汤馆!这话吉顺不爱听,咖啡和大酱汤应该是平等的,这女人要用咖啡的气势来压倒大酱汤。分明在歧视她,吉顺把这人对大酱汤的不尊重看成是对朝鲜族人民的不尊重。她的民族情绪一个劲往上涌。这时家里的小狗蹦蹦跳跳跑过来,这是一条一尺多长的蝴蝶犬,棕色的身躯,头上长着一丛黑色的极富夸张的装饰毛,样子很滑稽。吉顺找到机会了,她抱起狗一指球球,你们怎么给他起了这么个名字?球球,呵呵,真逗!球球这名字不好吗?方球可是她和老方冥思苦想的作品,有多少人称赞这名字起得别致。你不知道那天我和他在路上走,有人在后面喊球球,他一回头根本不认识,结果一条小狗跑过去,原来那小狗叫球球。吉顺用手捂着胸口,笑得很解气。球球证明确实有这么回事。肖女士已经反感了,球球居然喜欢上这种人。没素质没涵养,在本地读了个旅游技术学校,有个小姨在韩国交了个有钱的男朋友,那男的要给她投资做餐饮,准备让吉顺过去帮忙。肖女士问,你出去可以帮忙打理餐馆,球球去了能干什么?他和我一起干啊!我每天给他吃烤肉喝大酱汤,球球太瘦了。不过家里这样的饮食也难怪!说着还怜爱地拍拍球球的脸。这话连老方听了都烦,球球是瘦,但他结实。再说大酱汤就能把人喝胖了?又不是什么高级补品,真是拿着鸡毛当令箭。肖女士直接表明态度,家里也是刚刚知道你们在交往,至于是否出国,我们还没考虑,球球学的毕竟是财经,只能在银行,况且他现在工作稳定,收入也不错,怎么可能扔下这边的好工作去韩国给人家端盘子!有一点你也考虑清楚,不同的民族生活习惯不一样,从长远考虑你们不大合适。

晚上球球和父母闹起来,你们为什么不喜欢吉顺?她有什么值得喜欢的地方吗?没礼貌没素质,一个饭店服务员。球球鼓起腮帮子,现在是服务员不代表以后也是服务员,没准将来就成了老板。你不也是一步步才有今天,现在忘本了?她真的很不适合你,你们的生活方式南辕北辙。咖啡和大酱汤怎么能搅到一起?最好别提咖啡,一提我就来气,难为你们总拿它来摆谱,说实话臭豆腐和咖啡你们更得意哪一个?我已经决定和吉顺去韩国打拼,谁也拦不住。

肖女士憧憬过暮年的天伦之乐,早上儿子开车拉着媳妇去上班,她和老方在家里含饴弄孙,晚饭桌上满满的美食,包括臭豆腐,还有幸福和快乐!球球这孩子从小听话,基本没让家里操过心。他喜欢机械,肖女士建议他读财经。球球听话选择了财经,毕业后被直接分配到银行。这下尝到甜头了,银行待遇高,他现在工资就是老方的两倍,攒了两年钱家里又添一点就买台车。球球自己感慨,都是老妈当初英明,他好多同学现在还吭哧吭哧挤公交车呢。球球现在工作经验不行,等过几年肖女士就可以介绍他去外面代账了,谁知道忽然冒出来一个吉顺。

肖女士决定和球球促膝长谈一次,她选择了中午这个时间段。就像高考填报志愿那样,一起分析形势、认清现实,再摆出一些利害关系。地点当然在咖啡馆,昏暗的灯光,轻慢的音乐,那样的环境人心也会变得柔软顺畅。肖女士有信心把球球心里那个看似坚硬的小堡垒一点一点捣毁。

中午,肖女士直奔球球银行,以防他跑路或推托。球球这小子跑哪儿去了?她在柜台外边用眼睛前前后后翻一遍也没看见那张脸。也难怪要去饭店里找女朋友,这里除了几个毛头小伙,就是小伙们的阿姨了。像球球这个年纪,没个女朋友生活怎么有滋味?得想办法给他张罗个像样的女朋友才是。肖女士给球球打电话无人接听。一个小伙告诉她,方球去旁边喝大酱汤了。

饭店人真不少,几个身穿小红袄的女孩齐声喊了句什么,一个女孩拿着菜牌跟过来。一个人吗?想吃点什么?肖女士一摆手,径直往里面走,她看见球球正拿着勺子吱溜吱溜喝汤。吉顺就坐在旁边。桌子上摆着一个小汤锅,还有几个小凉菜和一碗米饭。球球一愣,妈,你怎么找这来了?有事吗?怎么不接电话?就出来一会儿,电话扔抽屉里了。吉顺朝肖女士笑笑,阿姨还没吃饭吧,我再叫一份来,尝尝我们的大酱汤和你那咖啡哪个更好。不用了。球球我们出去一下。有事回家说吧,干吗搞得那么正式?我还没吃完饭!吉顺从汤锅里盛了一勺子

暗香 / 133

送到球球嘴边，球球快吃，凉了就不好吃了。你要快点胖起来呀！她瞥一眼肖女士，一脸咄咄逼人的张狂。肖女士本来没想发火，但这个吉顺明显是挑衅了。球球的结婚对象不可能是个饭店服务员，家里这关也过不去。大家都不要浪费时间了。终于没控制住，肖女士的怒吼让好多人都把脖子扭过来。她还没意识到已经触犯了众怒，几个小红袄围过来抱不平，服务员怎么了？服务员就没资格谈恋爱了？有这么多人撑腰还等什么？吉顺的嘴可不光能吃香喝辣涂口红，还能大声叫骂呢！来吃饭还免费赠送好戏，人越围越多，连老板都惊动了。老板当然是朝鲜族人，天下朝鲜族是一家，况且又在他的一亩三分地里。多好的机会，他准备给这个看似傲慢的女人上一课。这位大婶，都什么年月了，还给行业分等级？就说对面那个修车的，别看他油渍麻花，也不见得挣钱少，如今能把钱挣到手那才算本事。不瞒您说，我从前就是个跑堂的，现在这都看到了。再说年轻人有自己的想法，为什么要横加干涉？说得好！男服务生们齐声叫好，小红袄们赶紧噼里啪啦鼓掌，拍马屁的大好时机。场面一下被煽动起来，老板更来劲了。他挺挺胸膛哇啦哇啦一番职业不分高低，爱情没有贵贱后，用厚厚的手掌拍到球球单薄的肩膀上。年轻人，你的幸福你做主。期待的目光，期许的大手，球球在沉默中爆发了，他大义灭亲地朝肖女士吼道，明天我就和吉顺结婚去。

　　球球走了，他搬出去和吉顺过日子了，肖女士没想到事情会变得这么糟。她和老方都清楚，就目前的状况球球不会轻易退缩的。凭球球的工资完全可以应付两个人的生活。这事就有些难办。对于经济独立的人，你根本没法掌控他。先前球球会把一半工资上交，听说他们在市内租了房，现在这小子手里有钱，还有个朝鲜族丫头陪着给做大酱汤，愿意回来才怪！

日常生活一下被抽了条打了折,球球这小子连车带狗一起给拐跑了,先前球球像班车司机那样早上把老爸老妈拉出去,晚上再拉回来,偶尔球球有活动坐个公交权当消遣。老方呼哧带喘追公交车时感慨,球球快回来吧!就算带上那个朝鲜族吉顺。老爸腿都要跑细了。肖女士反应没那么强烈,因为她的作息时间没那么苛刻,可静下来还是觉得空落落的,她愤愤地把球球在心里骂一遍。球球这个浑球,你走了没关系,把车开走也没关系,反正放在家里也没人开,至少该把小狗留下吧。从前多好,他们的日子肥嘟嘟的,屋子里环绕着音乐,院子里缭绕着青烟,还有小狗屋里屋外汪汪叫。街口有个小肥羊饭店,肖女士觉得小肥羊这几个字很暖,好比他们家一样,胖嘟嘟的,温暖还不张扬。

周末拿出球球劳心炮制的臭豆腐,肖女士往上抹肉酱,老方点炭火,俩人闷头吃了一阵觉得无聊,肖女士让老方去球球屋里放点音乐。老方进去半天也没弄出个声来,他们感叹真跟不上时代了,那些五花八门的电子设备还是球球弄得明白。有人敲门,俩人争抢着跑过去,原来风在搞鬼。老方讲球球离家差不多两个月了,就算不想我们,也该思念家里的臭豆腐吧!之前他不知道围着缸转了多少圈,莫非被那大酱汤彻底改变了口味?肖女士认为不可能,打会吃饭他就吃臭豆腐了,天知道球球肚子的馋虫还能撑多久?咱得给他留出来,说不定哪天跑回来看都吃没了,还不笑话两个老馋猫。老方呵呵一乐,早给他留出来了!安静下来肖女士反思,如今这些孩子都是顺毛驴,绝不能硬碰硬,要讲究迂回和策略。那天她看见抽屉里的汽车保险单要到期了,就让老方打电话提醒球球,家里还有几件厚衣服也该穿了。

周末赶上下雨,肖女士看看天又看看桌子上大盘小盘问,那天球球到底怎么讲的?他说了周末回来拿保险单。真是的,昨晚她和老方忙

暗香 / 135

了很久,就打算一家人在院子里好好乐和乐和。这鬼天气球球来了也不好办,要不剁肉馅包饺子算了。老方倒是坚定,院子里烤不了咱就屋里烤,儿子喜好哪口你不知道?大不了多放几天味儿。破天荒了,炭火烤臭豆腐哪里是室内能承受的,为儿子他们豁出去了,满屋子浓烟臭味儿把俩人熏得直咳嗽。直到天黑球球也没出现。肖女士让老方打电话问问。这个时候还打什么电话,咱俩吃吧。

周末本想睡个懒觉,球球居然跑来了,他来得太早了。肖女士和老方赶紧起床,在院子里放上饭桌。老方问,大清早的就烤上?当然烤上。肖女士嫌老方动作慢,干脆自己动手。球球在他房间里翻东西。肖女士讲他做的那个虾酱臭豆腐味道奇美。前几天在水产市场又看见小红虾也没敢买,怕做不好。院子里已经有味道飘出,球球嗖一个健步冲出去,让我来!这顿流水席一直吃到傍晚,球球吃得南流北淌。其间谁都没提那个朝鲜族丫头。谁愿意把一个小炸弹引爆在饭桌上呢?球球去卫生间刷刷牙说他要回去了。回去吧,路上小心。保险单我拿走,那些衣服回头再说。肖女士反应过来,球球一定是背着吉顺来的。心里明白她也不点破,没关系,有空再过来,看她那份淡定,就像对待成家立业的儿子。老方说,等他去水产市场再买些小红虾,不过那东西不能放太久,下个周末你要方便的话。球球讲他在网上查到用黑豆做豆腐营养价值更高,口感更好。这简单,让你爸明天买黑豆。

打那以后,逢周末球球就会跑过来。坛坛罐罐里浸泡着绿豆、小豆、黑豆、花豆,卤水缸里添加了鱼头、烂肉、臭鸭蛋、猪大肠,通常是这周试验下周验收,他不在时就用电话遥控老爸老妈,该添哪样辅料了,该拿出来晾晒了,他经常脑门一热一个新想法,多数都是瞎折腾,搁从前哪会让他这么干?可眼下就怕他不折腾。肖女士依然鼓励儿子,没关系,没关系,慢慢来,扔掉也不值几个钱。况且他们还有传统产品,还有成功的虾酱臭豆腐。他们上午忙活,下午忙肚子。爷儿俩喝啤酒,肖女士喝红酒。还是从前的节奏,还是从前的一家三口。可似乎和从前又不大一样,彼此比以前更客气了。球球建议改变周末单一的臭豆腐宴,要增加像烤鸽子、烤鹌鹑、烤肉串之类。好!没问题。这孩子饭量比先前大不少。肖女士背后悄悄问老方,看球球这吃相,他在那边不会吃不饱吧?这就是你多心,现在哪个会吃不饱?他就是喜欢这口!

这天球球把烤好的臭豆腐在盘子里摆出一朵花,上面还洒上辣椒粉当花心儿,他这边正瞧着得意,那边院门开了,吉顺捏着鼻子闯进来。球球,你是个骗子,你骗我去银行加班,你骗我不再和家里来往,我说你每次回去都一股臭味儿。还以为你们多高雅的家庭,人前咖啡长咖啡短,背地里臭豆腐。肖女士聪明地拉上老方回了屋。院子里沸沸扬扬,屋子里安安静静。肖女士和老方他们一点都不急,急什么?那丫头又不能吃掉他们儿子。看看电视里有什么好节目。一个小品演完,院子里安静了。球球推门进来。天不早了,该往回走了。没事,回去哄哄她就是。反正她也知道了,不要带几块臭豆腐回去?肖女士出了一张反牌。干吗要回去?她又不是我老婆,就住这了。第二天晚上,球球又回来了,白天给吉顺打电话也不接,晚上回出租屋叫了半天也不给开门,他干脆就回家了。肖女士也没多问。天凉了,肖女士给儿子被窝里放了一个电暖宝。这一夜球球睡得真舒服。早上醒来见吉顺发来一条短信,就七个字:你就是块臭豆腐。球球笑笑,他仿佛看见吉顺嘟嘟个小嘴气呼呼的样子。

球球当然爱吉顺,那几乎就是他的人生理想。球球开现代车,用三星手机,爱吃泡菜、爱喝大酱汤,他身上穿的、手里用的,就连洗发水都

暗香 / 137

是韩国货,尤其热衷于韩剧,电脑里存了有上百部。他太喜欢韩国人的浪漫情怀了。小伙子在餐馆里邂逅美丽姑娘,小伙子一定是帅气的,美丽的女孩儿还只是个灰姑娘,但有着离奇的身世,然后便是一场动人心弦的爱情。球球双手合十,请赐予我爱情吧!他在饭店里和吉顺相遇,吉顺虽不美丽,却也可爱,吉顺没有离奇的身世,却有远在韩国的小姨。他们聊生活、聊韩剧,还聊到那无限美好的明天。明天,吉顺会带着他奔向韩国。哦,韩国。球球满眼都是爱情,他眼睛一眨,单位门前的那条水沟就变成了天鹅湖,里边的两只黑不溜秋的鸭子也变成白天鹅,更何况女主角呢!瘦小的吉顺早已玲珑。火暴脾气那是性格彰显,所有的灰姑娘都是有性格的,她们不畏强权。家庭阻力属于爱情波折,没有波折的爱情算不得爱情。

　　吉顺决定把球球控制起来,反正她有大把时间。饭店老板把她当小工吆喝,搞没搞错,她可是来实习的。干脆就不干了。她还有好多事要做,要学习韩语,要时时和小姨联系,还要把球球抓牢实,让他成为自己一个人的皮球,只由她来拍。周末吉顺加强警备,不让球球离开半步。俩人在床上躺着看电视,饿了将就着吃点剩饭菜。第二天,球球说想好吃的,想肉。吉顺在厨房里翻腾一圈,拿着口袋去了菜市场,她用钥匙在锁孔那转了好几圈才放心。锁门?球球一翻身从床上爬起来,之前他的注意力都在韩剧上,现在他朝楼下望望,也太小瞧我球球了,区区三楼能奈我何?几个小孩仰着脖子往上看,球球于是摆了几个很帅的造型。坐进车里,他还为刚刚那一幕感到刺激,球球在自家院里犒劳自己一顿。吉顺除了做大酱汤也不会别的花样,把那些材料往锅里一扔,开锅挤上大酱完活。吉顺曾扬言让他快点胖起来,球球却发现自己的脸越来越长。他边吃边拿眼角瞄着大门,还好,直到和爸妈把院子归置好,那个人也没出现。天差不多黑了,球球要回去,肖女士把电热宝塞给他,记得睡觉时放进被窝里。球球到出租屋时,还以为门前蹲着一条狗,用手机照亮才发现是他的行李。球球累了,不想再折腾,可吉顺就是不给开门。他再返回家已经很晚了。

吉顺那边没动静,打电话都是处于关机状态,她也不在出租屋。屋里乱糟糟的,连被子都没叠,方便面盒里的残羹已经有了腐败的气味。球球一皱眉,这个吉顺也够可以的。电脑屏幕在一亮一亮地闪动。球球本想关掉,却无意间点开了QQ。天,球球的梦想彻底破灭了。从吉顺和小姨的对话得知,小姨的男朋友进行得并不顺利,更不要说投资了。球球很茫然,男人都渴望出去闯荡,世界这么大,都想去看看。球球何尝不想?他现在的工作是不错,但他觉得他和单位的关系就是一只羊和一棵树的关系,羊被拴在树下,在以绳长为半径的圆内吃草。是吉顺给他的理想插上翅膀,他们要双双飞到另一片土地,理想和爱情的完美结合。球球不功利,可理想成了泡影,攀附在上面的爱情哪还经得起推敲?

和先前比较,球球更喜欢现在的饭来张口、衣来伸手,折腾这么久好歹该歇歇了。现在腰包里的银子他说了算,水、电、煤气费不用管,听音乐、看韩剧、吃臭豆腐,球球好比不小心丢失了东西,找到后开始倍加珍惜!

最近肖女士愿意多喝了几杯。为什么不?她这样对自己说,头晕,头晕可以不去上班。这就是代账会计的优势。整理账目可以约小雪和小乔来家里嘛!小雪和小乔哪一个更优秀?小雪灵巧、小乔心细,小雪白净、小乔清秀,也不知道她们有没有男朋友。管他,先一起约上。小雪不巧有事,和小乔理过账目就顺便在院子里烧烤了。当然是周末,老方和球球也正好在家。小乔看见桌子上摆着好多个小筐,这家人装菜不用盘子用筐,蔬菜呀,水果呀,肉串呀,都被盛在一个个别致的小筐里,连红酒也是盛在筐里的,下面还垫着布艺垫,有风吹过时,门上的风铃叮叮响。那个叫球球的男孩文文静静,听说他在银行工作。小乔说,这里像世外桃源,还说她也喜欢咖啡,正准备买咖啡机。肖女士悄悄打量,这是个细心的姑娘,如果家里再多一个会计,经济上一定更乐观。球球把一片生菜里包上肉抹了酱加了葱花送给小乔。小乔吃了肉喝过酒脸蛋红了。她悄悄告诉肖女士,小雪的双眼皮是割的,鼻梁加了垫儿。老方让球球来点音乐。就来班得瑞的曲子,肖女士建议。音乐像小溪水一样在院子里流淌。听,门上隐隐约约的敲击声,轻柔、犹豫,带着内心的思考和顾虑。是吉顺。

　　吉顺刚从韩国回来,之前在网上和小姨聊得不开心,还以为人家在敷衍她,就跟着旅行团去看个究竟。小姨在一个加工店做冷面,和她见面时睫毛上还挂着面粉。问起男朋友的事她支支吾吾不愿意说。饭店里吉顺要吃烤肉。烤肉?你以为在国内,随随便便想吃肉就吃肉,这里吃肉绝对算奢侈。小姨白她一眼。吉顺问这里好不好找活。你愿意的话,我那店里正缺人手。吉顺就跟着做了几天冷面,早上四点就出工,比国内饭店累得多。老板是个五十多岁的男人,和小姨说话时眼睛就眯成一条缝。吉顺觉得小姨和这个老板有什么地方不对劲儿。她不想管闲事,只想知道小姨到底能帮她多少。一天,吉顺请小姨吃饭,她才道出底细,本以为攀上老板能有个靠山,现在想想还不是利用自己多给他干活?他不可能离婚娶她。这可真是一盆冷水,把吉顺浑身浇个透心凉。唉,还以为能来这里当个店长。店长?店小二吧!小姨笑起来。吉顺不聪明,但渴望爱情,这个年龄的女孩子还不都一样?有爱情太阳才是暖的,花才五彩缤纷,活着有精神,死了没遗憾。球球是那么喜欢韩剧,那么喜欢韩国。吉顺顺应他的思路把未来日子描绘得改天换日,风景好生秀丽。她自己也进入角色,从头到脚都是韩国店长的派头,况且小姨确实说过让她到韩国的话。这里没有欺骗,她们家那个小镇的菜市场,有人用漂白粉浸泡茭白,有人在冬枣上喷糖精,有人在炒栗子上加蜡,有人用地沟油烤鸡鸭。总之大家都在想办法让生活美好起来。

吉顺从韩国买了咖啡、香烟,还有一大堆碟片。以后她不会再把那只"皮球"紧紧抱在怀里,她愿意和球球的爸妈共享。眼前的画面和吉顺想的一点都不一样,本应该是胡吃海塞、臭气熏天的场景,可现在整个院子里香喷喷的,饭桌上都摆着花,花旁边是个利利索索的女孩儿。这还看不明白就是二百五了。这才几天?吉顺血液沸腾,她要揭发,要揭穿芳香背后的臭气。你们的传家宝怎么没摆上来,臭豆腐藏哪儿了?对于忽然闯进来的吉顺,大家显然有些蒙,他们定睛看着这个豆丁一样的丫头上蹿下跳。吉顺跳到小乔面前,她要告诉她,这一家人是多么虚伪。可他们还以为她要对小乔出手,是肖女士先喊了一声拦住她,球球得了老妈的命令马上以身抵挡。吉顺怒发冲冠,她凭着自身的小巧从球球腋下钻出去,飞跑着把院子里能拿起来的东西统统变成子弹掷向球球。晾衣绳上的衬衫,窗台上的球鞋以及门旁边的垃圾桶。吉顺又从窗台上摸起一块砖头,那是平时用来压臭豆腐缸的。吉顺在手里掂量一下,这颗子弹要是投中,球球的脑袋准开花。吉顺念过书,学校里普及过法律常识,她深知杀人偿命、欠债还钱的道理。可手里的子弹不发射,多没面子。吉顺正合计着,发现身旁有两口缸。正好,咣当,臭豆腐一泻千里,浊气铺天盖地。吉顺捏住鼻头,她看见椅子上的小乔被熏得两眼迷离。她奔过去拉上晕晕乎乎的小乔往外跑,起初她们跌跌撞撞,小乔看似不大情愿,待相互耳语几句,便像姐妹那样步调一致了。她们越跑越快,就要到海边了,海边空气清新……

发表于 2016 年第 3 期《中国作家》

2016 年第 4 期《小说选刊》转载

乌鸦啁啾

> 枯藤老树昏鸦，小桥流水人家，古道西风瘦马。夕阳西下，断肠人在天涯。
>
> ——[元]马致远

景春一眼就看见饭桌上冒着袅袅热气的大馒头了，他迫切地奔过去，正烫呢！管他的，景春用嘴嘘了两下吭哧一口，这一口下去，坏了，老头当时雨打梨花鼻涕一把眼泪一把。明月还以为他噎着了，赶紧把大酱汤递过去。景春不理，仍旧卖力地吧唧着大馒头。此刻，谁都别想阻止他吃馒头。这暄乎乎的大馒头啊！景春眼仁儿里冒出一个院子，院子里坐着奶奶、母亲，还有一条温驯的老狗。

景春一面嚼馒头一面用袖口揩眼泪。明月便在心里感叹，可怜的老头，一顿白馒头就激动成这样，天知道他先前的日子是怎么过的。她一面怜惜着一面还冒出个小小得意，看看自己这手艺，这品相这卖相，硬把老头给吃哭了。喝一点汤吧！明月说。景春从缅怀中回到现实的饭桌上。他用眼角瞥瞥明月，这女人三十多岁的光景，干巴瘦，他都联想到秋日里晾晒的萝卜干了。他的老家山东招远，婆家选媳妇都是先看面活，蒸馒头烙饼啦，擀面条啦！景春不选媳妇，他招保姆。

明月是朝阳硬塞给他的，朝阳告诉他，这女人啊干净勤快好心肠，这女人啊干活多吃饭少没废话,这女人啊……景春可从没动过这念头。他在大阪生活快一辈子了,之前一直在船上打鱼。他打的鱼加起来能装几火车,直打到两条腿也像火车那样曲里拐弯的。腿脚不好也没什么大不了!他这辈子吃苦耐劳从不花冤大头钱,保姆这种奢侈和他沾不上边,退休后一个人在家里买个菜做个饭倒也能应付。还不是朝阳撺掇的。当时朝阳还在大荣超市里干活,他常去那里买东西,都是中国人,慢慢就熟了。朝阳说,春叔应该找个脚力才是。什么脚力?当然是女人了!景春就笑。一见面朝阳就开导他,您那些钱要发毛了吧?省着留到下辈子不成?有儿有女仔细点倒能理解,您这孤家寡人的……一天不知是烦了还是开窍了,景春就说好啊,等你帮我张罗一个。朝阳逗他,是张罗媳妇还是张罗保姆?当然是保姆,媳妇太麻烦。后来朝阳真还把人领来了。就是明月。

明月第一个亮相漂亮,让老头吃出了眼泪。她可是个有心人,漂洋过海来挣钱,凭的就是一双手,她很清楚自己这双手没什么技术含量,无非洗洗衣服做做饭,那就把衣服洗得亮堂堂,把饭做得香喷喷,把庸常的家务活干出一朵花来。来之前听说是个山东老头,就特意在面食上做下功课。哦,明月提醒自己,不能总老头老头的,要称呼他春叔才是,春叔您还有什么吩咐?

春叔要求,冰箱里不存货,一日三餐现吃现买,至于洗衣做饭打扫卫生这些个活计随见随干。明月觉得春叔之前没有过这方面的经验,但无论如何她都会尽心尽力,不让人挑出毛病来。她可是坐飞机来挣钱的,日本大阪,谁能想到呢?说来就来了。

春叔住的这个地方叫大阪府吹田市南正雀街,东面正对着淀川公园,北面临着一条河,河两岸生着好多向日葵,太阳明媚的时候把一条河映得金光闪闪,猛然看过去像河里边漂散着一串串金币。河上架着一座小拱形桥,人们总能看到一个瘦女人左手一根葱右手一个梨地穿梭在小桥上。桥那面有大荣超市,明月是他们的铁杆主顾,这个家一菜一叶一针一线都从那里获得,超市旁边还有咖啡店、料理店、美发店以及零零碎碎的小店。明月还是喜欢桥这边,忙里偷闲她会在桥上小站片刻,河里不光有"金币"还有鱼,一条条游戏着把"金币"撞得叮当响。有人往下扔面包,鱼们争抢着张开嘴巴,鱼越聚越多,小鱼跳到了大鱼身上,大鱼哪是好惹的?一个打挺把小鱼甩出去。这时候要是有块面包的话……明月看看手里那根葱,她要赶回去做葱油饼了。

春叔饮食清淡,每天必喝大酱汤,他不喜欢肉,偶尔吃点青鱼。买鱼不去超市,他从前的工友开了个小鱼屋,鱼都是当天下船,特别新鲜。大一点的买一条,小的两条。他指挥明月把青鱼开膛破肚拿掉内脏,在水龙头下冲洗干净,拿盐腌了晾晒个大半天再放到油锅里煎,待锅里的热油吱啦啦响,香味便出来了。青鱼算不上什么好鱼,在他们老家也就直接拿酱焖了,哪能这么白瞎工夫?这边人过日子讲究个精细。饭桌上春叔也会客气客气,你也尝尝。明月笑笑,筷子从来不碰一下。晚饭后春叔要在院子里喝茶,这个独立小二楼外带一个规规矩矩的院子,院子里有花有草还有两个胖胖的大红桶,红桶很醒目很威严,像门卫,更像守财奴。里面盛着雾蒙蒙的不再透明的自来水,这个家有专门的用水程序,淘米洗菜浇花,洗衣拖地冲马桶。她侍候春叔在院子里喝茶,又把一个大香水梨削皮切瓣,在盘子里摆成一朵太阳花。她已经入乡随俗地开始精细了。把春叔安顿好后开始给垃圾分类,这边扔垃圾很是严谨,单说一个酱油瓶,扔时就要分三类:塑料瓶一类,铝制瓶盖一类,瓶上的包装撕下来再一类。这一天下来虽说不是太累,可琐琐碎碎也让人忙个不停。

晚上明月愿意出来转转,她要去玉米地看看。住所南面居然有一块玉米地,她用眼睛估算没有三亩也有两亩半,庄稼地被侍弄得青青翠翠见垄见方,一看就知道主家是个勤快人。明月喜欢在玉米地这多站一会儿,抒发一下自己的离愁别绪。可不就是离愁别绪吗?陌生的地方陌生的人,哇啦哇啦的日本话连一句都听不懂,唯有这块玉米地和她最亲,还有向日葵和鱼们,这些都是她的发小,她五岁在玉米地里除草,七岁在海边网鱼,有它们在心里踏实了好多。她不喜欢城里,因为她不喜欢密集的高楼和呼啸的汽车,这里居然是这副模样,一水儿安安静静的小楼,路又窄车又少,却精致朴素,到处是风景,都有村庄的味道了。现在她们那个村子,庄稼越来越少,加工厂越来越多,填了海盖上高楼,有钱人没钱人都忙得密不透风,都没白天没黑夜,都心里慌慌的。明月喜欢桥这边充满乡情的风景,等下她还要去桥那边一趟,朝阳在那边。

明月朝阳,听起来倒像姐妹!可即便从祖爷爷那儿开始扒拉,两个人也没有丝毫的血缘。那又怎样?完全不影响人家姐妹情长,看看,这都情长到大阪了。朝阳回去整个村子都沸腾了,孩子手里的糖果妇女脚上的丝袜老人壶里的乌龙茶,村头巷尾一派大阪城的味道。日本鬼子虽然可恶,但他们的东西并不让人讨厌,还蛮好呢,单说那丝袜,穿了好几天都没跳线。村里人的概念,大阪应该是个遥远的地方,可因为朝阳它似乎又没那么远。朝阳出去没多久他们家就开起了杂货铺,大到家电,小到鞋袜日用品,旧的有什么关系?关键它们是从外国来的,质量还那么好!

朝阳成了一轮红日,高高挂在他们家院子里,每天都有络绎不绝的向阳花围绕。朝阳你白了,更漂亮了。大酱汤是用大酱做吗?什么时候教我们做乌冬面……明月没去当向阳花。她悄悄叹息!一瞬间还想到了凤凰和土鸡。听说朝阳只是探亲,过一阵就回大阪。到底是发小,人家上门来看她了。去大阪吧,一切我来办……

明月从没出过远门,最远到省城买东西。她不缺乏胆量,可毕竟是出国,内急了连上厕所都成问题。弟弟的眼泪淌成河沟,我这条腿……或许……姐能让我重新站起来。朝阳返回大阪就帮她联系了投资公司,钱一到位马上动身,倒也没费什么周折。

朝阳的雇主是当地一对老夫妻。两人在街心长椅上坐下。明月发现朝阳身上沾着白毛,再看看,还有黑毛和黄毛!原来那户人家养着三条狗。朝阳每天一大块时间在为它们操劳,洗澡吹风遛弯,那条小母狗还要换衣服梳小辫。老太太买了一堆头绳和裙子,她讲,女孩子就要打扮得漂漂亮亮。今天本来给狗姑娘扎上红头绳穿上蓝裙子,老太太看见说不好看不好看,非要换成黄裙子。狗姑娘今天闹人,上蹿下跳不让换,另外两只也跟着起哄,三个狗东西一会儿床底下一会儿桌子上,噼里扑通花盆儿都翻了。老太太眉开眼笑地过来帮忙,咕咚,狗没抓到先来个屁股蹲儿,我的祖奶奶!午饭后两个老的睡下,她带着狗出来遛弯,该死,黑狗今天闹肚子,给它清理了一道狗屎。明月问,你遛狗还带着铲子?何止铲子,这边遛狗必带四件宝——卫生纸、水、铲子和塑料袋。光把狗粪铲起来哪行?还得把地面冲干净。明月感叹,垃圾分类遛狗带工具,难怪街上这么干净!朝阳问她和春叔相处得怎么样。还好,不过那老头过日子实在清汤寡水。老头在船上干了一辈子应该不缺钱,天生一个抠门儿,要不是我撺掇,他能舍得雇人?明月就拉起朝阳的手。回去时朝阳让她在门口等下,出来时手里多了个袋子。晚上烤的肉饼,剩的都在这,你那老头吃得寡淡,我这老头没肉不吃饭。这合适吗？拿着,哪能让咱妹妹亏了嘴！明月上前抱紧朝阳,挂在手腕上的袋子哗啦哗啦响。

春叔的生活还算规律,他每天吃过早饭在院子里喝喝茶看看报,午觉后出去买竞马票,赶在吃晚饭前回来。某个晚上还会去居酒屋坐坐。逢周末拿根长胶皮管冲院子,冲边边角角石桌石凳以及每一块地砖。他对这项劳动很有热情,一高兴还会拎着水管走出门去,恨不能把整条街都刷一遍。这倒不怕费水了。春叔话不多,对明月也没过分挑剔,即便这样她也不敢懈怠,力争在朴素的饭食上创造出小小的亮点,暄暄的大馒头、辣辣的打卤面、香香的葱油饼……平淡日子里忽然就添了盼头,春叔拿眼睛瞄着墙上的挂钟,又该吃饭了,饭桌上他两眼放光下巴粘着葱。还吃？明月小声提醒,已经第七张葱油饼了,小心肠胃。怎么能怪春叔呢？谁让她烙的葱油饼这么香了？白面粉里打了鸡蛋和切得极细的香葱,放在热油里炸得金黄,傍晚的时候坐在院子里吃,惹得路边的小猫直往墙上跳。

房间打扫过,衣架上还没有晾干的衣服正随着小风飘,想想还干点什么？可不能这么傻愣愣坐着,要动起来,动起来！明月的自律来源于从前的雇主,那个瘫老头,身子瘫了脑袋没瘫,一夜一夜缠她讲故事,你不讲他就敲暖气管子。白天倒乖,开着电视打呼噜,呼噜这玩意传染,明月实在太困了,眼皮用棍儿都支不住。老太太见了不高兴,哪有保姆大白天瞌睡的？眼里应该有活的。明月放眼瞠摸,老头衬衫扣子掉了,她拿上针线靠着窗台,缝缝绕绕看西边天色,心里琢磨着晚上给老头讲个《鬼吹灯》吓吓他。

门后挂着一件破了洞的毛衣,春叔经常披着它在院子里喝茶,明月将其拆洗,让它变成一个毛线团儿。她坐在院子里,腋下夹着长针,就那么一下一下把线团结成了带花纹的毛背心。春叔穿上,当即决定出去转一圈,外套扣子也不系。明月又得意了,看来自己的毛活和面活同样出色!春叔当然喜欢,虽然比先前的毛衣少了两个袖子,可它软软的暖暖的,前尘往事一般。最关键是人家跑马赢钱了!买马生涯中,头一次赢这么多,得了外财谁不高兴?敢情这个瘦猴还旺财。他一瘸一拐地买回好几条青鱼,还给明月买双鞋。他们老家有个讲究,得了外财要散出去一些才安稳。一双打对折的帆布休闲鞋,好比在烧饼上摘下一粒芝麻,意思到了就行,况且鞋的颜色还那么亮艳,明月坚信这是对她勤奋工作的肯定,穿新鞋啰!那娇娇嫩嫩的粉绿,让她走起路来像小风拉着手那么轻快。

　　朝阳一面熨床单一面打哈欠,这个时候有人午觉有人劳作。怎么你连床单也熨?朝阳压低嗓子,这算什么?窗帘枕巾被套,就差裤衩背心了。她抱怨老太太干净得要命,恨不能把房子都放进消毒水里泡。有几只乌鸦哇哇地落到树上,从屋里望过去像是开在树上的一朵朵硕大的黑花,朝阳跑出去轰赶,明月跟在后面帮忙。朝阳说这边的乌鸦比麻雀都多,上次两个垃圾袋就被它们洗劫了,弄得满院子都是。你可得把垃圾放好了,这帮黑老鸹眼尖鼻子灵。明月说春叔已经叮嘱过她。新鞋?春叔给买的。话一出口便觉得不妥。怎奈水已经泼到地上。春叔?朝阳停下手里的活,我的天,就那只铁公鸡!你们不会是……?明月急了,怎么可能?他是看我脚上的鞋太烂,再说一双鞋也没几个钱。你不知道那老头有多抠门儿,买根葱都比来比去的。还是我们明月有魅力,铁公鸡都开始下蛋了。朝阳姐就会拿人开心!时间过得真快,转眼就春天了,家那边花也该开了。

　　明月现学现卖,床单被套沙发罩,但凡能烫的她都用熨斗走一遍,

乌鸦喇啾 / 149

那些蔫软的纺织品,被这么熨熨烫烫,格外有了精气神儿。春叔穿上熨烫过的衬衫,人都挺拔了。相处久了,两人也会聊几句,明月说她和朝阳打小住一个村子,俩人一起上学,一起赶海。春叔问,村里人现在还常常赶海吗?现在海滩都被包出去,多数包给外乡人搞养殖,只有偏远的海滩可以赶,不过现在海里穷,也赶不到太多东西。春叔问起打鱼的事。明月说现在捕鱼证难办,买一条船也要不少钱,出海捕鱼也要有些背景,再说也有风险。春叔想起当年在海上一待就是几个月,下了船依然是航海的感觉,连马路上的行人都是飘浮的,他分辨不清东西南北,凭着感觉往前飘,他总会飘到那扇种着橘子树的门前,一股焦煳的香气从门缝里钻出来……好香!春叔睁开眼睛,天光暗下来,明月正在厨房里准备晚饭。

晚饭后春叔给明月发工资,提前了两天。日元面值大,一张就一万,多么激动人心的钞票。出来的全部意义和目的,旧衣将变成新衣,旧房将变成新房……她拿着电话小有激动,发工资了,姐我发工资了!想吃什么我请客。朝阳说这会儿樱花正怒放,休息日我们去造币局看樱花!好啊!好啊!

来大阪这么久明月第一次出远门,其实也不算远,关键还乘了地铁。因为昨夜下了场小雨,街上的房屋树木都像冲过淋浴,天蓝得快要掉下颜色来,空气里有一股清甜的薄荷糖的味道。明月想,等春叔再用胶皮管冲大街时她一定帮忙。

流连在造币局的樱花大道上,明月有种恍惚的眩晕,怎么一下子就掉进花海了?这可是画片上的风景,难道自己钻进画片里了?这樱花乍看极像桃花,不过要比桃花有气势,一簇簇一嘟噜一串,不经意就给大道搭出了个天然花棚。听说樱花原产于中国的喜马拉雅山脉,几经周折才来到日本。明月把脸贴在花瓣上,一棵树换过土壤都能活得这么美丽!一股隐约的憧憬浪花般在心头荡漾。忽然一只乌鸦从脸庞划过,带着习习的凉风,随之扔下一串哭丧般的号叫,哇哇哇……明月跑过去拉住朝阳的手,它们叫得真吓人!朝阳说你仔细听,它们在喊,苦啊苦啊!明月往天上看,乌鸦已经钻进云朵,它们把一连声的苦叫留在半空。

　　看过樱花逛公园,直到夕阳西下姐妹俩才挽着手进了料理店。明月说姐来点菜我结账,朝阳就点了烤鸡皮、烤牛肉、红烧肉、生鱼片,还有炒豆芽。明月心里说这怎么吃得了?等菜上来才知道盘子就巴掌大,红烧肉仅三块。啤酒倒满明月端起杯子,我再加一道菜——快乐!好久没这么开心了,掏心掏肺说一句谢谢你朝阳姐。谁让我们是好姐妹呢!两个杯子叮当撞在一起。姐是村里第一个跑到国外挣钱的,村里人都叫你女丈夫。也是没办法,有本事有关系的都在家里包海发财,没本事的只能跑出来卖力气。小时候姐就是挖蚬子能手,退潮时背一个袋子,不一会儿就装得满满当当,那些男人都不行。朝阳干了一杯啤酒,妹子,挖蚬子也要有窍门,用盐,看见蚬子洞就用小勺子往里面撒一点,蚬子就被呛出来了,然后一铲子下去……这么管用?当然。你这家伙,那时候怎么不告诉我?哈哈,秘方不外传……那你今天得多喝几杯。好啊!再来两个扎啤。你们家房子也盖了,下一步打算……房子哪能当饭吃?听说鱼干儿加工厂有前景。得再攒几年钱。你呢?要先找家大医院给弟弟治腿,他可是个好瓦匠,要不是盖楼被砸坏,我哪会这么辛苦!这几年也难为你了……盘子一个个摞起来,扎啤杯一个个排起队!两个女人已经面若桃花悄悄耳语了,朝阳扒着明月耳朵,知道春叔都去哪里消遣吗?居酒屋吧,他偶尔会去。还有风俗店,就是那种地方。朝阳暧昧地眨眨眼!就他那腿脚?这和腿脚有什么关系?这边好多老头都好这口。他有没有对你……绝对没有!不如就留下来安个家,我看春叔对你蛮好的。朝阳又叫了两个扎啤,明月担心她喝多,姐,咱出来一天,也该回去了。心疼钱了?怎么会?那就再来个扎啤,难得开心。朝阳脸蛋红扑扑眼睛水汪汪,她摇晃着酒杯说,一会儿姐带你捡钱去……

外面黑成一团,明月被拉着左转右拐,到底去哪儿啊?到了,这就到了。朝阳从包里摸出手电筒,啪,顺着光柱明月看见墙角那儿有个床垫子。妹子就是有运气,你不是总说床睡着不舒服吗?这都给准备好了。快拿上,客气什么?明月四下看看倒是没人,可她还是有点手软。朝阳笑了,看把你吓的,这可不是偷。拿走人家还要感谢咱。前面就是大阪大学,这一带是留学生公寓,总有学生夜里把不要的东西偷偷扔掉,你看那边……都拿上……这帮败家子……今天运气好,两人以担山之势吭哧吭哧抬着床垫子,月朗星稀下如同凯旋的铿锵玫瑰,还有地毯和电饭锅呢,外加一件漂亮外衣!外衣是在垃圾箱里捡的,朝阳说日本的垃圾管理越来越规范,一般不敢乱扔东西,只有这里还能捞点油水。明白了,朝阳他们家的杂货铺,原来如此!

明月躺在床上感叹,今天这床和平时可不一样,肚子里塞着货呢。其实留学生公寓离春叔这里很近,穿过玉米地走个二十几分钟就到了,之前她也听说过大阪大学,没想到竟在眼皮底下,最没想到的是还可以滋生财富。对于生财之道每个人都会小心谨慎,恨不能用盔甲包裹起来,就算亲人朋友也不想走光。在财富面前谁又能免俗?今晚酒后泄密,朝阳那边已经在喝后悔药了吧!小时候朝阳拖个大麻袋在路口等她,见面会把袋子里的蚬子分给她两大捧。挖蚬子这活没人能和朝阳比,大老爷们都不行,她总愿意单打独斗,不喜欢与人扎堆儿。有了朝阳的帮忙,明月的袋子也鼓起来,在家门口明月会摘个牛角瓜给她。村里人爱做牛角瓜菜包,把牛角瓜切碎用盐把水分攥出来,和上蚬子肉和蚬子汤,鲜香鲜香的,小孩子一口气都能吃掉五六个。朝阳用她的蚬子既换了友情又换了瓜,明月当然喜欢这样救苦救难的友情,蚬子少了不够吃,她妈就要把她臭骂一顿,没准还扇几下。况且他们家院墙上爬了好些瓜。这世上的友谊,有哪个不是蚬子换瓜?朝阳帮助她来大阪,她的医疗卡能借给朝阳看病,最重要的是还能帮她往家汇钱。说到底也离不开蚬子换瓜。

等到朝阳也发了工资,两人相约一起去邮局汇钱。朝阳拿出的钞票可比明月的厚多了。黑下来居然能挣这么多钱!朝阳回来不久合同便到期了,她离开大荣超市直接黑下来当保姆。朝阳笑,你只见贼吃肉,没见贼挨打,三条狗一个瘫老头外加个挑剔老太太,她把钱举到明月鼻子下面,闻闻有没有一股狗屎味儿?明月只闻到了钞票的味道。明月今天穿了件浅蓝色外衣,领口袖口均镶着蕾丝花边,花边上还缝着一粒粒小亮片,腰身也收得恰到好处,把瘦弱的明月都装饰出曲线了。就是那天捡的。朝阳说看看这运气,都像给你定做的。还帮她把头发修一修,明月没什么发型,就是把所有的头发拢一起在后面扎个马尾,可惜她发质不好,毛毛糙糙的,那马尾就像挂在后脑勺的一把硬邦邦的扫帚。朝阳帮她剪下几缕刘海儿,又把"硬扫帚"剪成可爱的"小刷子"。看看,这下跟衣服步调一致了。大阪这地方剪发贵,以后你这颗脑袋我负责。

明月发现朝阳爱逛超市,大大小小有店便进。她喜欢看化妆品,喜欢在免费试吃区域里逗留。明月觉得没意思,干脆在门口等她。超市旁边有不少人在吃小丸子,明月也凑过去,穿着体面兜里还有点碎钱,当然就愿意看看热闹。朝阳从超市里赶出来,快,里面有免费比萨饼。一个腮帮子上鼓着球的男人看见她们,赶忙把嘴里的球往下吞,可他吞咽得并不顺利,眼珠都翻出白色了,噎得够呛,他居然打着哏哏的饱嗝要求请客。原来是和朝阳相熟的中国人,明月欢喜,那敢情好!天下中国人是一家。朝阳推说有事,拉上明月匆匆离开。明月嘀咕,那小丸子什么味道?从来没吃过呢!没什么特别的,叫章鱼烧,其实就是国内的章鱼小丸子。还有那个免费比萨饼。快走吧,带你吃关东煮去。刚刚那男人对你蛮热情,看见你激动得直翻白眼。他热情他的,我可没那份工夫。咱出来的目的就俩字——挣钱,没用的不去沾边。

关东煮好大一个碗,里面装着穿了竹签的萝卜、豆腐、海带以及各种小丸子,明月呼噜呼噜很快造掉一碗,朝阳又帮她叫一份。明月问,什么时候再去寻宝?寻宝?就是大阪大学那里。朝阳嘴里正含着一块豆腐,她把豆腐来来回回用牙齿磨了好几圈才咽下去。明月说姐那里不方便,以后她床下面就是储藏库。还一面把丸子送到朝阳嘴边说,之前她身上套着根绳子,现在姐姐帮她解套呢!朝阳叹气,刚来那阵路边随时都能捡到好东西,现在不行了,还好有这些留学生。吃完朝阳又去超市里转悠,明月送给她一大瓶洗发水。

当天晚上明月上吐下泻,天一亮赶紧给朝阳打电话。朝阳怨她关东煮吃太多,整整三碗,不把肠胃吃坏才怪!朝阳陪着去医院,又是检查又是拿药,折腾了大半天。回来又给熬了小米粥,小米粥散发的热气扑到脸上,明月得趁热喝掉,她要尽快恢复体力,夜里还要去寻宝呢!

明月太喜欢寻宝了,夜深人静,戴上球帽和手套,玉米地往南就是她的寻宝之路。明月没心思再对着庄稼地抒情,她要加快脚步,其间途经正雀小学,小学校门口没啥,再往前走一段,学生公寓就不一样了。刮风下雨明月当头遇见西瓜捡西瓜,碰到芝麻捡芝麻,多么美好的夜晚,有理想有诱惑有惊喜,有天夜里还寻到一辆自行车!明月激动得要呐喊,大阪,我都爱上你了。那晚她做了个梦,朝阳被遣送回国,她哭喊着抱住朝阳。有个东西紧紧卡住喉咙,怎么都喊不出声!醒来发现是床的问题,其实明月的床算不上床,春叔找来几块木板上下一搭,就变成她梦的港湾了。现在却是储藏库,日积月累成一个大肚汉,肚皮就要爆炸了。那天朝阳还在路边捡了个凳子,这个有什么用?明月不想拿。现在这凳子已经把床倾斜成滑梯了。她把梦学给朝阳听,朝阳不以为意,好多人都在这边稳稳当当黑着,被遣送回去的都是让人举报的,我可没那么多仇家。明月说还是找空闲把东西寄回去,她的脖子都快窝断了。朝阳说这次的几件家电归你,卖了好价钱记得请客。明月当即拥抱了她并要求运费由她承担。东西是用船运回去的,运费不是太贵。那晚明月睡得真舒服,她又做了个梦。家里的杂货铺已经开张,她老妈正在灯下一张一张捻钱!

  大阪每年都有一台盛大的烟火晚会,八月三号淀川河边。春叔几天前就开始张罗,还特意准备了一张凉席,明月把朝阳也一起约上。本来家附近就是地铁站,春叔偏偏要绕个大弯乘JR路,原来是JR路车票便宜。淀川河边已经聚集了好多人,过节一样,情侣们拉着手,姑娘们穿着漂亮的和服,脚踏木屐团扇轻扑。好位置已经被占上,他们在街边铺上凉席,对面有好多小吃,还有捞金鱼的。夜幕降临音乐响起,天空立刻变成了五光十色的花园,花瓣如雨,像无数个拖着尾巴的流星,依依不舍地从空中划过,一瞬间的美丽,一瞬间的光彩,仿佛寄托着无限希望。春叔开心,想喝点啤酒。朝阳把钱接过来递给明月,明月仰脖正看得出神,只好把眼睛从天空中收回来去买啤酒。那边飘来烤鱿鱼的香味,朝阳自作主张从春叔怀里摸出几张票子递给明月,三个鱿鱼。吃过鱿鱼朝阳要喝水,春叔掏钱给明月。明月想起她和老太太推瘫老头去公园那次,老太太也是这么一趟一趟使唤她。她借口去卫生间,在小卖店旁边坐下,还买了个苹果糖。天上一个接一个璀璨的烟花,让人心里边缥缥缈缈的。明月含着苹果糖,人已经缥缈到九霄。

回去路过那片玉米地,玉米已经长成粗粗的棒子。明月坐在那里胸口发闷,这会儿的天空没有烟火只有星星,时间过得真快,转眼玉米都熟了。回来的车上明月就开始胸闷,朝阳让她扶好春叔,不能在靠门的地方坐。怎么像个管家婆?下了车经过玉米地时她说要在这里小坐片刻。晚风吹起阵阵芳草的清香,明月一口口吸进肺腑,心胸慢慢舒展开来。玉米长得真好,她看四周没人,选了两个壮实的掰下来。春叔喝过新鲜的玉米糊,说要带她和朝阳去参观净水厂,明月说这几天身体不大舒服。

冬天了,风吹在脸上凛凛的。明月去桥那边找了几家超市也没买到粗粒盐。她去找朝阳打听。要粗粒盐干什么?天冷了,想腌点咸鸭蛋。乘车去南京街,中国城那边应该有,我和你去。朝阳背上双肩包,她总是这副行军越野的装备,明月笑话她成天背着炸药包。中国城和家里的镇中心差不多,包子饺子连葱油饼都有,明月总算在一家小店买到粗粒盐。

明月把粗粒盐加大料和洋葱放在铁锅里翻炒,然后用毛巾包起来。春叔腿疼病犯了,两个膝盖肿得跟馒头似的。明月打小生活在渔村,村里叔叔大爷们打了一辈子鱼,有几个不害腿疼病的?当然就有些土办法。她缝了两份盐包,一份在腿上热敷时,另一份就在铁锅里用微火热着,虽然不能解决根本问题,却也缓解不少。她还打电话从家里寻了中药方子。当然,她没有腌咸鸭蛋。春叔越发觉得这个女人好,从前那些个冬天,腿疼起来他都想跳河。这个明月太值了,都可以用价廉物美来形容。当时要不是看在价格的面子上,朝阳嘴皮子说破也没用。朝阳心思多,一会儿撺掇他找保姆,一会儿要帮他介绍生意,那种生意不用本钱,就是和一个中国女人履行个手续,说白了就是假结婚。春叔不干。让一个女人在他面前晃来晃去,而且没有实质性内容,多折磨人!别说他不缺钱,就是缺钱也不干,别扭。他逗朝阳,要是你还成。朝阳冲他吐舌头。明月瘦瘦的像个秧子,他不知该如何支配这个女人。他一个人的生活料理起来很简单,无非洗洗刷刷做点饭。有保姆了,他觉得有必要让日子复杂起来,河水起涟漪,不然要保姆干什么?他不让冰箱里存留食物,不许熟食过夜。明月来来往往奔波于超市,他心里又舒服又平衡。他把这份平衡小心包裹起来,却留下一条小缝。他要让明月懂得,钱不是白白能拿到的。但也不会太张扬。他这个年纪的人,做事总要把握一个度。他喜欢大门的开启和关闭,咯吱咯吱,一副过日子的模样,咯吱咯吱。他都打算天暖和些去学学太极拳。明月会烙饼会擀面条,会把破毛衣变成崭新的毛背心,还从河边弄回好几袋子葵花子。他有好多年没吃葵花子了,日本这边的葵花子都是喂给松鼠之类的小动物吃,人基本不吃。其实那是个多好的磨牙香料,明月还能剥出仁烙饼,她总是晚上去弄葵花子,顺道还能掐两棒玉米。最主要的是能给一双老寒腿止痛。你看她就是闲不住,丢下勺子捡扫帚,至少手里也捏根针。人虽瘦些,胸前的馒头倒也饱满!想什么呢? 人家可不是老色鬼,不过,男人看女人总要在细节上有考量的! 又懂得规矩,从来都去外面打长途,他一个老乡找个国内保姆,那女人成天抱着电话,那个

乌鸦啁啾 / 157

酸那个嗲的。

冬天就是麻烦,连朝阳都给冻感冒了,明月赶过去时,她正用毛巾捂着嘴打喷嚏,老太太让她赶紧上医院,以防病菌传染。明月倒觉得不是很严重,她把自己的医疗卡给朝阳,那边锅里还熬着药呢!

房间里弥漫着葱油饼的味道,盐和洋葱炒在一起可不就是这个味道!春叔说闻闻味儿就解馋,他躺在床上,明月让他把两条腿支起来舒服些。明月发现膝盖上的两个"馒头"经过一段时间的内服外敷,已经通情达理似的低调了,用手摸摸也不像先前那样肿胀,这可是她的医疗成果!她低头研究,一缕青丝落在膝盖上都没发觉。明月太得意了,太佩服自己了,她哪里是什么保姆,简直是一个保健大夫。她像收获劳动果实那样把两个膝盖揽在怀里。没有铺垫,没有预谋,是一触即发又是暗香涌动,我的天啊!春叔一个鲤鱼打挺压过去!呵呵,这能怪春叔吗?此情此景,别说瘸子,瘫子也蹦起来了。故事发生在一瞬间,自自然然,水到渠成。关键是来得太突然,但突发事件也不都是坏事。哪来的浓烟?坏了,锅煳了。春叔去开窗,腿脚居然听使唤了,看看这事闹的。在屋里憋太久,现在他要去外面呼吸下新鲜空气。明月仍旧赖在床上,是大床啊!大床又宽又平,下面还没那么多破烂拱她的腰杆。春叔那样的腿脚居然会……明月笑笑,笑得很有内容,这会儿的心像被挂上秤砣,她把被子揽在怀里,就像把新生活揽在怀里。她想起造币局那只划过脸庞的乌鸦,朝阳说它在叫苦,其实这边人把它叫报喜鸟呢。明月翻身拿起电话,按几下又挂上。她哼着小曲来到厨房,小米没了,冰箱里有几块猪骨头,赶紧煮上,光溜溜的猪骨头在清水里显得很单薄,还好又翻到一个萝卜几根葱,统统切了扔进去。

春叔竟买了一件女士睡袍回来,情意绵绵的淡粉色。他催明月赶紧换上,明月举起湿漉漉的手,正给朝阳煮汤呢!她感冒了,怕耽误熬药,都没陪她去医院,等会儿汤好了就给她送过去。换上换上,春叔急。睡袍很长,一直长到脚踝,上半部分是扑啦啦的蕾丝,像渔网那样大眼儿里套着小窟窿,包在里面的明月娇巧又可人。谁这个时候按门铃,讨厌!朝阳来还医疗卡了,她可真会选时候。睡袍上亮晶晶的扣子一颗一颗钉到朝阳心上。回去的路上两个人沉默着,路灯把她们的影子拉得很长。明月拍拍脑门儿,给你煮的骨头汤没拿。朝阳说,其实小米粥更暖心……

眼下明月成了忙人,她手里多出两个小本本,一本是《日语自学速成》,另一本是《图说按摩保健大全》。这算啥!最有气魄的是她在院子里搭了个窝棚。支上木板条搭上防雨布,用铁丝一固定,四四方方一个窝棚,虽然简陋,却透着一股主人翁的气势……现在一日三餐都由她安排,在迎合春叔口味的基础上,一定不能太咸太甜,葱油饼一次最多四张,不能光吃鱼,肉也要吃的。不能光要梨,苹果也来点。傍晚去超市买打折食品放冰箱,哪有时间成天跑超市?有好多事等着她。

庄稼有了足够的雨水和肥料就会长势茂盛,人也一个道理,有了好饭好菜,有了情感的温存,明月整个人都茂盛了,那眉眼儿那白里透红的脸蛋儿那饱满的胸脯,到处盎然着春回大地的生机。不要计较她略施粉黛,也不要说春叔送了她一个多层化妆盒,即便那个化妆盒五颜六色,里面的眼影口红腮红粉饼比调色盘都丰富,说到底现在就是她生命章节里的一档滋润期。不用怀疑,明月的头发最能说明问题了,头发没搽脂抹粉吧,那长势如同野草一样,才剪了几天,又茂盛出一大截,跟催了肥似的。想到催肥这个词,明月笑了!这边剪发太贵,一剪子下去好几斤牛肉没了。她这颗脑袋还是让朝阳来处理。

乌鸦啁啾 / 159

院子里闹哄哄地开了锅,老太太率领三条狗在围攻朝阳,那狗姑娘脖子上缠着厚厚的绷带。朝阳出去遛狗,狗姑娘被铁栅栏刮了一条口子,流了不少血,在兽医院缝了好几针。老太太和三条狗一起凶巴巴对准朝阳,狗姑娘一颠一颠闹得最欢,像要扑过去讨说法,就怪你,就怪你,看都把我伤什么样了?这是一条一尺多长的蝴蝶犬,黄色的身躯,头上长着一丛极有装饰性的黑毛,样子十分滑稽。现在这狗东西仗着人势,闹得披头散发像个泼妇,脑袋上的毛把眼睛都遮住了。挺身而出的时刻到了,明月先是冲着狗,骂它们狼心狗肺,不想想平时谁照顾你们来着?一把屎一把尿的,我们那边孩子都没这待遇……骂着骂着她忽然意识到跟狗这么计较不对头,狗听不懂。明月把脸扭向老太太,你还真把狗当孙子了,可你也不能不把我们当人!明月真的很激动,想到从前使唤她的那个多事的老太太,都咬牙切齿了。老太太叽里呱啦地摇晃着身体。朝阳站在狗窝那儿,犯了错的孩子一样低着头。明月又意识到她的一番激昂叫骂也是毫无意义,老太太一样听不懂。这可怎么好?明月急得直蹦,忽然她看见窗台上有个青色花盆……

　　回来的路上明月还在亢奋,花盆虽大却不重,伸手一划拉,啪嚓碎了一地,老太太和三条狗当时就没声了。关键时刻还要仰仗肢体语言。其实这是个意外,当时她只想有个举动震慑一下老太太和狗。院子里有个铁皮桶的,今天怎么没看见?动静又大还不易碎。管他呢!碎了就碎了,到底给朝阳出口气。

　　到家里学给春叔听,春叔赶紧把她拉到窝棚里,你在这里藏好,说不定老太太这会儿正带着三条狗过来了,老太太我打得过,那三条狗惹不起,你不要动。春叔朝明月一眨眼,把一块布蒙到她头上。春叔在窝棚外面捏着鼻子,明月在哪里?要她赔我花盆!明月在里面说,花盆没有,洗脸盆有一个。春叔进去,这里不行,得换个更安全的地方。他把明月拉到门后,脱掉外衣蒙到她身上。用手敲打着门框,明月是不是藏在这?我看见有一只脚。明月咯咯笑,老太太你眼花了,那就是一只鞋。春叔手一挥,这个地方也不行,跟我来。他把明月按到床上,枕头被子一起压上去,明月一脚踢开。你想憋死我啊!两个人笑得鼻涕眼泪都出来了!他们沉浸在小朋友的游戏里,别有趣味。现在可是明月从未有过的好时光,花盆碎在地上她先一愣,随之就在心里开了一朵花,今天的她自信勇敢不惯老太太毛病!今天她给强壮的朝阳出头。原来和别人打一架能获得这么大的快乐。生活里真的需要适当猛烈一下,春叔现在就要猛烈一下,他觉得自己这会儿的力气都能抵得上一头牛。偏偏这个时候电话闹人,春叔拿起话筒叫明月,不用问也知道是谁,她心里一阵隐隐的慌乱。

朝阳说那花盆是老太太留下的,她要求赔。她说是秦始皇留下的你也信?信不信的,把人家的东西打坏了总要有个说法。居然用这样的口气?倒和老太太站一边了?我是看不得老太太欺负你。这个也不能怪她,毕竟是我没看好狗。明月心里紧张。没准自己要吃官司了。在人家地盘上,这可怎么好?老太太说花盆钱从我工资里扣掉。明月轻松下来,骂那个老太太一脸狗相。不行就换一家,还能在一棵树上吊死?算了,这事不提了。还有就是,离你不远有一家中国人开的美发店,人家是正牌理发师,手艺比我这个女仆要好得多,你现在都是女主人了,不差那几个钱。怎么还女仆和女主人了?这事明月一时反应不过来。

朝阳说她是女主人,女主人要领工资吗?以前春叔会拿着票子在她面前数一遍,然后让她在一个本子上签字。现在,沿用从前的方式显然不妥,不给工资更不妥,到日子春叔就把钱装进信封塞进抽屉,明月看见自然拿走,彼此都避免尴尬。无所谓了,现在有鱼有肉,院子里有窝棚。明月朝窝棚望过去,那是她在异国他乡竖起的一根柱子,虽没根基,却是满满的希望。

现在窝棚变成一个雪球,越滚越大,就快丰富成一个杂货铺了,电视机、电熨斗、电水壶、吹风机、炒勺、衣服、被褥……再滚些日子就可以寄回家了。发财这事最好自己动手,当然还要靠一点点运气。明月这阵子顺风,睡上大床吃上鱼肉,看看这一不小心又撞上个生意。那天她在留学生公寓碰到一个男学生,问她能不能帮忙打扫卫生,他马上要回国,走之前要把房间打扫干净,报酬就是屋里不要的东西。学生们不要的东西可真多,品种也相当丰富,连米和速食面都有。这和在大街上寻宝完全是两个级别,学生公寓来来往往的留学生很多,这种生意时常会有,她留下联系电话在家里等着就行。春叔态度中立,只要把他照顾好了,其他无所谓。明月更体贴了,她把葵花子煮熟放在太阳下晾晒,春叔喝茶时就在一边给他剥着吃。有时攥着葵花子在他嘴边逗,春叔张嘴就把手缩回去,又忽地一小把塞他嘴里。这么大年纪还能让女人宝贝着,春叔真开心,开心的他主动帮忙验货。这可是经验教训,之前寄回去那些,老妈在电话里嚷,那就是一堆破烂儿,烂到家了。白盼望了这些日子,朝阳他们家倒红火!大人孩子蜂拥着进。一大箱子崭新的牙膏洗头膏!哪有牙膏洗头膏?寄东西时朝阳倒是从家里拎来一个纸盒箱,说是杂物。老妈讲寄回去的东西都是朝阳男人提货,他肯定给过了一遍筛子。明月安慰老妈,不是朝阳自己又怎么能来大阪?

朝阳来电话,说婆婆想用寄回去的矮凳垫箱子,找了半天才想起那矮凳连同家电一起给了她家。找上门她老妈却不愿给。明月想可能老妈还为那些破烂家电的事生气。她答应过后给家里打电话。明月说,上次那些家电卖废品都没人要,倒是可惜了运费。朝阳说我哪里知道是些破烂货,东西捡回来直接放到你那,还特意嘱咐家里把值钱的那几件给你们。明月一想也是,倒错怪了人家,就打电话回去,不过一个凳子,就给他吧。老妈那边明显激动,什么凳子,那是个古物,清朝的物件,值钱呢!老妈当时把那些旧货摆在院子里待售,不少人过来看,凳子也放在院子里,有个老头倒是摆弄过,谁也没当回事。老妈生气,都想给当柴火烧了,爹说好歹是从外国运来的。后来就有人上门出一万块,老妈多个心眼儿,怕卖赔了,没敢卖。村子里瞒不住事,朝阳婆婆过来要。哪能给她?现在凳子给包上塑料布藏起来。老爹老妈夜里轮班看守怕人偷。居然还有这事?当时朝阳非让她把那个破凳子拿上,一个黑乎乎的矮凳。倒不是她多慧眼,这人见啥捡啥。明月让老妈去县城找三舅,他是中学历史老师,这方面应该懂些。不过不要把东西带去,最好来家里看。老妈让她放心,说老天开眼,瓦片要翻身了。

明月给朝阳打电话,我的姐姐,那凳子居然是个古物。全村人都知道了,你婆婆还要拿着垫箱子?朝阳讲正要和你说这件事,想想我也觉得不对,垫箱子找个砖头就行,怎么非要凳子?再三追问婆婆才说了实话。家里男人惹祸,骑摩托把一个老头撞了,现在老头住在医院里等赔偿,婆婆听说矮凳的事,没办法才去讨要的。想想当时你还抱怨不肯拿。是这样,她男人那边已经联系好买家,给一万二,这个外财我不能独吞,算咱两家的,钱一人一半,等你和家里打个招呼。明月觉得这也合乎情理,毕竟是朝阳坚持留下的,回来路上她都想偷偷给扔了。还有上次花盆的事,心里一直觉得亏欠,不知道老太太扣她多少钱,也不敢问。那就姐七千老妈五千,算我支援姐夫一把。明月豪气地说。老妈当然不同意,说你三舅正联系博物馆的人,这事不能急,说不定值多少钱呢。明月问,朝阳家里出事了?可不,她男人把一个老头撞了,家离那么近还骑个摩托!

春叔带明月去箱根温泉,她又被好运撞了个跟头,差点就爬不起来了。这接二连三的,瓦片真要翻身了,不是翻身,是上天了!"花篮的花儿香,听我来唱一唱,唱一呀唱,来到了大阪城,大阪城好地方,好地呀方……"她马上就要在大阪生根发芽,然后慢慢长出年轮长成一棵树。春叔许诺让她当他永远的脚力,回去就登记。明月还是第一次泡温泉,身上一下变得润润滑滑,这之前她是多么粗糙枯萎,一个地地道道的老妈子。让温泉这么一泡,鲤鱼跳龙门了。从渔村到大阪她乘上火箭。出门时明月把那本《图说按摩保健大全》塞进包里,还仔细研究了承扶穴、天柱穴、命门穴以及委中穴……这么按呀按春叔就很舒服,像通了电流一样血液奔腾。这么按呀按春叔就说,明月啊!当我长期脚力吧。夜里明月来回相看自己的十根手指头,怎么觉得像鱼钩。

明月一进门就看见桌子上的电话在跳,那架势,再没人理都能跳到房顶上!朝阳分贝很高,你们家怎么回事?婆婆去拿凳子,你家大门关得严严的,门口还有一条狗把守。关于凳子,明月并没太在意,这几天她的心思在更重要的事情上。区区一个凳子算什么?她心里边的蓝图那是一屋的凳子没法比的,她已经在考虑古旧家具回收了。朝阳急了,当初是我执意要留下,依你早给撇了。你们到底想怎么样?不就一个凳子,哪至于这么大火气?明月轻飘飘一句,四两拨千斤了。我那边急着用钱,你却人间蒸发,度蜜月去了?对!去箱根温泉玩了几天,已经商量好,过几天就办手续。那边一下安静了,明月忽然想起那天花盆落地的情景。朝阳,你在吗?在吗?她不是存心,完全是朝阳的态度使然,和喜悦心情相伴的应该是曼妙乐曲,岂是愤愤的大呼小叫?

老妈在电话那边哭诉,凳子烧了,生生给烧了。明月心里一沉,老妈讲这几天连雨,怕弟弟着凉就烧炕,吃过饭才想起炕洞里藏着凳子,已经晚了,你爹高血压都犯了。那边传来老爹一阵急促的咳嗽。你和爹不是轮班看守吗?可不,谁知道就那会儿大脑短路了。也是老天不让咱家发财,也罢,破财免灾,免灾了。

电话又在那儿跳了,明月赶紧躲出去,她真庆幸到现在还没买手机。凳子说烧就烧了,连她都不信,朝阳会信?她琢磨给弟弟打个电话劝说老妈。想想没这个必要,她太了解老妈了,东西到她手里就等于到了终点。早前媒人送过来几块布料,忽然就少了两块,老妈连鸡窝狗洞都翻了,末了也说了句破财免灾。左右这个窟窿得自己补上,过几天就发工资了,这么想着心里倒轻松下来,闲着没事去大街上转转。路边有个章鱼烧摊子,明月凑过去。有人朝她嗨了一声,一男的腮帮子上鼓着个球,明月用手点自己,那男的把嘴里的球咽下去,白眼珠都噎出来了。想起来了,那次他还要请客,原来你这么爱吃这口!两人居然是老乡,老乡去买了份章鱼烧给她,你现在……在照顾一个老人。我和朋友办了一个投资公司,专门为咱中国人服务,你叫明月,对,你的手续就是我办的。再有亲戚朋友来日本直接找我。老乡递上一张名片,我们公司对同胞开展的业务都写在上面,不白忙,有介绍费。这样讲吧,有人要来日本,你和她要……剩余部分都归你……你工资多少……一份介绍费就够你小半年的……老乡把介绍费描述得像一根充满诱惑的金条,有山有水风景好生秀丽。明月无心待见金条,但她搞明白了一件事,那就是朝阳从她身上狠捞了一票。当时朝阳要带她来大阪,那个有情有义的儿时姐妹,要把她从贫苦中拉出来。为了出国费用,明月东挪西

乌鸦啁啾 / 165

借,她在权子那留了两个晚上,对方才从柜子里翻出两千块钱。权子把钞票攥烫手了还在迟疑,怕肉包子打狗,怕有去无回,他吭吭哧哧说,等回来了把房子修修成亲……权子,这个邋里邋遢的男人,还不到四十岁就秃掉半个脑袋,如果不来大阪的话,说不定就和他在一个屋檐下过活了,不和他又能和谁呢? 谁愿意来接手那样的一个破烂不堪的家? ——一个瘫弟弟,一个熊孩子,一对摇摇欲坠的爹娘。权子愿意,因为他的日子更是一团糟。那天躺在权子那张黑乎乎的炕上她都想到屎窝和尿窝。下定决心,走出去没准还能撞上个狗窝! 明月还是在尿窝里给了那男人一个许诺,好人,等我回来……

当时朝阳一急都想把男人的摩托车卖了。那怎么行? 明月肯定不同意。朝阳就从集市上找来牲口贩子,两头黄牛说什么都不肯走,明月看见牛哭了。她过去摸摸它们的头,我要去大阪,没有办法……明月脸上已经走了颜色,她问,介绍费就是六亲不认吗? 老乡沉默片刻,这样解释,钱这东西嘛,就像小河里的水,东家流一流西家淌一淌,不会在哪一家永远停下,那还不发大水了? 也就是说我兜里的钱明天会是你的,你兜里的明天会是他的,这样滚来滚去才叫市场经济!

朝阳再看到明月时,她正坐在院子里喝茶,身上穿着那件粉睡袍,扣子在太阳下亮晶晶的,闪着刺眼的银光,这打扮又家居又媚惑,俨然一个女主人。朝阳怀里抱着狗姑娘,自从上次受伤,这狗姑娘就有了婴孩的待遇。狗姑娘瞪着两只圆眼,它对这个新环境很好奇,看看去,纵身一跳钻进窝棚。这还了得? 朝阳赶紧追过去,窝棚里满满腾腾,她把狗姑娘从一个炒勺里拽出来。这些东西是……都是春叔找朋友收罗的……我也懒得去管……朝阳心里狗咬似的,一口一口被咬得生疼。明月有本事,把个铁公鸡给俘获了! 哪是铁公鸡? 简直是一只大肥鸭。

运气好的话没几年直接继承遗产了。类似的念头谁没动过？多么便捷的途径,造化与机会！明月半毛钱没花,摇身一变坐地户。春叔在她身上揩过油吃过香,到头来还不是竹篮打水的结果？她现在这一身狗毛一手狗屎……还有家里那个混蛋,他干活的加工厂离家没多远,可偏偏要买个摩托,那点歪心思瞒得过谁？加工厂里老娘们儿多,摩托突突一响,老娘们儿嗷嗷疯喊,腿脚快的老娘们儿还能跳到后座上揩个脚,他很享受这个揩脚。这次撞人后座上就揩个小老娘们儿。也不知道他和那个小老娘们儿是否清白。想到这些朝阳就很悲伤,她用手捂住胸口,努力控制着不让对方窥见内心的悲凉！

明月摊开两只手,没办法,凳子被烧了,已经烧成灰了。朝阳赶紧从悲伤中振作起来,她可不是弱不禁风的女人,她身体健壮意志坚强也不是好惹的！之前已经说好,烧不烧没关系,我只要我那份,你过几天就发工资了。真是姐妹俩,想到一起了。朝阳姐别急,我新近认识个老乡,就是那个,你认识的,搞投资公司那个,我刚刚联系个亲戚,能赚不少介绍费……

明月到码头寄货,好大一堆,这下老妈该乐了。她去商店买了玫瑰精油,还在街边吃了关东煮。现在这些她都能用简单的日语应付。还去医院做了咨询,弟弟的腿并不是一点希望没有。其实只要你心里边不畏惧,一切都没那么难！小苗也能长成大树,毛毛虫都能变成蝴蝶呢！街上熙来攘往,天空流云舒卷,正有一群乌鸦飞过,明月虽然不是热恋中的女人,但也心情极佳,她抬头看看,怎么觉得它们美丽得像天鹅！小学生们穿着制服拉着手从学校出来,每一张小脸都那么可爱。这正雀小学从家里走过来最多十分钟,本想进学校里转转,看看表该做晚饭了。在家门口,她好像看见一个相熟的背影！

春叔靠在沙发上喝茶,明月用五根手指头拢了拢他脑袋上稀疏的白发,老头木木的没反应。可能嫌她出去久了,真是个老小孩儿。晚饭她特意做了葱油饼,里面还撒上厚厚的葵花子仁,春叔草草吃一点,哪里不对头了?没关系,她有撒手锏呢!今天还买了玫瑰精油,加上她高超的按摩技术,一切都会搞定!晚上她早早换好睡袍拿上玫瑰精油,春叔说,按什么按?明月没戏了。

景春这一辈子,苦辣酸甜别的说不上,艳福好歹有一点。他曾和一个寡妇相好,那女人大个子宽肩膀大胯骨大屁股大脚板,结结实实的,估计一镐把子都打不倒她,胸脯更是丰满得像两只小肥猪。他每次出海归来一双脚都被她揽在怀里,那一刻所有的风雪寒凉、所有的孤苦劳顿都让那火炭一样的胸脯赶跑。寡妇会煎青鱼,她把青鱼开膛破肚拿掉内脏冲洗干净,拿盐腌了,晾晒个大半天放到油锅里煎,弄得满屋子都腥剌剌香喷喷。寡妇会打毛线,一个线球弯来绕去就变成大毛衣,他穿上毛衣就不怕风寒,就能打到更多鱼。寡妇儿子不爱吃鱼爱吃肉。寡妇儿子还往他鞋里放老鼠,往他粥里加咸盐。这个臭小子。他去买肉,一下子买了十几斤,那小子吃得肚皮直放光。当然,人家吃过肉就不在他鞋里放老鼠了,放铁钉。他把臭小子带回家,让他见识了床底下的木盒子,许诺用里面的钱给他娶个漂亮媳妇。其实他舍不得,暂且拉拢一下。他想尽快和寡妇有个自己的孩子。常言说,天棚鱼缸橘子树,先生肥狗胖丫头。他喜欢胖丫头,讨厌那个瘦猴儿子。瘦猴模样一点都不像寡妇,应该随他爹。但人不可貌相,一镐头都打不倒的寡妇病倒了,而且很重。刚强的寡妇拖着病痛的身体伙同瘦猴把他床底下的木盒子连锅端。弥留之际寡妇托人带话,都是为了孩子,下辈子做牛做马也要报答他。他想自己打鱼,也不种地,要牛马有什么用?倒是可以杀了吃肉。

昨天他的生活里还闪耀着甜蜜的星光,明月年轻体贴,还让他天天享受着保健按摩的幸福生活。本以为这光芒会一直照耀到他生命的终点,现在不可能了,他坚决不接受拖儿带女的人!别说成亲,就算保姆都不行!她们都是门缝里钻进来的邪风。春叔无所谓,这么多年自己一锅一碗的也过来了,有鱼万事足,无妻一身轻,不是还有风俗店可以快活吗!

明月爬起来去推卧室门,给锁死了。老头还真有脾气。院子里凉风习习,她套上给春叔织的毛背心。春叔说他坚决不接受有孩子的女人,谁不是爹生妈养？难道他是从石头缝里蹦出来的？这算什么逻辑？没有铁牛她能来大阪出苦力？春叔没得商量,还说过几天要去乡下,让她尽早打算。喊!

铁牛爸给台风刮走,东家想草草打发了她。一哭二闹三上吊有什么用？东家可是见过世面的。明月不哭不闹,她换上布底鞋在集市上买了几块碎肉,东家门前那只母狼似的黑狗看在碎肉的面子上没为难她,她凭借小巧的身子翻上墙头,一首首好听的歌在墙头上盘旋。《南泥湾》《我爱北京天安门》《社会主义好》《沂蒙山小调》《十送红军》……快来看啊!妇女抱着孩子,老太太扶着老头,姑娘拉着小伙子,村里好久没这么热闹了。明月谁都不看只管唱,东家从外面回来朝着黑狗的屁股上去一脚。下雨打伞、刮风戴帽,艳阳高照她顶着一块湿毛巾,直唱得树叶纷纷落下,大黑狗泪眼汪汪,路上她会捡到西瓜霜润喉片和清凉的蜂蜜水,她知道树后面躲着个人。后来连大黑狗都不需要再贿赂了,它每天在半路等她,然后尾随着看她翻上墙头。她腿脚越来越利索,最初翻墙头还需要一个过程,后来脚尖用力、两手一撑,嗖,上去了。这可怎么好？东家把警察都喊来了，警察能把她怎么样？人家死了男人，人家没哭没闹，人家也没危害社会，人家只是唱唱，唱唱。血从嘴角溢出来，东家把一沓钱递给她。她跑到树下，起身时地上泛起一片红。有人扶住她，在她身后尾随着一群游荡的男人和女人，明月觉得他们都很过分，都不稳定，好像都那么烦躁，都那么委屈。她被权子扶进一座老屋，那房子老得打个喷嚏都晃，权子的瞎眼老娘给她打了鸡蛋汤，她整整睡了一天一夜。那孤苦的母子就守在床边。权子成亲盖新房时，一个帮工被电死，新房是不能盖了，赔偿还不够呢！新媳妇去给别人当新媳妇了，没人愿意一进门就还债！权子老娘开导她，权子人好命不好，你命也不好，你们两个不好凑一起，或许就好了。破罐子再摔还能坏到天上去？那个时候的明月，哪怕是根火柴棍儿都会当成柱子靠。权子没钱，可有力气，背弟弟上卫生院、送铁牛上学、运猪饲料……在箱根温泉她一度想到那个人，不过只在脑皮上轻飘一划，没有任何重量。两条烂被子合在一起也是大窟窿小洞，负数加负数等于一个更大的窟窿。

早餐桌上比年夜饭都丰盛，葱油饼、油煎饺、青鱼、烧排骨……春叔吃过饭出门去，回来时发现家里被洗得清灵灵、水淋淋。胶皮手套、花围裙把明月武装成一个顽强的战士，拖把、扫帚是武器，扫帚就要给扫烂了，地板就要给擦出窟窿，春叔头都大了。这个家没法待了，他晃一圈赶紧出去。明月就把抹布挂到树上，刚才发现冰箱空了，得赶紧去趟超市。她买了一大堆吃喝准备打持久战！顺便去公园找春叔，明月要和他好好聊聊，前段日子他们过得多好，以后还会更好。她已经给邻居发了旧物回收广告，保证家里不会沾他一分钱。没有。老头去哪儿了？明月坐下来，她看见锅里一只肥嘟嘟的鸭子正扇着翅膀飞远。看看这还睡着了!回去时春叔隔着门说她的东西在朝阳那儿,自己马上要去乡下了。

  明月坐在街边,对面就是朝阳的住处。她想起小时候两个人拖着袋子走在小路上的情景,蚬子换瓜她能理解,也能接受。只是朝阳宰她那刀实在不轻,眼睁睁看着弟弟连买药的钱都没了。病人没药吃会出事的,连这她都不顾忌。现在看她有了着落又背后捅刀,是她叮嘱对春叔就说是单身,没小孩。明月清楚对春叔这块红烧肉有人早流口水了,上次看烟火回来在车上,两个人坐在一起挤得亲亲香香,看得她都反胃。一个背着大双肩包的女孩儿从眼前经过,和朝阳那个包一模一样。明月忽然意识到老妈说的那箱子牙膏洗头膏是怎么回事了。朝阳的双肩包即便上厕所都不肯让别人拿。那大大小小超市里的流连,原来双肩包里窝藏着赃物,这个朝阳!明月又惊讶又兴奋!

  春叔在院子里喝茶。已经很晚了,他心里边纷纷扰扰的,睡不下。天有些凉,他穿上毛背心,这毛背心织得很巧,厚厚的,上面隐含着菱形图案,不张扬却有立体感,多么心灵手巧的小女人!他拿起一个铁盒,里面盛着满满的葵花子仁,春叔伸出舌头,一粒粒葵花子粘在舌尖上。

  一阵急促的敲门声,春叔三拐两拐冲到门口,还被凳子绊了一下,险些摔跟头,怎么是朝阳?还穿着睡衣!来查黑户了……多亏我没睡实……只能跑到这里……朝阳躺在小床上把牙咬得咯咯响,她来日本也是花了大价钱的,那介绍费完全是劳动所得,谁知道她风里雨里跑了多少趟,花的时间做零工也挣不少钱。老太太那边一时也回不去了,难道就这么被遣送回国?枕头下面塞着个粉色睡袍,朝阳拉出来奋力撕扯,手在半空中打个滑直接套身上,套上去的过程实在艰辛,衣服太瘦,她把头伸进去一点一点往下拉,嘎巴,后背裂出一条口,她坚决不让自己气馁,可能就好这口呢!她小心翼翼收腹提臀努力着把肉都包进去,就不能买大一号的?吸气,再吸气,成败就在此刻,当腋下开一条口,旁侧也开了一条口时,总算套上了,勒得她两眼金星、浑身肉球,她提着睡袍喘着粗气推开那扇门……

朝阳起得很早,她当然会烙饼!现成的原材料,切成丝的香葱还有剥好的葵花子。门前大桥下游过一群鸭,大肥鸭呀,大肥鸭!有人进来,明月拿着葱油饼出现的一刹那,春叔眯缝个眼儿,嘴里正叼着一块饼,一群乌鸦正从这里经过。它们在天上扯着脖子喊,苦啊!苦啊!

发表于2017年第1期《中国作家》
2017年第2期《小说选刊》转载
2017年第3期《小说月报》转载

从前有座山

从前有座山,山上没有庙,山上开满了土豆花……

牛尾村不起眼儿,陈旧的老屋几十户人家。牛尾山却很高,高到半截身子都钻进云雾里去。想上山看看吗?村口那有条牛肠子小道。没看见?把眼睛睁圆了,就隐蔽在荒草和青稞下。放心吧,这个世界,只要坚定那个叫意志的东西,牛肠子小道都能通罗马——何况山乎?

这是哪儿呀?天上人间?整个山顶就是一个平坦的硕大花园,纷纷扬扬的花儿像天上的星星一样洒落在地上,粉的、白的、蓝的,好像传说中的天女散花。蝴蝶、蜻蜓、蜜蜂就像在自己家里那样轻松畅快,它们你追我赶地在一片片锦花绿叶上嬉戏。大马燕是蝴蝶中的佼佼者,它比一般蝴蝶要大好几倍,青紫色,羽翼上有点点的赤金,它带领一群兄弟姐妹在花丛中玩够了闹够了就朝山崖边飞去。山崖很高,一道水帘哗啦啦从上边淌下来,断了线的珍珠那样波光闪闪,下面的青石板顷刻翻出一朵朵银色的花。

山崖侧面卧着个大鸟窝,什么眼神?仔细瞧瞧,我的天!原来是座房子!它整个身子都贴在崖壁上,上面压着厚厚的干柴,把房子压得像个驼背老头。不要紧,不要紧!无论什么事物都不能只看它的表象,就像我们有些人,模样不俊,但心灵美呀!

进得门里,绝对像那么回事儿,里外间、灶房、炕铺、被褥、桌椅板凳,以及瓶瓶罐罐和碗筷,更重要的是灶房那还有一口标志性的不锈钢锅,锅代表什么?饭呗!饭又代表什么?日子啊!这么好的锅当然能煮出香喷喷的日子来。不信你闻闻,都有袅袅的香气从门缝飘出来,傻蛋儿他们正忙着做饭呢!

傻蛋儿一点也不傻,他在学校里读过两年书,有数学基础,能顺顺溜溜从一数到一百,他学有所用,开始数土豆,土豆可真多,远远超越了一百的范围。一百之外的事他搞不懂,傻蛋儿有办法,他把土豆装进麻袋,一麻袋、两麻袋、三麻袋……傻蛋儿的土豆离一百麻袋还有很远的距离,于是他便萌发了自己的人生理想,要种出一百麻袋土豆。

黎明前黑灰色的天上还闪着星星,沾着水汽的轻风像细波浪一般飘过来。喜鹊和百灵们还都在梦中,傻蛋儿、二妞都下地干活了。傻蛋儿拉拉二妞胳膊,你回屋睡吧,等太阳出来再起来。不,俺可不等它,你以为那不是只大懒虫?傻蛋儿就把锄头舞起来,看俺这力气,一个人就行。不,俺要帮你种出一百麻袋土豆,种出像西瓜那么大的土豆。傻蛋儿笑,到时候咱俩烤一个大土豆就够吃了。二妞在地头用石块儿垒了个圈,柴枝下埋好土豆又跑到傻蛋儿身边,俩人弓着腰低头干活。黎明静悄悄的,他们把锄头一下下敲在地上,和着哗哗的流水声,淡淡的星光把他们的身影拉在地上,烤土豆的煳香漫过田埂。

天亮了,太阳出来了,鸟儿也在树上唱起了歌,山下村子里不知谁家的驴在咴——嚯、咴——嚯地清理它的破嗓子。傻蛋儿、二妞在地头用早饭,一小碟白盐面和一小碟红辣椒面。傻蛋儿挑一个又大又圆的土豆剥好,掰开用嘴吹吹,蘸上盐面和辣椒面递给二妞。二妞去水帘下接了一瓢水,俩人吃着土豆喝着山泉,一边逗弄树上的小鸟。一阵噼噼啪啪的鞭炮声从山下传上来。傻蛋儿跑到山头,是谁?谁家又往屋里背新媳妇了?

一阵热闹的鞭炮后,零星的红纸屑刮得满天飞,一股浓烟飞进嗓子眼儿。大哥高高兴兴把穿着红裤红袄的大嫂背进门,那天傻蛋儿结结实实吃了一碗红焖肉。有人逗他,傻蛋儿你媳妇在哪儿?在老丈母娘肚子里。哈哈……大嫂好看不?好看,穿上红裤红袄更好看。大嫂红袄上有粒亮晶晶的扣子,大嫂一动扣子一闪,一动一闪,星星似的!傻蛋儿伸出手去……

分家,大哥虎着脸。爷爷和一头牛分给大哥,傻蛋儿和一头猪分给二哥。傻蛋儿很开心自己和猪分到一起,转年他又能吃红焖肉了。后来也是鞭炮鸣红纸飞。二哥美不滋地把二嫂背进屋,二哥当时两腿都罗圈了。二嫂是个胖子,二嫂吃饭时守着锅,她给傻蛋儿盛粥,碗里没有几粒米。那会儿他肚子里就像飞进去一只布谷鸟,有时后半夜还叫唤。

二哥也要分家。傻蛋儿问,这回把俺分给谁?分给你自己呀!傻蛋儿已经长大,要自己养活自己了,你去找村主任要块地,好男儿当自强,二哥激励他。傻蛋儿去找村主任,二哥要分家,他说好男儿当自强,得自己养活自己,让你给俺一块地。扯他娘的腿,因为你和老二分家地还能多长出来一块?当俺是变戏法的?当时村主任正在饭桌上吃白面饼夹猪头肉。傻蛋儿眼珠直勾勾掉到猪头肉上,没遮没拦的。村主任老婆看不下去,就给他一块吧,可怜见的。村主任一瞪眼,肉?肉只能解回馋,地才能让他活命,村主任老婆叹气。腚大个地,早分巴没了,还能从人家嘴里掏出来给他?村主任看看傻蛋儿,把一根大葱蘸上酱递过去。老婆顺手塞过一张饼。想想招,还能让他饿死?傻蛋儿把大葱白饼嚼得咔咔响。他很乐观,爷爷说老天爷饿不死瞎家雀,况且自己眼

从前有座山 / 175

神又那么好,树上一个豆大的果都能看见。看看这又吃上白面饼了。

回去二哥问他,咋样,给你地没?给俺白面饼了。傻蛋儿呀,做事一定要执着,他不给地你不走,就在那儿守着他饭桌,没准儿还能来块肉。傻蛋儿再去,村主任家已经关灯睡下,傻蛋儿执着地在墙根蹲了一夜。村主任老婆早晨出来吓一跳,宝他爹,就给傻蛋儿一块地,好歹有个活路。这可咋办?村主任把手里的馒头攥成一个球。他爹,牛尾山顶不是有块地?那块地爬上去得个把钟头,上去腿都累断了还有精神头种地?分地时白给都没人要。早年倒是有人在上面种过土豆,那东西皮实,你让傻蛋儿上山种土豆得了。村主任一拍桌子,娘的,回去告诉你家老二,把牛尾山顶那块地给你,让老二给你预备土豆栽子外加一袋子苞米碴,他敢说半个不字回头俺拧下他脑瓜。村主任老婆问,傻蛋儿愿意上山种土豆不?愿意,烤土豆光闻闻就叫人淌口水。你要记住,种土豆土不能太浅,你没钱买化肥,多背点儿灶灰上山,种时先把土豆栽子抹上灰。俺知道,以前帮爷爷种过。

傻蛋儿背着背篓上山了,背篓里装着铺盖、锄头、镐头,还有一口崭新的锅,二哥送他到山脚下。路上遇到熟人,他就指着那口锅,俺给买的新锅,不锈钢的。看他那副得意,倒像给傻蛋儿娶个媳妇。人家哼着鼻子一面在心里骂,你个浑球,娶了媳妇撇了傻弟弟,一面就红着眼圈拉过傻蛋儿手。再看傻蛋儿高兴着呢,二哥给他一袋子苞米碴,他可以用新锅煮饭吃,一个人抱着锅吃。

山顶是个大平场,比学校操场都大。村主任一句话,整个山顶就归他了。傻蛋儿在山崖背风处搭了个窝棚,就开始抡镐刨地。这里虽然开阔,却是多年无人问津,地面已经让荒草和树根蚕食得没了空隙,好在土质不太硬,一片片荒草被赶下山,一块块黄土地露出来。山上有好多鸟,画眉、喜鹊、黄雀、大苇莺、黑枕黄鹂,数黑枕黄鹂最漂亮,通身的奶黄,顶着个乌黑小脑袋。鸟儿在他头上啾啾叫着,忽上忽下地跳,鸟儿唱歌就是好听,那歌声像用露水泡过,清脆得如大小银珠儿落玉盘。傻蛋儿抓一把苞米碴撒地上,他告诉小鸟们,很快他就有土豆吃了。土豆可是好东西,既当菜又当饭,烤个大土豆吃进肚,大半天都不会饿。不过,要把地拾掇熨帖才能种出又圆又大的土豆来。没问题,傻蛋儿从小跟在爷爷后面,庄稼人的本事都握在手里。

草木根已经被烧成灰拌进泥土,没化肥也不怕,傻蛋儿有力气,白天他借了独轮车收鸡粪堆在山脚下,晚上再一筐筐背上山,汗水雨点般在头顶飞,傻蛋儿的镐头成了魔术师,挥挥舞舞间荒山竟有了模样。小鸟们叽叽喳喳叫,它们在心疼傻蛋儿,傻蛋儿快坐下歇歇!傻蛋儿过来喝点儿水!崖壁上的山泉,凉冰冰,甜丝丝,光闻闻心里就会生出一片清凉。他掬一捧水喝两口浇在脸上,地翻过土、拌过灰、施过肥,把土豆栽子放进去,就像放进妈妈肚子里,这充足的养分怎能不催生出胖乎乎的土豆?偏偏地里有了小黑虫,傻蛋儿没有杀虫剂,好吧,就用手把小黑虫一个个捉出来。小鸟们叽叽喳喳嚷,多美的肥差,交给我们好了。傻蛋儿谢过小鸟坐在地头喝苞米粥,太阳还没落山,月亮居然探出头来。

土豆开花了,繁星点点。土豆结果了,他把它们从地里抠出来。一个个胖乎乎、圆头圆脑,不一会儿就堆出座小山。他把一个大土豆宝贝似的抱在怀里,晚上竟搂着它睡着了。

傻蛋儿背着麻袋进门时,一院子人都愣住。他把麻袋口朝下,骨碌碌一群土豆蹦出来。看,俺种的土豆!你种的?当然,山上还有好多,快拿几个烤上,傻蛋儿自豪地又从怀里掏出来一个,再看看这个大胖子。大嫂二嫂跑过来端详,哎呀,这土豆快赶上小西瓜了,我看简直是土豆祖宗。大哥二哥愣在那儿,他们差不多把傻蛋儿给忘了。爷爷呢?咋没见他?二嫂拣上几个大土豆进屋去。在后院仓房里,大嫂不耐烦。爷爷被老牛踢了,这脚踢得不轻,爷爷站不起来了。

爷爷俺种了好多土豆,比甜瓜都大,我背你去瞧瞧。大嫂看见爷爷当时就把嘴噘成油瓶。她忽然就跳起来,今儿个人全俺就把话扔出来,爷爷该是轮着养,哪能可俺一家来?二嫂从屋里出来,爷爷能喂牛时可没人说这话,现在要往外推了?讲好了俺们管傻蛋儿,你们管爷爷。大哥骂,净说屁话,你们管傻蛋儿他会一个人跑到山顶种土豆?大嫂叫,闹到县上去也得轮,哪有难吃的光可一家咽?二嫂笑,你爱往哪闹往哪闹,没听说好事光可一家占。傻蛋儿把那个大土豆塞到爷爷怀里,爷爷爱吃土豆?爷爷叹口气,哎!爷爷跟俺上山吃土豆吧,俺还要种出一百麻袋土豆。大哥觉得这是个好法子,爷爷还能陪傻蛋儿做个伴。二哥鼓励他,傻蛋儿身强力壮,种二百麻袋土豆也没问题,土豆营养高,山上空气好,没准爷爷病就好了。

傻蛋儿背着爷爷和包裹上山去,包裹里是爷爷的全部家当,他用了一辈子的干活家什,腿不中用,脑袋和手还好使,多少能帮这傻孙子分担点。想想从前总是忙着地里的活,也没花心思去怜惜这傻孩子,就指望老大老二能尽早成家延续香火,谁想到老来竟落得这般田地,有两颗浊泪顺着鼻梁滴到傻蛋儿脖子上。爷爷,大晴天怎么下雨了……

到山顶,爷爷哎哟哎哟叫起来,这个傻孙子!他在傻蛋儿肩膀上拍拍,这方方正正的地垄,这整整齐齐的柴垛,还有这堆成小山的土豆,爷爷心里边那份凄凉也就散了,他摸着自己那些宝贝家什,心底陡然升起一股愚公移山的力量。

爷爷指挥着傻蛋儿用石头垒了灶台，用藤条加固了窝棚，还把土豆切成片晒起来、磨成粉装起来。爷爷上山时带来一个磨花椒的小磨，一个大土豆上磨转几圈就变成一堆土豆粉。傻蛋儿把土豆粉和了油盐上锅蒸，蒸出的糕比村主任家白面饼还香。他把土豆糕捻碎撒地上，还把一个大土豆挖空盛上水，鸟们吃饱喝足就在爷爷头上跳舞，在孙儿肩上唱歌，太阳下面爷孙俩土黄的脸被镀上一层红红的釉。晚上爷爷在月亮地里讲古，讲张生煮海，讲花果山水帘洞。末了他总要感慨，为什么老天没收了他？因为还有好福气等着他。爷爷边讲边在腿上搓麻绳，麻绳从他大腿上一段段吐出来，不一会儿就被傻蛋儿缠成一个球。

天冷了，大地被冻成铁蛋，屋檐下挂着冰凌，没关系、没关系！爷爷和傻蛋儿过得好着呢！入冬前爷爷让他给窝棚一圈圈缠上麻绳，又把好些青稞码在房顶，整个一保暖御寒的大柴垛。他们在窝棚旁边挖了地窖，里面垫上厚厚的蒿草，土豆都藏在里面。爷爷让傻蛋儿下山用土豆换些油盐，竟收获了意想不到的米和面，米给爷爷熬粥喝，面给爷爷烙饼吃，傻蛋儿自己一口也舍不得吃。有时爷爷看着他眼角便湿起来。

屋里有火炭，锅里有土豆糕，爷爷有一句没一句地讲着古。日子过得很慢，慢到一天像一年那么长，慢到傻蛋儿屁股坐不住凳，爷爷正和他说着话，嚯地就拿个镐头跑出去，当当在地上刨出几个带冰碴儿的白点。爷爷在屋里喊，快进来、快进来！傻蛋儿要种土豆，种出一百麻袋土豆，这么闲着他心里慌。急什么，爷爷都开始给土豆催芽了，就放在纸盒箱里，白天太阳晒，晚上炕头暖，已经有嫩芽钻出来……

傻蛋儿下山去换油盐，看见河岸上围着一群人。村主任和老婆站在那儿鬼哭狼嚎，冰窟窿里小宝一只手正摇晃，村主任早没了往日的威风,满嘴都是亲爹亲娘的哀求。人们手忙脚乱,有往河里撒绳子的,有往河里伸竹竿的,还有伸着脖子哭天喊地的。大伙闹哄哄的,把气氛弄得很悲壮,人们只能这么表达自己的感情,不然怎么办?正值开春,冰面酥松,谁敢拿性命碰钉子?快看,傻蛋儿下去了,他把冰面踩得咔咔响,这个傻子在找死,真是个傻孩子!河边安静下来。咕咚,掉下去了。人们一阵尖叫。傻蛋儿拼命用胳膊肘儿砸冰往前游,河岸上有个老头喊黄继光,旁边老太太喊董存瑞……

傻蛋儿在村主任家炕头烙了一天才醒过来,他睁眼时看见村主任和老婆正往自己身上搓酒。老天开眼,你没事了。小宝呢?他也没事了。村主任老婆抹把眼泪,往后别上山了,你和爷爷都住这儿。俺得上山种土豆。村主任握着傻蛋儿手,家里地都给你种土豆。俺喜欢在山上种,俺要种一百麻袋土豆。大家帮你一起种,放心,保证能收成一百麻袋。不行,俺哪都不去,就和爷爷在山上种土豆。山上还有好些鸟等着俺呢!村主任叹气,这个傻小子!

村主任带人上山捣掉窝棚、架起新屋,人们对傻蛋儿竖起大拇指,好样的,居然把荒山归置成这副模样,这就是敢教日月换新天吧!呵呵,只差一个小媳妇了。傻蛋儿看谁家的姑娘好把她背上来。俺有小鸟,傻蛋儿一指,鸟儿也来看新屋了。新屋有泥墙黑瓦,新屋有里间外间和灶屋,新屋扯了电线安了电灯,村主任老婆还给缝了新被褥。

春天里傻蛋儿把爷爷背出来晒太阳,旁边备着稀饭和土豆糕,他一面干活一面还学着牛叫逗爷爷乐,累了就躺在爷爷身边望云看天。忽然土豆秧窸窣响?又是山鸡来捣蛋,一个小石子儿扔过去。片刻又响,傻蛋儿跑过去。爷爷、爷爷,不是山鸡,是个姑娘。一个姑娘正坐在地上嚼土豆秧。你咋吃这个?饿。饿,回屋吃土豆去。烤土豆把这姑娘吃出一脸胡子,傻蛋儿让她去水帘那洗洗。傻蛋儿笑,还是洗干净脸好看。姑娘也笑,追蝴蝶追到这里,原来山上有个大花园。傻蛋儿告诉她,花园下面埋着好些土豆,比甜瓜都大。爷爷看看姑娘,天黑前给你拿些土豆下山去吧,你娘要找你的。俺没娘,家里就有爹和哥嫂,俺找不到家门了。爷爷让傻蛋儿带姑娘去找村主任。傻蛋儿也觉得村主任本事大,骂一句娘天大的事都给解决了。山上太好玩了,姑娘还没玩够,正和一群鸟打得火热。傻蛋儿自己下山找来村主任,姑娘满山跑着和小鸟嬉戏,没办法村主任也只能跟着她来回跑,傻蛋儿跟在村主任后面跑,三个人狗撵尾巴似的在山上转圈,把爷爷逗得哈哈笑。村主任呼呼喘着,一屁股坐到爷爷身边。不行了,腿脚跟不上了。姑娘回头笑,怎么不玩了?村主任骂,俺腿都跑细了,快说,家住哪里?帮俺捉个蝴蝶就告诉你。村主任一边骂一边脱下衣服网蝴蝶。叫啥?二妞。住哪?二妞手指头一会往东一会往西。村主任知道跟一个傻脑壳不能较劲。天不早了,得先把她带到村委会去。二妞不去,她等下还要吃烤土豆呢!人家没空搭理他,到水帘那玩水去了。村主任摸着脑袋,这他娘的咋办?就让她住下好了,灶上烤了好几个大土豆,傻蛋儿很认真。爷爷让村主任放心,她住里间,他和孙子在外间给她守大门。

二妞会浇水,会锄草,还会拿旧布给爷爷缝个褥垫。村主任那边一直没消息,没有就没有吧,反正二妞在山上住得挺好。转眼又该起土豆了。傻蛋儿用钁头把土豆翻出来,二妞拿个筐跟后边捡,爷爷坐在软和和的褥垫上看光景,一瞬间竟联想到那个叫田螺的姑娘。二妞把土豆一筐筐堆到爷爷脚下,土豆越堆越高,把他脸都挡住了,来,爷爷数数。爷爷笑,跟天上星星似的,这怎么数得过来?傍晚他们倚在土豆堆上歇气,西边天空像披上一件五彩衣,云彩和晚霞交织着,画一样好看。傻蛋儿、二妞非要把土豆数个明白！来，先数大的，一、二、三、四、五……

村主任带来一个干巴巴的老头，头上扣顶黄帽子，帽子中间还有个洞，一缕花白的头发从洞里钻出来。爹，二妞跑过去。这个被叫成爹的人一阵恍惚，他家二妞这是到了什么地方？他到水帘那儿洗脸，用帽子当毛巾往脸上抹一把，这里……这里不会是孙悟空的老家吧？哈哈……大家都笑了。二妞经常跑出去，每次找到她都像刚从鸡窝里拽出来的，现在从头到脚干干净净，脸蛋上还透着一抹红。爷爷让傻蛋儿给客人烧水，二妞爹想起家里还有猪没喂，快点儿，得赶紧往回走。二妞猫在屋里不肯出来，她不愿意回去。爹没工夫和她磨叨，两条腿已经朝山下走了。村主任让傻蛋儿给装些土豆，爹扛着土豆扭过半个身子，二妞，等你哥回来接你回家。

村主任告诉老婆，二妞居然不肯回家，她爹也没辙。好事啊，不如就留下给傻蛋儿做个伴，还蛮般配。村主任也觉得这事可行。老婆认为总这么在山上住着也不行，好歹人家是个大姑娘。你去找老大老二商量，干脆把二妞给娶过来。

能给傻弟弟说个媳妇当然好，这能省下多少麻烦！可老大老二毕竟是过来人，他们马上想到一个关键问题，哪家媳妇不是票子一沓、东西一车换来的？傻蛋儿有什么？一堆土豆。总不能拉一车土豆当聘礼吧？两手空空往家里捞媳妇，哪有这便宜事？姑娘虽然少点心眼儿，胳膊腿齐全啊！村主任也琢磨过味儿，村里牛瘸子娶个哑巴还花好几万呢。村主任一急，把手上的茶缸子使劲礅在桌上。当，放炮似的，水溅了满地。老大当即表态甘愿奉献一头猪，大嫂说她一瓢一瓢把猪喂得膘肥体壮，本打算卖掉置个电驴子。二嫂讲她家猪虽不剽悍，却是品种优良、皮薄肉嫩的黑毛猪。村主任对兄弟俩的态度还算满意，他们能这

182 / 浣花溪记

么痛快各自拿出一头猪已经不容易了。当然村主任的情面和威严也很奏效。

村主任回家和老婆掰手指头,一头猪加上一头猪就是两头猪,还有山上那堆土豆。只有这么多了,剩下衣服、被褥和零零碎碎他们承包!关键是没有拿得出手的硬头货。娘个腿儿的,那你说怎么办?到底还是女人,他老婆眼珠在眼眶里晃两圈,这几天不是在评选模范村民吗?选出来了?哪有那么容易?现在大家伙吃饱穿暖,都想找点精神层面的东西,荣誉感大幅度提升,都觉得自己不错,争着抢着当模范。评张三李四有意见,评王五赵六不干。实在不行我自己上,谁都不敢有意见。去年你评上模范村干部,今年又评模范村民,菜和肉都成你的了!看你这话说的,我这也是没办法。傻蛋儿最应该当模范,整个村里谁敢跳冰窟窿救人?那叫见义勇为、舍己救人。评了模范又给奖金又发证书。村主任在老婆屁股上掐一把,你个鬼头精。

傻蛋儿当模范,大家伙又赞成又平衡。谁会和一个傻子争荣誉。况且人家可是拿命换来的。谁不服也去跳一趟冰窟窿。服,心服口服。噼里啪啦掌声很热烈……

山下人闹哄哄选模范,山上人安安静静打理着土豆。爷爷、傻蛋儿切土豆片,二妞晒土豆片,土豆片儿炖肉可好吃了。等天冷拿集市上换油盐,傻蛋儿还琢磨给二妞换身新衣裳。忙完手里的活计,爷爷要进屋休息了,傻蛋儿、二妞还要和小鸟耍一会儿!二妞还给鸟们起了好听的名字,小胖来了,小风筝也来了,还有白头翁……小铃铛哪去了?不是在那儿!傻蛋儿朝树上一指,二妞顶喜欢这只黑枕黄鹂,叫起来铃铛般清脆。二妞从自己的红毛衣上拆线在鸟腿上系出蝴蝶结,一时间满天都是飞舞的蝴蝶结。

村主任上山接傻蛋儿参加模范表彰大会,村主任老婆还特意给他准备了一套新衣服。爷爷说穿上这衣服还真像模范,爷爷剥一个热乎乎的烤土豆给村主任。他这傻孙子也能娶媳妇了,爷爷高兴得想哭。村主任要二妞一起去,找你爹提亲给傻蛋儿当媳妇,只要你爹点个头,今后这山上就是你的家。二妞高兴给傻蛋儿当媳妇,天天住山上真好,但现在不想下山去,她又跑进屋猫起来,村主任拿她一点办法也没有。

会场上喊了两遍王平顺也没人应,牛尾村的王平顺没来?哎哟,村主任一推傻蛋儿,快,叫你了,记住,领导给你发证书说谢谢,发啥都说谢谢。还行,不一会儿傻蛋儿就把一个证书捧回来,胸前还戴了一朵大红花,红花下面飘着一个布条,上面印着耀眼的金字——模范村民。就这些?村主任觉得还应该有奖金。他小声问旁边人,确实有奖金,不过现在乡政府没钱兑现,等散会去领个欠条,年底结算。奖金也打白条?听说不是白条是红条,红纸黑字。欠条这事村主任没有心理准备,原打算拿上奖金直接去二妞家提亲的,这可怎么办?本想回去和老婆商量对策,又觉得一个大老爷们不能遇事就问女人,就带着证书和欠条去闯闯。

开院门的正是二妞爹,村主任直截了当,我是来替平顺提亲的。你们家二妞和平顺年龄相当,兴趣相投,希望您能成全两个孩子结为百年之好。二妞爹一愣,细看才认出是山上那个种土豆小伙。这小子今天人模狗样,还戴朵大红花。这是唱的哪出戏?王平顺同志是我们村的好青年,模范村民,今天还参加了乡里的表彰大会,这是荣誉证书。二妞爹翻开看看,他不知道这个红本本和眼前的傻小子有什么关系。村主任继续介绍,王平顺同志勤劳善良,种得一手好土豆,王平顺同志勇敢机智,敢跳冰窟窿救人。村主任看看二妞爹没反应,从口袋里掏出那个红欠条,这个乡上说年底结算。这个嘛,二妞她哥嫂都在外边跑买卖,这事最好等他们回来商量。大小子跑的什么买卖呢?狗买卖。村主任在心里骂,一个傻姑娘还这么跩!还骂人,太拿村主任不当干部了。他强压怒火,琢磨是在这里软磨硬泡,还是带着傻蛋儿回去想办法。

院子大门那忽然挤进来一堆脑袋,几个半大小孩就势翻上墙头。戴着大红花的男人进了二妞家,这好戏谁舍得错过!二妞爹告诉他们,这个牛尾村的村主任来给二妞做媒,他一指傻蛋儿,就是这个模范,刚参加过表彰大会。他还想说他并没有答应这门亲事,还要继续考量,还要等儿子回来,他家二妞虽然不机灵,却也不会马马虎虎说嫁就嫁。话正在嘴里盘旋,一个妇女抢下他手里的证书,还真是个模范,姓王,王平顺模范。人们把目光集中到眼前的模范身上,又好奇又惊异,这个模范怎么就看上二妞了,村里那几个全须全尾的丫头现在都没个着落。傻蛋儿今天特别精神,新裤新袄,临来村主任还带他理了发。站在那儿,干干净净一个淳朴后生。骑在墙头的孩子纷纷跳下来,他们更喜欢模范胸前的大红花。有个孩子从上面拽下来一叶花瓣。傻蛋儿也不恼,笑呵呵摸孩子头。一老太婆问,王模范除了当模范平时干什么营生。包山种植。村主任替傻蛋儿回答。大家看出来这个模范不太爱讲话,属于腼腆型。这也能理解,头一次来女方家谁还能像机关枪似的!老太婆对包山很感兴趣,询问在哪里包山,还有没有其他合伙人,不是模范也行?可怜天下父母心,她闺女小时候得过羊角风,到现在也没寻到人家。闺女可比二妞俊气!现在好多了,一年半载才抽风一次。也罢,就豁出去这张老脸。家里闺女叫秀丽,人跟棵小树似的,脸上光滑得一个雀斑都没有,要不去家里看看?二妞爹狠狠剜她一眼,心说,老太婆你还要撬行咋的？你那闺女就等着臭家里吧。他赶紧把村主任和傻蛋儿让进屋，轰走那些看热闹的。

傻蛋儿的婚礼都牛到天上去了，老人们说，一辈子也没看见过这么气派的喜事，整个村子都披上红、挂上彩。村主任老婆买来好几捆红纸，妇女们剪完喜字剪拉花。孩子们拿了跑出去贴，猪圈、牛棚、电线杆子、大树、石磨、柴火垛，生生贴出好几条街去。小宝和他爹娘一样知恩图报，他从家里偷了一块红布，用小刀划出一堆布条，一时间整个村子鸡飞狗跳、狼烟四起，像日本鬼子进村了。过后人们看到狗脖子、猫腿、鸭脑袋、鸡翅膀、猪尾巴上都飘红，这红色是流动的，在人们眼皮下面跳来跳去，就有人向村主任老婆夸小宝，这孩子灵光，将来一准儿是村主任的材料。这话村主任老婆爱听，看她这辈子的造化，嫁个村主任生个村主任儿子，孙子的事太遥远，还是把眼前这份功德先积累起来，一撸胳膊，干活了，锅里喊里咔嚓一片热闹。

村主任那边也忙得屁颠，找屠夫去礼仪公司租借彩虹门，号召大家有一分热发一分光。即便不去号召，人们也愿意投入进来。这傻孩子可怜见的，从小没了爹娘，跟着爷爷哥哥总算骨碌大了，竟然也能凑合着成个家，听说那小媳妇也是个二百五，不过到底比瞎子哑巴强，能劳动又能做针线活，还能给傻蛋儿暖被窝。想到这人们心头一热，当然就有钱的捧钱场，没钱的捧人场。大家沉浸在喜洋洋的气氛里，不时还要感慨一下，他们这个村子啊，地方不大，却是邻里和谐、民风淳朴、童叟无欺，自己也不错哟，真诚善良有爱心。

三口肥猪把酒席办得流了油，村主任也贡献一头猪，他可是群众的表率，大家都看着呢。小宝的救命恩人，别说一头猪，要房子要地也得给。傻蛋儿、二妞向长辈鞠躬行过礼各端一碗肉跑没影了，对这两位大家也不会计较。村主任负责招呼二妞爹和哥嫂。二妞哥瘦,瘦得腰都快挂不住裤子了,却牵了一条胖嘟嘟的肥狗,油亮的黄毛、大大的眼睛。这光景看上去有些滑稽,像主人勒紧裤带把好吃好喝的都奉献给狗了。肥狗脖子上系块红布,哥郑重宣布把钱多多送给二妞当新婚贺礼。对,它叫钱多多,吉利有前途的名字!嫂子抱着钱多多嘁个嘴。

二妞哥挥舞着酒杯,知道养狗的好处不?看家护门、愉悦精神,还能降血脂、降胆固醇。总之要想生活有滋味,家中养狗是必备,大喜的日子统统八折。他从兜里掏出名片,大家伙明白过来,敢情这小子是倒腾狗的。嫂子白他一眼,瞎广告,也不看看地方!她正往钱多多嘴里塞四喜丸子,钱多多张着大嘴一口一个,分分钟造掉一盘子,嫂子愤愤又拧下一只鸡腿给它。

他们忽然给叫回来说二妞结婚。哥看看那张欠条,就算年底结账也没几个钱。好歹把姑娘养这么大,家里从没缺过她吃穿,不是太草率了?爹说,我当时就怕被撬行挖墙脚,你没看见老太婆一个劲儿围着王模范转。那秀丽一天天见好,好一阵子没抽风了。哥一咬牙,干脆把钱多多贡献出来。嫂子不乐意,一个土狗就能打发的事,非要贡献出钱多多。前年她外甥结婚就送了土狗,去年她表弟生孩子也送了条土狗。靠山吃山、靠水吃水,这几年家里的人情往来都靠狗。偏偏到二妞这里升级成钱多多。凭多多的品相应该到有钱人家里过好生活,自己钱包也跟着鼓一鼓。钱多多肚皮耷拉到地上,它已经吃不动鸡腿了,干脆用舌头舔着玩。村主任看不惯,旁边人也看不惯,却都不敢言语,娘家客惹不起!就算把一头猪喂了狗又怎样?

宴席持续热闹,村主任已经喝到桌子底下。傻蛋儿、二妞要带爷爷回去了。哥嫂也要去看看,傻蛋儿背着爷爷,二妞在前面开道。山真高,钱多多爬不动躺在地上装死,哥拽起来扛在肩上。什么鬼地方!嫂子唠唠叨叨,坏了,一不留神脸让青稞划了一道,哥脸也给划了。二妞回头笑,两个花脸猫。

哥认为这山顶圈起来都能卖票,嫂子正张嘴接山泉喝,钱多多在一旁像个小老头似的踱来踱去。爷爷看见他们这样喜欢山顶,心里也轻松了。喝茶时一群鸟呼啦啦飞过来,哥说哪来这么多鸟,傻蛋儿说它们就住在这里。二妞还给它们取了好听的名字。这些鸟一点都不怕人,它们围着茶桌又蹦又跳。钱多多晃晃悠悠扑过来,鸟儿四处逃窜。钱多多今天绝对吃撑了,不然的话……嫂子撇撇嘴。二妞表示拒绝接受钱多多,下山时哥背一袋子土豆,嫂子抱着钱多多,钱多多对她又舔又亲,弄得满身狗毛。

飘雪了,山顶盖上白茫茫的被子。被子下面添了一个土包,里面住着爷爷。爷爷在大雪前走了,他走得很安详,当天还喝了二妞做的热乎乎的土豆汤。村主任要接爷爷下山,傻蛋儿不让。之前爷爷嘱咐,他喜欢这山上,要一直留下来陪傻蛋儿。冬天的日子简单慵懒,吃吃饭、睡睡觉、喂喂鸟,有时候二妞还让鸟进屋坐坐,它们哪里肯坐,扑棱棱从灶台飞到窗台,有个淘气家伙还在炕头拉泡屎……

哥深一脚浅一脚爬上山,这回脸倒没花,棉袄让树枝划开一条口子,里面的白绒雪花一样飞出来。他要傻蛋儿和二妞下山做工。做工?他一个朋友在镇上开了个木艺加工厂。很容易的,就是把木头的边角余料按图形粘在一块木板上,其实呢,都是些中看不中用的东西。没办法,就有人喜欢这些小玩意,管这叫工艺品。大的三块,小的一块,你们俩一天赚上百八十块的不是问题。赚钱干什么?傻蛋儿不想去。二妞也不愿意,镇上她去过,闹哄哄的,没意思。呵呵,哥挠挠后脖颈儿,他不知道如何向这二位阐述赚钱的意义。赚钱这件事嘛,怎么说好,外面的许多好东西,你通过钱就可以搬进自己屋里,吃喝玩乐,享受生活。愁人,这事可怎么掰开揉碎了讲?傻蛋儿不是喜欢红焖肉?二妞不是喜欢看电视?这些赚了钱都能搞定。傻蛋儿眼睛一亮,电视可是好东西,里边红红绿绿,又是秧歌又是戏。大哥、二哥屋里一人一台。婚礼那天他们溜进去看得正来劲,大嫂进屋不乐意。可是他们还得种土豆呢!这冰天雪地的,不如就下山干一阵,天暖和回来也不耽误!哥又耐心又着急,要他们赶紧下山去。等一下,他们还要跟爷爷和小鸟有个交代。傻蛋儿告诉爷爷,他们要下山做工了,很快就能赚个大电视回来。二妞炒了苞米碴装进罐头瓶,分散着放在屋檐下。

　　加工厂就是个小作坊,算上傻蛋儿、二妞才五六个人,老板个矮头大,像个冬瓜。早晨他把一大编织袋材料哗啦倒在桌子上,墙上有粘好的样品,有花鸟鱼虫,还有牛马猪羊,大家围在方桌前照样子粘就是。这活好玩,拿毛刷蘸上强力胶在木块上涂抹均匀,再根据图案找准位置把它们粘在一张三合板上,跟小孩儿拼图差不多。二妞一推傻蛋儿,看,像不像小铃铛?可不就是小铃铛吗,通体奶黄,乌黑的脑袋。小铃铛模样俊,这还给做成画了。对于小铃铛,他们更用心,手上也更有分寸了。绿叶、红花、小草,还有两只小蜜蜂,很快小铃铛便站在了花丛中。不过家里的小铃铛还是喜欢土豆花,不知道它们现在怎么样了?看,还有村主任家的牛、红婶家的马。他们一边辨认一边念叨着:老牛老牛你别急,一会儿就让你吃草;马儿马儿你别闹,粘上马腿你就能跑。何止能跑,马儿都仰着脖子嘶鸣了。傻蛋儿、二妞不自觉就形成了一条流水,一个刷胶一个粘贴,转眼牛马成群、山羊满圈,连母猪都下了一堆崽。

二妞嫂子来看他们了,带来满满一盒红焖肉。嫂子骑一辆新电动车,突、突、突,特别气派。嫂子笑模笑样的,她平时不这样,哥偶尔多赚几张票子嘴角才翘一翘。傻蛋儿顾不上这些,红焖肉的油汁已经挂在下巴上。香不?香死了。赚了钱不光红焖肉,红焖鸡、红焖鸭连红焖鹅都有的吃。所以呀,你俩要安心赚钱!说到赚钱,傻蛋儿、二妞就特别佩服顺子。谁是顺子?一起做工的,天天都拿第一名。第一名?他粘的活最多。老板说,活多钱多。二妞讲顺子是馋鬼,整天忙他那张嘴,又是花生豆又是油炸豆,总是嘎嘣嘎嘣嚼。顺子还唱歌,唱得比驴叫都难听。傻蛋儿想起来,花婶子背地里总骂他盗取劳动成果丧良心。嫂子听后也骂了一句。

老板让傻蛋儿、二妞以后就在他们住的房间里干活,每天一早他把材料送来。他们住处很小,就是车间后面一个偏厦。没有桌子,只能在床上粘,粘好放在一个大纸盒箱里。没等天黑,箱子就满了,傻蛋儿捧着去找老板。老板竖起大拇指,很好,三个月,三个月后大的涨到三块五,小的一块五。三个月?那可不行!他们赚了电视马上回去。

嫂子脖子上披着新围巾,耳朵上挂着叮叮当当的耳坠子出现在门口。二妞伸手扒拉,从领口那儿摘下一根羽毛。傻蛋儿讲他们就快赚到电视了,然后就回山上种土豆去。嫂子从背包里掏出一个饭盒,这红焖肉和土豆哪个更香呢?还有那红焖鸡、红焖鸭,嫂子答应下礼拜送红焖鸡过来。

休息日,傻蛋儿、二妞在镇上找到一家卖电视的,里面大大小小挂了一墙,一个小伙子问,要买电视吗?得过些日子,现在钱不够。电视正播一台古装戏,一个电视里装着两个仙女,一、二、三……满墙都是仙女。俩人磨磨蹭蹭不想走,小伙子也没往外轰。又陆续进来几个人,他们也不买电视,都是来看仙女的。仙女真神通,大半天云里雾里地折腾,把傻蛋儿都给看累了。他们可不是神仙,需要吃一点东西了。小馆子太贵,一碗拉面要七八块,二妞想起来街口有一家烙火烧的,五块钱就能让俩人撑肚皮。

一个穿棉大衣的男人迎头走来,胸前鼓鼓囊囊,像揣着口锅。他两手护着胸口,生怕别人撞到。是顺子。傻蛋儿、二妞嚼着火烧迎过去,顺子本来不愿意理这俩二货,又想今天这积德的日子,对人对事都需用些善心才好。你这里装了什么宝贝?顺子把大衣掀开一条缝,里面竟藏了个鸟笼子,就有叽叽喳喳的声音跑出来。你喜欢鸟啊!我们山上有好多。顺子讲今个正逢天赦日,等下他要到山上去放生。什么是放生?顺子将一口痰狠狠吐到地上。他这阵子别提多背运了:他老娘去三叔家鸡窝里掏蛋,让三叔家狗从腿上撕下来好大一块肉,打针吃药花费一千多;他媳妇刚刚生个丫头,已经是第三个丫头了,之前算命的说是儿子;上个星期他又让老板……听人说放生能消灾化煞、赐福赐寿。他在林子里跑了三天才捉到这些,他老娘说放生十三条性命就可以消除罪孽,这才九只。你不知道现在的鸟多精明,看见人跟看见鬼似的。穷人积个德都这么困难!有钱人在市场上一笼子一笼子买,什么鸟都有!

旁边一个老太太凑过来,你们这些年轻人净跟着瞎胡闹。放生即护生,救护那些个要被杀害的生灵,你捕鸟放生有个球用?老太太怀里抱个猫,猫脖子上挂串玻璃球。她看看怀里的猫,这个小可怜在烧烤店,差一点儿就给剥皮做成肉串了。还有猫肉串?顺子好奇。坏蛋们把猫肉刷上羊油。现在我也去山上把它放掉!放猫?对。猫应该有自己的生活。听说十三只才……老太太把猫对着顺子掂两下,猫生来是九条命,再说这分量怎么也抵得过十几只鸟。这个还能按分量算?那当然,赶紧的,放生也讲究时辰,错过吉时可不好。

傻蛋儿、二妞跟着去瞧热闹。路上碰到不少人往山上去,今天是天赦日又是星期天,人格外多。顺子眼睛四处逗摸,看能否有运气碰到流浪的猫狗。傻蛋儿不明白啥叫天赦日。现在的年轻人,老太太摇摇头,天赦日嘛,每年有四个,春、夏、秋、冬各一个,冬天这个叫甲子日。在天赦日放生比平时福报更大,更有利于消灾化难。天赦日除了能赦免众生的罪过,这天也是天地交融的日子,凝聚了天地的浩瀚气场与能量,并且上天有好生之德,在天赦日放生更能将天地间的吉利气场加持在人身上。傻蛋儿、二妞听不懂,顺子倒认为这事和节假日加班差不多,凡是节假日上班都给双份工,平时哪有这好事?

山上有不少人对着鸟笼子念放生咒:天罗开地罗开,轩辕老祖降临来。天地生汝无猜疑,弓弦断绝刀兵避。火光照耀威灵台……鸟儿从笼子里逃命般呼啦啦飞出来,它们对自己的施救恩人一点儿不留恋,争抢着离开樊笼朝天空飞去。

顺子不会念咒,但不念又怕福报被打折扣,出去三天才逮到这么几只,多不容易!没办法,老太太念一句他学一句,顺子费劲嘟嘟囔囔念到一半,鸟自己掀开笼子飞了。老太太的猫趴在树下不动,老太太叽里呱啦又念一遍,猫仍旧稳稳当当地趴在那儿。老太太摸摸那串玻璃球,孙子小时候的玩物,就送给你了,愿老天能福报给他个媳妇,最好呢,模样俊一点儿、挣钱多一点儿!傻蛋儿觉得猫是舍不得救命恩人。有只黄鸟从笼子里跳出来落到旁边的树杈上,噌,猫一个健步跟上去。小铃铛,是小铃铛!二妞喊。这鸟通体的奶黄,脚上还系着蝴蝶结,小铃铛翅膀断了,不过看见猫还是本能地往前扑腾,结果一头栽到地上。傻蛋儿、二妞奔过去,他们跑不过猫,猫叼上小铃铛转眼没了踪影,二妞坐在地上哭,脚都崴伤了。

傻蛋儿背着二妞回到山上,他们用锄头捣烂了一张张天罗地网,网上还粘着鸟毛。屋檐下挂着一件棉袄,上面有二妞缝过的针脚。那次哥上山来……这个坏东西,嫂子的电动车是鸟换的,连红焖肉也是鸟换的。说到这,两人胃肠一阵翻滚,就有汤汤水水从嘴里吐出来。山上那些鸟没了!不光老朋友,连新朋友也没有,偶尔几只打头顶飞过也不肯落下来。二妞哭,傻蛋儿安慰,等山上的土豆花开了它们就会回来。

耕地、开沟、浇水、施肥……傻蛋儿、二妞只想土豆花快点开,鸟们快点来。没有鸟的山上就像蒸土豆糕没放盐,没滋没味的。村主任来了,还带来两个陌生人,陌生人后面跟着哥。这可不行,俩人拿着锄头往下轰。没办法,村主任让他先到村委会去。这是个坏家伙,他害了山上好多鸟!村主任这会儿没工夫听,带着陌生人在山上来回转,他们叫了声我的天,还说到"负离子"这个新鲜词。村主任问,负离子是啥东西?负离子嘛……一个人正在水帘那儿接水,他脚跟儿没站稳,一个趔趄撞上村主任,满满一瓶水都让村主任衣服喝下去,像被小孩儿尿了一胸脯。村主任没蹦高,更没骂娘,他小心扶过对方,自己捡起瓶子替他接了水。奇怪,他今天简直都不像村主任了。

傍晚,村主任又来了,怀里捧一口锅。人没坐下,红焖肉的香味先钻出来,傻蛋儿、二妞哇啦哇啦吐起来,怎么回事?老婆做好他先尝了一大碗,好吃得很!村主任拿水杯接水递给他们,没想到,真没想到这水还是个宝。傻蛋儿,是这样,爷爷呢,他应该住到山下的祖坟里,那边一大帮亲人兄弟,聊聊闲天、说说家常,这山上孤零零的。不是还有我俩？你俩怎么能一样？爷爷在那边多好，没准儿还能找个相好！你们两个嘛，也应该住到山下去。村委会边上的瓦房，随时可以搬过去，宝他娘已经置办好东西，再让他们给安个大电视。傻蛋儿告诉村主任，要不了多久山上土豆花就开了，那时候小鸟、蜜蜂、蝴蝶都回来了。村主任把土里的黑虫捡出来放鞋底下面碾，傻蛋儿呀，村里人不知苦了多少辈子……忽然裤兜嘟嘟响，村主任摸出手机说着话朝山下奔去。傻蛋儿让他下次带杀虫剂过来。

村主任还没来，他好像把杀虫剂的事给忘了。傻蛋儿下山，看见村委会门前多了一块牌子，上面写着花果山什么公司，有几个字他认不出。有人说，村主任去联系推土机了。傻蛋儿去找村主任老婆，小宝说他妈带着女人们去做饭了，推土机来了。他们来到村口，看见好几辆怪模怪样的推土机停在那儿。孩子们蜂拥过去，有个孩子跳进前面的翻斗里，推土机猛一下轰隆轰隆响，翻斗被举起来，那孩子吓得鬼号。有人叫小宝快去找村主任。小宝镇定，他倒要看看推土机能不能把人举到天上。不一会儿翻斗落下来，那孩子屁滚尿流爬出来。司机从驾驶楼里伸出脑袋哈哈笑。有人问小宝，村里要成立旅游公司吗？小宝把手背在后面点头，还有农家乐和度假村，爹说以后村里天天有肉吃。天天有肉吃？孩子们又蹦又跳，糖果和油条呢？笨蛋，肉都天天吃，油条算老几？傻蛋儿对肉没兴趣，看见肉还反胃，他甚至连电视都不稀罕了，得赶紧办正事去。一群老头围在树下聊得起劲。推土机来了、来了，来了，就停在村口。那玩意力气抵得过十头牛。推土机一响，黄金万两，老来不怕没人养。有人问傻蛋儿，干吗去？买杀虫剂。买什么杀虫剂？推土机都来了。傻蛋儿没工夫和他们扯，日杂店要关门了。路上他听见女人们说，推土机来了，那家伙轰隆轰隆几下子就开出一条道来,到时候鸡蛋要好几块钱一个!别说鸡蛋,萝卜、白菜也一样,水涨起来,船就高了。日杂店里卖货的两个姑娘正交头接耳,推土机来了……有模有样的男人跟着来了,他们穿西装打领带,腋下夹着大皮包……

杀虫剂打好已经夜了,傻蛋儿告诉二妞推土机来了,前边老大一个翻斗,开起来隆隆响。听说那是个厉害家伙。二妞也想去看看,不过要等忙完地里的活。这时候远处传来一阵轰隆,傻蛋儿说,下过这场雨土豆花就开了。当晚在梦里他还笑了!

从前有座山,山上没有庙,山上开满了土豆花……

发表于2018年第2期《中国作家》

游离

身后的"巨无霸"防盗门咣当一声,富西一只手拉着小货车似的行李箱,另一只手还正了正头上的棒球帽,一口唾沫飞出去……

金美丽的二叔、二婶到火车站接她,俩人各骑一辆摩托,二叔的摩托上插着小红旗,二婶的摩托把手上系着红绸子花。二叔载着行李,二婶载着富西,俩人把摩托骑得突突冒烟。路上有人和他们打招呼,二叔嗓门大,城里来的亲戚。还没等对方看清这亲戚的模样,摩托车已经蹿出老远去。

老茂村是个典型朝鲜族村落,一进门就脱鞋上炕,二婶很快就忙活出一桌子朝鲜族家常菜,老大一碗冷面,上面漂着牛肉片和煮蛋。菜全是凉拌,辣白菜、蒲公英、海带丝、土豆丝……用刻有图案的小圆碟子装着,红红绿绿的,就像开在餐桌上的一朵朵美丽的花。

二婶瞧见富西白嫩的脚丫上染着红指甲盖儿,难怪美丽说你金贵,连脚丫子都保养得这么嫩。她电话里嘱咐一定招待好,千万不能怠慢了她亲闺密。

二叔倒上高丽清,来,富同志,尝尝自家酿的美酒。叫我富西吧!这段时间少不了过来蹭饭,就和房钱算在一起,给你们添麻烦了!二叔几口干掉一碗酒,我们老茂村哪儿都好,就是太安静,连猫和狗都懒得叫一叫。村子里人要么在韩国做工,要么在城里做买卖,连孩子也带出

196 / 浣花溪记

去上学了,如今就剩我们这群老家伙。

二婶颇得意,我们这些老家伙都活得好不自在!老茂村传统好,她用毛巾擦擦手,拎起脖子上一串奶白色珍珠项链,又指指二叔手腕上的表,这些都是姑娘、儿子的孝心。富西发现这儿的人个个面带红光、体格健硕,二叔、二婶五十多岁还骑摩托。二婶把眉毛文得像毛毛虫,上下眼线也都文上,在眼角处向上那么一挑,生生把眼睛变成两尾小鱼。吃午饭的工夫,前后来了两伙人喊他们玩牌。老头穿戴体面,老太婆描眉画眼。二叔把冷面绕到筷子上,几下子解决掉,他心里已经长草了。

二婶把富西送到住处后也去邻居家打牌。富西租住二婶侄子的房子,侄子一家都在韩国,有两年没回来了。富西简单归置了东西,刚刚的高丽清这会儿正来劲,脑袋晕晕乎乎的。她梦见自己在田野上追蜻蜓、赶小鸟,手里还捧着一个大木桶,一不留神踩在石头上,只听咣的一声,木桶飞出去。富西从床上坐起来,原来是翻身把床头的水杯打翻在地。多美的一个梦,富西闭上眼睛试着再回去,这就有点扯淡了。天色还早,到外面转转去!

金美丽心心念念的老茂村,房屋多半坐落在依山的平地上。屋顶四面斜坡,都是青瓦白墙,看上去整洁而干净。有的人家院子里搭着瓜架,南瓜丝瓜们正努力着往高处爬,再过些日子,等那些花落了,藤子上便会结出青的红的瓜来,富西仿佛看见一个个沉甸甸的瓜在瓜架上悠荡。逼仄的街巷上没有疯跑的孩子,偶尔看见一只母鸡带着一群小鸡在草地里觅食,它们不争不抢,只顾低头把肚子吃个浑圆。不远处院门前卧着一条懒洋洋的狗,它朝那群鸡翻一下眼皮,知道它们闹不出什么么蛾子,干脆不搭理它们。

富西沿着小路往前走,四周一片青草的芬芳,有光斑从树丫间射下来,好像落在地上的羽毛,颤颤悠悠的,难怪金美丽把她老家夸成一朵花,真是个优哉游哉的地方。

富西发现有一棵树从院墙里探出半个身子,上面结满了小灯笼似的红樱桃。是一棵老树,粗壮得一个人都抱不住。富西摘一粒放嘴里,胃里顷刻像掉进一粒水果糖。她左一粒右一粒,越吃越爱吃!直到一只母鸡来啄脚下那小堆儿樱桃核,整整一天没吃水果了。

她推开院门,樱桃树比她想象的还要大,树冠足足婆娑了半个院子。一个男人正在树下写毛笔字,方桌上摆着两个罐头瓶,一个盛清水,一个盛墨汁,他往报纸上抹字,一抹一串,一抹一串。路过这里刚好看到树上这么多樱桃,想买点。为了表示诚意,她从背包里掏出一百块钱。写字的男人抬起头一时有点蒙,他没弄明白院子里怎么忽然冒出个人来。

富西自我介绍是金二婶家的亲戚!哦,金二婶家亲戚,男人振奋起来,二婶那冷面是一绝!甜兮兮、辣酥酥、酸溜溜,我一次能吃一盆。男人放下笔,从窗台那儿拿过一个塑料袋,把里面的辣椒倒出来,这样吧,一袋儿樱桃换一盆冷面!

有点意思!富西见这人四十左右的光景,瘦高,鼻梁上架着副眼镜,挺斯文的。他指着树旁边的梯子,上去摘,上面的味道更好。

第二天傍中午,富西去二婶家取昨晚预定的冷面。二婶正调冷面汤。富西顺便打听那个人。诗人,栓子。二叔抢着告诉,满肚子学问,什么猫狗鸡鸭、连烧火棍都能写成诗!嫌城里闹哄,工作都不要了,回老家写诗了!二婶讲,栓子光知道写诗,四十大几的人也没成个家!你懂个啥?诗人有诗陪着就能过活,成的什么家!二叔抢白。说起来这栓子还是他家一个远方侄子,不过他奶奶是汉族人。栓子会唱歌会吹口琴,又写诗又写毛笔字,几个樱桃、一杯红酒能当一顿饭!问问老茂村谁有这本事?栓子人好,回来这几年,谁家的忙都去帮,还年年给大家写对联!樱桃也和村里人共享,比他奶奶大方。

二婶接话,他奶奶是个小气鬼,当初为那樱桃,特意养了一只大狼狗。二婶说着把冷面放在锅里,冷面汤用小桶装好,嘱咐剩下的放冰箱,明天都够吃了。

栓子看见冷面就不写大字了,他在葡萄架下放上小木桌,直接把锅里的面分成两碗。吃饭时富西看见葡萄架那儿用红绳系着一块木牌,上面写着,每一棵树都有自己的猫头鹰。她把目光投向樱桃树,确定那里并没站着猫头鹰!不过她还想摘些樱桃拿回去,冷面很简单啦!大不了被二婶他们看成饭桶!

栓子不吃冷面了,他想让富西帮工。他从屋里拿出一个大筐,里面装着好些牛皮纸糊成的小盒,就这样!他拿一个小盒示范。把樱桃叶子铺在下面,樱桃五串一捆,用这红线扎起来放进去,上面再盖上叶子,明白了?太容易了,富西乐意干。要拿到集市上卖?不,分给村里人。分给村里人用这么麻烦?那当然,食物不仅要有味觉上的口感,还要有它视觉上的美感!试想想傍晚倚在窗前,把叶子轻轻掀开,解下红线……

暮色降临,富西走在乡间小路上,手里捧着她的劳动报酬——十盒系着红线的樱桃。她很久没参加劳动了,身上敷着一层密密的细汗,整个人被渐渐收起的余晖映成铜黄色,富西忽然感觉劳动也是有颜色的,是那种闪闪的带光泽的颜色。晚上她拿着小盒靠在窗前,栓子说这樱桃也叫含桃,出自古人的一首诗。当时他还念叨几句,可惜没记住。她拿一粒樱桃含在嘴里,想着这时候手里要是捧本书就更好了。

二婶来送辣白菜,说崔姨女儿寄来一个大包裹,让富西也过去看看。富西问什么东西。还不知道,反正离不开那些穿穿戴戴。老茂村的孩子都愿意给家里寄东西,然后老兄弟姐妹一起分分,先到先得。二婶催富西快点,朴叔儿子那次她就去晚了,好东西都让人给挑走了!白送?哪能白送?给个本钱就是,谁家也不指望这个挣钱。年前老姑娘也寄回来一包,都是大家一起分分。

崔姨院子里种了好些花,鸡冠、秋葵、凤仙,虽然不是什么名贵品种,却让她打理得枝叶繁茂。崔姨小矮个,穿一套米色绸缎衣裤,脸上涂着厚厚一层粉,耳朵上挂着黄澄澄的坠子,胳膊上挎着玉镯,左手两个金戒指,右手两个金戒指。她正用铁壶给花浇水,让二婶她们先进屋去。屋里干净得像拿水冲过,尤其那个枣红色大板柜,被太阳光照得仿佛镀上一层金釉,上面摆着好些瓶瓶罐罐。崔姨就喜欢收集这些东西,二婶一指,那个大圆肚瓶子要上万块呢!崔姨就一个人吧!你怎么知道?猜的。可不,老伴走了几年了,女儿在韩国做生意。

崔姨进屋从里间拖出个大纸箱,二婶在里面翻翻拣拣,挑了一双圆口软底皮鞋。上次那双让老郑得了,我家二叔眼热了好一阵!崔姨笑,这回二叔该满意了。富西悄悄问多少钱,二婶用手比出一个八。八十?八百。二婶顺手把鞋子拧出一个圆儿,看看里外全皮,连鞋底儿都是软的。富西知道这样的价钱即便城里那些离退休的老爹老妈也舍不得。

二婶又挑了两件花衬衫,一个白底蓝花,一个黑底红花,她比在身上让富西拿主意。两个都亮堂,富西也不确定。二婶爽快决定两件都留下。她从包里拿出一沓红票子递过去,崔姨数都不数放进抽屉。陆陆续续来的人不一会儿就把纸箱掏空了。富西选了双镶着花边的拖鞋。新衣穿在身上,新鞋蹬在脚上,新花别在头上!你碰碰我的,我捏捏你的。大家对这些新物件又喜欢又满意！于是就思念起远方的儿女们。

那可是一群又孝顺又努力的好儿女！做辣白菜的、开狗肉馆的、开美容院的、倒服装鞋帽的……有家闺女给韩国人续弦，前边整整生了七个仙女，为得一儿子又在筹划老八，他们在各自的岗位上都那么兢兢业业，他们坚信只要付出努力就会有不错的回报。

儿女们让自己的爹娘生活得特别有劲头！老人们不在乎地里的收成，也不算计鸡鸭鹅肚子里有几个蛋。他们把菜园侍弄得像花园，把鸡鸭喂得像宠物，这都是多年堆积起来对劳动的热爱和美德，跟生计关系不大。我儿子那个辣白菜厂又扩地盘了，原来的厂房又接出来两层，现在辣白菜都销到外国去了。我们家女儿也扩了，一个狗肉馆干得不来劲，就把旁边的洗头房兑下来，那孩子理想远大，准备将来打造狗肉一条街。那谁，你们家女儿该生了吧！下个月。老天保佑生个男孩儿！查了，是个男孩儿。太好了，恭喜恭喜！这回怎么也该给扶正了吧！当然要扶正，之前立过字据的。儿女个个争气！老人们越聊越开心，就有人提议在崔姨家来个小欢聚。那敢情好！

遮阳伞、桌椅板凳、水果盘、米酒桶……连DVD和电视也给搬到院子里，二叔穿着新鞋挂着腰鼓，快给点音乐，他都扭了起来！DVD坏了，富西弄了半天也不行。二叔建议让栓子来试试，那小子巧着呢。电话过去没几分钟栓子进门，他敲敲打打几下子搞定。老人们对他竖大拇指。栓子，来一个！栓子嗓门厚，歌声散发着新鲜稻田的气息，人们张大嘴巴，像在品尝新米饭和苞谷酒。老人们已经跳起来，二叔把腰鼓打得咚咚响。那个包着红绸子的麦克风在人们手里传来传去。

富西给大家递水果，二婶让她唱一个，栓子带头鼓掌，二叔打着腰

游离 / 201

鼓朝她扭过来。富西唱歌跑调,但不怯场,她接过麦克风自我介绍,说很高兴能在这里认识大家。为了让气氛更有感染力,她要带大家做做游戏。做游戏?老人们丈二和尚。是这样,富西解下麦克风上的红绸子,三绕两绕弄成一条粗绳,拉过二叔,一圈圈缠到他眼睛上。你要玩摸瞎子!富西笑,别动!不敢动,啥也看不见,眼前就剩一片红了!大家哄笑。

富西把食指放在嘴上,不许出声啦!她朝栓子招招手,示意过来拉着二叔,然后由栓子拉着他和每个人握手,握一圈送回原位。富西帮他解开眼罩。猜猜刚刚是谁拉着你去握手?二叔看看大家,又把自己手举起来端详,末了还送到鼻子上闻闻,看看留没留下汗味。哈哈……二叔看见朴老头脸上褶最多,是他。错,罚酒。二叔咕咚咚咚喝掉一碗。李老头已经笑得揉肚子了,他。错,再罚。猜出栓子的时候,二叔脸都喝红了,还是二婶暗中帮忙。老人们争抢着把红绸子往自己脑袋上缠。

富西情绪激昂,下一个游戏,叠报纸。她让栓子找来两张报纸铺地上,由她和栓子各带相同人数的老人站在报纸上,俩人石头剪子布,输了的一方就把报纸对折,脚不许碰到地面。老人们你推我搡,怕自己被挤下来,呵呵……小鸟也飞来看热闹了,它们在树上叽喳,喂,老家伙们,当心脚下哟!院子里不知道什么时候钻进来一条狗,在人们脚下蹿来蹿去,不知道什么时候月亮出来了!

日上三竿富西才起床,她忽然想起来栓子中午要约她吃饭,赶紧把自己打理一番,化上妆,穿了一条波西米亚风情的棉布碎花连衣裙。昨天,栓子说,那天报酬少了点,吃顿美味算作补偿。

栓子正在院子里等她,手边放着个简易手推车,就是日常买菜用的那种,两个轱辘几根钢管,上面绑着一个乳白色整理箱,盖子上贴着四个绿字——怡然自得。栓子拉上手推车,走吧!去哪儿?吃饭!他们绕过葡萄架,原来后面还有一个门。门外是一片平缓的向阳山坡,山坡下面是一条河。河面很安静,没有鸭子也没有鹅,从山坡上望过去,就像一条透明的板油路。

山坡上铺着一畦畦的菜地和花田,它们被修整得四四方方,整齐得让人觉得这些花呀菜呀每天都被人用手捋过。富西蹲下,好些花她都叫不出名字,栓子告诉她,花多是从山上移下来的。这个,栓子往脚下指,它叫翩翩起舞,那个叫梦的衣裳,还有那个蝶恋花……富西穿过他的手向远处望去,草色铺展在远方,像一块水彩,嫩生生的,毛茸茸的,这一刻富西的心都跟着柔软了。

他们来到河边,栓子打开整理箱,鱼竿、折叠伞、小竹椅、小圆桌、酒杯、小锅、碗碟、调料盒,里面葱姜蒜、咸盐、胡椒粉、花椒面,一应俱全,还有个白泥小灰炉子,外加一瓶洋酒。哎哟,富西这才明白过来!

栓子钓鱼相当有经验,鱼竿短,鱼线也不长,而且不用漂子,就直接把线甩到水里,看线头动了,提起来就是一条,都是三四寸长的鲫鱼,刮刮鳞洗净,就手放到锅里。不一会儿,鱼就熟了,栓子选两条稍大的放在一个青花小碗里,淋上调料和香菜,用手扇呼着让热气跑光端给富西。两人一边吃鱼一边喝酒,一边再钓。栓子顺手在四周折了些野花,缠缠绕绕做成一个大花环,你这裙子还少一条项链。富西忽而鼻子有点酸。她叼起一片花瓣吹出去,一眨眼花瓣像鸟儿那样在半空中画出个圆弧。她去菜畦那儿拽了一小把青菜,在河水里洗干净,把一段白嫩的鱼肉包在里面递给栓子,栓子囫囵着嚼起来。

富西说她上学的时候也喜欢诗,还参加过学校的诗朗诵比赛。怎么想着来老茂村了?老茂村好呀,山好水好人更好!想着这么说有些轻佻,城里太吵太闹,整天开了锅似的!栓子上来碰碰杯,同道中人!这会儿他们不像新朋友,倒像久别重逢的知己。栓子吹口琴,富西一面哼歌一面摆弄脚下的小草。一轮又黄又大的圆月从东边出来,挂在前面矮矮的树上,栓子说它应该是从河里升起来的,只是刚才没看到它破水而出的样子。

良辰美景下,酒像一个小彗星,热辣辣地从舌头经过食道蹿到胃里,留下一股湿润的躁动,这一刻富西的人生像烟花那样,唰地升腾到天空,她刹那间变成爱神,爱上山川,爱上河流,爱上老茂村,当然还有栓子。他们把空酒瓶抛进河里,挽着胳膊往回走,那条白金镶钻手链在月光下叮当摇曳。

老茂村温柔的风轻轻一吹,掀开了富西的枕边书,上面赫然印着栓子的大名,哦,他在书上叫算子。姑娘你在哪里/我在这里等你/我在春天的花瓣上/我在夏天的露珠里/我在秋天的落叶上/我在冬日的雪花里/姑娘/你在哪里/我在这里等你……富西蜷在床边,长发松松散散披在肩上,身上裹着天蓝色长袍睡裙,手腕上缠着个米老鼠橡皮筋,怀里抱着栓子的诗集啪嗒啪嗒掉眼泪。泪水淋湿了一缕头发,富西用橡皮筋在头上绾一个髻。对面镜子上映出一个好看的画面,一个女人脸蛋红红、眼睛汪汪。你看她皮肤白皙、体态均匀,又娇又嗔地抚摸着诗集,忽而放在唇边轻衔,忽而又恨不能将它吞到肚子里让自己也幻化成诗。一颗心就这么给焐化了,仿佛时光倒流,重返少年。

那挂在门把手上的野花项链、那红酒瓶上扣着的高脚杯、那葫芦里插着的白色羽毛、那鸡蛋壳上画着的小精灵,平时不起眼儿的玩意现在统统羽化成仙了,就连桌子上的半碗剩饭都那么多情。栓子做辣白菜炒饭,失手放多了辣椒面,栓子说这叫激情燃烧。为这个激情燃烧富西豁出去了,到现在还满嘴辣椒面味儿。

茂密的林子里藏着一个泉眼,水流不大却涓涓绵长、水质尚好,栓子把大小茶具家什支好,用白瓷小泥炉煮普洱,他们一边喝茶一边听鸟叫。阳光普照,一时间满山的露珠都变成熠熠闪光的金豆子,栓子采了野果,红红的,手指盖大小,吃起来酸酸的,有点上头。富西站在石板上,她今天穿了件白色冰纱长裙,宽宽松松的,一直盖到脚踝。遮阳伞似的大檐帽上镶着一圈五颜六色的亮片,鼻梁上架着宝蓝色太阳镜。脖子上的红丝巾已经让风舞成水袖。这造型又摩登又有仙气儿,栓子赶紧抓拍。头再抬起来一点儿——漂亮。真是个神秘女郎!

神秘女郎?这话怎么讲?噢,富西明白了,一个人来到一个陌生地方,总会被人披上一层神秘面纱。其实栓子对于她也有一层神秘外衣,神秘且充满诱惑!

富西跟着栓子都快成仙了,他们背着锅在河边吃鱼,背着壶在泉边喝茶,背着帐篷在林子里听鸟鸣,一天快结束时,在院子里看天边那甜甜的让人怅惘的火烧云霞。富西爱看火烧云,却看得囫囵半片、不成体统。栓子能看出门道来,他放下正写大字的笔,你看那不就是一匹马!马头向南马尾向西,马背上还坐着一个人,马后面还跟着一条狗,大狗后面跟着小狗。看,小狗嘴里还叼着骨头。富西叫起来。小狗叼骨头,太有创意了!小狗/骨头和爱情你选哪一个/骨头香爱情甜……富西拍手,对于栓子她几乎臣服了,听着古曲望着西天,一面写大字一面又作诗,胡子眉毛一把抓。栓子找来一张竖格宣纸,用正楷字工工整整把诗誊在上面。他会自制手书诗集,已经做成好几本了,有好诗就写在宣纸上,累积起来装订成线装本。书皮都是用黄表纸糊的,里面还有简单的插图。富西在等着月亮出来,没准儿栓子又能冒出什么好诗。

这次聚会在二婶家里，准备得相当充分。院子里搭了棚子、挂了五彩旗，桌子上酒肉瓜果、各种小菜。老人们穿金戴银，伸出手来个个能晃人一跟头。富西领大家玩"大吹风"，老人们围坐成一圈，富西喊"大吹风"。栓子问，吹什么风。富西就说出老人们身上一样物件，被说到的老人要马上起立示意，反应慢就罚酒或表演节目。

龙凤图案的金镯子。二婶马上站起来摇晃手腕，也没当个好东西，洗衣做饭都戴着，发污了。蓝花边肥腿裤，崔姨举手。反应蛮快。红胡子，哪来的红胡子？男人们赶紧低头看自己下巴，胡子短看不见。是你了，崔姨推李老头一把，李老头下巴上果真有根红胡子，罚酒……墨汁，哪有墨汁？原来在栓子手背上，他自己都不知道。大家这里正兴奋着，天上忽然下起雨，哗啦哗啦，瓢泼似的，人们赶紧把东西抬进屋子。屋里空间小，大家就坐下聊天、吃东西。窗外忽然飘进来一阵琴声，栓子正站在雨中吹口琴。快给他送把伞去。知道了，诗人要的就是这感觉。不行，雨太大了，你看他嘴里直吐泡！

栓子被雨淋发烧了，但心情不错。脑门儿上敷着毛巾，嘴里哼着曲儿，这诗人到底不寻常。栓子也好奇，你从前开托老所的吧？富西说她天生就有老人缘儿。小时候她们楼里有个神经病老头，成天吵吵闹闹想打人，看见她马上笑眯眯的，不吵也不闹，还给小孩们分糖吃。她后来在敬老院当过志愿者。

富西就像上帝送给老茂村的一个礼物，大家都拿她当个宝贝，那眼睛一弯就是一对月牙儿，看着就让人放心。他们在一起聊天总是说到富西，那就让她过来玩吧！不行，二叔霸气，昨天带大家做了一天拍手操，还不让人歇歇。过两天呢？好吧！不过她有点感冒，不能太劳累！富西可是二叔家的亲戚，当然有话语权。其实二叔最愿意热闹，他也就那么一说,看看又在撺掇聚会的事了。

栓子认为总是打一枪换一个地方不太好,不如就把活动地点固定在他家里。富西问,你又作诗又写字,不嫌人多闹腾?栓子坦言,这和城里那些尘土飞扬的街巷不一样。老人们的闹也是纯净的、干净的,是对自己这一辈子的喝彩,是一抹绚丽的夕阳红。干脆就叫夕阳红之家!不过呢,这些老人,他们不会平白接受谁的好处,就像我送他们樱桃,那他们是一定要用辣白菜、干豆角、咸萝卜来回馈的。所以呢,不如收取相应的场地费,让他们来得心安理得,其实均摊到每个人身上也没几个钱……

栓子在大门上挂了老大一个招牌,他自己找木板刷了黑漆,刻上红字,很气派的魏碑体。招牌向老人们召唤,快点进来呀!进来看看,夕阳红之家,都给你们准备好了!

栓子这孩子就是有心,编排成号的固定座椅,结实的防雨布,还有从山上移下来的鲜花,把院子边边角角都装饰出了花田。活动期间他还给大家煮茶、煮鱼汤喝。鱼是夜间钓的,整整在河边守了一个晚上,衣服都让露水打湿了。

栓子忽然就丢了文人的酸腐,表现出来的都是浓浓的人间烟火。他一边写字一边看老人们笑闹,院子里一派父慈子孝,需要他参与时就放下毛笔和大家闹闹。哪一方胜出,他就把鲜花做成花束当礼品。富西一边喊着阿木尼阿布基,一边拿眼睛瞄着栓子,看看他这会儿都不像诗人了,用双手给老人们敬茶,偶有汤水洒桌子上赶紧拿抹布擦干净,简直一个顺从的大孝子。

和老人们玩了一天,晚饭后富西就在院子里的摇椅上睡着了,她蒙蒙眬眬听见,你虽然不是梧桐,却引来了金凤凰,还不是因为你,院子里

游离 / 207

忽然就冒出个田螺姑娘。一眨眼这又变成金凤凰……富西心中甜蜜，金凤凰、田螺姑娘，她从来也没享受过这样的甜言蜜语，我那命里良人！她赶跑瞌睡，张开双臂去勾住良人的脖子，空气凉丝丝的。怎么回事？富西揉揉眼睛，看见不远处栓子正对着樱桃树娓娓动情，到底是金凤凰，都把财给招来了。这才几天的工夫……他拽下一片叶子往头上扔，然后用脑袋去接，第一次没接住。第二次叶子掉在肩膀上。栓子不气馁，他把身子舞动成一只老母鸡，叶子总算落在头顶。他拿着叶子面对樱桃树，我就知道一定能行，金凤凰衔着面包翩翩起舞啦！

　　第二天，栓子从县城买回一大捆毛边纸和一小捆大白云毛笔。你看，老人们总不能每天都蹦蹦跳跳吧，应该在娱乐中添加些文化元素，写写字、作作诗，既陶冶情操，又修身养性，还能提高审美、增强思考耐力。工具材料这都备好了，明天开班书法课。明天上课？对，双日书法、单日诗歌，那些蹦蹦跳跳的游戏，留着晚上消化食儿吧！等我再重刻一个牌匾，后面再加几个字，夕阳红文化娱乐之家！

　　来，现在把毛边纸裁成豆腐块大，他们呢，刚刚起步，用毛边纸已经很不错了，我现在都拿报纸练字。看看，你这个有蒲扇大了，再小点。学费每人一天十块，工具材料一天两块。看起来这诗人到底也动了凡心。

　　他计划让老人们先学楷书，然后隶书，再然后行书、篆书、草书，还有大篆小篆、加上魏碑唐楷……加上诗歌……富西张大的嘴巴都能塞进去一个馒头，栓子有点不好意思，价格已经很便宜了，我们文化馆一堂书法课五十呢。如果做得好，老茂村就能变成文化村。富西笑了，她觉得这会儿的栓子特别可爱。谁没有梦想和追求呢？栓子很认真，早想把那些手抄本都变成铅字文了。你不知道，我们那个馆长已经出了五本诗集。那也叫诗？狗屁，还不是仗着儿子倒卖高丽参挣了钱？有些出版社就是没底线，听说马上要出第六本了。

栓子的书法教程一点也不乐观，老人们拿毛笔比拿烧火棍都费劲。老头们嚷，为什么要写字？富西快带我们做游戏。栓子解释，人若愿意的话，何不以悠悠之长，立一技之长，而贞静自守？说的什么鸟语，富西，要么还玩昨天的拉力赛！栓子无奈地把书法入门改成励志篇。有一个卖辣椒酱的老太太，五十多岁才创业，现在辣椒酱已远销国外。有人插话，那又怎么样？我儿子的辣白菜也卖到外国去了。人家年利润有四十几个亿！哦，那是不少！不过那么多钱什么时候能花完？光花钱也累死了！有个老头，六十多岁才练健美，居然练就一副小伙身材，娶了个二十多岁的黄花闺女。一个老头喊，那干脆练健美得了，还练什么书法。哈哈……众人哄笑。还有蒲松龄，七十二岁才成为贡生。大画家齐白石也是大器晚成……

老太太到底比老头好摆弄，已经拿着毛笔蘸墨水了，两下子就把毛边纸戳出个大窟窿。坏了，一不小心把墨水瓶弄翻，可惜了她那件崭新的绸子衬衫，一边的老头借光，鞋上也溅了墨点儿，老太太得回去换衣服，老头得回家擦鞋。老人们争抢着夺门离开。

栓子一边在水盆里洗毛笔一边抱怨，字没写，笔和纸倒祸害不少。笔洗好拿卫生纸把上面的水吸干，再一个个把笔毛捋平放在窗台上，也不知道人家能不能给退货。他叹气，昨天已经占卜过，怎么还不行？奇怪！你还会占卜？富西问。哦，我愿意给自己占卜，抛个东西用头接，很灵验的。那天希望再看见你，就抛了个樱桃接住，你果真又来了。

栓子一早去县城退货，临走他用一片胡萝卜给自己占卜，那片薄薄的胡萝卜正好被脑袋接住，栓子很开心。富西到二婶家蹭饭，其实早晨栓子已经给她做了糖醋胡萝卜，还特意把萝卜刻成一朵小花。可是萝卜刻出花仍然是萝卜的味道，现在富西肚子里寡淡，她想来点香滋辣味的。

二婶还以为叫他们学书法，赶紧表态这几天游戏累了，要好好歇歇。富西说她就是来蹭个饭。运气这么好，香喷喷一大块狗肉。二叔还用几个小瓶勾兑出一碟鲜辣酱。昨天栓子说那个老太太做辣椒酱，今天你尝尝老头的鲜辣酱！二婶唠叨，栓子怎么想的，让他们这些老眼昏花的人学书法，那还不如让他们去上吊。二叔觉得栓子是个文化人，总想着把大家往文化道上领。二婶撇嘴，从前那份活该多好，编一本杂志，可风光了，脖子上挂个照相机满世界拍照去，可惜没留住，把活干丢了。

二叔拿眼睛斜睃她，那是栓子有志气，不巴结领导、不受冤枉气。我娘家表哥在栓子他们文化馆看大门，他亲眼看见栓子和领导打过好几次架。听说栓子在文化馆还办过诗歌班，大半个月就来了个老太太，好像是神经不好，总拉着栓子给她念诗。二叔对二婶吼，还不快去烧茶。

其实呢，二叔早看出富西和栓子俩人有猫儿腻，这点小猫腻瞒不过人的，只是二婶和几个缺心眼的娘们犯傻。老茂村的人厚道，他们可不会像打气球那样把这点猫腻引爆在半空。活了快一辈子了，他们最清楚这世道的艰辛和不易。有什么大不了的，两个人碰到一起，男要欢女要爱，那就让他们欢爱去。他们自家的儿女不也一样？有的女儿家欢爱一场顺道赚了一桶金，支起一号买卖，日子过得相当可以。老茂村有个传统，遇事儿从不大惊小怪，也不刨根问底儿，就算那给人家做小，大家也不会说三道四，怎么过也是一辈子。老辈人还找相好呢！至于这个富西的来路和去程，人们也不会费心费力去好奇。

富西吃过饭就在村子里转，这会儿她嗓子眼发紧，想找点水果吃，看见崔姨在院子里就进去打招呼。崔姨从地里摘了两个挂着露珠的西红柿，尝尝，比西瓜都甜。那栓子就是异想天开，老茂村有人都没学过汉字，学书法还不是难为人？想挣钱也不是这么个办法！

崔姨眼神儿忽然掉到富西脸上，富西以为蹭上西红柿汁儿了赶紧用手擦。崔姨笑眯眯地瞧着她，富西莫名其妙，我脸上长花了？你这脸蛋，加工过的吧？双眼皮是割的，面皮也采取过措施。水光针、超声刀都用了吧？啪嗒，大半个西红柿掉在地上，崔姨继续盯着她，别看我人老了，眼神一点都不差，这个年纪皮肤还一包水儿似的，没有措施怎么可能？不过你这药效差不多到期了，看看下巴颏就知道了。

富西晕！呵呵，姑娘在韩国开个医疗整形院，我在那儿打过两年杂，这些东西门儿清。说到姑娘，崔姨挺直腰杆，她姑娘可是妙手回春，再不像样的丑八怪，让她拿刀割一割、削一削，马上脱胎换骨了。怎么回来了？崔姨笑，老茂村空气又好，还有一群老兄弟姐妹闹哄着。关键是，崔姨要去后院摘西红柿。富西摆摆手，肚子装不下了。关键是你李叔在这边。就是那个长红胡子的李叔？对，我们年轻那会儿好过，后来老人不同意就没成。前几年我老伴走了，他老伴去城里给儿子带孩子。他现在不比年轻那阵，脾气倔，一身臭毛病，还赶不上我死去的那老伴，崔姨嘟嘟囔囔。

富西拿上几个西红柿回自己的出租屋，老茂村的人真是坦诚，这才认识几天，崔姨就和她说了一堆掏心窝子的话。睡醒时天光已经暗下来，她想洗洗脸，发现洗漱用品都在栓子那儿。这么晚了栓子还没回来。退货不顺利？她在卫生间里看见一个稻草人趴在地上，旁边还有

游离 / 211

一绺花线、几个纸团。富西展开纸团,一个有趣的善良的栓子跳到眼前。

丁大菜你个浑蛋,你喜欢小薇,可人家不喜欢你,你知道小薇对我好就处处为难我。杂志停办,你把另外两个人分到办公室,却让我自谋职业,我办书法班你不让,说馆里已经有人在筹备,让我开诗歌班,开班不成,你又让我搞推销,推销你还有另外几个人的诗集。市场一个卖卫生纸的给我匀出半个摊位,他的卫生纸都卖空了,我还没卖出一本。有人给我出主意,说有些地方用秤盘子称书卖,十块钱一斤,我找你买秤盘,却被你骂个狗血淋头,说我不尊重艺术,不配当诗人……我晚上做梦拿砖头拍你一脸血,第二天看见你戴个大口罩,有人说你喝醉酒把门牙卡掉了,真是活该!看见你在办公室里吱溜吱溜喝茶,我都想偷偷往里下点耗子药,没想到下午你就肚子疼得被人送医院。邪门了,难道我有特异功能?我心里直打鼓。

我在心里克制自己,千万不能想你被车撞,你虽说浑球一个,受些皮肉之苦活该,但毕竟罪不该死!让你死我于心不忍,让你舒舒服服我心有不甘。有办法了,做个稻草人给你脑袋上按几个图钉,想到你一把年纪头痛欲裂满地打滚还是不忍,就把原来的图钉减去两个,让你丝丝拉拉小痛即可。此处不留爷,自有留爷处,老子回老茂村写诗去了。临走那天我还是气不过,溜进馆长室拿了你的钢笔帽扔进厕所……

富西笑得眼泪横飞,之前这稻草人就挂在马桶对面,因为屋里类似的物件太多,也没当回事儿。她把纸团都塞回去,还有那团丝线,这可是五脏六腑啊!多么单纯的栓子,即便是憎恨也饱含着宽厚和善良。

富西化了淡妆,换上一件薄薄的蕾丝睡裙,最初的浪漫邂逅到现在的踏破铁鞋终生有伴。她要在栓子进门那一刻,紧紧抱住这个善良的男人。这世上的稀有产品,应该得到上天的眷顾,就让富西来眷顾他吧!爱情与富足。

这一夜富西经历了心路历程的改头换面,于是就想到金美丽,那个把自己引渡到桃花浔的人。那天富西做完瑜伽顺便给她送化妆品,美丽正跟李正国两个人齐心合力绞被单,洗衣机坏了,他们正上演人工智能版。李正国晒好被单,投了个湿毛巾给美丽,又麻利地把西红柿捣碎加糖加冰块儿,端上来挖了一大勺送她嘴边。美丽下巴上淌着汤娇嗔,我们老茂村的西红柿不加糖都甜。我们老茂村地也肥来水也美,我们老茂村明月松间照,清泉石上流……说到老茂村,美丽的舌头像上了发条,她把西红柿递给富西,富西这会儿却没胃口。你们总弄得跟新婚似的,美丽笑,笑得鱼尾纹里都是得意,日子过得穷,就剩下这点感情了。出门美丽揽着李正国的腰坐在自行车后座上,他们去奶奶家接女儿了。富西望着他们的背影,把包里的化妆品丢进旁边的垃圾箱。瑜伽课上发的,之前都送给了美丽。

栓子一夜未归,富西醒来时已近中午。她简单收拾一下去二婶家吃饭。她帮二婶把洗好的衣服晾在院子里,觉得晾起来的都是一面面彩旗。

栓子来二婶家,一夜间他仿佛被上帝亲了脑门儿,一脸的灿烂。二婶指着那一院子衣服,家里活没干完不去写字了。栓子忙挥手,不写字了,再也不写字了,咱就唱歌跳舞做游戏,强健好身体。栓子要请村里人到他家聚餐。

那写字的条桌被聚拢到一起,上面摆满了各种小菜和高丽清,还有一大锅热气腾腾的鸡肉。大家相互敬酒,都夸栓子好样的。二婶和几个老姊妹在议论先前那几个姑娘没福气,二叔拍拍桌子把眼神飘向富西。

酒到半酣,栓子从屋里吭哧吭哧抱出两个大枕。又白又胖的两个大枕头,上面还贴着红色标签——富西生物科技有限公司。栓子对着富西表情凝重,这枕头……不,怎么能是枕头呢?明明是钻戒、玫瑰之类的定情物,是奔向幸福生活的基石和跳板。

昨天栓子没被上帝亲脑门儿,他让钱包砸了脑袋。

之前栓子对钱没啥概念,他的病劳保完全能应付眼下的生活。他对物质也没太大需求,吃饱穿暖足矣。他更钟情于那些精神领域的东西,诗词歌赋、阳光雨露、新鲜的空气、他钓鱼的那条河、偶遇的浪漫情人……活得很不错呢!自从知道丁馆长出了第六本诗集,栓子心里就有了愤愤,就开始往钱上使劲了,他赤手空拳不得要领,揸着两手在空气里乱抓,费劲巴拉也没抓到几个钱。就在昨天,机会来了!

昨天在文房四宝店退货很顺利,一点口舌都没费,只是那文房四宝店已经微缩成一个柜台,店门上又挂起一个崭新的牌子,富西生物科技有限公司。里间屋已经有人在上课了,栓子好奇,老板鼓动他进去听听,经过一下午的培训,栓子光荣地成为富西生物科技有限公司的一员了。讲课老师一再强调,公司所有的业务都要围绕老人进行。当然,对于那些老人,必须掌握一定的推销技巧,现在每人发一个木桶……富西、富西,栓子兴奋得差点蹦起来!

天地良心,栓子对女人从来都是宝贝着、怜惜着,他觉得女人天生就是用来爱的,对她们虽然没有物质上的抚慰,但从不缺少心灵上的真诚!在爱上女人时,他那颗心柔软得几乎化掉。丁馆长的诗集,就像一面镜子,照出他身上的破洞。就在昨天的课堂上,栓子幡然醒悟,除了爱与怜惜,女人也可以……他要用最好的纸张,印一本比砖头都厚的诗集,里面要有彩色插图,封面要用烫金字……

富西抱着枕头面色发紫翻白眼,不好了,她把一块鸡骨头卡嗓子眼儿了,人们挥舞着拳头又砸前胸又敲后背,不行,要出人命了。

富西隐约闻到一股消毒水的味道,好像有个穿白大褂的拿个镊子在她嘴里翻腾。不远处一个女孩朝她走过来,细高的个头,脑袋后面摇晃着一个马尾,马尾上系着蝴蝶结,手里抱着一个大木桶,木桶里的水还腾腾冒着热气……

女孩半跪下来把一双腐朽的老脚泡进木桶,这双脚青筋暴起、褶皱纵横,指甲盖乌黄,脚后跟浪起千层。老人们的脚都是枯萎的苦难的,他们从生命的起点一路走过,每一双脚都千疮百孔,脚气、脚臭、脚后跟干裂、脚关节变形……女孩用她那白嫩的小手抚摸着一双双残败的老脚。洗过脚她又拿出小刀锉和指甲钳,老人的脚不好修,有的指甲盖已经长进肉里。女孩把老脚捧在怀里,用上慢工出细活的耐心。她从来不戴口罩,几乎把脸都贴上去。女孩很坦然,刚才悄悄观察过,现场极其安全。你看她笑呵呵地捧着这些带着异味的脚丫子,就像捧着一个个闪着金光的聚宝盆。

女孩的白嫩小手电流一样直抵老人们心田,他们眼睛湿了。多好的闺女,对所有的老脚都没有厌恶、没有嫌弃,还亲亲热热地唤着老爹老娘。就算孝子贤孙又怎么样?不管了,老人们把棺材本钱都拿出来购买女孩推销的产品,红外线枕头、负离子护膝、有氧床垫以及带有奇异功能的锅碗瓢盆和各种治疗仪……

公司上下都拿女孩当标杆、当楷模,并规定所有员工人手一个大木桶。因为木桶事迹的推广,公司业务已经扩展到大江南北。与此同时,女孩也得到两样嘉奖:用她的名字注册了分公司;被晋级为老板娘。

女孩的婚礼上来了好多风烛残年的老人,他们像嫁闺女那样哭得稀里哗啦。婚礼上女孩始终没摘手套,那双白嫩的小手已经传染上老脚们的内容,手丫缝往外流黄水。老人们就恨起家中的不孝儿女,还敢对这闺女大呼小叫,还敢把她送到派出所,再有这样的事绝对要和他们拼命。

　　单纯的老人们已经不需要和儿女拼命了,成了贵妇的女孩再也不会亲近他们的老脚了。女孩往后的生活将和富足与孤苦相伴。孩子读完小学就给送到国外,老板的生意分布纵横,俩人的关系就维系在银行卡不断变换的数字上。

　　富西觉得浑身酸痛,又痒又躁,好像有无数个小虫在身上捣蛋,如果能泡个温泉再按摩就好了。前面有一条小河,她飞快地奔过去。咕咚,富西一个激灵从床上坐起来,栓子在对面的病床上睡得正香。他衣兜敞着,几张零散的钞票探出头来。富西捋捋头发,从包里摸出手机,给老板发了老茂村的地址并留言……出门时富西回头望了一眼,栓子正咧嘴笑呢,应该是梦见那本比砖头还厚的诗集了吧……

发表于2018年第7期《北京文学》

葱伴侣

就在今天下午,余小燕得到一个前所未有的称呼,呵呵……球奶奶。这个称呼让她有点儿措手不及,日子说到底不经过,一眨眼工夫就沦落到这个份上了。阴天门厅那儿又没开灯,欢欢妈穿了件淡粉色睡裙出来开门,一张脸蛋儿被领口那堆白色蕾丝捧得娇娇嫩嫩。余小燕夸张地把一只手伸过去,欢欢宝贝!哎哟,你看看这……对方难为情地回过身朝里面喊,欢欢,看看谁来了。

余小燕已经在门厅那换好拖鞋,沙发上那个圆滚滚的"大熊猫"骨碌一下站到眼前。这让她想起商场门前那些卡通人,卡通人手里边通常拿着传单,这只"熊猫"手里抓着一袋可比特薯片,嘴唇上还粘着星星点点碎末。她伸出舌头飞快地一扫,干净了!欢欢比视频里还可爱,眼睛眯眯着,嘴巴嘟嘟着,让熊猫睡衣这么一包,活娃娃似的。

晚上欢欢妈有饭局,欢欢追到门厅,靓姐,别忘了带草莓回来!然后倒在沙发上一边玩手机一边说,球奶奶,球球晚上要喝鸡汤。见余小燕没反应就提高嗓门,球奶奶,球球晚上要喝鸡汤。余小燕眨眨眼,欢欢拍拍身上那个鼓胀的大西瓜,他叫球球,你当然就是球奶奶了。这丫头片子真偏心,喊自己妈姐姐,却跟婆婆叫奶奶。熊孩子把辈分弄得乱七八糟。其实欢欢妈比她还大一岁呢!得,只要这祖宗高兴,奶奶就奶奶吧!

第二天靓姐吃过早餐准备去上班,余小燕问等下欢欢吃什么。那只小肥猪睡到中午都说不定,来得及。余小燕给欢欢熬了红枣小米粥,她特意从老家托人买的黏小米。看着小米一粒粒在锅里鼓起来,浓浓的米香弥漫着厨房,就想起自己生大乔的时候最爱吃这样的小米粥了,真快,再有几个月大乔也当爸爸了。

欢欢晃悠到餐厅,球奶奶,我想吃酸辣粉。余小燕指着餐桌,这黏糊糊的红枣小米粥,熬了好一阵。欢欢拍拍肚皮,球球爱吃粥还是酸辣粉呢?然后捏着嗓子奶声奶气地说,酸辣粉、酸辣粉,就吃酸辣粉!听见没?你家球球要吃酸辣粉。小祖宗,酸辣粉怎么做?太简单了,欢欢从壁橱里拿出一桶酸辣粉,浇上开水,不一会儿辛辣的味道飘出来。余小燕吱溜吱溜喝着小米粥,直喝得肚子浑圆、满头冒汗,欢欢饶有兴趣地看着,一对圆眼随着余小燕手里的不锈钢勺一上一下,球奶奶你呼噜呼噜像小猪!余小燕拿出从家里带来的大酱,又在冰箱里找到一根胡萝卜。她口味重,愿意吃蘸酱菜。欢欢喊起来,受不了啦!看着就反胃,球奶奶赶快拿开!

下午欢欢带余小燕去家乐福超市,欢欢在零食货架上左挑右拣,酸奶、薯片、牛肉干、山楂条、巧克力、士力架……满满当当一小车,想想爱吃什么菜?这些总归不当饭的。要喝牛骨汤,余小燕在牛骨堆里翻拣着,全是苦巴巴的瘦肉。要不排骨汤呢?排骨肉多,比牛骨实惠。欢欢拍着身上的"西瓜",球球快告诉奶奶……余小燕赶紧选了一袋,欢欢看看又给放回去,人家都是喝进口牛骨汤,进口的。余小燕准备买个大萝卜一起煮。买萝卜干吗?欢欢噘嘴,汤里要加南瓜和甜玉米。萝卜的味道好讨厌!这种吃法还是第一次听说,到底是南方人的口味。结账口,余小燕在心里一下五去四噼噼啪啪地敲着算盘,一次性消费五百二十三块八,果然和收银员报出的价格分毫不差。她得意地望着欢欢,欢欢已经去对面的椅子上歇着了。余小燕从身上摸出钱包……

余小燕在厨房里熬牛骨汤,欢欢在沙发上和大乔视频。欢欢说,球球要吃比萨,哥哥快点回来买。她自己想游泳,等哥哥回来去温泉。欢欢大声小嗓地扮着两个角色,你看她腆着肚子,两只胳膊在半空中又舞又蹈,把自己累个够呛。欢欢这个平板真好,连大乔的眉毛都能数得清。她把嘴巴凑过去亲大乔脑门,又伸出舌头舔他鼻尖。大乔怎么瘦了?余小燕在一边伸长脖子问。这会儿欢欢没工夫搭理她,一张嘴抹布似的在屏幕上蹭,估计把屏幕上的灰都蹭干净了,才把平板往余小燕怀里一塞,你们聊吧,我去和球球玩了。余小燕嘱咐大乔在外面注意身体,按时吃饭,别那么拼命,看看都熬出熊猫眼了。

晚上欢欢喝牛骨汤,余小燕喝剩下的小米粥,趁欢欢没注意往自己碗里挖了一勺酱。这酱是在超市买的葱伴侣,回来用辣椒和油爆在一起,里面还加了花生和芝麻,美味得不行!欢欢晃悠着脑袋,有股怪怪的味道?你妈妈什么时候回来?汤还热在锅里。说不准的,我靓姐可是个夜猫子。吃过饭给欢欢削苹果,长长的果皮从刀尖上吐出来,蜿蜿蜒蜒,一跳一跳的。欢欢忽然夺过小刀对准余小燕,不许动,快说钱藏在什么地方?余小燕吓一跳。快说,是不是藏在鸡窝里了?不,在耗子洞里!哈哈,球奶奶这么可爱!欢欢笑过去吃苹果了。这祖宗二十多岁了,竟顽劣得像个孩子。靓姐半夜回来一头栽到鞋架旁,嘴里说着连不成片的话。球奶奶过来帮忙呀,靓姐喝大了。

早晨,余小燕看见靓姐在餐厅喝茶,已经施过粉黛,左腮帮子上那颗小黑痣在粉底液的遮盖下像迷雾中的星星一样闪烁。一套米黄色绸缎睡衣,头上缠着宽宽的碎花发带,露出白亮亮的额头。昨晚醉成一摊

葱伴侣 / 219

泥,抱着余小燕肩膀直喊妈。当时她偷笑,你姑娘叫我奶奶,你叫我妈,借儿子光这是占了多大便宜。靓姐一个劲儿道歉,真不好意思,昨晚让你见笑了,单位一个同事过生日,大家一起乐乐!余小燕讲那次他们系统业务竞赛,参赛的有好几百人,她当场夺魁拿了奖金,回单位请客时大家起哄,她一口气吹掉半瓶二锅头,结果在床上躺了一天。余小燕准备追述一下当年赛场上的场景,好让这个亲家对她略知一二,算是简单的自我介绍。靓姐却转话题问欢欢昨天的食欲如何。给她熬的小米粥,这孩子偏偏要吃酸辣粉。靓姐笑,大肚婆的一张嘴难伺候,刚才出来告诉我,晚上继续牛骨汤。不过菜再清淡些更好,盐吃多了容易引发高血压、心脑血管疾病。这个当然知道,多吃盐会造成钙流失、损肾脏、增水肿、易感冒等各种不适。人体通常每日的摄入量不要超过六克,新华书店会计余小燕读过半尺厚的《生活百科大全》。有时候放在你面前的也许就是荆山玉呢。

余小燕想,这天下的事情怪有趣的!两个从未谋面的陌生女人,因为儿女一下子成了亲家,成了亲人,她们还不知道彼此的秉性甚至尊姓大名,却也像模像样地过起日子来。一个屋檐下安眠,一个餐桌上共食,一个还未谋面的共享的宝宝。靓姐在门厅那儿让余小燕把垃圾袋递给她,还有板台上那袋剩牛骨。昨天给欢欢煮汤的牛骨已经被装在塑料袋里,上面还连着好多肉呢,她一面解开袋子一面对着门厅,你别管了,等我下楼时扔掉。

晚饭欢欢把勺子一扔,破牛骨汤一点儿味道都没有,球球我们不喝了。靓姐看看余小燕,那些剩骨头你没扔?余小燕把牛骨从锅里捞出来,看看这上面好多肉,煮一次就扔太浪费了吧?为了证明这些剩骨头仍有食用价值,她在盘子里淋上几滴酱油,吭哧吭哧啃起来。肉在她嘴里打着转儿,麻绳似的嚼不烂。欢欢白她一眼,球奶奶,煲过的骨头营养都融到汤里了,不要吃了。这么几块骨头要两百多块,大乔在外面没日没夜都累瘦了!靓姐喝掉杯子里最后一口橙汁,用纸巾擦擦唇边。欢欢和大乔,这一年多我们生活在一起,我是大管家,柴米油盐的事也没让他们分担。欢欢是我的宝贝,大乔也一样。还有球球,欢欢叫,马上又多一个宝贝了,吉祥三宝。靓姐起身倒了两杯水,把其中一杯推给余小燕,大乔这孩子自尊心强,眼下又没有条件买房,我告诉他不要考虑太多,都是一家人了,还计较什么?一粥一饭当思来之不易,半丝半缕恒念物力维艰,余小燕啃着骨头嘟囔。靓姐好像被水给噎了,目光笔直地发送着惊叹号!余小燕鼻子里哼一声,她可是新华书店的财务,新华书店!欢欢插嘴,丽丽供房贷,怀着孕连比萨店都舍不得去,好悲哀啊!我明天要吃比萨。

  这顿饭吃得塞牙又塞心。余小燕拿牙签对着圆镜鼓捣了半天。大乔上大三时往家里领过一个女朋友,高高瘦瘦一个女孩,一笑一对小虎牙。他来鹅城工作女朋友变成欢欢,还不到一年报喜,欢欢怀孕了,就快生了,赶紧过来帮忙吧。欢欢辞职在家保胎,大乔也从软件公司跳槽,薪水多了,就是要经常出差。余小燕和大乔爸有点蒙,儿媳妇还没见个人影,这就抱孙子了?

  那天大乔来电话,余小燕正在电脑上用扑克牌算命,说她有飞黄腾达之喜。腾达个蛋!她已经在电脑上算三个月的命了,是电脑能让她腾达,还是屁股下面的木头椅子能让她腾达?余小燕曾是新华书店的财务,他们松城一共有三家新华书店,因为网络冲击被整合成一家。余小燕面临两个选择——提前退休或去流动销售部。所谓流动销售部,就是在医院、药房、商场等公共场所门前看书亭,让一个堂堂财务干这事,她心里过不去这个坎。咬咬牙干脆退休!可惜她还不到五十岁呢!

这个年纪忽然变成退休老大妈实在尴尬,广场上扭秧歌、活动室里打麻将,这些她都不感兴趣,只能坐在电脑前算命打发光阴,算算她的前世和今生。电脑上说她前世是官宦人家的夫人,锦衣玉食、亭台楼榭,她觉得自己的前世过于奢华,所以今生必然反差成一个水暖工的老婆,过着小门小户的安稳生活。这时候大乔电话进来,说欢欢照过B超,是男孩儿。余小燕瞥一眼电脑,看看她马上就飞黄腾达升级成奶奶了,晚上要告诉大乔爸,有时候电脑算命挺准的。

余小燕发了一个朋友圈,说她要去广东鹅城了,那里常年白云舒卷,鲜花满地,那里住着她的儿子、儿媳妇和孙子。这话说得很得体、很卖弄,潜台词就是她要去风景宜人的地方过生活了。她还在下面配发了鹅城的简介和图片,并强调北宋的大文豪苏东坡曾在这里给自己筑居,现为著名景点东坡祠。还有素雅幽深的西湖,浮洲四起、青山似黛,敢和杭州西湖媲美!从鹅城去香港也方便,坐大巴就可以。顷刻点赞成片,北方人对香港还是蛮仰慕的,熟知它就在改革开放的小窗户深圳对面。电视剧里见过多少次了,鲜车怒马、满眼光华,人和物都那么靡丽,让人不敢确定是天上还是人间。有好事者在下面问,大乔结婚了?怎么没见张罗婚礼?余小燕回复,儿媳是当地人,就在当地张罗的,儿子住的小区和公园差不多。

娶媳妇本来是个严肃的事,家长们要跟谈判一样坐下来商量买房置地,大乔就跟闹着玩儿似的,没怎么着老婆、孩子全齐活了,就像一不留神捡个钱包,打开看看,里面竟是一根闪闪发光的金条。金条怎么能和价值连城的儿媳妇比?

欢欢妈这边是套一百五十多平方米的三室两厅,外带一个大阳台,客厅宽敞得能打羽毛球。想想她周边那些同事,哪个不让儿子的婚事折腾得屁滚尿流?单说一套房子就叫人扒层皮,好歹她还不曾扒皮,好歹她手里还保留了苦心积攒下来的过河钱,这么想着余小燕不塞心了,但牙缝还塞,直折腾到半夜才睡下。

一觉醒来已是早上九点多,余小燕赶紧穿戴,让她们认为自己在闹罢工就不好了。欢欢正吃早餐,靓姐已经上班去了。余小燕怪不好意思的,看表一下子睡过了头。你妈妈吃饭了?靓姐今天有采访任务,在外面吃。你妈妈可真能干,人长得也漂亮,那天一进门还以为是你,这可不能怪我,你们走到哪里都像一对姐妹。因为昨晚的事,余小燕慷慨地赞扬起靓姐。那当然,我靓姐可是个大美女,还是他们商报的名记,拿的红包比工资都多,那台别克车就是攒红包买的。余小燕想告诉欢欢,她也曾是行业标兵,在业务评比大赛上还拿过奖,还得过奖金。不过自己那点灿烂跟人家的红包别克没法比,她不想在这个话题上纠缠了,问欢欢晚饭吃什么,等下两人一起去超市。欢欢拍着肚子,一会儿带球球去上胎教课。球球乖,奶奶做什么我们吃什么。球奶奶,考你个问题,你说是我儿子帅还是你儿子帅?这么绕,可是我还没见过你儿子呢。欢欢拿过一份 B 超单。这黑乎乎的,能看出什么?看轮廓呀,一看就是个小帅哥!比你儿子帅多了!那可说不准,我们家大乔一般人赶不上。球奶奶你好没劲!欢欢临出门递给余小燕一沓钱,留着买菜用。余小燕把钱塞回欢欢包里,这话怎么说的?我不是球奶奶吗?

余小燕在超市买了一袋进口牛骨,她发现这个家顿顿离不开汤,看见旁边的新西兰羊肉也买了一块。她仍为昨晚的事抱歉着,可说出去的话就像泼出去的水,就破费点、辛苦点给那娘儿俩包顿羊肉水饺。一想到羊肉水饺自己就先咽下口水,大乔和他爸要是知道她包了新西兰

葱伴侣 / 223

羊肉水饺,都能插上翅膀飞过来。转悠了半天也没找到饺子皮,干脆买了一小袋进口面粉。回家开始拌馅和面,料理完这些才想起来没有擀面杖。她屋里屋外翻腾,总算在阳台上找到一个细细的红酒瓶。红乎乎的肉团儿被放在面皮儿上一捏一捏,饺子就排成队,这一刻余小燕是幸福的,她要努力把自己变成这个家庭的一员来感受满足和承欢膝下的快乐!因为工具欠佳,这顿饺子整整忙了大半天,煮熟了捞出来,一个个胖乎乎的,真像一群小肥羊。她拍了照片给大乔爸发过去,吃饺子喽,新西兰羊肉水饺!味道嘛,想象一下!还在后面加了流口水的表情符号。大乔爸回复四个字,幸福生活!又附带着送她一串红玫瑰!

欢欢和妈妈一起进门,后面还跟着个抬婴儿床的。她们指挥着把床安置到余小燕房间。欢欢拍着肚子,球球以后好好保护奶奶,夜里来坏人你就一脚踢死他。孩子一生下来就跟我住?余小燕好奇。那当然,从小就培养他亲近奶奶!吃奶不麻烦?一点都不麻烦,我把奶挤在奶瓶里,再买个小微波炉,你随时都能喂他。大乔直到上小学才和我分床,夜里搂着他就像搂着一个热乎乎的肉蛋儿。大乔早答应过,我的任务是生下他,球奶奶的任务是照顾他。我依旧逛街、泡吧、练瑜伽……

欢欢讲今天看见丽丽了,挺个大肚子赶着去上班辛苦死了!靓姐用涂着指甲油的手指头一下下点她鼻尖,就你个小懒虫在家保胎,丽丽可要还房贷的!我有靓姐哟!欢欢扑到她身上拥抱后,问晚上给球球吃什么好东西。余小燕从保温锅里端出热腾腾的饺子,看看一群小肥羊。靓姐道,这东北饺子又大又鼓,简直是一群小肥猪。欢欢用手指捏起一个,随着哇的一声,那张嘴瞬间成了泉眼,斑斑斓斓的食物碎片从里面喷出来,她表情痛苦,泪流满面。靓姐也急了,什么馅的?!羊肉,新西兰进口羊肉。怪不得!她扶着欢欢在卫生间吐了一会儿,余小燕没想到欢欢对羊肉反应这么大。我们家从来不吃羊肉,她爸爸连超市里的羊肉都闻不了。等稳定下来,欢欢吵着要吃糯米鸡。没一会儿外卖就送过来,直到这时候余小燕的一颗心才落地。

余小燕把饺子端回自己房间,忽然多了个婴儿床,空间小了不少,她索性把一盘饺子放进去。无论品质还是味道,羊肉也算得上肉中极品,这一家子真没口福。这边人口味怪,稀饭里加肉,汤里添水果,余小燕跟着饥一顿饱一顿直减肥,不过她明白,以后无论做什么都要请示汇报,免得费力不讨好。有微信提示,大乔爸爸发来的,把新西兰羊肉水饺飞过来一个尝尝!余小燕狠狠敲上三个字,馋死你。

羊肉水饺要趁热吃,凉着吃又膻气又伤感,余小燕草草吃过就去准备明日的早餐,可能吃得急,这会儿胃肠里一阵翻江倒海,她得去厕所解决一下。欢欢把门关着,客厅里的卫生间被靓姐占着,她每晚都在卫生间里磨蹭很久,冲个澡怎么会那么长时间?到底不是自己家,连上个厕所都费劲。余小燕捂住肚子,她本来想敲欢欢门,可是来不及了,她一个箭步冲进去,一屁股坐到马桶上。此刻靓姐正在莲蓬头下沐浴,一股股暖流打在身上,整个人都氤氲着。扑哧一声,余小燕抱歉地回头朝她笑笑,什么情况?靓姐一手拉着浴巾一手捏着鼻子跑出去,冲个凉都被骚扰,真是悲催!其实凭欢欢的俊俏完全可以嫁个富贵之家,大乔的家境普通得不能再普通了,长相倒是清秀帅气,像韩剧里的明星。人也讨喜,第一次到家里就把欢欢的房间归置得窗明几净,再来还送给她一个飘着雪花的咖啡杯。靓姐权衡,反正拗不过欢欢,背井离乡的倒是能顶半个儿子。

余小燕出去时看见靓姐裹着浴巾半卧在阳台的躺椅上,耳朵上挂着耳麦。她想过去和她说点什么,又不知道该说什么,忽然就想念起松城来，自家的那个小狗窝啊，该有菜香的时候飘着菜香，该有饭香的时候飘着饭香，她一手拿馒头一手拿大葱，当然旁边还有一瓶葱伴侣！电脑上播着《隋唐演义》，已经追到五十多集了。还有大乔爸每天的捏背揉肩，这么多年他一直宠着她敬着她，那是水暖工人对新华书店会计的敬，是一个体力劳动者对脑力劳动者的小心翼翼。余小燕忽然觉得那些没有房子的人，多像一棵没有根的树，树没根可不好办了。

欢欢的门半开着，她窝在床上抱着平板。靓姐，欢欢喊，靓姐，快来看，非洲大叔换头型了，不，是非洲大叔戴头套了，大叔你戴头套像新疆烤羊肉串的。余小燕知道那里面是欢欢爸爸，他被公派在非洲，大乔都没见过！欢欢抱着平板光脚跑出来，快看……她妈妈在阳台上好像睡着了……

大乔从上海出差回来，给欢欢买了一个双肩背包，说球球不听话就把他放进去关禁闭，给靓姐买了一条银灰色格子披肩，给余小燕买了上海老牌雪花膏，欢欢立刻给她妈把披肩围上，还拍照发了微信。靓姐让披肩衬得皮肤更白了。余小燕从来没试过这种银灰，大乔过来拥抱她并附在耳边悄声，妈妈辛苦了，你能来我真高兴。余小燕顿觉浑身舒暖，就像披上一条漂亮的银灰色的披肩。

大乔白天陪欢欢上胎教课、吃餐厅，晚上两个人就赖在卧室里不出来，余小燕想和儿子说几句话都不得空。不过有大乔在，心里踏实多了。两人每天都会耗子搬家样从外面买些东西放进余小燕房间，其中床上用品包括被子、睡袋、蚊帐、小枕头……喂奶用品包括奶瓶、挤奶器、消毒锅、奶瓶刷……洗浴用品有大小毛巾、浴盆、洗发水、沐浴露、护臀膏、痱子粉……衣物用品有小衣服、小帽子、小鞋……欢欢还在墙上贴色彩缤纷的动物图片，连天花板上都吊着大企鹅。余小燕的两只皮箱简直成了屋里的怪物。太不协调了,怪物要吓到球球的,欢欢拖着箱子满屋子跑,卫生间、厨房不行,阳台是靓姐的休闲空间。一百五十多平方米的房子竟然无处安放。欢欢拖着箱子喊大乔,怎么办?怎么办?大乔聪明,他把两个箱子摞起来,盖上有愤怒的小鸟图案的毛毯,这下协调了!

欢欢睡醒后觉得还应该在毛毯上摆个玻尿酸鸭,推门看见余小燕正拿着一根青菜往葱伴侣酱瓶里伸。球奶奶偷吃臭大酱了!欢欢一面嚷着一面推开窗子。好难闻!大乔从屋里出来,来,过来哥哥给你削梨吃,就把梨切成一牙牙的,在盘子里摆出一朵花。他先去阳台上给靓姐献"花",然后给欢欢,最后问屋里的余小燕,老妈也来一瓣!余小燕觉得有什么东西在咬,一口一口咬得心疼。她想问大乔,你现在不馋蘸酱菜吗?

大乔过几天又出差,欢欢闹着要去温泉,大乔建议带上两位妈妈,他们选择了当地颇有名气的龙门铁温泉。大乔开车,欢欢和妈妈坐后面,余小燕坐在副驾驶上打瞌睡。昨晚都半夜了,欢欢又嚷着要喝鱼片粥。欢欢讲丽丽现在是节约能手,正学习以旧改新,她把旧裙子改成小孩儿斗篷、毛巾改成围裙、手帕改成婴儿帽……其实在网上买也没几个钱。靓姐感慨,那房贷就像一座山,谁被压在下面能过得舒服?我们商报那些年轻人,一个个被压得叫苦连天。欢欢拍着肚皮,球球你可要乖,不听话靓姐就把我们赶到大街上。车子忽然一晃,大乔说昨晚没睡好,等下要到服务区歇歇。

到龙门铁温泉,余小燕悄悄在心里喊了声我的天,只见大大小小的水池被红花绿树掩映着,白白袅袅的雾气把这里幻化成仙境。欢欢要去动感冲浪,开什么玩笑?最后和大乔选了一个迷你池,一圈娇艳亮黄的花把水池团团围住,从远处看过去就像一朵灿烂硕大的向日葵。欢欢的大肚皮在阳光下一闪一闪,那向日葵就神仙附体了……

余小燕选了祛风除湿池,靓姐选的则是撒着花瓣的护肤美容池。她穿的那件玫瑰红泳衣和水里的花瓣彼此呼应,她一捧捧用手掬着花瓣玩。不远处有个神龟池,池中矗立着一个龙头龟身的吉祥物。一群人围在那里,一对年轻情侣从身边跑过去,快点儿,摸一摸能带来好运气,我同学上次都中彩票了。余小燕把神龟摸得很虔诚,一边还在心里念叨,大乔好运,挣钱买房子……旁边有人催促,倒是快点儿,这都摸了几遍了,后面排队呢!

大乔从对面走过来,欢欢没玩够,今晚准备住这里。余小燕和靓姐一个房间。靓姐换上一件淡青色睡袍,长长的、瘦瘦的,领口那儿钉着一排银白纽扣,每每走动,腰身就会现出弯弯的弧线,又轻盈又灵动,演电影似的。真好看,这睡袍在哪儿买的?靓姐笑笑,很贵的!因为喜欢这几粒扣子才买下,你看它们那么晶莹,像月光一样迷人!余小燕内心顿起波澜……

那天赶上家里没人,她悄悄拉开靓姐的衣柜,里面长长短短有一摞睡衣,十几件都不止。书上说喜爱睡衣的女人一定是个有品位的女人。靓姐不光喜欢睡衣,还喜欢咖啡、茶和鲜花。她的卧室里永远有一束怒放的香水百合。余小燕把那睡衣拿出来一件件穿在身上,她的品位也不差的!在新华书店近水楼台读了不少书,也爱摆弄个花呀朵呀,尤其来到鹅城,她都是把舌头伸直了甩词儿,努力把语言组织得又有文化又书面,就是在捯饬自己上没那么铺张!这些睡衣轻飘飘、软绵绵,像在身上包了一层云。这样的睡衣一定会把人送进好梦吧?外面一阵门铃声,她赶紧脱下来恢复原样。是送水的!那人没好气,怎么这么磨蹭?

余小燕觉得靓姐的睡衣其实不是睡衣,那是一种有品质的幸福生活,跟大乔爸爸把羊肉水饺定位成幸福生活同理。靓姐去卫生间洗浴,那背影真有一层淡淡的月光敷在上面。余小燕也想买一件带月光的睡衣,贵也买,就算不过日子了也无所谓!

余小燕拿着浴巾到外面去,夜晚的景色比白天还美,星星一颗颗像点灯一样亮起来,它们点缀着天空,有种说不出来的风情,还有种难描难画的烦扰。她找到白天那撒着花瓣的美容池,正好没人,望着远处的天边,心里开始敲算这一趟的费用,门票、住宿、餐饮,欢欢还买了一个丑玩偶。她忽然觉得那水中散落的花瓣,就像一张张打了水漂的钞票!

余小燕回房间时已经很晚了,靓姐还没睡,头发湿漉漉地靠在床头,她眉毛弯又黑,脸颊红扑扑,嘴唇饱满如樱桃,一张娇艳的脸几乎掉到手机上,这是化妆了?她显然没看见余小燕,记得吃胃药,还不知道呢,下周能一起去吗……余小燕从卫生间出来,对面床上响起轻微的鼾声!

回来时已近中午,欢欢要去吃蛇,余小燕可不敢吃那东西,想想都起鸡皮疙瘩。路上大乔和靓姐去卫生间,欢欢把余小燕拉进路边的化妆品店,欢欢看好一款气垫粉,一个闪闪发光的蓝盒。余小燕建议等生完球球再买,怀孕期间化妆总归不好。人家就是喜欢这个小盒子嘛!蓝幽幽的,像月光宝盒,看着心里就舒服,至于里面的粉,用不用无所谓了。余小燕想起靓姐睡衣上那些月光纽扣,她们还真是一对母女。欢欢把开好的小票塞给她,余小燕看见好几斤澳大利亚牛骨没了。等大乔和靓姐出来,大家一起进了首饰店,靓姐选中一条很精细的项链,下面坠着镶金边的小葫芦。打过八折是六千七百二,余小燕张口报数,靓姐一边对她竖起大拇指一边拿出信用卡。信用卡呀!欢欢在试一串手

葱伴侣 / 229

链,余小燕表示自己不敢吃蛇,你们去吧,我一会儿随便吃点什么!

走在街上余小燕还在想着信用卡的事,她周边的朋友同事很少用那东西,除非还房贷没有办法,否则谁会借钱消费?银行也常有推荐,那些把持不住的年轻人倒喜欢,背着债把自己吃得流油、穿得人模狗样!她也问过大乔,欢欢家的房子有无贷款,回答是曾经有过,在欢欢上大学期间已经还完。那天欢欢让大乔去给靓姐还信用卡,当时她没太在意,这项链不会也让大乔还吧?

余小燕走进一家睡衣店,光光鲜鲜的睡衣挂了满墙。她发现"月光"了,和靓姐的一模一样。试衣间里她把"月光""太阳""星星""蓝天""白云"统统试一遍,那一刻她脸上的笑容灿烂明快,充满自信,有一种真真切切的幸福感!最开始她试得很快,就要体会这风云变幻的美妙,渐渐又慢下来,每穿一件都要在镜子前打量半天,她要在这幸福里多待一会儿。"月光"以及"太阳"统统贵得离谱,她才不会像靓姐那么没谱。幸福后,饿了,吃饭去。

快餐厅旁边有一家中介所,外面贴着大大的广告牌,急招月嫂,月薪一万起。余小燕知道月嫂这个行当,却没想到薪水这么高,在松城跑个小买卖也挣不到这些。正看着,一个女孩出来搭话,阿姨需要应聘还是服务?随便看看。阿姨是北方人吧?一看就干净利落,需要的话我帮你报个名,先培训一周,上岗后干得好可以升级为金牌月嫂。培训收费吗?都是免费的。

快餐厅居然有葱蘸酱,不过要买烤鸭才会赠送。余小燕点了两份烤鸭,得到双倍的葱酱。等餐期间她和大乔爸微信聊天,欢欢妈居然用信用卡买项链,欢欢看好一串手链,我赶紧撤了。这边月嫂薪水过万,还给免费培训,我刚刚报了名,学学怎样照顾咱孙子也好。大乔爸爸告诉她,自己干了一点私活,能小赚一笔,房子上我们已经占了便宜,零零碎碎的也别太小气。余小燕叹息,没有哪个便宜是好占的!懒蛋大乔都能把梨削成花了……葱蘸酱来了,余小燕嚼得两个嘴角都泛了绿。

欢欢和大乔在客厅里看电视,靓姐在一边涂指甲油,她把十个手指染得亮红,然后用点钻笔把一枚枚水钻放上去,手指头们在阳光下张扬绚烂,个个成精了!余小燕把洗好的水果端上来问,晚餐蒸红枣馒头怎么样?汲取经验,她现在往锅里放个芝麻都要事先声明,欢欢伸着脖子小狗似的围着她转,什么味道?不好,球奶奶身上有毒气弹。靓姐站起来抽抽鼻子,葱,是生葱。你去外面吃生葱了?买烤鸭赠送的,鸭肉都打包带回来了。余小燕像个偷嘴的孩子被当众揭穿!靓姐皱着眉头从茶几下面拿出口香糖,指甲没干水钻脱落,手指头顷刻间斑驳成一双双愤怒的眼睛。欢欢已经从卫生间找来她的牙具,赶快,多挤些牙膏!

余小燕靠在床头把手边的纸巾撕成碎末,不就是吃了点葱?哪至于!把我当什么人了?天生的糙娘们儿?她余小燕在书店干了二十多年的财务,账面上从来没差过一分钱。单说那次系统珠算大赛,她在舞台上把算盘珠打得飞起来,那情景、那阵势,就像在弹奏一首爵士乐,噼里啪啦、噼里啪啦……鲜花掌声、奖金奖品,余小燕成了一只让人瞩目的燕子,给新人传授技艺,去总局业务汇报,出席业务骨干代表大会,没有鞭炮齐鸣也是锣鼓喧天,那是她人生中最艳丽的一页。

余小燕虽然不好看却也不难看,虽然不富足却也不贫寒,在她的小安乐窝里,锅碗瓢盆是闪着光的,被子是叠成豆腐块儿的,窗户是能当镜子用的,就算一块破抹布都清爽亮白。巴掌大的阳台种着几十种花,即便窗外白雪纷飞,阳台上也是满眼春色,余小燕最大的闲情就是打理她的那些花,剪枝、浇水、施肥,还笔录了每一种花的兴衰。有朋友到家

葱伴侣／231

里来，都是脱了鞋直奔阳台，他们哎哟哎哟地叫着，多么温馨的小小花园。小小花园，这名字好，大乔爸找人在窗口那儿做个铁艺拱形门，上面铸上"小小花园"四个字，权当是安乐窝的后花园。不来鹅城，她都决定把小小花园产业化，她把栽培的多肉植物拍照片放到微信上，她的生活也是有计划、有前景的。

手机忽然一闪，大乔从另一个房间发来信息，妈妈，谢谢你为我付出的一切，我一定加油努力，让你过上好日子，永远爱你的儿子。余小燕眼睛一热，就有泪珠掉到手背上。她控制住情绪，用纸巾把脸擦干净，换上笑呵呵的模样蒸馒头去。红枣被开水煮得饱满剔透，面是用牛奶和的，她还把几个面团捏成了兔子的模样，一对圆滚滚的红眼睛。红枣馒头大快人心，连晚餐拒绝主食的靓姐都吃掉一个，欢欢直嚷着明天照旧！余小燕的劳动成果总算得到肯定，刚刚心里边塞着的那根葱也就消化了。没水果了！欢欢在一边喊。余小燕刚进电梯口，大乔从屋里追出来，等等我！

大乔在家乐福边上找了台提款机，我过两天回上海，欢欢这边辛苦妈妈了，这钱留着家用。回去的路上他们在西枝江边的休闲椅上坐下，有跳动的灯火映在江面，煞是好看，不远处传来轰轰的打地基声。大乔看着远处，那边又盖房子了，要不了多久我们也会有属于自己的房子。这次回去，争取给自己那个手游项目找到下家，有了钱我找保姆伺候妈。余小燕眼眶又热，她努力着没让泪珠落下来。

欢欢大姨要来，靓姐正巧要去外地。这边就有劳你，靓姐把托付的话和钱一起塞给余小燕。这怎么可以？临行靓姐还是把钱放在书柜上。大姨和儿子从香港来，余小燕想，非洲爸爸、香港大姨，这一家够气派的。他们财务科的小路远房表姐嫁到韩国，小路整天张口韩国闭口韩国,就像她亲自嫁到了韩国。托欢欢福,余小燕自己也沾上港澳关系,她又高兴又寂寥,在她心里边两家人的地位又给拉出了距离。为迎接香港同胞,余小燕进行了彻底的家庭大扫除,里里外外整整收拾了两天。别看靓姐把自己捯饬得油光粉面,却是驴粪球子外表光,这人被子懒得叠,玻璃懒得擦,阳台上到处散落着书报碟片以及各种零七碎八。也难为她在那儿喝茶,还练瑜伽,脚都没地方下。余小燕看不下去就想帮她归置归置,可到底不是那么回事。收拾好,余小燕还在阳台上拍照片发了微信,落日余晖下茶具旁边的百合花,文字说明是静候香港亲人。

余小燕决定把自己也收拾一下,香港大姨,欢欢妈的亲姐姐,和她也算亲家,可不好给大乔丢脸。她让欢欢带着做了头发,满脑袋大波浪卷,还在服装店买了裙子,一条银灰色连衣裙,上身哪儿都好,就是肚子那儿勒出一个"小锅"来!卖衣服的小姑娘倒也机灵,从箱子里翻出一个收腹内裤,生生把"小锅"给勒回去。

大姨来那天,欢欢还给她化了妆。球奶奶,你好隆重,像去参加宴会。再补个妆吧,就动手给她涂上腮红、打了眼影。看看时间还早,问欢欢晚饭准备吃什么。打边炉又好吃又省事,多买些豆苗,阿福超喜欢。余小燕在超市选了上等的海鲜,豆苗连同其他蔬菜也是在绿色有机区域买的,这样的蔬菜都赶上肉价了,对待香港同胞到底要重视的。欢欢来电话说大姨他们已经到了,让她带回去两杯珍珠奶茶。到家门口,余小燕又掏出口红涂了涂。

沙发上坐着的母子和余小燕心里的香港同胞几乎不贴边,大姨黑黑壮壮,身上那件蓝色卫衣因为材质问题起了一层疙瘩球,一把干涩的头发绑在脑后,整个人灰扑扑、皱巴巴。阿福十五六岁,和他妈妈的身型很像。听欢欢说大姨有两个儿子,大儿子已经工作了。简单打过招呼,余小燕赶紧跑进卧室换上家居服,收腹内裤实在太紧了,其实她完全可以坚持的,但她不想坚持了。

阿福这胖小子胃口好,肉丸、鱼丸、虾饺、豆苗从锅里到嘴里,几乎省略了嚼的过程,他吃完就去欢欢卧室里打电游了,大姨拉着箱子出去办事。她朝卧室嚷了几句,等了半天见没人理,就一个人拉着箱子走了。余小燕坐在阳台上,窗外夕阳正浓,一片叶子落到汽车上,一只麻雀飞到叶子上蹦来蹦去。她看见每一扇窗下都有洗衣做饭的忙碌,每一户人家都有自己的天伦!难怪人们歌颂夕阳,简简单单的人和物就这么给镀上了色彩和意义。她轻轻摇晃着躺椅,旁边刚好有瓶指甲油,她涂着指甲油,听见欢欢在屋里笑个不停,她很享受,觉得此刻的自己像个主人翁。

大姨成天拉着箱子早出晚归,回到家一面哇啦哇啦对着手机讲,一面还在小本本上又写又记。她讲方言余小燕根本听不懂。阿福要么睡觉要么打游戏,余小燕早不光顾绿色有机区域了,即便这样都难以招架,阿福点菜,白切鸡、梅菜扣肉、红焖猪脚、白焗虾……还帮欢欢吃水果,欢欢的水果一直都是进口的,为了球球也必须要进口的,靓姐一再强调。现在水果消灭得非常迅速,欢欢在屋里喊,球奶奶,火龙果没了。枇杷也没了,阿福补充。

大姨邀请余小燕去香港玩两天,天上掉下的好事!来之前大乔特意让她办理了港澳通行证。可这边……余小燕看看欢欢,尽管去,欢欢拍着肚皮,有球球和阿福陪着我!饿了叫外卖,渴了也叫外卖,统统叫外卖就是。这怎么好!要不以后再说?余小燕嘴上推辞,心里都合计着穿哪套衣服了。有电话进来,中介所通知培训,我马上去香港了,是去香港!

　　大姨带着余小燕乘大巴从沙头角入港,然后又坐巴士和地铁,大姨家在深水埗。天上忽然下起雨,哗啦哗啦的,来头不小,下了车,大姨拉着余小燕钻超市、跑药房。开始余小燕还以为在避雨,转着转着大姨出手了,面膜、奶粉、染发剂、护肤品、保健品、药品……行李箱渐渐鼓起来。余小燕有些气喘,大姨带她去了一个路边小店,这家的肠粉有上百年历史,不少人慕名开车来这里吃。大姨边吃边介绍,味道还好,大姨吃得很快,等下她要去办点事,再把东西送回家。雨这么大,你就等在这里,我回来陪你到处逛逛。

　　大姨走后,余小燕又要了一盘肠粉,分量不大,如果是大乔,吃个三五份都说不定,一盘下去大姨还没回来,要不是穿了收腹裤,她还能再来一份,今天她穿得很体面!那套银灰色连衣裙总算派上用场,走在深水埗的街巷上都有超标的感觉。这深水埗路面陈旧、房屋破败,有点像松城早年的棚户区,整个街巷被大大小小的商铺串联着,又凌乱又喧闹。哪像什么花花世界、鲜衣怒马,连松城都赶不上,松城现在也是马路越修越宽,房子越建越堂皇。当然余小燕还弄明白一件事——大姨在干代购。难怪她总是拉着箱子往外跑,原来在跑买卖!大姨总算回来了,手里拉着比刚刚还大的皮箱。大姨说雨太大,只好陪她在附近的商场里转转。她们在商场里直转到天黑,又是满满一皮箱。大姨许诺,这次天公不作美,下次一定带她好好玩玩。

　　大姨日子过得很狼狈,巴掌大个小屋,床上摞着箱子,箱子上摞着洗衣盆,简直就是个危房。大姨不会是在香港吃低保吧? 好不容易攀上个关系,竟是这幅光景,不过这样挺好的,真的挺好! 大姨讲早年她也是家里的荣耀呢,电子表、电饭锅,还有弟妹们的穿戴,一件件从这边

葱伴侣 / 235

搞过去,周围邻居羡慕得很!对面陈阿姨托她给女儿寻一门亲,付了一万块好处。那女儿后来看上阿福爸爸……余小燕太困了,梦里她正在自家的小小花园里浇水!

　　第二天简单吃过早饭便往回返,临出门大姨还送她一盒面霜,俩人各拉着一个行李箱。到关口时,大姨从背包里拿出一个黑塑料袋塞进余小燕行李箱。什么东西?大姨没吭声。再问,说是苹果手机。大姨要去香港人通道那边排队,余小燕忽然有些头晕,让大姨帮她去买瓶水。大姨转身时,余小燕迅速打开箱子……

　　大姨照例拉着箱子出去,欢欢和阿福照例窝在床上打游戏,余小燕照例忙家务。不过欢欢和阿福的饭要端到卧室里吃,大姨没早没晚的,现在餐桌上只剩余小燕孤零零一个,她索性把那瓶葱伴侣拿出来。被欢欢撞上一次,她翻翻眼皮转身回卧室去,现在除了吩咐准备吃食,欢欢很少和她讲话。昨天,余小燕还有一个重要发现,欢欢妈留下的钱原本放在书架上,现在那地方空了,近期家用都是自己在掏腰包。就等着靓姐回来无意间眼睛那么一瞥,钱仍旧原封不动地趴在那儿。余小燕很郁闷!她看见大姨正怒发冲冠地对着手机喊,脑门上的一缕头发就快烧焦了,她用手狠狠拍着茶几,一枚硬币滚下来,大姨弯腰捡起纳入裤兜。

　　靓姐带着一身旅途的疲倦回到家,余小燕把她脱下来的衣服统统洗好晒上。听说大姨明天要回去,她风风火火地搞了一桌子菜,还把白切鸡推到阿福面前,多吃点,这可是你的最爱。靓姐大赞,这么丰盛,都赶上年夜饭了。这一阵多亏你在,辛苦了。不辛苦不辛苦,余小燕直摆手。她剥好一只虾放到大姨碗里,就是东西太贵,比我们松城贵多了。不过你那钱可没动,余小燕把目光投向书柜。钱哪去了?一直都放在那儿。她把目光重重地挪到大姨脸上,大姨嘴里正含着虾,忽然就被余小燕的目光电到,她狠狠把筷子扔出去,你什么意思?说我偷了钱?大姨愤怒了,在关口你害我被罚了那么多税金,现在又来诬陷我。大姨哭出来,在自己妹妹家还被人当贼!欢欢挺着大肚子从卫生间出来,吵什么吵?钱我拿去给球球定衣柜了。其实不然,大姨向她诉苦,补交了那么多税,这一趟赔大了!你那个婆婆好阴险!欢欢气呼呼地把钱拿给她,生活费让余小燕出!余小燕脸都绿了,你这孩子怎么不说一声?球奶奶,这是在我自己家里耶。靓姐丢下碗里的汤去阳台上听音乐了。

　　鹅城待不下去了,余小燕坐在小区的长椅上给大乔打电话。反复几次都无人接听,又发微信,先打字,后来干脆发语音了。大姨哪里是带她游香港?分明是让她带货,那箱子大得赶上小货车了。在关口那儿忽然就往她箱子里塞手机,那里明明写着携带电子产品的规定,当她不识字吗?自己好歹在办公室坐了那么多年,当然有自我保护意识,只能调虎离山,把东西塞回去。还有这一阵都是自己在花销,那钱欢欢应该说一声的。想着自己每天小心伺候却把事情弄成这样,余小燕很悲伤。夜晚一个女人在一盏路灯下悲伤很突兀的,咋的啦?你家爷们儿搞破鞋了?你家爷们儿才搞破鞋呢!眼前一个身体高胖的女人,口音里透着一股大楂子粥的亲切。前面那个小区,上个月就跳楼一个,年纪不大,一个媳妇,还不是男人罪过!余小燕见了亲人似的,我本一个财务工作者,不远万里来伺候即将生产的儿媳妇,费了九牛二虎的力气却没换来一个好字!亲家之间本该平等互助,自己却一矮再矮,低到泥土里!大楂子粥拍拍她肩膀,房子人家出的吧?你怎么知道?余小燕张大嘴巴,那是一定。要么出钱,要么出力,总得占一头吧,我这也是来出力的,看外孙子,都八个月了,整天脚不落地,累得腰酸背疼。那公公婆

葱伴侣 / 237

婆倒落得清闲,人家出了钱就犯不上挨累了!大楂子粥把嘴凑近余小燕耳朵,过几天我准备跑路,装病,回老家去,想老头子了。刚刚买药回来,孩子闹肚子,我得赶紧回去。大楂子粥很快消失在不远处的单元门里。大乔那边仍没动静,也罢,那个在人家屋檐下低眉顺眼的儿子,那个饭来张口却能把水果切出花来的儿子,还能指望他什么呢?回去了,回去照顾她的那些花了!花儿,只要照顾好,它就美给你看,哪像人那么多毛病!

客厅里黑着,只有阳台上散着微弱的黄光,躺椅上的靓姐披头散发,被光晕染得乌黑昏黄,活像个女鬼。余小燕悄悄走进去,忽然一声劲爆的酒杯碎裂声,她赶紧靠墙把头悄悄探出来,靓姐正端着平板大叫,你和那个女妖精就死在非洲吧!永远也别回啦!信用卡还欠着账,我们商报也解体了,明天我和你女儿喝西北风去。喝多了?一个沙哑的声音,那个主编不是很爱你吗?不管你了?原来靓姐的日子并不像她身上的睡衣那样悦目,原来那也是一本豆腐账,华丽的大门被推开一条缝,里面一派杂乱和荒芜。

这一夜居然睡得踏实,早上趁大家还没起,赶紧收拾东西走人。余小燕在西枝江边直坐到太阳红彤彤,这里比松城要漂亮整洁,多了些高楼商场,多了些花花绿绿的彩旗和挂着广告的大气球,多了些悠悠荡荡无所事事的男人和女人,一切都显得很漂亮、很过分、很不稳定,好像谁的心里都很烦躁、很委屈、很无奈。看累了才想起来去火车站,路过中介所,余小燕还看了看那块月嫂广告牌,不知从哪儿飘过来个白色塑料袋落在广告牌的铁架上,塑料袋被风吹得一鼓一鼓,像一只热情洋溢的大手。过来呀!来挣钱啊!余小燕正了正背包,干脆⋯⋯

大乔前一天晚上喝多了,人逢喜事千杯少,直到第二天中午才看到微信。他马上订机票往回赶,一路上按了多次手机,终于接通,却是欢欢,球奶奶离家出走了,她不要我们了,连手机都没拿……大乔联系各路朋友四处找寻,大酒店、小旅馆,整个鹅城都翻一遍也没见余小燕踪影。大乔给家里打电话探口风,他爸正在家里浇花,让你妈放心,她的花都好着呢!让她别舍不得花销,欢欢想吃什么就买,过一段我这边还能揽个活……

培训期间可以住宿,不过三餐要自己解决。余小燕学得用心,笔记整理了好几篇。原来伺候个月子还有这么大学问。培训还没结束,余小燕就被急需,一个三层小楼里,只装着一个胖乎乎的孕妇。孕妇比欢欢大不少,肚子和她的差不多。话不多,懒洋洋的,没欢欢那么能折腾!浑浑噩噩的,头不梳、脸不洗,每天除了吃就是睡,偶尔还在梦里吃语着叹息!听说也不是本地人。广州、鹅城、三亚、丽江、青岛、大连,好多地方都有房子,前边已经生过两个姑娘,大的都上了中学,这个好像也是姑娘!她对吃喝没多少挑剔,对余小燕也没多少要求,就是挨着日子准备卸货。

余小燕在欢欢那边整天忙得狗撵星星,这么清闲下来倒有些不适应,不干活白捡钱怎么好意思?等孕妇睡下就开始归置庭院,边边角角的荒草都清理掉,该填土的地方填上土,该铺砖的地方铺上砖,池塘里放上水,假山石冲干净,石桌石凳擦出来,庭院就露出它该有的模样。墙角那儿有一簇蝴蝶花,余小燕把它们挖出来栽到花盆里,孕妇醒来看见茶几上的蝴蝶花把脸贴过去,然后就去卫生间洗了脸、梳了头,还抹了润肤露。余小燕让她到庭院里晒晒太阳,孕妇说好些房子买后就再没去过,估计那院子里的草都有人高了。

夕阳渐渐在天边隐去,暮色四合,一群飞鸟从空中掠过,仿佛一群流星,孕妇目光茫然在想着什么,忽然就喊了一声儿子。你家是儿子吗?她问旁边的余小燕。你怀儿子期间喜欢吃什么?这个,她得想想,对,当时她就喜欢大葱、大萝卜,一根粗粗的葱白咔咔几口没了。家里堆着好些苹果、大鸭梨,她却跑到菜市场买大葱和萝卜。哦,是这样!当然,你要配上葱伴侣更美味,酱要拿辣椒爆一下,还要加上花生、芝麻……

　　开始孕妇吃得直咧嘴,不过呢,她有信念,吃得苦中苦,方为人上人!生不出儿子,她的人生也会跟着黯淡的!不过蘸上葱伴侣味道好多了。余小燕在一旁鼓励着,她的一个同事,B超都照过是女孩,结果怎么样?生个八斤重的大胖小子!孕妇眼睛一亮,心诚则灵,没准儿就会有奇迹的!与此同时,余小燕还给她配备了高粱米饭、大楂子粥。孕妇逐渐适应了这样的口味,并且越吃越多,越吃越爱吃,俩人对坐在餐桌前,屋子里回响着一片咔咔咔、咔咔咔,孕妇觉得每一声咔咔咔都是胜利的战鼓。余小燕身心舒畅,上秤一称胖了五斤。偶尔她会提醒孕妇,你还要喝些牛骨汤,那种进口牛骨汤。说这话时她会想起大乔,他一定急得不行吧!无所谓,娶了媳妇的儿子也就那样!至于大乔爸爸,他敬重了那么多年的财务工作者一下子变成月嫂,又会怎么想?算了,就先玩他个失踪,先把这票月嫂干下来,其实天王老子没了地球还是一样旋转,大家都会按原有的模样过日子!大乔爸会伺机溜出去干私活,大乔继续出差,顺便推销自己的手游项目,欢欢仍旧打游戏!靓姐呢?继续拿着信用卡消费?商报都解体了,倒是可以在家照顾女儿!

　　余小燕离开一周后,大乔在餐桌上公布,他研发的手游项目已经在上海找到合作伙伴,下一步公司就开在鹅城。这个手游前景不可估量,对方态度非常积极,马上就会打一部分现款过来!他在江边看好一套房子,前两天已经交过预订金。大乔扭开那瓶葱伴侣,又在冰箱里找到几根香葱,咔咔,一股细小的绿泡从舌尖弹出来,那是童年与故乡交织在一起的味道!那时候还没动迁,他们家还有个小院子,弹丸之地种有六七样菜,青葱、黄瓜、菠菜、生菜、香菜,还有小白菜,只需把它们在清水里过过。院子里一家人围在饭桌旁,余小燕拿根青葱,老爸拿棵菠菜,他则把青葱、香菜窝成一团,几只手蝴蝶一样围着酱碗转。有一颗泪珠从眼眶里跳出来。靓姐让他放心,他妈妈肯定没事的,她会发动媒体朋友去寻找。大乔把一根香葱做成哨子放在嘴里吹。他妈妈当然不会有事,她那么坚强好面子,肯定躲在一个什么地方,等心里舒服了就会回来,还有大房子等着她!欢欢拍着肚子,球球,我们有新房子住了。大乔把嘴里的哨子吹得呜呜哇哇……

　　欢欢住进妇产医院,靓姐大包小袋整整往病房搬了六趟,最后一趟是一个大购物袋。她提着袋子上楼时,撞到迎面而来端着汤锅的余小燕。真高兴你来!这锅里是……牛骨汤。好棒啊!心有灵犀。欢欢正嚷着要喝,总说你煲的汤味道纯正。一个大肚子孕妇朝这边招手,余小燕赶紧跑过去把她安顿到长椅上,给她额头擦过汗,又把汤水一勺勺喂到嘴里。孕妇从背包里翻出一瓶葱伴侣,靓姐走过去打开手里的购物袋。余小燕看见里面的青葱、黄瓜、生菜、菠菜、小白菜……上面还挂着亮晶晶的水珠!这菜好新鲜,把一条走廊都映得碧碧翠翠……

发表于2019年第1期《人民文学》
2019年第3期《长江文艺·好小说》转载
2019年第9期《新华文摘》转载

风筝

美美在给瘦老头擦身，旁边放一个冒着袅袅热气的白色水盆。美美擦得认真仔细，一块湿毛巾从面部顺势往下移，在下巴、腋窝之处还要拐个弯多转一圈。瘦老头实在太瘦了，总共加起来没几斤肉，就这么轻飘飘、干巴巴，薄如一张纸片。不过这倒让美美操作起来蛮轻松，她一双秀手上边下边、前边后边在老头身上游，翻书似的就把瘦老头整个给擦一遍。美美一面擦着，一面开始想入非非，要是把瘦老头腰上系根绳从窗口放出去，他会不会像风筝那样在天上飘？在天空鸟瞰西洋景该是一件多美的事！不过自己手里那根绳可得抓紧，不然瘦老头啪叽一个狗啃泥……这么想着美美就笑了。

瘦老头肩膀以下的零件基本报废，但脑袋上的五官出奇地好用。他嘴巴口吐莲花，眼睛正围着美美的胸扫来扫去，耳朵更灵，连美美在心里的笑声都没错过。什么喜事？有人发你红包了？正想着给你拴根绳做成风筝从窗口放出去，你在天上飘来飘去多自在！那可好，到时候我飞着周游世界去。干脆一会儿就给我拴上绳。美美转身，瘦老头说后背痒，再给他多擦几下。瘦老头闭着眼睛享受美美那双小胖手。

对面床上的胖老头也闭着眼，但仅仅闭了一只，睁着的那只就把这一切看在眼里。每天这个时候胖老头都双目紧闭，到后来总有一只不自觉会睁开。美美去换水，现在轮到擦胖老头了。胖老头实在太胖了，身上那些肉几乎化成液体四下滚动。美美咬牙切齿,洁面后其他部位横竖几下草草完活,胖老头后背也痒,不是骚情是真痒。美美曾努力想着不分薄厚、一视同仁,怎奈面对这么一堆庞然大肉她实在力不从心。胖老头不生气,美美热情大方,是松鹤养老中心的模范员工,都怪自己这身肥肉烦人。胖老头望向对床,这老家伙瘦得连狼看见都想哭。可美美见他就乐,不光他体积小,操作便捷,关键瘦老头会逗乐,嘚啵嘚啵露出一口发黄的假牙,美美就笑了!还现出俩酒窝。

美美是个憨憨的胖乎乎的姑娘,长相一般,但挺喜庆,手上的肉比脸上的多,小胖手在瘦老头身上一划拉,他算通上电了。美美近三十了还没对象。有时候是她挑人家,有时候是人家挑她,反正相那么多亲都没结果。美美来了,瘦老头眼睛亮起来,粉面桃花的,气色这么好。找到心上人了?哪有,就涂点腮红。将来谁娶了美美都是好福气!要不是我那两个小子都已娶妻,非让你当我家儿媳妇不成……假如我再小几岁、你再老几岁……胖老头鼻子里哼一声,熊样,皮包骨头了想法还不少。

其实胖老头挺羡慕瘦老头,两人虽都卧床,但瘦老头明显精神头足,他见缝插针讲笑话、拍马屁,还央求美美给他加餐——就是在后背多划拉几下。瘦老头比胖老头先来几日,和美美的感情也比和胖老头厚几日。她也和瘦老头开玩笑,不是说老二夫妻总吵架,不如我就嫁给老二吧!只是老二头发太少,几乎就是个秃瓢。胖老头说,那就嫁给我家老二吧,那小子头发密实,并且黑的占多数。美美只是笑笑。胖老头特别希望和美美加深感情,彼此相处如瘦老头一样。

胖瘦老头同居一室,两床间距不足半米,却也相处得坑坑洼洼,还因为看电视干过架。瘦老头愿意看足球,国际国内一并兼收;胖老头喜

风筝 / 243

欢《好味道大擂台》,他当了一辈子厨子,当然愿意看和专业相关的节目。美美站在中间犯难,有些东西就是没办法平均,蛋糕能从中间来一刀,电视不行啊!怎么办?想想也只能在时间上找齐!每人一小时,遥控器握在美美手里。电视有体育频道却没办美食台,这让胖老头很不舒服,节目没档期,他也不会瞎掉属于自己的那一小时,于是就看抗日神剧,音量很大,屋子里厮杀呐喊、炮火连天。瘦老头怒视着墙上的挂钟骂,哪是日本鬼子,简直一帮日本傻子,这智商还八年抗战,八天就给打回姥姥家了。美美呼哧带喘从楼上跑下来,时间刚好踩在点儿上,否则又找麻烦。

美美的工作加量不加价,鞋底磨薄了,衬衫湿透了,整个楼道都回荡着她的喘息和奔跑声!美美就想到职工保护权益上面的章程,她决定去找主任,额外的工作需要额外的回报。主任讲,一楼俩老头下象棋,不知为啥翻了脸,其中一个飞起炮来把另一个头上砸出个紫包,又去医院又做CT。那胖瘦老头也就嘴上热闹,比他们不知要省多少心。主任搓着两只手,不过问题还得解决,这样,告诉俩儿子分别买个平板来。

儿子们到场后都很客气,彼此还握握手,比他们脸红脖子粗的佬爹不知道乖多少!胖瘦老头坚决不同意:其一,平板屏幕小,看着太憋屈;其二,两个人用上平板,电视省着干什么?他们来这里可是交了一笔不小的费用。论起费用,胖老头和瘦老头站成一队。如果是养老中心给解决平板他们倒没意见,让儿子破费坚决不行。理论了半天也不得结果。美美气,土埋半截的人这样计较有何意义?错,瘦老头纠正,不是半截,是土埋五分之四截,就剩个脑袋瓜了。不过人活着总该有气节,有存在感,不然留着最后这口气干什么?美美,你还年轻啊!

瘦老头家那个秃瓢老二从澳大利亚公干回来,刚巧赶上这么一出。他说澳洲那边养老制度非常完善,老人一切吃喝拉撒都由政府和义工处理,从来不用麻烦儿女。这一点胖老头儿子也很认同,他目前居住的上海正在大势兴建养老机构。老人为社会服务了一辈子,临了社会理应为他们负责。两人又谈到各自城市的房价,胖老头儿子很自豪,说浩瀚的上海亭子间都比澳洲那边洋房贵!他们还就当前的泡沫经济展开一系列分析。美美看看表,太阳落山了,该吃晚饭了!两个儿子很明事理,他们一起请主任吃了饭,又分别送了礼物给美美。美美一手托着澳大利亚绵羊油,一手托着上海大白兔奶糖,分量差不多。

电视坏了,不出人像,只会哗哗啦啦飘雪花,后勤来看说是电路的毛病,电工来看说是电视机老化。换了电视,修了电路还不行,屋里一片消停,胖瘦老头史无前例地和谐,美美心里好不乐和!一枚果子放在那儿两人公鸡斗架样争个没完,有一天忽然果子烂掉臭掉,谁都得不到它,大家反倒轻松下来,心平气和了。

松鹤养老中心分布的格局也颇有趣,一层是胳膊腿和脑瓜都能正常运转的,二层是腿脚好用但脑瓜缺根筋,三层属于两浑水半傻不彪的,最顶层就是胖老头瘦老头这样,也数顶层的费用高,护理费好几千呢!养老中心环境优雅、设施齐全、服务到位,娱乐活动一拨又一拨,歌咏比赛、下棋比赛、智力竞赛、成语接龙……还定期为老人洗澡、理发、检查身体。据说有不少人在排队等床位,抬出去一个进来一个,再抬出去一个再进来一个。

所有的娱乐胖瘦老头统统忽略不计,检查身体对他们也没啥意义,他们的身体就这副德行。发也不怎么理,俩人头发长得比铁树开花都慢!要是人的衰老也这么缓慢该多好。但俩老头都热衷于洗澡。上年纪的人皮肤干燥,一翻身就哗哗飘雪花。对于他们,洗澡算得上美事一桩。瘦老头洗澡容易,来一个男工和美美一起把他架到卫生间冲淋浴就好。胖老头就没那么轻松了,而且非常艰难。瘦老头出主意,说从卫生间接个长水管出来,在床上铺好塑料布,对着胖老头一顿冲。这馊主意不能采纳。胖老头洗澡一事拖了又拖,最后主任派来四名壮汉男工,他们齐心协力喊着号子把胖老头从床上抬起来。可惜门的宽度不够,几个人在美美指挥下不断调整角度,胖老头闭着眼睛被人挪来挪去,他很享受这个复杂过程,笑眯眯的,一副死猪不怕开水烫的嘴脸。进个门折腾半天,瘦老头听见卫生间里噼啪作响,那隆重程度不亚于宰猪。把胖老头从卫生间弄出来放到床上也颇费周折,四个壮汉咧嘴出去。胖老头告诉一旁的美美,他下周还洗!

没有电视,胖瘦老头躺在床上很孤单、很寂寞,生活一下失去了不少光彩。虽然老了瘫了不能动了,可他们大脑清醒、心思活络,他们还有快乐的权利!眼下美美来服务就是他们唯一的快乐。瘦老头插科打诨,胖老头看西洋景。当然胖老头对洗澡也很期待,不过这要等中心统一调配。美美说,楼下九十岁的爷爷和八十岁的奶奶恋爱了,俩人悄悄跑出去买烤地瓜吃,还在楼前的水池里捞鱼,捞完放,放完再捞,好几条锦鲤都给折腾死了。胖瘦老头认为这事不能干涉,爱情就该到处流传!

美美说她又相亲了,在银行大堂相的,大堂里有空调,有免费咖啡和沙发椅。两人没话找话说,对面窗口里点钞机正啪啪啪清点钞票,男的说,我要有这么多钱就好了……这期间美美又换了条热毛巾。瘦老头龇着牙滔滔不绝,要么不嫁,要么找个好样的!什么是好样的?事业心和责任心最关键。

遥想当年他在保卫科就调教出不少棒小伙,人都是他亲自从各车间选的,他训练他们出操、跑步、飞标枪、撒手榴弹,整个一军事化管理。厂里遇到任何危险都能第一时间冲上去。胖老头问,你?干吗的?本人,保卫科科长!你这身量当保卫科科长?那当然,有什么问题吗?

一次仓库失火,他率领保卫科奔赴现场,他一桶水直接倒身上冲进火海,把那个被吓晕的仓库保管员救出来。女工感激涕零,说就算做牛做马也要报答他的救命之恩。他当场表示心意领了,可家里空间有限,实在没地方安置牛马。厂里的表达比女工更实际,开表彰会、戴大红花,还颁发奖金一千块。星期天他请全保卫科在湖边自助餐,烧鸡、香肠、啤酒摆满地。大家正喝得热闹,前边咕咚一声,有孩子掉湖里了。还是他奋勇跳下去把人捞上来,一个在湖边玩水的小姑娘,八九岁的模样,他把孩子倒背在肩上足足跑了半个多小时,那孩子才从嘴里喷出一口水,他又被市里评上见义勇为奖。看看,他总能撞上奋不顾身舍己为人的好事!当然这也是整个保卫科的荣耀,有几个小伙子还为此找到心爱的姑娘。人家说,知道大名鼎鼎的保卫科,遇火救火、见水跳水,个个好样的!

本来是说美美,说着说着瘦老头就往自己身上薅,像作英模报告!说到关键时刻竟忘记自己是个瘫子,都想一屁股坐起来!胖老头白他一眼,好汉不提当年勇,提那些旧账干什么?当年那些个棒小伙现在怕也老掉牙了。胖老头问,和银行那个有戏?能有什么戏?美美摇头,约个会都在银行蹭咖啡,将来的日子可怎么过?瘦老头问她择偶标准。人要勤快本分,还有,哪怕是二手房也不能背贷款!我妈说背债的日子不好过!胖老头觉得男人踏实顾家才重要。他那几个徒弟在单位里勤勤恳恳炒菜,下班回家洗衣服、看孩子、拖地板,有时候做了好菜还偷偷拿塑料袋往家顺一点……一次他拿萝卜皮做了道糖醋萝卜花,那萝卜

风筝 / 247

皮被他打理得娇艳欲滴、清脆可口,简直化腐朽为神奇!大家都说这菜能上厨艺大比拼。下班前才发现满满一盆糖醋萝卜花就剩个空盆!原来是徒弟们给私分了拿回去。

后厨大米发霉长绿毛,经理吩咐扔掉。这么多大米扔掉太可惜,他把大米洗净泡在缸里发酵,做成醪糟酒,又是一次成功的废物利用,连经理都过来讨酒喝,并许诺年底评他当劳模,同时他还发现徒弟们在悄悄准备罐头瓶……年底他真就当上劳模,还破格涨一级工资。这样的事情有好多,谁不知道酒店后厨有个大师傅好手艺!瘦老头不屑,难道让美美找厨师?有什么不好?跟着厨师一辈子嘴不亏。美美边干活边听着两个老头鸡嘴鸭舌。他们哪是关心自己,分明在讲各自的光辉史!

美美再来,话题依旧,不过这次给提升了格调,关于爱情。瘦老头说,爱情这东西可遇不可求,一旦遇见就不能错过,必要时候上手抢都没关系。他那终身大事就是在公交车上搞定的,当时她站在他对面,她梳着一条粗粗的辫子,辫梢上缠着对儿红铃铛,红铃铛晃晃悠悠响了一路,他那颗心就怦然了!他跟着人家一直坐到终点双龙台,又尾随着走到清屏湾,当时的清屏湾还没开发,周边空空落落、人烟稀少。她在路边仅有的那座小楼前停下。让这么一个柔弱女子独自出入清屏湾岂不太危险?做人就该有担当,他觉得自己有义务保护她,老天让我遇见你,就是派我来保护你!当然这话后来被他写在情书上。他的身影时常出没在清屏湾,姑娘倒直接,我有男朋友了。这话怎么说的!可他偏偏一副执拗德行,对人对事不见棺材不掉泪,不到黄河不死心。

他的攻势不落俗套、别出心裁,歌词是用彩笔抄的,情诗是用毛笔写的,还花费心思做了个大风筝,一只锦鸡飘着长长的尾巴。那个时候清屏湾天空灿烂、天宇深邃,真适合放风筝,他一个人拉着风筝线在旷野里奔跑,迎着阳光、顶着微风,当时的天气真给力,他的风筝放得也真争气,一次都没挂到树上。她躲在窗帘后面偷窥,好多天后才参与进来,他们一个牵一个引,配合默契。当锦鸡在天空中与云彩并行时,他笑了。她说那个人是家里给介绍的,见过几次,对方殷勤厚道,都有围巾和皮手套相送。现在风筝打败了围巾、皮手套,他建议把东西还回去。可是……可是已经戴过,那围巾还在车上刮条口子,他慷慨地拿出钱包,算算得多少。后来呢?美美问。后来成了孩子他妈了。瘦老头告诉美美,记住,机不可失,时不再来!美美把头扭向胖老头,你呢?你的罗曼史如何?

胖老头望着天花板不说话,他腮帮子的肉流到枕头上。美美拎起来给他耳根子擦一擦,你没有好玩的故事吗?大街上看好就去追去抢,那和强盗有什么分别?都该判个抢劫罪。胖老头嗓子里轰隆轰隆像一头愤怒的猪,他两手抓紧床单,像要扑过去把瘦老头揍一顿。不想讲也没关系,美美站起来,胖老头说他看见不正之风就有气,自己还是看重日久生情,知根知底、彼此熟悉,伸手去夹人家锅里的菜缺德。

他老婆是酒店服务员,人很腼腆,话也不多,没事就到后厨帮忙择菜,两人搭伴,脸对脸择,有天一捆韭菜整整择了一下午,他师傅说这顿饺子怕是要等到猴年吃。后来还是师傅捅破窗户纸让俩人大大方方好起来。

胖瘦老头讲述着彼此的恋爱史,偶尔还会间歇一会儿,或许说累了,或许是回想到当初某个温柔的场景,或许是感叹时间过得太快,怎么一下子就老到这般光景,他们那些个当初,既像昨天又像上辈子。美美让他们喝一点水。这样的故事老套乏味没惊奇,对美美没有任何启发。哪怕带点刺激的?你们对婚姻一直都忠诚吗?后来有没有去外面偷嘴？瘦老头苦笑，还没来得及偷她就死了。后来找的都不行，一个让我儿子把她儿子也弄到澳大利亚，一个总惦记我兜里那几个钱，心里都藏着自己的小九九，根本不和你踏实过。我就去足疗店，宁可把钱给小姐也不便宜她们。

胖老头这会儿气儿顺了，还蛮得意的，他和那个勤快的女人整整过了一辈子，退休后俩人还开了家风味馆，赚到钱就去旅游。他们像燕子那样半年在南方半年在北方，直到老伴去世才来的养老中心……

下一日他们继续围绕美美车轱辘话，美美只是话题的一个中心轴，一个引子、一个楔子，转来转去最终落到一个基本点上。今天的基本点是关于子女。瘦老头两个儿子均技术移民澳大利亚，当初老婆身体不好，哪有工夫去管他们？天生念书的材料，重点中学、重点大学，那哥儿俩一路绿灯，从来也没进过补习班！倒是给家里省不少钱。胖老头也不示弱，他一双儿女都在璀璨的东方明珠上海。他们在那里读大学、找工作，还都风风光光买上房子。

说来说去就聊到隔辈人，那是他们的孙子孙女。孩子们还都是成长中的苗苗，彼此分不出个尺长寸短。不过这些苗苗将来一准能长成粗壮的好树，俩老头目光迷离，仿佛看到祖坟上冉冉冒起的青烟。提起孙儿，他们语调温柔，面带暖色，是那种深入骨髓的疼爱，要超过儿子多少倍！不知道孩子们是否偶尔会想起住在养老中心的爷爷，他们的爷爷老得不能动了，全身的零件几乎都坏掉了，连吃饭穿衣这样的事都要麻烦别人。但他们的心还在正常运转，他们把孙儿安置到心尖上，每每想起心头一热！

之前美美加了儿子们的微信，也分别视频过几回，但大多时间不凑巧，这里面有时差问题，也有繁忙问题，父子轻易接不上火。他们当然都孝顺,不然当爹的怎么会来这样规格的养老中心?孝心归孝心,但对于时间,他们真的没办法!这一点当爹的很清楚,如果儿子们把时间花费到自己身上,那当下的衣食住行一系列问题势必大打折扣!有些事情永远无法完美,一根甘蔗哪会两头都甜?下午的阳光红彤彤地铺到床上,他们闭上眼睛睡了……

美美是连人带盆摔倒的。前几天中心搞智力竞赛,九十岁那老头一口气得了两个大西瓜,他准备一个等儿子来拿,一个送隔壁奶奶,敲门时西瓜从手里滚出去摔个稀巴烂!美美刚好经过踩上去……伤筋动骨一百天,不过你们放心,所有医疗费用都由中心来承担。主任边说边把身边的阿强拉上前,近期你们的日常都由他来料理,阿强可是养老中心干活最卖力气的,不少老人都争抢着要他,相信你们也会喜欢他。瘦老头问,智力竞赛什么题?翻倍数学,九加十九,九加二十九,九加三十九……就这,我能得四个大西瓜。美美什么时候来?这个说不准,三个月五个月谁知道?胖老头说,美美工作认真、态度和蔼,我俩……我俩还是喜欢美美。地下有脏东西,阿强进卫生间取了拖把擦,主任指着他,看看我们多能干,整日勤勤恳恳,一句废话都没有。瘦老头说,我怎么看他一锥子扎不出个屁来!您老猜得对,别说一锥子,一百锥子也扎不出来!打小就没开过口。哑巴!您也猜对了胖大爷。阿强在认真擦抹椅角旮旯的灰,还不知道主任正根据他的特征展开智力竞猜。

阿强不会说话,干活却懂技巧,他端个盆对着胖老头发愁,这么一摊子肉后背可怎么对付?凭他的力气肯定翻不过去!阿强转转眼珠找来一块木板塞胖老头身底下,然后运用杠杆原理一屁股骑上去,生把胖老头给撬起来,擦背问题轻飘飘解决了。因为哈腰的幅度太大,阿强又进行了新一轮的技术改良,他将拖把头换上毛巾,骑在木板上拖胖老头,把对面床眼睛都看直了。

胖老头示意阿强帮他挠挠背,这么久不翻身痒死了。不行,还是不行,胖老头晃着大脑袋。阿强又找来马莲根刷子,这个好!舒服,太舒服了!瘦老头示意阿强也帮他刷刷。哎哟,这个一般人真享受不了!阿强手脚麻利,又是木板又是马莲根刷子,他噌噌噌很快把俩老头秃噜一遍,然后抖抖毛巾闪了。

屋子里出奇地安静,墙上的挂钟嘀嘀嗒嗒往前跑,分针追赶着时针,时针追赶着秒针。现在两个老头活着的基本内容就是躺在床上听钟表往前跑,跑一圈少一圈。他们不禁想念起美美,那双温柔的小手啊,一下一下、不快不慢、不轻不重。他们又为美美担心,果真给摔瘸了跛了,这丫头找对象更困难了,想想又觉得是为古人担忧,年纪轻轻摔个跟头哪至于!

窗外有鸟叫,阿强干完活,瘦老头示意他把床摇起来。外面真好,湖里有鸭子,广场上有花。瘦老头向对面床描述着外面的世界。窗外是个不大的广场,广场中央镶着两个花坛,一个红艳艳,一个黄莹莹。南面并排矗立着几个小店,分别是发廊、快餐店和中药房。小店前面是一条斜马路,上面画着清晰的斑马线,对面有眨着眼睛的红绿灯,马路上有来往的行人和机动车。广场北面是一条人工湖,上面游着鸭子还有鹅,人工湖的旁边是一片小树林。天,瘦老头喊,从这里望下去,广场就是一朵璀璨的大花。你看那花坛是花心,斜马路是花茎,小树林是花叶,人工湖和小店是花瓣。因为一扇窗,胖瘦老头看到了日子的生机。

一个女孩从发廊走出来,手里托着个风筝,风筝大得竖起来都有女孩高,女孩托着它在广场上跑。这孩子有点笨,风筝不是这么放的!瘦老头跟着急,你得一手拿线轮,一手提风筝,等有风来乘势把它撇出去。

女孩怎么弄都不行,瘦老头唠唠叨叨,也难怪,这么大个风筝总要有个帮手好!

看看从发廊里出来个小伙子,小伙子有经验,他让女孩拿线轮,自己托着风筝跑出去好几十米,两人配合不错,风筝总算飞上了天。原来是一只扇着翅膀的鹰,瘦老头在床上松口气。胖老头鼓着腮帮子噗噗往外吐气,嗓子里轰轰隆隆响。瘦老头吓得要按电铃,怎么了?可别一口气上不来挂掉。你才挂掉呢。瘦老头见他还能骂人,没事。

瘦老头盯着窗外说,有人进发廊了,小伙子赶紧跑回去,女孩也草草收了线,俩人应该是经营发廊的,现在来活了。胖老头问,现在理个发多少钱?谁知道?之前我们社区给老人都是免费。我上班时酒店也有理发店,给职工半价。

瘦老头介绍,广场上还有个女人卖小孩玩具,横七竖八地摆在一块塑料布上,女人拿起一个小瓶子对着天空吹泡泡,有几个小孩围过来用手抓。一旁还有个卖糖葫芦的,那男人扛着个扫把模样的杆子,杆子上插满糖葫芦。胖老头讲他也会做糖葫芦,糖葫芦的口感全在熬糖火候上,糖熬出状态糖葫芦就香甜酥脆,火候不到位则粘牙发硬。一定要白砂糖,必须用勺子边搅拌边加水。你之前卖过糖葫芦?卖什么,做着玩,给老婆、孩子吃。

湖边有个白胡子老头打太极,一招一式还挺带劲。瘦老头感慨,他应该不比我们小!再看看我俩!自己曾经也练过几天太极,如果坚持下来也不至于现在这模样。胖老头觉得命这东西自己做不了主,老天叫你怎样就怎样!你看看那个卖糖葫芦的来生意没?我看看他好像和卖玩具的女人打起来了……

每天瘦老头都让阿强把床摇起来,然后对着窗子向胖老头现场直播。那女孩和小伙子只要没生意就跑出来放风筝,两个人的关系也在发生微妙的变化。最初小伙子很含蓄,一双手只对着风筝使劲,渐渐那双手就有了递进式的变化,开始一只手探索样地扶到女孩肩上,后来两只手都搭上去,一副保护弱小的姿态,像怕风把女孩也拉到天上去。后来那手就进到女孩臂弯里,现在俩人手拉手啦。瘦老头乐,小伙子有出息!

胖老头又鼓着腮帮子噗噗吐气,老了老了,净添毛病,他一面吐气儿一面晃动着那身肥肉,扑哧从身下挤出个屁,瘦老头捏住鼻子。胖老头笑了,畅通后他面带愉悦,不知道那个快餐店卖些什么?一个快餐店,无非是包子、饺子、稀粥、面条,瘦老头用手扇着浊气。店无论大小都要有自家特色,他之前经营的风味馆就有好几道拿手菜。他还计划开个粥店,收集的粥谱就有几十种。粥能调解肠胃、容易消化,补充水分、加强食欲,是老人、孩子、病号的最佳饮食。后来老伴身体不好,孩子也不同意他们这个岁数继续操劳。胖老头讲当时自己研制了一款苦瓜冰糖粥,那是又清凉又解暑。胖老头咂咂嘴,仿佛正端着碗喝那清凉解暑的苦瓜粥。

女孩只顾和小伙子讲话,风筝一头栽到树上。瘦老头怪俩人做事不认真。小伙子回发廊取来竹竿往下挑,三挑两挑也不成功。他发现有人在推发廊门,就把竹竿交给女孩往回跑。女孩仰着脖子挑几下去那边买了一根糖葫芦,她一手拿糖葫芦吃,一手拿竹竿敲,只象征性地拍打树干。卖糖葫芦的要过竹竿帮她挑,一下一下的,白费力气。卖玩具的女人走过来说了句什么,女孩转身跑进发廊。

女孩取来一个扫帚接到竹竿上,有人围观,卖糖葫芦的拿着竹竿跳,扫帚从上面掉下来。那个练太极的白胡子老头要过竹竿脚踩树干噌噌往上蹿,轻轻一掀风筝落地。孩子们鼓掌,老头拿着竹竿当场来个白鹤亮翅的造型,女孩捡起风筝同老头自拍合影。这时候小伙子从发廊出来看见外面万事大吉,就揽着女孩往回走,女孩嘴里说着什么。肯定是说,那个白胡子老头真厉害。

胖老头问,卖糖葫芦的和卖玩具的和解了?和解了,看那女人正帮忙把糖葫芦插成一束大火炬。快餐店客流量如何,吃饭的人多吗?不多,但饭口总有人进去。胖老头讲,干餐馆一是味道,二是卫生。干净舒服的环境很重要,他那个风味馆全部的浅色座椅、浅色杯盘。当时他们的招牌菜是牛蛙小炒,红红的辣椒油、绿绿的青蒜苗、白嫩嫩的牛蛙腿,放在亮晶晶的盘子里,光看着就让人流口水。有个男人进门别的菜不要,直接四份牛蛙小炒,嘴都吃肿了。

大半天不见天上有风筝,瘦老头急,女孩生病了还是发廊里活太多?胖老头问,那个白胡子老头还练太极吗?天天练,刚刚一个老太太赶鸭子似的把两个小男孩领到湖边,一个男孩拿石头往湖里扔,另一个拿石头往老头身上扔。老头怒斥轰赶,小孩子逃跑中摔倒咧嘴哭,老头抱着孩子和老太太走进中药房,白胡子老头应该是中药房大夫。胖老头说,难怪他身体那么好,都是中医调理的结果。

有人偷鸽子了,戴鸭舌帽那个,你看他一边装模作样喂鸽子,一边迅速把鸽子扭断脖子塞兜里。瘦老头喊着抓贼抓贼,可除了对床的胖老头谁能听见?胖老头说,这家伙准是回去熬鸽子汤了,鸽子汤能补肝壮肾、活血化瘀……不过要说口感还是牛尾汤,牛尾要在清水里泡半天,加上葱姜在锅里煮至奶白色,怎么也得煮两个多小时,然后放入山药和胡萝卜小火煮,牛尾汤也曾是他们风味馆里的招牌。瘦老头讲他老伴做牛尾汤也拿手……当时他几乎天天喝,好像少了这口觉都睡不

风筝 / 255

踏实。

根据瘦老头要求,阿强端来两份牛尾汤,瘦老头赶紧嘬一口,鲜鲜的味道好到天上了,和我老婆手艺不相上下,你也快趁热喝!碗到嘴边胖老头开始"泄洪",哇啦哇啦各种污秽从胃里喷薄而出,碗里、床上顷刻一片汪洋。瘦老头皱着眉头把汤勺扔掉,该死的老东西近来不正常……不平衡了?

瘦老头说女孩又出来放风筝,她今天穿了一件淡粉色连衣裙,裙摆上还挂着不少穗子,她拉着线绳在广场上跑,裙摆就在风里飘。小伙子走过来,手里拿着吃的递给她,女孩没接住掉在裙子上,然后噘着嘴收了风筝返回去。

快餐店门前支起一口黑锅,他们要在外面炒菜?快餐店肯定是炸油条,生意冷清增添新项目,胖老头判断。炸油条也讲技巧……瘦老头没好气,一说吃就来劲!一辈子有口头福那是造化,胖老头为此自豪。

斑马线那儿有的人很规矩,老老实实站着等红绿灯,有人则不然,不要命似的往前冲,像是赶着去救火。一个送外卖的小子骑着电动车差一点就和对面的出租车来个顶头碰,司机下车朝着背影追了几步返回去……胖老头说出租车净挣黑心钱,他和老伴在海南被宰了一百多块。

那边白胡子老头挑着扁担在湖边打了两桶水,然后用瓢往花坛里泼,瘦老头觉得他闲得难受,胖老头说他是怕花渴。这么说着胖瘦老头就觉得嗓子紧紧的,便按电铃要水喝。

天阴阴的,广场上一个人也没有,一条瘦骨嶙峋的狗卧在花坛边,女孩出来给狗狗丢下吃食后返回去,瘦老头说这几天发廊里活肯定多。不一会儿女孩从发廊里跑出来直奔小树林,小伙子在后面边追边喊,俩人吵架了?

阿强来关窗子,下雨了,他指指天又指指外面。瘦老头脑袋放在窗台上誓死捍卫,连续下了几天雨,瘦老头都不让关。他病了,感冒发烧还咳嗽。医生给打了针吃了药,他仍旧坚持把床摇上去。胖老头问,这大雨外面有啥看头?瘦老头不语。有人理发吗?有人进快餐店吗?胖老头说,我那风味馆,别说下雨,下刀子都挡不住人。瘦老头始终不讲话,靠个窗子了不起呀?胖老头开始后悔自己晚来几日,不然外面的广场现在属于他。他可不会像瘦老头只盯着女人,他会看花、看鸟、看人练太极、看糖葫芦成色、观察快餐店客流……

夜里胖老头让雷声惊醒,与雷声相伴的还有瘦老头排山倒海的咳嗽,胖老头一只手伸向电铃,听见瘦老头断断续续说,风筝,风筝挂树上了。胖老头胸口的浊气噗噗往上涌,噗噗噗……他在黑暗中闭着眼睛,直到万籁俱寂,悄无声息。

天晴了,太阳出来了,瘦老头被抬了出去!胖老头要求换到靠窗的位置上。他迫切地让阿强把床摇起来,胖老头看见窗外有一堵残墙,灰暗且破败,墙角那儿有棵老槐树,树枝上挂着个风筝残骸,拖着一条肮脏的尾巴。他还看见前面不远处一个梳大辫子的姑娘,一手托着风筝,一手托着红围巾,那围巾下面有条口子,刀割一样往外滴着血……

发表于2019年第3期《中国作家》

2019年第4期《小说选刊》转载

桉树下面

凭借侍弄阿猫阿狗的经验,秀儿把杰森侍弄得很不错。秀儿先后养过五条狗、三只猫,这些小兽到了她手里,就像轮胎遭遇了打气筒,眨眼间圆滚滚的,和小肥猪有一拼。可杰森非猫狗,他是个仅有八个月大的小人儿。那又怎样?这世上的好多事儿还不都是打断骨头连着筋,张三的经验挪给李四,猫狗的经验转嫁给杰森,其效果相差无几。不服气?杰森胖胖的脸蛋就是铁证。秀儿觉得杰森和阿猫阿狗都是小可爱,都是小乖乖,其本质区别是杰森身上没有毛。

杰森家院子宽敞,中间铺着一个泳池。雪白的瓷砖、蓝瓦瓦的水,边沿上放着个椭圆形烟缸咪咪地闪着红光。烟缸是水晶的,丽丽常把一枚枚烟蒂、果核丢进去,盛了污物的烟缸依旧美艳,把整个院子都照得神采飞扬。

泳池旁边有一棵粗壮的桉树,举着一把碧绿的大伞,秀儿靠在那儿望着婴儿车里的杰森。小家伙睡得真香,鼻孔里的气息一鼓一鼓,把睫毛吹得像两把小蒲扇。秀儿凑过去在人家脸蛋儿上狠狠香一口。

杰森还有一个乳名叫大喇叭,丽丽坐在泳池边一面喝着卡布奇诺一面喷着香烟叫,大喇叭,大喇叭,你个坏东西。杰森不搭理她,秀儿正拿根头发在他肚皮上画圈,左一圈右一圈,这个游戏痒痒又好玩,杰森老母鸡似的咯咯咯笑不停。

杰森不喜欢丽丽,一落地就瞧着他这个妈心烦,于是就哇啦哇啦……哇啦哇啦……他嗓音嘹亮,气势如虹,直哇啦出好几条街去,杰森的爸以处理生意为名匆忙跑路。丽丽把头撞到墙上,咚咚咚……擂鼓似的。大喇叭,哭丧也不过如此,大喇叭,你有完没完?

我们秀儿来了,杰森就不哇啦了,而且乖巧可爱。所以呢,我要和你们阐明一个道理,千万不能小觑生活中那些不起眼的小兴趣小嗜好,诸如耍个小牌、鼓捣个猫狗,说不定就能成全一个饭碗。

侍杰森比侍猫狗辛苦不到哪去,其娱乐效果还是侍小人儿更胜一筹。杰森会笑,一笑眼睛眯成一条缝,脸蛋多出两个小酒窝,杰森会哭,哇啦哇啦眼睛鼻子嘴顷刻扭成一团,杰森会敲,抓着小碗把桌子砸得咚咚响,杰森会爬,屁股蛋儿一扭一扭,像两个暄腾腾的面包……

铃铃铃,开饭了,开饭了。

金色手推餐车上摆满各种瓶瓶罐罐,牛奶、果汁、米糊以及这个时段孩子所需的各种营养品。秀儿充分利用现代工具,她在手机上设了定时呼叫:铃,牛奶瓶;铃铃,果汁瓶;铃铃铃,蜜水瓶……小瓶们在杰森嘴里上蹿下跳,这孩子被灌得一天大一圈,秀儿都觉得婴儿车里装的是头小肥猪。

婴儿车旁边总放着一个篮子,有鲜嫩的水果密密实实堆在里面,都要滚出去了,都要把篮子撑破了,一个大桃子叽里咕噜掉下来,在秀儿脚边打了一个转儿扑腾掉进泳池里。离这不到四十公里处有个属于杰森家的果园,红的、绿的、扁的、圆的,足有十几种。他们只在应季时雇人打一点药,平时也懒得管理。丽丽尤喜摘果!

水果堆在那儿让人发愁,都成了任务,都成了负担。丽丽催促,吃个桃子,桃子滋养皮肤,再吃个梨子,梨子润喉清肺,还有香蕉、李子、火

桉树下面 / 259

龙果……秀儿满嘴红汁绿液,水晶烟缸里的果核已经堆出山尖儿。丽丽朝杰森望过去,这小家伙什么时候能一口气消灭个桃子?多么希望她儿子赶紧加入到消灭水果的队伍里来。走了,摘果子去了。

待丽丽出门,秀儿挑出几个品相不好的瓜果,像扔铅球那样把它们撇出去。她投掷技术不断提高,越扔越远,嗖一下飞过院墙。墙外是片空地,除了吃饭睡觉看小孩,秀儿在这边唯一的娱乐就是将歪瓜裂枣挖坑种下,每每这个时候她都很有成就感,觉得自己正在操控一个生命,好比一种主宰。她幻想着多年后这里变成一片果园。幻想当然不着边际,却能抚慰她此时乏味的生活。

秀儿对睡在婴儿车里的杰森讲,你老妈真愁人!就不能再找点儿别的娱乐项目?再好的东西也架不住这么吃,看看我这一脸的苹果绿,倒盼着多来点荤腥。杰森睡得正酣,把一只小拳头嘬得吱吱响。

闲着没事儿秀儿就和朋友语音聊天。现在她有空就和朋友聊聊,也难怪,混得好的人一般话都多,都愿意表达,混不好就是走个顶头碰也把脸别过去。秀儿说她在给杰森先生当生活助理,他嘛,一个顶好的青年,慈眉善目,一笑俩酒窝。薪水当然高了,不过这属于个人隐私!朋友好生羡慕,快把那帅哥照片发过来!这怎么可以,杰森先生很低调的!他做哪个行当?这可是商业机密。看看又是隐私又是机密,怎么跟特工似的?莫非进了传销组织?说什么呢?这可是布里斯班。

秀儿透过手机已经看到对方发红的眼睛,耳朵竖着、脖子勾着,满脸的羡嫉。可以理解,说到底布里斯班也是白人的天下,能在这儿找到一份称心的工作谈何容易!问问杰森先生还用人吗?那什么,他有女朋友吗?杰森一骨碌抬起头,把秀儿吓一跳。

小家伙一瓶奶下去肚子鼓鼓的,秀儿给他轻轻拍出饱嗝,又卸下尿片换上小泳裤,然后把他放到泳池里那个充气大白鹅上,杰森两只小脚乱蹬,大白鹅便在水里拨清波。秀儿也换上泳装跳下去,她一会儿拉着大白鹅脖子,一会儿推着大白鹅屁股,泳池里顿时浪花一朵朵……

铃铃,该喝果汁了。秀儿把杰森从泳池里捞出来。一瓶没喝完两只眼睛就开始打架,太阳照在他粉嘟嘟的脸蛋儿上,这胖小子枕着日光又睡了。丽丽都崇拜秀儿了,怎么杰森偏偏就买她的账?我可是你亲娘啊!我一把年纪拼了老命把你带到人世,你个小没良心的!休息日秀儿和朋友去咖啡馆,还没坐安稳丽丽电话追过来,里面充斥着杰森的号啕,你还是快点回来,我搞不定他的,脸都哭紫了,妈呀!又黑了。快点回吧,工钱咱们另算。秀儿站起来,不好意思,杰森先生有事,让我赶紧回去!

呵呵,秀儿是昆士兰大学商学院的应用金融硕士,怀揣货真价实的毕业证书!那又怎样?革命工作不分贵贱,尤其在布里斯班,市长还挎着篮子买菜呢!花园般的住宿,一堆一堆的新鲜水果,况且杰森又乖巧又嗜睡,况且丽丽随和,工资又不少,和之前在奶茶店、甜品店比起来堪称飞跃!况且关上门谁知道?

丽丽摘了一筐水果,居然还买了龙虾、羊排、帝王蟹。她先把水果浸在盆里,然后一手拿抹布一手拿拖把楼上楼下忙不停,边边角角的灰、窗子上的玻璃、茶几上的小摆设、案台上的炊具、卫生间的马桶……忘了忘了,丽丽一拍脑袋,台布、窗帘、沙发套、靠椅垫……整个客厅都给穿上新装。秀儿和杰森正在泳池里嬉戏,他们的笑声越过拉门跳进屋里。秀儿,你把泳池的水换掉,等下我还要出去一趟。

秀儿捏着杰森小鼻子,不年不节的你老妈怎么忽然就勤快了?其实丽丽是条大懒虫。她不喜欢做饭、不喜欢搞卫生、不喜欢捯饬自己,

校树下面 / 261

好像也不太喜欢杰森,总之,但凡劳心劳神出力气的事她统统不喜欢。那她到底喜欢什么呢?来这个把月秀儿基本摸清套路,除了摘水果,丽丽喜欢窝在沙发上追剧,从古装到现代,从穿越到谍战,一集一集直追得潮起潮落。

她周遭摆放着各色小吃水果,大帅哥出来啦!丽丽呼叫着把薯片嚼得咯嘣咯嘣响。一对苦命鸳鸯被折腾得屁滚尿流、死去活来,丽丽口衔杏儿眼泪汪汪,这会儿她的心比杏都酸。其间她会闭上眼睛小憩一觉两觉或三四觉,电视里的爱恨情仇、打斗厮杀成了安眠曲儿,醒了也不返回,而是继续往下看。晚上,给杰森洗澡,秀儿内急喊她帮忙,人家正追《三生三世》哪顾得上?秀儿告诉杰森,太阳从西边出来了。

丽丽打外面回来,黑头发变黄还多了波浪卷,手指甲变红还贴上小星星。秀儿看一眼案台上的龙虾,今晚吃大餐?明天,明天山姆舅舅来。谁是山姆舅舅?我表弟,当然,也是杰森的表舅。

丽丽把自己装扮成一棵圣诞树,梵克雅宝那枚经典的四叶草在她脖子、耳朵上叮当摇曳。她哼着小曲把羊排放进烤箱,蒸了龙虾、帝王蟹又拌了水果沙拉。羊排的香味飘出来,秀儿的口水在心里流成河,掐指算算已经很久没吃新鲜羊排了!她抱着杰森围着烤箱转,快闻闻香不香!

杰森不喜欢这味道,气得眼泪噼噼啪啪往外飞,秀儿又唱又跳又摇晃,杰森只管哭得长江涨大水。丽丽急了,快带他出去逛逛,到超市那边坐摇摇车去!可秀儿这会儿不想走。丽丽飞快地从烤箱里拿出一大块羊排,等等,再带些零钱。

秀儿一手推婴儿车一手往嘴里送羊排,脑袋里挂念着锅里的龙虾、帝王蟹。她在路边蹲下,杰森你个大坏蛋,带你这么久也不知道心疼人,要知道我有多想吃那帝王蟹,你说丽丽能不能给我留一只?那螃蟹好大个!她拿羊排往杰森嘴上凑,杰森舔着嘴唇咯咯笑。你现在笑了,坏东西,我可不是大馋鬼,只怪你们家伙食太素淡!

街上没什么人,秀儿不打算坐摇摇车,那东西嘴巴大,没几下子一块比萨就摇进去了,至于这零钱,权当对错失美味的一次补偿吧。她推着杰森漫无目的地穿梭在八里坪的街巷上,一栋房子前面开了满树粉红色的花,把一边的院墙都映得红彤彤。一个女人正用一根细水管浇花,她不光浇花还浇地,眨眼间地面上的方砖都像花那样水灵灵的。秀儿和她打招呼,居然也是中国人!秀儿很兴奋!对方拿了椅子请她坐,这孩子是……?他叫杰森,我表姐的儿子,她可不想说是被雇用看孩子的。

女人停下手里的活,多可爱的小家伙,她摘下一朵花别在杰森耳朵上。杰森扯下来把花抓个稀烂。俩人逗得哈哈笑,女人说她儿子小时候也这样胖乎乎的,现在都上中学了,平时住校,只周末才回家。屋里传来一阵甜甜的香气,女人跑进去拿出几个榴梿酥,明天家里来亲戚,他顶爱吃这个,先烤几个试试。俩人又聊一会儿,女人说等下要去商店买点东西,并邀请秀儿有空过来玩。您怎么称呼?叫我莎莎吧。

莎莎家对面有个小山坡,有几棵树在清风里摇晃,遮出一片阴凉,都是桉树呢!秀儿推着杰森爬上去,她摘下几片树叶放在胳膊上让小家伙枕着。杰森真棒,没一会儿便呼呼上。秀儿竖起大拇指,表现不错。

秀儿发现山坡下有座漂亮院子,白色的栅栏上绑着一条条彩带,有小风一吹,彩带们就翩翩起舞了。院子中央立着个花环拱形门,秀儿猜那些花应该是塑料的,不过泳池旁边那些花可是从地里长出来的,一簇

桉树下面 / 263

一簇,灿灿烂烂。不远处还悠荡着一个大筐,大筐两边缠着好些串红,仔细看,原来是个秋千。对面有白色桌椅,椅子把手上飘着五彩气球,这哪里是什么院子?简直是草坪婚礼现场。秀儿的目光从院子挪到前面的房子,哎哟,那不是莎莎家吗?门前那些刚刚浇过的粉红色的花正在清风中摇头顾盼。

秀儿两手托腮,眼神迷茫,她都幻想着和亲爱的在院子里荡秋千了,他们荡得很高,差不多伸手就要摸到天了,她吓得一阵尖叫。秀儿手巧,会织围巾,她要织一条长长的天蓝色围巾,把她和亲爱的紧紧缠在一起,这样荡秋千就不会害怕了。两个人在秋千上荡漾,围巾的穗子在风里飘呀飘。这样的美好人生,光想想就觉得过瘾。秀儿爱幻想,有期待,那是穿着草裙过美好生活的愿望。

可惜秀儿还没有亲爱的,之前倒是有个亲密男同学,俩人出双入对地搭伴玩,也算是在异国他乡彼此的心里慰藉。他们吃吃喝喝,玩得还蛮开心,后来男同学拿着清单来找她,连某天下午秀儿吃了两个冰激凌都记录在案。男同学摊开两手,有什么办法?自己用的是亲情卡,他每花销一分钱都在老妈的掌控之中。当然,如果秀儿以身相许就另当别论,谁的钱是用来打水漂的?

这个妈宝男胸无大志,秀儿可是为了理想和抱负才漂洋过海的。她要尽其所能在这边生根发芽,不然千里迢迢来干吗?如果当初选择了可以移民的专业,情况会好些,但她真心不喜欢那些专业。至于那个亲爱的,无论怎样都要与她的理想达成共识,而并非牵绊和拖累。秀儿望着院子忽然想哭,我那个亲爱的,你藏在哪儿呀?快点儿给我滚出来。

杰森的哭声把秀儿叫醒,她的春秋大梦做得有点长了。家门口停着一辆车,丽丽半个身子含在车窗里。她把身子挪出来时,秀儿看见驾驶位上坐着个长头发男人,看不清脸,不过下巴上那颗黑痣像夜空中的星星一闪一闪。随着丽丽挥动的手臂,汽车载着那颗星星不见了踪影……

丽丽果真给秀儿留了一只大螃蟹,足有饭碗那么大!她像中了六合彩,眉梢、眼角都闪着银子般的笑,一把抱过杰森,鸡啄米似的把一张小脸给亲红了。她还递过一把剪刀,吃螃蟹先吃脚,蟹脚凉得快,影响口味,剪掉它的八只脚和两个大钳子,把蟹脚剪成三节,最末那节可以当工具把前两节的蟹肉捅出来……

丽丽的热情让秀儿又受宠又不自在,她又不是没吃过螃蟹,你在旁边这么指挥,叫人怎么张口?那什么,昨天你说山姆舅舅能帮我开他红酒店的工作证明。当然没问题,已经和他打过招呼。需要杯红酒吗?山姆舅舅拿来的……

来,杰森,看爸爸在干什么,杰森拿着手机哇啦哇啦说,口水流了满屏。丽丽今天温柔得像个女生!她扒着杰森嘴唇,让爸爸看看我们长了几颗牙!那边的爸爸好像喝大了,又夸他儿子白胖又夸他老婆俊俏……俩人啰里啰唆废话了半天。又给杰森姐姐打电话,那边很吵,简单问候过就放下。

丽丽告诉秀儿,杰森爸爸家族在国内开着一家轴承厂,杰森姐姐八岁那年他们来的布里斯班,爸爸每年都过来住一段。那个比杰森大十八岁的姐姐现在美国读大学,前一阵还处了个男朋友。我们杰森是他这一辈家族里唯一的男孩子,将来是要继承家业的。这么一会儿工夫秀儿获得了超多信息,之前她们很少交流。

第二天下午杰森睡醒开始闹人,把他放到泳池里也不行,秀儿明白,和小狗一样,以后小家伙得经常遛了。她推着杰森经过莎莎家,门关着,按门铃也无人应答。他们又来到山坡上,秀儿把奶瓶塞到杰森嘴里,人和人真是不能比,你这家伙一出生就含着金钥匙,就有个偌大家业等着。可惜我的人生还没着落,签证不满一年就到期,我可不想就这么白白卷铺盖回去。家里血了本让我出来,房子都卖了,总归要有个交代。

丽丽说山姆舅舅能给我开他红酒店的工作证明,管他红酒店绿酒店,只要能留下来就行。其实我俩的妈妈也差不了几岁,我妈妈可没丽丽那么好命,她一天要洗好多衣服,手指头都让水泡变形了。等我在这边安顿好,干脆关掉那个洗衣店。什么洗衣店,其实就是个车库,加起来才十几平方米,里面放着供爸妈睡觉的一张床,供家里赚钱的一台洗衣机,供熨烫衣服的一个板台。为了便于生活,他们又在那逼仄的空间里硬生生给挤出仅能蹲下一个屁股的卫生间,仅能放一个煤气罐的厨房。自己就算回去也没个安身之处。像你们这样的人家多省心,喝的是油、穿的是绸,不如你快点长大娶我吧!杰森哼哼哈哈的,两只眼睛又在打架。

对面在干什么?拍电影?秀儿看见院子里正翩翩起舞,女主角穿着长长的白纱裙,男主角穿着黑礼服,他们鱼一样围着花环门游来游去。男人折下一朵花戴在女人头上,女人小鸟似的依偎着男人。他们的脚步又慢又抒情,男人拉着女人来到座椅旁倒了两杯酒,他们端着酒杯的手臂交织在一起。男人又取过风筝和女人一起托着在院子里跑。一条摆着尾巴的红鱼渐渐升起来,两个人把目光投向天空。女主角当然是莎莎,男主角头发长长的,像在哪里见过。哇,风筝刚好飘到秀儿头顶,她叫一声,就把杰森给叫醒了。杰森开始咿咿呀呀哭,哭得很委屈,像谁抢了他的奶瓶!秀儿赶紧把孩子抱起来,把你吵醒了,对不起,你看看天上游着一条大鱼!怎么没了?连男女主角也不见了!不一会儿男主角又出现在院子里,好像是拿酒杯,他顺手拢一下头发,秀儿心头猛然一凛。

她把婴儿车推到墙拐角,眼睛紧盯着那扇门,铃铃,该喝果汁了。没喝几口小家伙便又哭又闹,错了,错了,秀儿赶紧将水瓶换成果汁瓶。杰森,你要慢点长!你现在最幸福了,没心没肺的,除了吃就是睡。其实人长大了最没劲,先是在学校里受苦受累,然后到社会上受苦受累,再然后为家庭受苦受累!没钱人活得不开心,就像我妈妈,她常常拿着电熨斗把眉头拧成疙瘩叹气——唉,干脆就这样累死算了。有钱人活得也没劲,就像你妈妈,每天清闲得五脊六兽。杰森大概听明白了,哼哈着要表达观点,他很卖力气,两个小腿乱踢乱蹬。坏蛋,又闹人!一股臭味儿从杰森屁股下边钻出来——这小子拉了。秀儿赶紧用湿巾给他清理屁股,再换上尿片。这时候一辆汽车从莎莎家车库开出来,驾驶位上的长头发男人下巴上那颗黑痣一闪一闪的……

丽丽在做果酱,她把水果放进锅里加水、蜂蜜和冰糖熬成泥,放凉后装入一个个玻璃瓶,上面还点缀上花瓣、枸杞,丽丽态度严谨、满头冒汗,把平凡的水果加工成亮丽的风景。她一把抱起杰森,我的小乖乖,我们先来尝尝这些果泥,再发酵些日子它们就变成美味果酱了。你在外面游逛了一天想不想妈妈?哎哟,其实你早能吃果泥了,先前怎么没想起来?秀儿说她很累,头晕晕的。没关系,今晚杰森和妈妈一起睡!

秀儿躺到床上,忽然有种从水里到岸上的感觉!她紧紧抓住床头,心口那儿像有什么东西在咬,一口一口咬得生疼。夜里她翻来覆去睡不实,索性去丽丽房间抱回杰森,有这个小家伙在身边暖着心里倒也

桉树下面 / 267

踏实。

丽丽邀她去 City（商场名）逛逛，中午就吃你最中意的串串香火锅！上次把你辣得满头大汗。还是不太舒服，要不你带杰森去呢？那还是让他在家陪你吧！丽丽关门声音不大，秀儿还是觉得心被震了一下。忽而那个叫猎奇的东西一波一波荡出来，她抱起杰森，你乖乖的，现在我们荡秋千去！

莎莎吊着高高的马尾，穿一件白色卡通 T 恤，乍一看像个玲珑少女。秀儿把杰森放在秋千上悠荡，什么情况？之前那些个花环门、彩带还有气球之类的道具都去哪儿了？秀儿抓着秋千绳看仔细，它明明被缠绕得花枝招展，这会儿却朴素成两根白棍！地上的鲜花依然怒放，玫瑰、百合、蝴蝶兰……秀儿抱着杰森过去摸摸，沾了满手香气。莎莎忙着给她榨果汁，你亲戚昨天来了吗？哦，来了，当天回了。

莎莎拿出一本影集，襁褓里的婴儿、蹒跚学步的小家伙、怀抱足球的小学生、脚踏单车的少年……我儿子凯文，帅吧？她拍着杰森的脸蛋儿，你很快也会变成一枚大帅哥！秀儿发现照片都是这边的背景，一张国内的也没有。他多大？十五岁。杰森的姐姐十八岁了，现在美国读书。凯文在这边出生的？嗯。他爸爸在国内？嗯。他常回来吗？不。

泳池里漂着一片芭蕉叶，莎莎拿网一划一划给捞出来。秀儿说，你身材好棒，刚刚的动作像跳舞。以前是在少年宫里教小孩子跳舞的。那是很久以前了，都像上辈子的事！不过我现在倒想胖一点，有人说我丰满些才好。秀儿指着杰森，像他吃完就睡，看看脖子都胖没了。莎莎就捏杰森脖子，小家伙痒得直乐。不过吃甜点容易胖，在甜品店工作那阵，一下子胖了十多斤。你会烤甜点？跟着做过。榴梿酥呢？昨天那个有点煳！莎莎不好意思地吐吐舌头。烘焙都不难，只要多做几次就能找到感觉。太好了。那我们现在就来！莎莎抱起杰森在地上转，一圈一圈，比跳舞都好看。

丽丽买回一堆衣服，她正左搭右配对着镜子扭来扭去。秀儿发现这一拨衣服尺码偏小，把她身上勒得坑坑洼洼。丽丽笑，特意买的小码，推动减肥嘛！看见这些漂亮衣服也要约束自己……

丽丽算不上胖，充其量壮实些，加之后腔圆润凸起，不过有古语道，腔大养儿，之前丽丽对这句话充满愤怒，都想拿刀削去一块，徒有虚名的家伙！有了杰森，丽丽心平气和了。现在为了驾驭那些小码新衣，她不惜重塑自己，早晨一杯牛奶，中午半碗麦片，晚上两个水果，秀儿吃饭时她会主动躲到院子里去。除了饮食上的苛刻，配套运动也不含糊，跳绳、跑步、游泳、瑜伽、呼啦圈，基本告别追剧，各种减肥运动足把日子填个浑圆。

莎莎一点都不怕麻烦，为了让甜点更出色、更有观赏性，她买回不少磨具，她们做蛋挞、做比萨、做榴梿酥，做不好扔掉就是，反正得精益求精。莎莎尤其对榴梿酥煞费苦功，俩人经过屡次操练总结出，榴梿酥的成功与否取决于擀面皮的薄厚程度，她们边做边吃边总结，屋子里有奶香气袅袅升起……

丽丽每天都把那些小码衣服在身上过一遍，一天天的，拉链没那么紧了，扣子也渐渐系起来了。晚上丽丽洗过澡穿着拖鞋坐到泳池边，周遭一片菠萝色的光！她手里捏着小扇子，也不知道是扇风还是看天上的星星，就那么迷迷蒙蒙的。又把两只脚放进泳池里，慢慢地搅拌着水里的月光玩。与此同时，锅也干了，冰箱也空了，满屋子看不见个荤腥！

没关系，秀儿无所谓的，那边不是还有个蒸蒸日上的？连杰森都跟着饱尝了不少甜品。他现在一口气能吃个蛋挞。这孩子乖得很，不是

桉树下面 / 269

呼呼大睡就是看着她们玩儿。莎莎一面感叹这孩子省事,一面想起来他已经到添加辅食的时候了,就把菠菜打成汁和上蛋液做蔬菜鸡蛋球,把牛肉磨成泥做肉糊羹。杰森倒是来者不拒。

秀儿觉得莎莎比丽丽有趣味。她有好多办法让生活甜蜜起来,给毛巾洒香露、在泳池里养小鱼、编个花环套脖子上拍视频……还用奶油给杰森画上小胡子,再戴上小礼帽,杰森转眼变成小老头。莎莎索性把儿子小时候的卡通服都找出来,杰森一会儿长耳朵兔子一会儿大尾巴狼。莎莎抱着他又笑又闹,在草坪上扭作一团。这么喜欢小孩子不如就生一个。杰森姐姐大他十八岁呢!莎莎只笑不语。

秀儿说,杰森是他们家族企业的继承人,这小子将来都能混上总经理,那个在美国读书的姐姐找了个台湾男朋友。秀儿把这些家事当鱼钩,要把那瓶里的故事一并钩出来。凭直觉,莎莎的故事可不一般,每次问起孩子爸爸,她都躲躲闪闪把话题绕开,可惜那瓶子封上口打上蜡,无论怎么启发勾引,半点内容也飘不出来。莎莎紧紧抱着密封瓶,她也不探寻别人,倒让秀儿觉得轻松。

丽丽好像对秀儿这个人特别放心,不太过问她带着孩子早出晚归的行程。她要忙的事很多——买衣服、试衣服、护肤、减肥!那天看见杰森戴着一顶礼帽回来,不经意问一句。我们嘛,杰森高兴去哪儿就去哪儿,坐摇摇车、去甜品店、去儿童乐园……他现在分分钟就能解决一个蛋挞。偶尔也逛逛街,这帽子就是在街上淘的。丽丽从挎包里拿出一沓钱,想想又拿出一沓。有劳你了!对于秀儿,她当然不会怀疑,一个龇着小牙肥肥壮壮的胖小子就摆在那儿。

莎莎和秀儿做了个双层蛋糕,这是她们烘焙以来最大的手笔。莎莎还从音乐盒里拆下一对跳舞的小人摆上去,秀儿又去折了鲜花插上面,这蛋糕就像一枚晶莹的小太阳,莎莎建议干脆搬到院子拍视频。她穿着那条白纱裙从屋里走出来,踩着清风带着仙气,这一刻花更艳了、草更浓了,整个院落都神仙附体,这裙子秀儿依稀见过。她抱着杰森瞧美人,这小子兴奋得嗷嗷叫,小拳头对准蛋糕上去一捣,蛋糕就被戳出一个大窟窿,那对跳舞小人也给摔断腿。莎莎尖叫,坏东西,讨厌鬼!杰森被吓得直哭。没想到莎莎发起脾气这么可怕。秀儿抱着孩子往外走,小坏蛋我们回家去,以后可不敢来莎莎这里淘气了。莎莎拦住,要吃过蛋糕再走!杰森依然抽泣着委屈,砸坏蛋糕还有功了!等着我把哥哥的玩具拿给你。秀儿趁机跟进库房,左看右看也没发现那些道具的蛛丝马迹。要不你们晚上住这?半夜总听见院子里有响动,不知道什么东西在作怪。那怎么行?杰森晚上和妈妈睡的!

丽丽晚上练瑜伽,她可没工夫搭理杰森!不过她已经完全攻克了M(中号)码新衣,下一步准备向S(小号)码进军!女人心情好,性情温和、出手大方。丽丽又陆续给了秀儿包包、衣服、手镯之类的物件,秀儿一辈子都没受过这样的款待,那边供着吃这边送着物。同时她的腰包也渐渐变成一只小肥猪,她要成小富婆了。

有朋友喊秀儿出去玩,哪儿走得开?忙得很呢!她早就放弃了休息日,又是物又是钱的,还讲那些干什么?反正她不会吃亏。丽丽一高兴大方起来都吓人!呵呵,眼下丽丽高兴的时候颇多。朋友问,怎么连个休息日都没有?给加班费?秀儿不屑,哼,加班费算什么?等着瞧吧!她顺手发出两张照片。朋友惊叹,妈呀,这老板出手阔绰,都LV(路易·威登)了!对方眼神犀利,怎么包包上有划痕?二手的?秀儿恶狠狠地吐出两个字,阿呸!我这人从来拿东西不当回事!上街买菜都当筐用!朋友不解,你还给老板买菜?那什么,杰森先生喊我工了。之后秀儿拍了几张穿品牌套裙的照片发过去,对方从此没脾气了。

照片是丽丽拍的,当时丽丽望着秀儿感叹,年轻真好,眨眼工夫我就到了这般光景,时间不仅带走了美貌,还带走了好多你想不到的东西。秀儿说,你比我妈妈不知道要年轻多少,老妈每天给学生批改作业很辛苦,头发都斑白了。我也给你拍几张,让她欣赏欣赏。晚上秀儿发给家里的照片根本没有丽丽,凭什么让老妈受刺激!不过来八里坪后,她和家里微信都是语音或打字,她现在特别回避那个黑洞洞的车库还有昏暗灯光下那张铺满皱纹的脸。它们都像她身上的疤,想想就疼!

丽丽又烤羊排了,秀儿推着杰森走在八里坪安静的街巷上,左手攥着香喷喷的羊排,右手攥着钱。刚刚秀儿都想,如果日子就这样过下去也没什么不好,人生在世不就图个开心!管你聪明还是愚笨,哪个女人不向往爱情?孤零零的院落里,有了爱情春雨才滋润,太阳才温暖,花儿才美丽,食物才香甜,活着有精神,死了没遗憾!秀儿脸上挂着笑,她才是最开心的那个,一边看戏一边收益,东晃一眼西晃一眼,忙得不亦乐乎!

在山坡上秀儿告诉杰森,也只能在这儿玩了,我就知道今天会吃她个闭门羹。杰森咿呀着小手往前指,花环门、彩带,所有道具都在院子里各就各位,莎莎时而轻云慢移,时而旋风疾转,像天上飞翔的天鹅,像地下翻跹的孔雀,所有花呀朵呀在她的红舞鞋面前都失了颜色。一只小飞虫在杰森手背上咬了个红点儿,咬疼了,杰森呜哇哭,秀儿追着小虫打,没打着!秀儿心疼地用嘴亲着杰森的小胖手,走,带小乖乖吃冰激凌去。

杰森闹肚子了,都是因为前一天冰激凌吃得太多。本想着只喂他几口,可杰森哭闹着不干。又喂药又去医院,整整折腾了大半天,直到下午才安稳。趁杰森睡觉,秀儿一路小跑奔山坡。

莎莎家被洗劫了?院子里一片狼藉,花环门、桌椅倒在地上。连那个大筐秋千也歪了膀子,一根绳子斜斜地耷拉着,像一条软绵绵的虫子,彩带们正在微风里隐隐啜泣。秀儿忙跑去按门铃,一遍、两遍、三遍,把周边的鸟都按跑了也不见人。

杰森还没醒,桌子上摆着昨天的剩饭残羹,两块羊排、几根螃蟹腿,秀儿一天没吃东西,她一点都不饿,丽丽在院子里转呼啦圈,秀儿觉得整个房子都在摇晃……

路上,秀儿对杰森说,杰森啊,已经三天了,莎莎再不现身咱就报警。

你这是……?秀儿嘴巴张出一个洞。莎莎眼眶青紫、两腮红肿,额头上好大一个疤。她站在门口朝秀儿笑,竟然少了颗门牙!遭打劫了你?没事儿!莎莎倒一杯红酒,杰森张着小手要,你也想来一杯?好吧!杰森咂着嘴儿,味道蛮好的!这可不行,前几天吃冰激凌直闹肚子。秀儿把孩子抱开。杰森很生气,这味道比牛奶、果汁好得多,凭什么不让喝?不给喝我就哇哇哇,秀儿赶紧跑到院子把他两只脚浸到泳池里,有水玩儿杰森不哭了。院子仍支离破碎着,花环门死狗一样倒在那儿,满身的污黄破败,那些鲜花也被践踏成一摊败柳。泳池边上不知什么时候长出一只白蘑菇,散发着刺眼的冰凉白光。

莎莎端着酒杯出来,青紫的眼眶变成暗红,她指着墙角的两棵芭蕉树,看那儿!看见没?没,一个芭蕉都没有!细看!细看也没有!莎莎嘴巴贴过去,那儿藏着一个妖怪。喝多了你,哪儿来的妖怪?莎莎干了杯里的酒,你看那两棵树交织的地方,刚好折叠出一张鬼脸,上面两只眼睛,下面一张血盆大口,就是它夜里闹人。秀儿按照描绘仔细瞧,果

校树下面 / 273

真有鼻子有眼儿的！她手心冒汗，刚刚出来没带奶瓶，得回去了。急什么？再告诉你个秘密。秀儿握住杰森的小手，她一边害怕一边又渴望秘密！有人按门铃，秀儿把杰森抱得紧紧的。

是伐树的，一个操着东北口音的中国小伙。电锯很快将妖魔斩首，两棵芭蕉树轰然倒下，散了满地叶子。秀儿为小伙倒杯水，你干活好麻利，这么快就放倒两棵树。熟能生巧，干这活有五六年了。在这边伐了五六年树？是啊！拿绿卡了？当然。付过钱，小伙子便把残枝败叶连同那个花环门一起拉走了。

两棵枝繁叶茂的芭蕉没了，周遭一下开阔起来，天都跟着宽了一圈，人的心也没那么紧了。现在说说你那个秘密吧！其实也没啥，我们家有电子眼，就是监控器。这秘密太没质量，监控器杰森家也有，好多人家都有的。莎莎把酒杯扔到泳池里，现在它们已经瞎了。秀儿在想着那个伐树小伙，那家伙居然也能拿到绿卡？不知道通过什么途径。

杰森爸爸准备与人合作在这边买一小块地，那天来电话说事情差不多了，让丽丽准备好钱，朋友随时过来取。丽丽就联系山姆舅舅，他竟然失联了。怎么办？怎么办？钱不在我这儿，都让山姆拿去放地下钱庄了。秀儿不明白为什么把钱放在那儿。利息高得很。之前也确实拿过利息。都是他一手经办，我连钱庄在哪儿都不知道。

丽丽听说诺丁汉路那儿有个台湾算命的能把丢掉半年的狗都给找回来，诺丁汉路，不就是莎莎家那边！秀儿好多天没去了。莎莎喝上酒疯疯癫癫对着杰森说胡话，来，给你看看手相，看看你这辈子能娶多少老婆！喝酒也算了，居然吸大麻，秀儿可不想给自己惹麻烦。

台湾大仙用轮盘给丽丽指引方向——南边。这范围未免过大。那还花了不少钱呢！秀儿不满意，能不能让他算具体点，南极也是南边。

丽丽翻翻眼睛,没错,山姆的红酒店就在南边。

丽丽在那儿埋伏了三天,红酒店大门紧锁,山姆影子都没有。丽丽抱着杰森,儿子,快帮妈想想办法!不然死定了。我死了,你也成小白菜了。秀儿呼地站起来,杰森还这么小,你可要想得开!丽丽苦笑,这傻孩子,怎么可能?放心,我可不会把家业白白便宜给别人的,丽丽说话时咬牙切齿还挥拳头。她骂爹骂娘骂祖宗,用最恶毒的语言诅咒那个山姆。

能不能让杰森爸爸想想办法?丽丽冷笑,那还不是找死!要不把那些包包和衣服挂到网上去,现在二手货行情也不错。算了,那几个钱解决不了根本问题。那就登寻人启事,把照片贴到墙上,提供线索者给他奖励。丽丽摇头,你以为这是国内?不过第二天丽丽还是拿上山姆的照片游走在大街小巷、超市商场,她唠唠叨叨,不厌其烦,见过这个人吗?照片上那个人的脑门都快被她用手指头戳漏了。秀儿推着杰森跟在后面,望着丽丽的背影,怎么觉得她又狼狈又无助又丢人,你这不是海里捞针?那也得捞,说不定偶一抬头,那个人正立灯火阑珊处。

秀儿感觉很不舒服,就在道边找了一棵桉树靠过去,秀儿对杰森说,你妈妈找不到山姆的,或许他已经死了。不过这可是秘密。秘——密,杰森嘟嘟着小嘴说。杰森居然能讲话了,可不是吗,这孩子马上满一岁了。放心,我不会告诉丽丽的,有时候不知道反而更好……

天空刮起一阵疾风,杰森的小帽子被吹出去老远,秀儿正想追,一个路灯球从天而降,它破碎的声音又尖又利,让人心惊胆寒。秀儿推上婴儿车跑进商店,就看见刚刚那棵桉树在疾风里醉汉一样摇晃几下便咔嚓倒地。杰森两只小手紧紧搂着秀儿,这孩子给吓坏了,小嘴一撇都抽泣出悲伤的意思。这风把秀儿的心也吹乱了,玻璃上映着她和杰森的影子,她觉得自己和这孩子都可怜见的。

晚上丽丽带着疲惫和愁容归来,秀儿给她煮了鸡汤,这人不减肥已经变成纸片了,丽丽喝汤时有泪珠落进碗里。秀儿胸中也有愤恨,如果一切如旧,她不仅能赚钱,还可以解决工作签征途问题。

来八里坪之前秀儿刚刚结束了她在茶店的工作,朋友打电话过来,薪水不少,可那孩子不好对付,逼得他妈直写咒语,天皇皇,地皇皇,我家有个夜哭郎……当天秀儿正应聘一家旅游公司。应聘未果,她望着墙上的海报发呆,海报上一只胖考拉正抱着树打盹,模样可爱得像个宝宝,这家伙一天能睡二十多个小时,如果那孩子像考拉一样……

那天秀儿抱着孩子在树下转,结果很理想,丽丽都当她是救星了。桉树具有强烈的催眠功效,听说好些安神药物里面都有它的成分,来之前秀儿准备了不少桉树叶,现在运气来了,挡都挡不住,院子里居然有棵现成的。桉树与她都成了吉祥物,从此秀儿手机壳后面总是夹着一枚桉树叶。当晚她还用树叶缝了个小枕头。现在杰森一天天长大,作息已经很规律,晚上即便离开那个小枕头也能睡得踏实。可秀儿睡不踏实,她的四八五签证就要到期,她必须在有限时间内找到下家。这也是她父母殷切的愿望,他们躺在阴冷的车库里,想着女儿变化的身份,他们心里一定是明媚的,夜里也不乏会有好梦。

秀儿在朋友圈里呼叫,帮帮忙,帮帮忙!怎么,被杰森先生解雇了?杰森先生要去美国发展。让他把你带上好了!我还是更喜欢这边,所以,帮帮忙嘛!之前帮你联系过按摩店前台,你说那边工资高,杰森先生待你又好,还答应续签,还以为你找到一棵大树。这事秀儿没吹牛,丽丽确实对她有过承诺,你只管把杰森待好,其他我自会安排。现在丽丽哪还顾得上她?真是爹死娘嫁人,个人顾个人。秀儿拿白纸剪一个小人用红笔写上(山姆)两个大字。来,杰森,我们现在就把这个坏蛋就地正法。秀儿拿笔尖戳眼睛、戳鼻子、戳心脏,杰森拿着勺子敲。转眼间那纸人儿血肉模糊,变成一摊烂泥!

朋友没给秀儿找到工作,却给她联系了一桩婚事。知道吗,这可是最行之有效的办法,比申请PR(永久居住)便捷得多。秀儿撇嘴,怎么跟演电影似的?玩笑开大了!那天她推着杰森在外面玩儿,低头看见地下一棵刚刚探头的小苗,正是她之前种下的歪瓜裂枣。秀儿用手拨弄着小苗,一种敬佩感陡然升起。街巷空空的,没有丽丽和莎莎,也没有杰森和山姆,他们都是表象,表象如鸟栖枝头,稍有响动便轰然四散,现在只剩下她自己。每一只鸟都有属于自己的窝,秀儿现在需要一棵树,好把自己那个窝挂到上面。

对方开价四十万。秀儿拿不出那么多钱,爸妈把洗衣店卖了住马路也不够,就先凑二十万和对方办手续,然后写二十五万的欠条,多出那五万算给对方的利息,还款为期两年。凡事可以商量的,对方也是早年来的中国人,她想碰碰运气。

秀儿推着杰森去相亲,你说他长什么样?高个?矮个?听说年纪可不轻!无所谓了,反正是一手交钱一手交货的生意。你说他会同意吗?他还多得五万块钱呢!杰森呵呵笑,你笑了,你认为有希望!

今天的阳光很温和,秀儿看见朋友和一个男人坐在不远处的长椅上。男人一头长发,脑袋上缠着醒目的白色绷带,一条胳膊也用绷带吊在脖子上,像是刚从战场上败下来的战俘。在他们身后有一棵粗壮的桉树,有氤氲的光雾透过枝叶洒在脸上,男人下巴上那颗黑痣一闪一闪。

秀儿站在那儿,双手紧紧抓住婴儿车,像是一松开整个人就会被风吹跑。这时候手机铃响了,是丽丽打来的。秀儿慌忙按下静音。前面那个行色匆匆的人不正是丽丽吗?天,她怎么在这儿?哦,看错了。前面是个黑洞洞的车库,里面装着她眉头紧促的妈、手指头红肿的爸。

秀儿看一眼手机后面的桉树叶,天空很蓝,秀儿踩着自己的影子往前走,影子小而结实,秀儿步伐轻快……

发表于2020年第6期《当代》

2021年第1期《小说选刊》转载

笑春风

> 人面不知何处去,桃花依旧笑春风。
>
> ——[唐]崔护

小夏买了一瓶香水儿,她把自己喷成一只甜甜蜜蜜的大香瓜。

这是一个阳光尚好的星期天,小夏一下子冒出一大串美好的愿望——买漂亮衣服,做精致发型,对,还要染一手闪闪发光的指甲。这些愿望像青蛙一样在心里跳呀跳,按都按不住。

这些愿望啊,就像新婚的缎子被面儿,又绵软又体贴,把一个平淡无奇的星期天,浸染出温润的光泽。小夏蛮喜欢星期天,无论阴雨霏霏,无论雾霾皑皑——因为这一天她可以心怀坦荡地睡到日上三竿。

这个星期天小夏依旧赖在床上,做着那些不着边际的美梦。她居然梦见校园里那棵大树结满了拳头大的金元宝。小夏正苦于够不到,一个男同学跑过来帮她摇树干,噼里啪啦,噼里啪啦。天,这不是发财了? 嘟嘟嘟,枕边的手机炸开锅。

小夏愤怒地摁掉手机,将被子拉过头顶,那满地黄灿灿的金元宝,多么难得的机会,就算做梦也要爽一把。然而呢,胳膊腿断了,打个石膏还能接上;一个断篇的美梦就没那么容易接了,小夏闭着眼睛努力了

笑春风 / 279

半天也不行。她翻身坐起来想吼人。吼谁呢？

现在家里边没有一个目标能让她攻击——丁坤带着丁丁一大早去了补习班。丁坤这个人虽然没大本事，但他任劳任怨。洗衣服、擦地板、做早餐，还包揽了星期天丁丁所有补课的陪读兼课堂笔记整理。丁坤并不擅长数学，但他有钻牛角尖精神，为求证一个圆的面积，能死抠到下半夜去。

丁丁也上进努力，自从上了补习班，成绩一下子由班级三十名改写为二十名。这么一想小夏就不气了，索性翻开手机，哎哟，同学群里足足趴着上百条信息。什么情况？

原来下个周末要在海岛山庄搞同学聚会，周五去，周日返，连来带去共三天。召集人马小军扯着嗓子喊，注意了！注意了！所有费用均无须自理，大家把自己带去就好。

此时群里正在踊跃接龙买船票。小夏思量片刻，在第二十八位后面敲上名字。她把被子拉到身上，这一刻心窝和被窝一样柔软，那些美好的愿望也争先恐后跳出来。

小夏平时对自己马马虎虎，顶多往脸上贴个萝卜片、黄瓜片算作面膜。这里边有对生活的懈怠，也有经济问题。丁坤是公务员，自己在一家物业公司上班。万儿八千的收入，对一个三口之家蛮说得过去。

然而小夏是个伟大的母亲，早早立志投资教育，在丁丁升初中之前，果断花重金购置了学区房，现在还背着一肩膀贷款呢！微信群里还在嘟嘟叫，小夏拿上挎包，春风它吹上了我的脸，告诉我现在还是春天……

美好的事物当然要从头开始，小夏转到商业中心，发廊在这里已经升级得面目全非，焕然造型、摩斯密码、曲直空间、AD 工作室，要不是门前的旋转灯,你都不知道里面是干什么的。

小夏的腿不知该往哪个门里迈,正犹豫着,一旁的玻璃窗咚咚响。只见一个大头盔贴在玻璃上,头盔下面是半张脸,那半张脸下面的嘴正朝她一张一翕:"来啊,进来啊!"小夏忽然联想到丁丁的变形金刚。她站在那儿丈二和尚,里面出来一个服务员:"快请进!你有个朋友在里面。"

小夏看见那个"变形金刚"正把脑袋从头盔里抽出来,原来是同学肖林,虽然好久不见,但这张脸并不陌生,肖林常在同学群里晒她的生活照:时而面朝大海,时而仰望星空,时而嘴里叼着一粒葡萄,时而与京巴狗赛跑……满满的文艺范儿。

照片虽然也使用了美颜和瘦脸,但与这个从头盔里钻出来的脑袋大体差不多。肖林对她笑:"隔着玻璃我见你走了好几圈,就在这家做吧,手艺蛮好,去年我在这儿办了 VIP 会员。我不想把头发弄得太复杂,就简单补充营养一下。"

服务员递过一个价目表,上面的数字从两百八到两千八依次排出阶梯。小夏有种被绑架的感觉,又没退路,一狠心点了四百八的,约等于丁丁两节数学课的价格。

小夏习惯把物品的价格用课时费换算,比如一台微波炉八百元,那就相当于数学一对一四课时、英语小班五课时、语文大班八课时。比如给朋友结婚随份子五百元,约等于作文六课时。小夏正琢磨拿四百八换算,服务员递过热毛巾帮她敷脸,不一会儿小夏的脑袋也被套上头盔定型加热。

做头发的过程漫长又无聊,不过小夏遇见肖林了,她们可是久未谋面的同学,还曾经是同桌,况且还有共赴海岛山庄的计划,区区几个小

笑春风 / 281

时倒也容易打发。

肖林的嘴像个喇叭,哪个同学日子过得富裕,哪个同学日子过得恓惶,谁赚了大钱,谁把老本赔个精光,谁正在闹离婚,谁背地里偷找相好的……

"知道吗?这次的同学聚会幕后操手是付强!""我看见召集人是马小军!""他只负责张罗跑腿儿,付强刚刚晋升心情正爽,据说海岛山庄的老板是他的铁哥们儿。"

肖林忽然停下来看小夏,眼睛一眨一眨的:"付强晋升这事儿你不知道?人家都局长了!"小夏摇头,整天相夫教子,早就两耳不闻窗外事。听到"付强"两个字,小夏嘴巴寡淡,心里却扑棱一声,仿佛飞进一只鸟。

她忽然想起早晨的金元宝梦,那个帮她摇晃树干的人不就是付强吗?身穿湖蓝色运动服,里面衬着白衬衫,从头到脚都清清爽爽……小夏心里边那只鸟扑棱着飞呀飞,直把她带到多年前的那个晚上……

晚自习忽然停电了,大家都如释重负地长叹一声。最好别来电,最好别来电!就这样趴在桌子上,什么也不想,什么也不做。高三的晚自习就像在黑夜里背着一座山前行,都快累趴下了,不知谁喊了一句:"地震了!"顷刻间桌子板凳一起响,书包文具飞满地,哈哈……一群胆小鬼。

小夏在黑暗中蹲下去寻找滚落的钢笔,她先摸到一本书,接着摸到一把尺,然后摸到一块饼干,再然后摸到一只热乎乎的手,潮潮的,散发着青春年少的体温。唰,灯亮了。除了满地狼藉外,小夏还看到一张红彤彤的羞涩的脸,那么年轻,虚火正旺,鼻尖上屹立的那颗青春痘正蓄势待发……

小夏收到情书了,不对,是纸条。豆腐块大的巴掌宽的,还有一筷子窄比打小抄纸条还细的。与此同时,小夏还收到了大白兔奶糖、巧克力豆、炮兵步兵骑兵等小玩偶……

小夏不讨厌付强,甚至有点喜欢。十七八岁女孩子的心啊,一个小石子儿丢进去,也会荡出层层涟漪。那付强丢下的何止小石子儿,简直就是一块大砖头。新年礼物居然是一块卡通表,甭管多少钱,也算一个大物件儿。

小夏对人对物都不反感,但她能管住自己。如果没有高考这道门槛也罢,年轻的朋友尽管去爱恋。关键小夏的成绩不错,关键她还梦想着利用高考给自己插上翅膀,飞到北京飞到南京飞到上海,总之外面的世界对她诱惑极大。小夏用红笔在付强的作业本上写了四个大字——远走高飞……

服务员送来一杯蜜水,小夏并没觉得甜。肖林还在唠叨:"知道马小军为什么鞍前马后?付强帮了他一个大忙。""什么?帮他儿子去了重点高中。那孩子的分数离重点差了一大截。"

付出都有回报,银子不会白流。儿子去补习班,成绩就往前跑了;自己来发型屋,头发就柔顺了服帖了。服务员指着墙上的一张贴画:"要不要在前面漂一缕棕红色,就像画上那样?又减龄又洋气,还能讨个红运当头的彩!"这次小夏倒爽快,连价格都没问。

肖林把整个头都染成枣红色,乍一看像只火鸡。她们抚今追昔地聊啊聊,十几年的光阴在她们舌尖上倏忽跳过。结账时小夏借光享受了会员价,这么一算,前额那缕红头发等于免费赠送。

两个女人从发廊里出来,彼此打量着,心情都不错,都有旧貌换新颜的感觉。难得偶遇,尤其小夏,她今天获得的信息量,远远超出之前几年的总和。她们都不愿意就此收兵,便像亲姐妹那样,挽起胳膊逛

笑春风 / 283

街了。

很快肖林的手上胳膊上都挂满了购物袋,远看像棵圣诞树。小夏就谨慎多了,锁定目标后,偷偷打开手机淘宝。经过反复求证,她买下一条裙子。

自从有了淘宝,小夏差不多没逛过街。现在生活仿佛跳回从前,漫不经心地走在大街上,没有目标,没有方向,东游西逛。

累了,她们要坐下来小憩,吃点东西。商场里刚好有一家西餐厅,小夏决定这一顿她请,刚刚在发廊已经跟人家借光了。

小夏要了两份牛扒,她在手机上快速翻找美团,这家店怎么没上美团?她让肖林看同学群,报名人数还在增加。肖林笑:"这回是白吃白住,还有人给买船票。"这话让小夏心里很不舒坦。她恹恹地放下手机。

肖林看看她:"你蛮仔细的。我老公成天骂我败家。"这话更烦人,简直在卖弄了。"我发现你还是个手机控,几乎寸步不离。"机会来了,小夏说老公带儿子去补课班,遇到弄不明白的题及时发过来。刚刚一边买衣服,一边还解了道数学题。

这么说的时候,小夏就找到信心,也在提醒肖林,当初她可是班里的学霸,到现在这些功课还是她做人的底气。肖林讲:"现在的课本可比我们那时候难多了。"小夏挑起一块牛扒:"只要我认真研究,就没问题。"

"你不给孩子辅导吗?"小夏明显不厚道了。肖林功课差,当初作业小考都依靠她,连高考都没参加。这便是女人,刚刚还挽着胳膊跟姐妹一样,现在又杠上了。

"辅导可轮不上我,他爸爸就是教数学的。""中学老师?""对。""那他也在外面开辅导班吧?""是的。他在这个圈里有名气,学生还不少呢！"

小夏知道现在学校里的老师差不多都在外面开班挣外快,家长们辛辛苦苦赚俩钱,都奉献给他们了。不是昂贵的补课费,她哪至于过得这么紧巴。

小夏提醒她:"据说现在抓得紧,被逮住要开除公职的,你老公可千万小心。"肖林满不在乎:"大不了不干了。现在有多少老师辞掉公职开补课班,一年收入过百万。"这个话题太拧巴,容易把刚刚捡起来的友谊破坏,停！就此打住。

小夏开始说儿子,她平时也爱聊孩子,当然要谈祖国的花朵,将来天下是他们的。大人有什么好讲的？昨天和今天一个样,今天和明天差不多。

由儿子又说到学区房,眼下学区房是小夏最牛的硬件,家里的收入和学区房隔着一道鸿沟！然而小夏就是天不怕地不怕地买了。凭着勇气、凭着母爱、凭着魄力,她该出手时就出手。

肖林说,女儿在国际学校,高中准备去国外念。肖林变了,曾经小绵羊似的她,此时正顶着一头红发坐在那儿,她穿着入时声音响亮,貌似生活得可以。肖林答应把内部数学试卷发给小夏,并免费教丁丁答题技巧。

打西餐厅出来,两个女人又挽起胳膊,经过美甲店,小夏要进去看看。肖林说:"明天请你去美容院,那边美甲免费。""哦,只要做得好,不免费也没关系。"

小夏很久没这么开心了,她套上新裙子,刚漂的那缕棕红色头发画龙点睛一样,让她显得越发白净。小夏忽然就不那么心疼钱了,钱不光要服务于儿子,还要服务于自己,她对着镜子嫣然一笑,都有笑靥如花的意思!

在美容院的软床上,小夏被三个人精心侍弄着,一个给她做脸,一个给她按脚,还有一个给她涂指甲。对面床上的肖林在打鼾,张着嘴巴一点都不雅观,她在做梦吗?

她会梦见校园吗?那可是她不得志的地方,倒数第一那把交椅归属她好几年了。肖林课堂上喜欢画小人儿,她把书上本子上都画上古代美人儿。老师夺下笔一声叹息:"肖林啊!你以后要和这些美人过吗?"

老师说:"小夏啊,又考了第一名!小夏啊,你会飞得更远,飞得更高……"

小夏睁着眼睛也在做梦,她的梦不是深藏在梦里,而是浅浅地像云絮一样飘浮在眼前,老师、同学、操场、大白兔、巧克力……

雨很大,小夏后悔早晨没有带伞。正拧着眉头发愁,一把雨伞花蘑菇般在头顶撑开。回家的路很近,两个人却愿意舍近求远。他们来到一条又窄又泥泞的小路上,深一脚浅一脚地蹚水玩儿,再弯再绕的路也有尽头,小夏嘴里含着巧克力,把两条胳膊搭在窗口,那个背影正渐行渐远……

"怎么又下雨了?"小夏叫。哈哈,原来美容师正往她脸上补水,肖林坐在对面床上喝茶:"什么美梦让你笑出声了?"

小夏问:"这次同学聚会邀请班主任袁老师了吗?""马小军打过电话,她在外地给女儿看孩子。"小夏内心一阵喜悦,肖林狠狠把茶叶啐到地上。

"记得吗?那次课堂上我给你饼干,袁老师看见一下子就火了,你不思进取可别耽误人家小夏。饼干算什么?蛋糕、油条、鸡腿,将来小夏都有的吃。有人就只能看着了。

"呵呵,从举这些例子看她也没吃过什么好东西,没见过大世面。当时这些话就像刀尖一样在我心上划,后来就把我换到末尾一排。真心盼着那老太太来。"

这话茬别扭,也是小夏的痛点,她后来仅读了本市一个财务大专。一失足造成半辈子恨,所以她跟同学中断来往,所以她痛下决心买了学区房,想把曾经的遗憾从儿子身上捞回来。能捞回来吗?现在的努力跟将来的生活状态能成正比吗?

"马小军儿子读哪个重点高中?""最牛的一高,还不是付强的本事?"肖林忽然盯着小夏,"那时候人家追你追得多苦!都买手表了。"小夏不以为然:"我老公也很好啊,身体健硕心地善良,疼老婆爱儿子,事业蒸蒸日上。"

美容师忙完,递过一杯茶:"感觉如何?"小夏看看闪亮的指甲,摸摸滑嫩的脸蛋儿,很天真地点头。"那就办一张年卡,肖姐的朋友给八折。"

"办一张。"肖林怂恿着,"学区房都能搞定,一张美容卡算什么?女人怎么能远离美容院?"小夏骑虎难下了,美容卡红红的,像一簇火焰,小夏被烤得脸红胸闷。

小夏去家附近的小卖店,老板娘夸她气色好。小夏去信箱里拿报纸,邻居大婶说她今天好漂亮。小夏胸口就不闷了。

她对着镜子照了又照,丁坤和丁丁好奇,这是要……周末去海岛山庄同学聚会。丁坤点头,那就对了。

去年他们同学聚会,女同学们浓妆艳抹争奇斗艳。有个女同学喝多了哭,眼泪把脸上的粉底冲出两道沟来。还有个女同学,也穿了一件

笑春风 / 287

她这样的葱心绿连衣裙,把身上勒出好几个游泳圈,丁坤边说边笑。

看小夏没笑,丁坤也就把笑收住。我们小夏身材皮肤都没走样,比这再绿也撑得住。对,从下周开始数学课每节上调四十元,这帮老师真黑,挣钱挣疯了。丁坤挥着手臂把牙咬得咯咯响,恨不得把那补课老师揍一顿。

小夏说,肖林她老公是数学老师,也在外面开着班。看那消费水准,估计没少赚钱。两个人同时感慨,当年都没人愿意读师范,三十年河东,三十年河西,谁又能看那么远?

丁坤拿上笔和纸,小夏一个哈欠钻进被窝,她把头蒙起来让被窝变成自己的小世界……丁坤和小夏每晚都要有个差不多类似碰头会的仪式,就是把第二天所购物品一一罗列,咸盐、酱油、辣椒面儿、丁丁的笔记本、小夏绑头发的橡皮圈……

碰头会认真严谨,开源节流,慢慢变成一种生活习惯。开源的办法是,丁丁的打印试卷、家里的充电宝,两个人分头拿到单位里搞。节流为丁坤在他们食堂买馒头,雪白的大馒头一块五俩。有时候临下班还能碰上五块钱一大兜子的好运气。都是小喜悦、小甜头,今天,小夏临时休会。

刚刚肖林发过来一堆数学卷儿,还约小夏明天傍晚去逛街。小夏确实想去买双鞋,那会儿她把所有鞋子都试一遍,没一双和新裙子搭,不过她想自己去。

小夏、小夏,商场里好几个人朝她喊,小夏皱着眉头不愿意听见,可她又不聋,那么多人把她当目标,连路人的眼睛都朝她看。都是老同学,肖林也在其间。小夏赶紧做出惊讶兴奋状,并和每个人抱抱。

小夏看看表说自己赶时间,然后她把自己隐藏在卖健身器材的角落里,然后看着同学们从女鞋柜台转悠到化妆品柜台,又辗转到金银首饰柜台。然后她们手里就添了一个又一个购物袋,然后推旋转门离开……

小夏看好灰色和棕色两双鞋,她拿不定主意。服务员说刚才一个红头发女人,一下子买三双,两双都买给她打七折,小夏听话地买了。

丁坤看见小夏拎着两个鞋盒进来,眉头那里就拧出个"川"字,今天食堂里的馒头也涨价了,原来一块五俩,现在一块钱一个。

晚上丁坤想继续开碰头会,小夏立刻闭上眼睛假寐。她心里琢磨着,衣服鞋子有了,头发指甲做了,看看还差哪里。她可是曾经的学霸,不好让人看扁……

夜里小夏悄悄爬起来,她把行头再次武装上,总觉得哪里欠点火。差哪儿呢?对,首饰!今天看见那些同学,脖子上、耳朵上、手腕上,走起路来丁零响。没必要那么夸张,但起码的点缀还是必要的。

首饰盒里的宝贝们已尘封多年,都是小夏当年的嫁妆。金戒指、金项链、金耳环,它们已经被岁月染上风霜,陈旧又黯淡,都让人联想到外祖母和奶奶,这些可不是一咬牙就能买的玩意。笨蛋,金子能以旧换新的。

小夏在金店用零零碎碎的细软换了一只稍有分量的手镯、一条精细的项链。黄灿灿的一粗一细,戴起来有分量还不张扬。

公交车上小夏望见对面女孩背着一个精巧的小包,她当即发现自己还缺个包,于是赶紧下车。小夏不买品牌包,价格太贵。她也不买A货(高仿品),那有失尊严。她买了一个手工编制的草包,又文艺又便宜。

天空蔚蓝晴朗,棉絮似的白云在天空中不紧不慢地飘。晚霞是一日中最纯正的金红,多情地洒落在每一个地方,小区里的花还香着。树上鸟儿在叫,小夏拎着购物袋抬头望,一缕头发被风吹到额前,那缕红头发。

丁坤在厨房忙,小夏迅速将购物袋塞进衣柜。她想把所有的新品都披挂起来看效果,可丁坤总在眼前晃,小夏巴望他赶紧睡。

丁坤不睡,他要讨好小夏,水灵灵的桃子送到嘴边。小夏刚咬一口,他则快速递过来一张纸,上面赫然写着煤气费物业费补课费若干开销。小夏愤然将桃子丢到地上,丁坤捡起来用手擦擦咬一口,不就是个同学聚会,怎么都重新做人了?丁坤说完赶紧闪身。

小夏没追出去,她要反思一下。

小夏的日常像一杯白水,慵懒透明,无色无味!晚上丁坤把从食堂带回来的馒头热热,再炒两个菜。饭后他陪丁丁做功课,小夏则躺在床上追剧,追个三两集也就睡了。小夏爱犯困,就算坐在办公室也能睡一觉。

一次丁丁问妈妈爱好什么,小夏回答得干脆——睡觉。世上没有比这更实惠的爱好了,小夏不像别的女人,又美容又健身,"节目"那么多,因为她内心没想法没波澜。女人臭美也好打扮也罢,都需要一个展示的平台,小夏没有,她每天所面对的外部环境很素。

小夏所在的物业分公司,在一个不足百户人家的小区里。经理加她再加上保安保洁只有八个人。经理和四个保安均是男性,年龄都在五十开外。余下的就是小夏和两位保洁大妈。

外部没压力没竞争,没有嫉妒没有攀比,连穿件漂亮衣服都没人多看一眼。内里丁坤则像头老黄牛,最有成就感的事,就是用两个小时解出一道数学题。最开心的事,就是花五块钱把食堂里的剩馒头都买回家。没有酒局,没有牌局,没有夜生活。他慧根清净,没一点花花肠子。

这样的背景容易让人随弯儿就弯儿,小夏就要破罐子破摔了。春雷一声响,同学聚会在即,新发型、新裙子、新鞋子、新包包。小夏沉浸在物质和期待的喜悦里,丁坤的臭脸就像一个屁,散了就散了。

这几天同学群里一直热闹,大家都在努力回忆过去,忽然说到那年夏天蚊子特别多,有一天小夏带着一身清香来上学。那味道美好得能让人联想到森林、小溪……小夏喷花露水了,那个晚自习她用身体支起了一个隐形的蚊帐,好多人都想躲进去,小夏也因此得名香香女。

明天再去买一瓶香水,丁坤已经在客厅沙发上睡了,身体像孩子似的佝偻成一个虾米。这人睡觉从不打呼噜,安静得像只猫。家里还没穷到揭不开锅,只是他们已习惯了仔细,面对集中消费,这男人心里没底。

丁坤性情温暾,已经做了十几年科员,不出意外的话,他会在科员的位置上地老天荒……

临下班肖林打电话约小夏去洗浴中心桑拿,肖林说她手里有票。小夏就给丁坤发信息,晚上同学请客去洗澡。

坏菜了,小夏忽略了一件事儿,早晨她随手套上一件烂背心。烂背心的优点是软和,和没穿差不多。谁想到肖林会约她洗澡?偏偏又忘记身上这破烂玩意儿,在更衣室她以迅雷不及掩耳的速度将其扯下。往衣服箱里投掷时,没投准,啪叽,一小堆绵软的泛黄的带着几个斑驳小洞洞的针织物掉到地上,小夏瞥见肖林的眼神很有内容。

小夏都想拉着肖林去家里看看,她衣柜里就有一套黛安芬,商标还没拆。她的生活绝对没这么不堪,上周单位还发了两千块奖金!可这活生生的烂背心,让人有口难辩。

笑春风 / 291

小夏不是好惹的,这样的笑话能让你白捡?等着瞧吧!在休息大厅她问肖林:"你现在都不工作吗?""不去,忙一个月还不够那人讲一天课的。我主要是享受生活,养生、美容、瑜伽……刚刚还去城西看了别墅。"

"其实工作也不单单为赚钱,那是一种自我价值的体现。社会上有交往,生活上有规律。"这俩人又杠上了!

小夏在心里骂,中学老师的老婆,派头摆得倒像大款夫人。当初为了抄她答案那副低眉顺眼,物质方面不行,小夏就在精神方面巧取。

小夏说,春天她都会把槐花晒干做成槐花饼,夏天把玫瑰晒干做成玫瑰酱,秋天把野菊晒干泡水喝,冬天会收集落雪煮茶……

小夏说:"我喜欢一边听落雨声一边记账,效果是账目一分钱都不差,我们财务工作者几乎不得老年痴呆。"小夏很认真,讲得像真事儿一样!完全进入了角色,她还要再上个档次,于是又谈到海明威和米兰·昆德拉。

肖林差点笑出声,她使劲儿摁住嘴巴。昆你个头啊!穿那么烂的破背心儿还玩儿这套。肖林控制住情绪说:"让我们一起发财吧。"小夏说:"生命不能承受之轻。""呵呵,无论轻重,没钱的日子终归不好过。"小夏说:"一个人可以被毁灭,但不能被打败。""我老公是市级教研员,他愿意把知识传播得更广泛。有计划在市中心办一个大型补习班,等我把收费标准、课时内容发给你。介绍一个生源提成五百,介绍十个五千,介绍二十个三十个……没有任何本金,等于白捡的钱……"

小夏说:"现在不要去想你缺少什么,想一想凭现在的条件能做些什么。""你现在的条件嘛,你儿子那些同学都是发展对象,可以大力宣传,我们有自己独特的教学方案。"小夏翻翻眼睛,丁坤在政府机关上班,下一步要考虑给他提干,只怕给他带来影响……

家里空荡荡,趁没人,小夏把这几天购置的东西一股脑堆在床上,簇新的衣物把整个房间都点亮了。小夏赶紧穿戴,此刻衣服在她身上已不仅仅是衣服,还具有了神奇的抚慰身心的力量。

镜子一向是女人最亲密的朋友和死敌,现在成了小夏的闺蜜。这样一张清秀白果脸,即便站在娇美贵妇身边也不逊色。她怎么就给忽略了?小夏忽然觉得有一大段好光阴,让自己白白弄丢。肖林已经把招生简章发过来,一个大型辅导班,包括所有主科。还有各科试卷,肖林说这试卷就是鱼钩。

从丁丁上幼儿园到现在,小夏手头一大把的家长资源,凭着耐心,凭着当初的学霸精神,做大做强完全可以,有了钱能更好地爱惜自己,小夏想其实肖林这人也不赖。

有人敲门?小夏赶紧将身上的衣服往下撤,找对门的。小夏为刚刚的举动骂自己,怕啥?不就美一下?要让那父子俩渐渐习惯。都要挣外快了,去你的碰头会吧。怎么还不回来?丁坤生气带着儿子离家出走了?

小夏在家长群里问:"有人看见丁丁吗?"片刻回复,他爸爸带着去奶奶家了。小夏躺在床上设想着明天见面的情景。大家都变样了吗?女同学大体认得出,她们微信头像都是自拍照。

付强的头像是一片海,他和小夏一样在群里潜水。她想点进去看看,那边却设了密码。小夏拿新买的香水,把自己从头到脚喷一遍。听到钥匙开门声,小夏赶紧闭灯。

第二天一早老天爷就阴个脸,小夏去单位请了半天假,回家收拾东西准备出发。除了服装、洗漱用品,还拿了一本书、一把檀香。这属于

笑春风 / 293

精神层面，也是生活姿态的一种。

小夏乘出租去码头，群里忽然通知，因为台风，所有客船停运。马小军在群里急呼，天公不作美，同学聚会不能如期进行。小夏依旧去了码头，她看见通往候船室的大门紧锁。那个通知停运的大牌子，被风吹得左右摇摆。

小夏拖着箱子在岸边走得很慢，海风把她做好的头发吹散吹乱。她有些烦还有些伤感，索性把脚下的小石子儿一个个投向大海。此时在她身后正站着个巡逻老大爷，这位大爷已观察她好半天，台风就要来了，谁不急着往家赶？这人……"姑娘，想开点，人这一辈子没什么大不了，过着过着就老了……"

台风过去又赶上暴雨，一个星期又一个星期。总算盼到风和日丽，马小军却在群里说，有同学因为出差不凑巧，再等等，好饭不怕晚。

天凉了，人们从单衫换成毛衣，出差的同学还没回来，肖林说那出差的同学就是付强。渐渐这个同学聚会就变成挂在鼻尖前的苹果，能看到能闻到却咬不到。

小夏被苹果的香气牵引着，从肉体到灵魂。

她每天晚上都给家长们发模拟试卷，连业务经理的名片也印好，然后给自己敷上面膜。丁坤不再计较碰头会的事儿，小夏都是业务经理了，经理就该干属于经理的事儿，比如联系各方家长，比如发发试卷。他也不再对老师们咬牙切齿，认为那是劳动致富，比贪官污吏强多了。

小夏不躺床上追剧了，她坐在阳台上喝红酒，红酒是婆婆自酿的，最初装在矿泉水瓶里。小夏把它倒进一个大肚子小细脖的玻璃瓶，还买了高脚杯。叮，和窗台撞一下。

小夏脸蛋红了，眼睛亮了。她看着远处的星光，想着曾经的年少时光。花非花,巧克力非巧克力,都是甜美的记忆。

一颗空荡荡的心,被红酒和回忆填充着,被淘宝和唯品会填充着,真丝睡袍文胸鞋袜……手指轻轻一点,这些东西就归她了。

小夏也不再嗜睡,在阳台上一坐半宿,音乐、回忆、憧憬……

它们像春日里的小雨,淅淅沥沥落地生根。小夏非常喜欢恩雅那首《唯有时光》,当初付强送她的CD。再听,荒凉许久的心,忽然有了绿意……此刻小夏睡衣里包裹的不仅仅是肉体,还有那复苏的灵魂……

小夏想在阳台上安一个橙色壁灯,橙色是青春和梦的颜色。她用眼睛寻找着合适的位置,忽然看见墙上一个飘忽的鬼影。啊!那个复苏的灵魂被吓出窍,原来是丁坤。"那什么,石头妈找你要一套数学试卷。"丁坤手里捏着小夏的名片,这是对眼下不开碰头会的心灵慰藉。

这一天沉寂很久的同学群又热闹了,马小军放炮仗一样:"注意了,大家注意了,这个周末我们海岛山庄见。"

小夏第一个反应——买衣服去。夏天置办的那些统统用不上了。网购来不及,下了班她直奔商场,这个季节的服装要比夏天的贵。小夏买了一条羊毛连衣裙、一件质地沉坠的米色风衣、一双黑色短靴。回到家又觉得先前的睡衣颜色偏暗,于是打车重返商场,选了件橙色的。

小夏幻想着几个人挤在一张铺上,自己就是那万绿丛中一点红。其实也不是虚荣,要说女人的虚荣,很多时候是用来支撑人生中最基本的东西,譬如自尊,这时候虚荣就不再是奢侈,而是生活的必需品。

星星一颗一颗亮在天上,祈祷明日风平浪静。

小夏把拉杆箱拖到街口时,又出岔头了——某同学被临时派往外地学习。马小军高呼,再等等,酒越陈越香。

小夏今天化着精致的妆容,穿着漂亮的衣服,连假睫毛都贴上,就

笑春风 / 295

这么回去太浪费了,她拖着箱子在街心公园左一圈右一圈地转。远处飘来一首歌,是等待春去春来,还是等待一朵花开。春去春来呀,花谢花开呀……

如果你碰巧从那里经过,就会看到这样一个女人,她步履缓慢,面带微笑,偶尔还停下望望天空的白云,宛如外来游客。

殊不知她的家就在附近,她的男人和儿子正风风火火赶着去补习班。小夏打电话给肖林:"怎么搞的?又这样!不去挺好,正事还忙不完呢!出来逛逛?""不好意思,正忙呢。一个同学聚会,别太在意。你现在主要是开展业务,我这边手续办好,你那边生源可要跟上。"

天空飘着雪花,转眼入冬了。群里也和这冬天一样安静,几个女同学偶尔发发自拍和天气预报。

小夏和肖林碰面谈业务,肖林感慨:"现在办事儿太艰难,手续现在都没落实!那天看见马小军了,你的初恋情人这个月中回来,同学聚会指日可待。开心不?"小夏问:"怎么没在群里通知?之前两次都放了鸽子,这次是该谨慎些。"

小夏在商场里看好一件羊绒大衣,偷偷拍了照片在网上搜,没搜着。小夏着实喜欢那大衣,去商场看过好几次。接到聚会通知第二天,小夏果断入手,同时还买了羊毛打底裤和丝巾。

付强终于浮出水面,说都是自己耽误了这么长时间,他准备自罚三杯。为表达歉意,还给每位同学准备了一份海鲜大礼包。马小军大赞友谊万岁!群里一片喝彩。

小夏整理行装,丁丁祝她明天如期顺利。丁坤附和:"同学聚会还送海鲜大礼包,上档次,像我们去年就一个笔记本。好啊,新年不用买海鲜了。"

肖林来电话:"亲爱的,明天在海岛山庄,争取把付强拿下!""拿下?""对,煽情啊,美人计啊,管你什么办法!你不知道,之前为了补习班的事儿找他好几趟,满嘴都是官腔。同学的情分一点不讲,这事他正主管……"

　　带上那盘《唯有时光》的CD,去唤醒你们初恋的记忆。明晚还有舞会,我给你准备了连衣裙,橙色的……那、那不成勾引了?小夏呀,做生意都要略施小计的。我可不行!小夏呀,把钱赚到手是目的,有了钱才能表里如一,你那烂背心真让人上火……小夏一颤,手里的香水瓶掉在地上……

　　小夏翻出一个纸盒箱,里面有CD、笔记本、漫画、书签、糖纸、头花、士兵小玩偶……

　　当晚,她做了个梦,梦见纸壳箱里的物件都活了,糖纸上的大白兔问她:"姐姐,你知道那个炮兵小子去哪儿了吗?我们已经很久没见到他。""他呀,去前线了。""他还回来吗?""不回来了。""他牺牲了?"大白兔就要哭出来。"哦,没,他长大了……"

　　天空挂着一枚月牙,小夏坐在阳台的藤椅上,手里端着酒杯,耳边萦绕着那首《唯有时光》。此刻,那个小岛的上空也挂着一枚月牙,一群中年人正在昏暗的月光下高歌舞蹈……

　　窗台上士兵玩偶乖乖地站成一排,它们可是她最珍贵的宝贝,要好好保护着,不被蒙上灰尘。小夏用酒杯撞撞它们的头,然后一仰脖,干了……

发表于2021年第1期《中国作家》
2021年第3期《小说选刊》转载

手链丁零

元宝刚二十出头,他要结婚了。

小艾隔着窗户递进去一个苹果,元宝吭哧一口,苹果下去一半儿,有奶白色的汁液在他牙齿间翻滚。小艾开心得咯咯乐。她又从兜里掏出个梨递过去,一个滋味清甜果肉细腻的雪花梨。

看元宝吃完,小艾摸出一根火腿肠往他嘴里塞,火腿肠有小胳膊粗,双汇牌的。元宝吃得直打嗝,小艾兴奋地蹦起来,她变戏法似的又递进去一个咸菜疙瘩,足有拳头那么大。元宝苦着脸,我的活祖宗!小艾把嘴噘得老高,噘到足可以拴上一头驴,元宝一咬牙一跺脚……

夜里,元宝跑了好几趟厕所,那个咸菜疙瘩让他灌下去足有半桶水,工棚离厕所还有一段距离,大半夜的他才懒得跑,就站在墙根儿解决。石台上不知谁丢下半瓶矿泉水,元宝拿起来咕咚咕咚喝。月亮圆圆的低低的,好像是特意来陪被排泄折腾得无法安眠的元宝。

外面很安静,偶尔袭来一阵工友们酣畅的呼噜声。元宝从兜里摸出一根烟,像模像样点上,他刚学抽烟,这几天正练习吐烟圈!对面小艾超市门前的灯依旧亮着,一直要亮到天明……

早晨出工时元宝铁锹不见了,他里里外外转着圈喊,锹,谁看见我的锹了?锹又没长翅膀,难不成还飞了?战士没枪上不了战场,元宝没铁锹干不了活,他对着工棚门使劲踹使劲踹,好像再加把劲儿就能把锹踹出来!

可怜的门板被他踹得像醉汉一样摇晃,吱吱嘎嘎叫着,我又没偷你锹,拿我撒什么气?有人说超市里没有铁锹?元宝瞪起一双圆眼,超市不卖锹。

元宝想骂人,什么难听骂什么。可这会儿大家都拿着家伙上工去了,没人理他。行,那就等到中午骂。元宝用五十块钱在材料科租一把锹,今天的太阳烈,没挖几锹就有汗水淌下来,汗珠滴进泥土里还没来得及湿润就蒸发掉,元宝闭着眼像和尚诵经那样默念,挖一锹一块钱,挖两锹两块钱!

汗水和疲惫融化了愤怒,午饭时他没按事先的计划破口大骂,再骂锹也回不来,还是来点实际的,他想去那边跑一趟。从这儿往北过一个马路再过一个红绿灯是另外一个工地,夜深人静时这边的兄弟偶尔会"造访"那里,有来有往,当然那边的兄弟也会过来"回访"。

在工地小偷小摸是一种勇气和荣耀,失手也没什么大不了,就像做生意赔了,仍然值得嘉许和抚慰,从哪跌倒从哪爬起来,不过这事儿不能单干,望风出击接应,合作很重要……

元宝把自己碗里仅有的手指盖儿大的两块肉分别夹给旺财和有福,并表达了想到那边顺一把铁锹的愿望。旺财和有福都笑,就为一把铁锹?不如你让小艾……

元宝愤愤地把手里的馒头扔过墙头,大不了夜里老子一个人单干。老艾来电话约他晚上去家里吃饺子,到底是年轻人,一听说吃饺子,一听说还是三鲜馅儿的,眼前的心烦也就暂且放下了。

晚饭不仅有三鲜水饺,还有蒸飞蟹。老艾在灶前忙得快活,他一面烧锅,一面用筷子打着碗里的蛋液,哒哒哒,哒哒哒,敲得满屋子黄灿灿……

　　一共八只飞蟹,元宝自己拿一只,老艾和艾姨分别又给他拿一只,小艾看看大家,也递给他一只,这样元宝手边就堆着四只大螃蟹,元宝直说够了够了。

　　元宝掀开螃蟹盖儿,他把红盖子里存积的水滋溜吸进肚,又用小勺刮四周的高脂,螃蟹盖子彻底被掏空。他开始对付螃蟹的肉身,掰开用牙齿把周边的软皮掀掉,然后用两个大拇指一挤,鲜嫩的蒜瓣肉钻出来。

　　连缝隙里的肉也让他用蟹夹子抠干净,螃蟹的八只细腿里也有货,元宝把细腿儿从关节那儿分开,然后把两条腿使劲儿顶,一条白肉从里面探出头儿。

　　元宝面前很快堆积出一座小山,看他吃螃蟹的样子,就像一个轻车熟路的老手。可算上这次元宝才第二回吃,上次也在这儿,当时他看着螃蟹不知如何下手,老艾耐心地把吃螃蟹的步骤分解成一二三四,元宝脑子快,分分钟掌握技巧。艾姨吃过饭便去了超市,元宝帮忙把碗筷拿到厨房,老艾正给他准备洗澡水。

　　热腾腾的水雾把卫生间弥漫成仙境,元宝枕着毛巾躺在浴缸里,他被暖流包裹着抚爱着,身上的泥呀汗呀,心里的苦呀累呀沟呀坎儿呀,还有那丢失铁锹的烦恼,通通被这股暖流荡涤得没了踪影。

　　元宝在身上打出许多肥皂泡,用手轻轻一弹,肥皂泡就像雪花那样在空中飘。有一个闪着七彩光的大泡泡颤颤巍巍地往下坠,他用嘴一吹,又升上去,再吹,啪,灭了。

　　老艾推门进来,手里拿着一瓶冰红茶,我帮你搓搓后背! 不用,不用,我自己行。客气什么? 老艾拿着搓澡巾在元宝脊背上来回推拉,发现他两个肩头各有一块淤紫,哎,都是下苦力的结果!这孩子肩膀还嫩着呢,他手上的力度明显减弱。

元宝喝着冰红茶,有热热的水珠顺着脸颊往下淌,这是干什么?男子汉有眼泪也要流到肚子里,还好在洗澡,谁能分清哪一颗是悲伤的眼泪,哪一颗是晶莹的水珠?

小时候爸也常带他去河边洗澡,爸的大手在他脊背上轻轻一搓,无数条"蚯蚓"便从上面滚落。爸的一双大手又厚又重,和老虎钳子差不多,一家老小的生计被他牢牢抓在手心里……有人敲门,小艾在外面喊,快点儿出来瞎子摸象。

元宝蒙上黑眼罩,他头顶一会儿飞来皮球,一会儿被毛绒玩具袭击,小艾一边跑一边朝他扔,咯咯咯,咯咯咯……元宝气喘吁吁出了满身汗,累死了,他不想玩儿了。玩,我帮你换个红眼罩。

元宝偷偷推了下眼罩朝门框奔去,他把头朝门框那儿一磕,然后四脚朝天倒下去。他眼睛使劲朝上翻,还把舌头吐在外边,小艾拍拍他脸,老艾,元宝翻白眼儿了……

老艾说,明天带你去体检。体检?刚刚我是闹着玩儿。那也检查一下。元宝不解,我身体挺好的,高中毕业前学校统一检查过。你来工地有几个月了,再检查检查没坏处。明天还要上工呢!去和工头请个假。要、要扣钱的!就这么说定了,到时候我把误工费补给你。记住,明早不能吃饭!

在体检中心,元宝做了 CT、B 超还有心电图,抽了血验了尿,还着重查了生殖系统!中午老艾带他去吃水煮鱼,他们选了临窗的位置坐下,这一带是繁华地段,周边有好几家大型商场。

街上的行人穿着体面步履悠闲,女人打着花伞,男人摇着纸扇,他们看上去都很轻松都很有钱！元宝今天穿得很干净，又坐在开着冷气的饭店里吃水煮鱼，感觉自己也成了体面人！他朝服务员喊，给我拿头蒜来！

老艾找个熟人下午就取回体检单，他翻看后猛地朝元宝来了个熊抱，我们元宝除了两颗蛀牙外，身体杠杠的，想想我们晚上吃点什么。从体检中心出来，老艾一直在强调"我们，我们"，好像通过一张体检单，老艾已将他划到自家队伍里。走，我们回家。老艾笑眯眯地拉起元宝的手，就像拉着自家的亲人……

元宝回到工地已经很晚了，工友们都在床上打呼噜。他坐在石台上摸出烟，临走小艾塞给他两包烟，一包红的一包绿的。元宝把过滤嘴咬得吱吱响，旺财出来小解，看见元宝吓一跳，还在琢磨偷铁锹的事儿？元宝扔给他一根烟，老艾他……他让我把小艾给娶了！

晚饭时老艾说，我看下个月你就和小艾把事儿办了。等我找个木匠把小艾现在的床接出来一块儿，这个单人床年前才买的，扔了可惜。壁纸得换换，再买一块地毯，家电和日用品都是现成的，到时候你俩再买几套新衣服，我去订个酒店就齐活。

元宝今年二十岁，已经知道想女人了，有时候想得夜里睡不着，抓心挠肝的。可娶媳妇在他们老家是件顶天的大事儿，找媒人算日子下聘礼发喜帖，要忙乱好一阵儿！老艾这么三言两语轻飘飘就把他的终身大事给定下，这话怎么说的？

元宝还没起床就听见有人敲玻璃，小艾隔着窗户喊，元宝，元宝吃包子，老艾起早包的，一个肉丸的！小艾声音洪亮得像破锣，其他人也被喊起来。有人问，小艾拿来几个包子？三个。元宝现在饭量大，他能吃八个。八个？小艾翻翻眼皮，等着，我这就去拿。还有火腿肠和棒棒糖,旺财边说边笑。小艾走出去几步又返回来,还要咸菜疙瘩不?

元宝站在脚手架上,听见附近的学校正做广播体操,眼泪猛然夺眶了,又汹涌又心酸……几个月前元宝也和他们一样,在教室里学习,在操场上玩耍。去年高考失利,爸让他再复习一年。爸喜欢文化人,他自己就特爱看报。

在田间小憩时,爸手里总要拿张报纸,从上到下从左到右,连中缝的广告都不落,要是一天到晚光看报别的什么都不干,该是件多么幸福的事儿!

他巴望儿子好好读书,将来有大把大把的报纸看。爸在心坎里一直憧憬着儿子的锦绣前程,他说,管他什么大学,好歹给我考一个,也让咱家的祖坟冒冒青烟。然而他们家的祖坟再也没机会冒青烟了……

高考前夕,一个叫尿毒症的病在爸的身体里引爆。砰一声,宛如一枚定时炸弹,把他们这个平静的家炸得分崩离析。尿毒症把爸从田间拉到床上,把他和妹妹从教室拉回家,书是不能读了,药钱还不够呢!以后他就是根顶梁柱,虽然他羸弱的肩膀还不足以撑起一个家,可有什么办法?他来城里投奔旺财和有福了……

元宝没技术,只能干些排土之类的力气活,他每天顶着烈日挥舞铁锹,没几天就脱下一层皮,人也变得又黑又瘦。现在就是和那些同学擦肩而过,他们怕也认不出他了。

工棚里热得喘不过气,成群结队的蚊子直往身上扑,床上的凉席滚烫,躺在上面一翻身就是个水印儿。他睡在旺财旁边,旺财身上散发出一股刺鼻的汗臭。不是旺财,整个房间都弥漫着一股浊气,住下的头一个晚上,他差点晕过去。

吃的无非是萝卜白菜土豆,难得见到几块碎肉。每到开饭时,一个叫红嫂的中年女人就提着一只作废的铁锅，用木棍咣当咣当敲，她扯着嗓子喊开饭了开饭了！工友们打了饭便躲在阴凉里狼吞虎咽。

元宝咽不下去，家里虽然不富裕，可他和妹妹也没吃过太多苦，爸包揽了所有的农活，妈还有烹饪的手艺，就算粗茶淡饭也能香气扑鼻。旺财看看他，不吃饭哪来力气干活呢？

工友们闲着打牌赌钱，旺财和有福也玩儿。元宝不玩，他拿尖嘴钳子把纱网上的细铁丝一根根抽出来，窝成一个个小圈，然后大圈套小圈、小圈套大圈做成手链。元宝摇晃着腕子，让手链发出悦耳的丁零声，如果是金的就好了。几个玩牌的人忽然大打出手，一只板凳贴着他耳边飞过……

元宝赶紧爬上脚手架，这上面有种与世隔绝的安宁，底下就算打成一锅粥也没关系。街上的灯忽然亮了，那些山峦一样的楼群也亮起来，一下子也分不清哪个是天上的星星，哪个是地下的灯。

还有那耀眼的霓虹灯，它们都装饰在豪华气派的大楼上，闪着鬼火一般奇异的光。他在上面坐了很久，元宝，元宝去哪儿了？他一低头，发现脚下竟变成一个黑洞，一个深不见底的黑洞，那里面暗藏着让人无法提防的杀机……

夜里他蒙上被子偷偷哭，不知道这样恶劣的日子还要过多久，说不定要过上一辈子。想到漫长的一辈子，即便在炎热的酷暑里，他也一身冷汗！旺财碰碰他，哭个球！星期天带你去个好地方！

旺财说的好地方就是家乐福超市，也的确是个好地方，元宝还是第一次见这么大的超市，宽敞得一眼都望不到头，楼上楼下整整两层。人们推着小车，看见喜欢的东西直接扔进去，跟不要钱似的。元宝摸摸裤兜，心中涌起一阵悲伤。

旺财和有福却像到了家,哪里卖熟食哪里卖生鲜哪里卖乳制品都门儿清,他们主要光顾炊具店,元宝不喜欢锅碗瓢盆之类的东西,工地上又不让自己做饭。旺财一拉他,等着瞧吧傻小子!

哇,这里正在进行厨艺大比拼,卖电饼铛的在煎葱油饼,卖烤箱的在烤蛋糕,卖豆浆机的在打米糊,卖菜刀的在切黄瓜片……整个区域逛下来他们咂着舌头心花怒放,当然免费品尝,这是元宝来城里最开心的一天。

食品区域的东西也能吃,但难度比较大,动作要快、下手要准,旺财就以惊人的速度吞下去一块巧克力,吞咽时他蹲下去假装系鞋带儿,有福在生鲜区域拿了一盒三文鱼和羊肉片。

他用羊肉片把三文鱼压在下面,手指甲一划,就把蒙着三文鱼的塑料薄膜划开了,然后两个指头一钩,一片三文鱼被钩进拳头里,接着用手捂了捂咳嗽的嘴巴。整个过程神不知鬼不觉。元宝深深爱上了超市,这哪是超市?简直人间天堂!

元宝学过一篇课文,《假如给我三天光明》,他想,假如有三天让我在超市白吃白喝……

工地对面也有个超市,面积不大,也就六七十平方米。麻雀虽小,五脏俱全,元宝进去逮什么看什么,他拿起一根双汇火腿肠,这是一根重一百四十克的王中王,价签上标注三块五。旁边是身量小一号的,重九十克,两块钱。

元宝啥都不买,他进来蹭凉的,一旁还有旺财和有福。这几天持续高温,昨天有个工友中暑从脚手架上掉下来,安全起见停工了。元宝他们几个踅进小艾超市,这里冷气开得足,凉飕飕的,好不舒服。

前台收款那位是个花甲之年的老头,他正把脑袋埋在报纸里,超市

手链丁零 / 305

里没几个人,一只悠闲的花猫在过道那儿走来走去。

该吃中午饭了,经过门口时,元宝看见有一条白色液体正沿着台阶往下流,旁边的奶盒里有袋牛奶漏了。元宝对着老头喊,老头正给一个顾客结账。元宝就把那袋漏奶捡起来扔进旁边的垃圾篓,还顺手把那条白色液体用纸擦干净。旺财、有福早没影了。

老头拿着几袋牛奶追出门,这个给你。元宝哪好意思要,举手之劳一点事,还给报酬?这牛奶最后一天保质期,不然明天也坏掉。元宝接过来,一共五袋儿。

他坐在树荫下用牙齿撕开一袋儿,甘甜的乳汁像小溪那样流进嗓子眼儿,一点快过期的意思都没有。他一口气喝掉三袋儿,这时户外骄阳似火,可元宝的心被牛奶浸润得一点都不燥热。旺财和有福正坐在树荫下吃饭,每人手里拿一根价值三块五的火腿肠,刚才也没见他们买!

元宝在工地附近遇见超市那个老头,他手里拎着好多青菜。老头和他打招呼,元宝抢过老头手里的东西把他送到超市。今天好像没有快过期的牛奶,元宝走出老远,也没听见有人喊。不光牛奶,面包啊火腿肠啊,好多东西都有保质期,不知道那些东西过了期老头如何处理。

早晨,工地上炉灶坏了,每人给二十块钱自己解决。元宝几个来到小艾超市,旺财和有福买了面包和八宝粥,元宝买了两袋康师傅方便面。结账时老头看看他,从桌子底下拿出两个咸蛋,还把小半瓶黄瓜条递给他,都是老伴自己腌的。元宝还没来得及说感谢的话,后面等着结账的人催了。

旺财和有福帮忙,半瓶黄瓜条很快就没了,连咸蛋也被瓜分去一个。两个家伙边吃边打趣,元宝,那老头准是看好你了,家里有个漂亮大闺女要嫁给你。元宝要做城里人的女婿了。到时候元宝拿火腿肠当饭吃。元宝被说得有点烦,还有点得意。

午休时,工棚里像猪圈似的呼噜连片。元宝去小艾超市看看有什么要帮忙的,得了人家的好处心里不踏实。今天买东西的人不少,主要是买雪糕和冷饮。

老头正忙着收款,元宝对他笑笑,看见门前的货箱子七零八落,就一个个给归置整齐。临走老头一面收款一边侧过身子,元宝,没事来玩啊!老头居然知道他叫元宝,元宝回头看看小艾超市,他好像在这城里有了一门儿亲戚。

身边多个亲戚就是不一样,元宝没事就去超市转转,去之前还把身上的脏衣服换掉。那些商品可都是干净的、贵气的,不能给污染了。元宝眼疾手快,这个姓艾的老头蛮喜欢他。元宝奇怪,怎么叫小艾超市,应该叫老艾超市才对。姑娘是小艾!元宝想起旺财和有福的话,脸蛋泛起红来。

那天老艾还请元宝喝了酒,在超市里就地取材,罐装啤酒、猪蹄儿、鸡爪、鹌鹑蛋,还有老艾腌的生虾爬子。元宝不敢吃生鲜,老艾剥一个递给他,尝尝,鲜着呢!老伴带闺女串亲戚去了,等那娘儿俩回来咱一起吃大餐……

元宝让生虾爬子闹得上吐下泻,老艾到工地看他,还送来肠炎灵和小米粥。老艾看着他把药吃下去,那娘儿俩星期天回来,到时候来家里吃饭!

老艾家就在超市三楼,一套宽敞的三室两厅,老艾说这房子有一百二十平方米,是动迁后的回迁房,楼下的超市是后来买的,这样方便照顾家又方便照顾生意。元宝不由得佩服起老艾,觉得他很会经营生活。

餐桌上已经摆好火锅,四周围绕着各色青菜、牛羊肉,还有螃蟹和大虾!

满屋子的温馨整洁,元宝头一次来城里人家做客,眼睛都不够使了。老艾带他各房间参观,小艾房间堆满了大大小小的毛绒玩具,元宝就想起电视剧里的儿童房。

那娘儿俩回来了,小艾脑袋大、身子短,像个大头娃娃,她手都不洗就去抓盘子里的虾。她好像饿坏了,噼里啪啦风卷残云一般,眨眼工夫一盘虾没了,连老艾事先夹到元宝盘里的那两只也被她吃了。老艾说,你们不在的时候,元宝来超市帮了不少忙,货架子摆得又干净又整齐。小艾看看元宝,你爱玩瞎子摸象不……

之后,小艾常到工地找元宝。元宝,元宝呢?有人往脚手架上指,元宝正往上送水泥。元宝,小艾一面喊一面从兜里往外掏,棒棒糖、泡泡糖、棉花糖……

元宝赶紧把小艾拉到附近的小花园,以后别再送了!你不爱吃?那倒不是!爱吃就行。你总往外拿东西,老艾该生气了。老艾才不生气,我说把这些拿给元宝,老艾摇晃着报纸,去吧,去吧!

小艾再来,元宝走不开,就让她去小花园那边等。赶过去时小艾正在玩健身器材,他刚要喊,看见做饭的红嫂正站在一棵开满粉花的树下,她仰着脖子看一会儿,又拿出小圆镜对着自己照。

这女人在干什么?她也许在想,依旧是去年那棵树,依旧和去年一样开着蓬蓬勃勃的花,这花好像比去年还艳了,莫非施了更好的肥料?她今天也擦了粉、穿了新衣裳,姿色却比去年差了好几成,粉擦得再厚也遮不住脸上的黑斑和鱼尾纹。

红嫂怎么还不走?不知道小艾今天给他带些啥。元宝希望和小艾的交往能私密些,城市就这点不好,连个背静地方都没有,他们村里有成片的苞米地,不想让人看见的事儿就去苞米地里。

红嫂总算走了。小艾拎了个方便袋子,还是那些花花绿绿的糖果,元宝当然喜欢,可他还是对肉类更感兴趣,鸡腿儿、猪蹄儿、猪头肉,哪怕鸡爪子!

下一次小艾真把鸡腿带来了,还有猪蹄儿、猪耳朵,还有包烟!元宝坐在小花园的椅子上吃,吃完又打开香烟盒,不会抽,抽着玩呗!烟从鼻孔里喷出来,元宝脸上有了暖色。他现在对人对事儿都提不起兴致,只有看到钱和美食,脸上的表情才生动些。

吃饱喝足,元宝摸着肚子,他都想抽自己一嘴巴,你这馋东西不知道吃人家的嘴短吗?元宝告诫自己挺住,下次一定要挺住。可那油光闪闪的猪蹄儿,那充满奶香的面包,那又软又糯的火腿肠,只要看看,口腔里就会有液体分泌出来,由不得人的。

面对繁重的体力活,元宝急需营养补充,他在美食面前败下阵来!干活的时候他用眼睛瞄着大门,小艾一探头,元宝就开心。肚子亏本的人才会对食物这么上心、这么着迷。他一面擦嘴角上的油一面谴责自己,于是跑到小艾超市拼命儿干活。

小艾端着一碗鸡蛋面来工地,有人开玩笑,元宝不饿,面条我替他吃吧。小艾咧开嘴呵呵乐。你知道老艾把钱藏哪儿了?箱子里,是保险箱里。你们家超市一天能赚多少钱?一抽屉,元宝赶紧把小艾往外拉。

路上他告诉小艾,家里的事不要对外人讲。行,我谁都不说就告诉你。我的小猪储蓄罐已经塞得满满当当,老艾说留着买嫁妆。元宝说,以后你别理工地那些人,都是一帮坏家伙。

我告诉你个秘密呀,但你要拉钩不许跟别人讲!小艾去拉元宝,元宝把手背到后面,上次你在我家门口捡的那个黑钱包,是老艾特意丢下的,元宝想起那次在她家门口捡了个钱包,里面有一沓钱和老艾的一张身份证,这也太不小心了。一进门他就喊,艾叔你的钱包掉了……

老艾又打电话让元宝去家里吃饭,元宝推说有事。

小艾是城里人,家里有楼房有买卖,还有一台半新不旧的汽车,元宝摊上这好事应该猫在被窝里偷着乐,这是多大一个便宜,跟哈腰捡了金元宝差不多。可这便宜比火炭还烫手,小艾她说到底也是个二手货。

谁会对一个傻姑娘有想法?有时候他望着小艾想,你这傻人倒有福气,托生在这样丰衣足食的家庭,每天什么都不干就有好东西吃、好衣服穿、好房子住,自己聪明健康却摊上一个尿毒症的爸,上哪儿说理去!

如果不是爸的病,元宝现在正坐在大学的教室里,说不定就跟哪个女孩子对上眼儿,甜甜蜜蜜谈恋爱呢。以前他总是幻想着,许多好事都在前面的路上等他,有奇迹、有艳遇、有邂逅,在他的幻想里,从来没有小艾这一章节。

元宝仔细算过,他在老艾家一共吃过五顿饭,洗过三次澡,老艾还送给他一大包衣服,衬衫、裤子、皮鞋、外套,都是七八成新。那次蓄意丢钱包之后,还带他和小艾去公园划了回船,仅此而已。当然,小艾还给他送了些吃的喝的。

小艾并非彻底疯了,怎么说好?算半彪不傻吧。小艾会背"锄禾日当午",也会识别钞票上的元角分,去买菜知道往回找零,刷牙、洗脸、梳头,臭美时还知道往脸上擦香香、点红嘴唇。

偶尔也去超市里帮帮忙,搬牛奶、挪矿泉水,她把矿泉水一瓶瓶往上码,很快码出笔直一根棍儿。老艾喊好了好了,赶紧停下!小艾继

310 / 浣花溪记

续。哗啦,那根笔直的棍儿轰然倒塌,在地上溅起一片晶莹的水花……

老艾说他姑娘小时候特聪明,五岁就会背乘法口诀,都是那场高烧害的。小艾在启智学校读过六年书,大大小小的字也认识一些,这姑娘啊,老艾很自信地说,智力问题都是后天导致,生儿育女没问题。

提到下一代,老艾眼睛眯成两条慈祥的缝儿,到时候孙子就叫艾笑,每天都开开心心的!没错,必须姓艾。老艾时常望着门口发呆,小艾是他心口窝里的疼。

哎!老艾叹口气,都不知道以后该如何面对祖宗,祖宗会破口大骂,你这王八蛋都不往下续香火!有个小男孩跑进来买棉花糖,老艾两只眼睛弯了,拿去,不用给钱!

元宝说,他们老家孩子都是跟男方姓。老艾白他一眼,我们城里男女平等。元宝觉得自己多事,别说艾笑,就算艾哭和他也没一毛钱关系。

小艾给元宝拿了盒烤虾,太咸,元宝吃得嗓子生烟,他使劲踢飞脚下一块石头,你想齁死我呀?转身朝拐角的小卖店跑去,这小卖店距离小艾超市不足十米,也没开门,直接从窗户往外递东西。

屋里坐着一个五六十岁的女人,穿一件黑底儿红花连衣裙,她好像刚睡醒,正歪在椅子上看电视。妈来电话了,元宝扔下钱拿了矿泉水赶紧离开。工棚里空空荡荡,刚刚发了工钱,大家都出去喝酒了。旺财发来信息说他和有福在街边吃肉串,上次是他俩请的客,旺财请的肉串儿,有福请的啤酒。这回该轮到他了,元宝关掉手机。

他忽然想起来,刚才买矿泉水拿了五十块钱,当时走得匆忙忘记找钱,元宝赶紧跑回去。那女人仿佛一直没动,依旧靠在椅子上,目光紧紧盯着角落里那台小电视,元宝说,刚刚你忘记找我钱了。

手链丁零 / 311

那女人不高兴地瞟他一眼,目光重新落到电视上,电视里正播放古装戏的高潮部分:分别多年的母子重逢,两人抱头哭成一团。女人的注意力完全被这对母子控制住,眼圈红红的。

元宝重复一遍,刚刚我给了你五十块钱买矿泉水,你没找我钱。因为紧张,他说话有点结巴,倒像在撒谎了。女人一副迷惑的表情,你刚才在这买矿泉水了?是的,买了一瓶农夫山泉,我几口给喝掉,瓶子扔在前边垃圾桶里。女人翻着眼皮,元宝紧张地望着她,眼泪断了线的珠子一样往下落。

我爸得尿毒症了,妈刚才来电话说爸的身体一天比一天差,不抓紧换肾怕坚持不住了,换个肾要四十多万!

元宝越说越难过,想到眼下的种种悲伤,几乎就要号啕。女人的神思刚才还游离在电视剧里,现在让元宝给哭回来,她赶紧去翻钱盒,从里面抽出一张五十元钞票,几十块钱的事儿,你一个大男人哭什么?

元宝接过钱好一番感激!女人说,碰到我算你好运气,换了别人肯定不会给你。元宝说他通常都在小艾超市买东西,女人把嘴一撇,早年我们两家住邻居,那个败家玩意……他走出去好几步女人还在喊,记住以后来我这买东西!

元宝不会再来了,他也不想去小艾超市。想到以后即便买瓶水也要走出去好远,心情越发烦躁。工友们有了钱就去喝酒,今晚又是不醉不归,元宝躺在床上发愁,如果不是爸的病,即便不读书,也没现在这么糟,发了工资,他也会像旺财和有福那样找个小酒馆……

外面有窸窸窣窣的响动,黑暗中元宝看见吊车那边有人影,他悄悄蹩过去,发现两个人正蹲在地上卸车轱辘。元宝顺手抄起一根钢筋,他大喝一声朝一个人猛砸过去,那人当场趴下,另一个撒腿跑掉。

元宝没追,他骑在这个倒霉蛋儿身上好一顿拳头。被打的人忍着痛苦和他商量,看看又没偷你家的,何苦呢?今天身上没带钱,要不留个电话,改天我请你吃饭?南边新开一家馅饼店,元宝拳头仍雨点一般落下。被揍的家伙可能觉得自己太小气,那什么,涮火锅、海底捞随便选!

元宝油盐不进猛劲儿揍,这可不是他一贯风格,平时树叶落下来只要砸的不是他脑袋就行,今天不行,元宝挥舞的不是拳头而是满腔愤怒,他砸向的也并非窃贼,而是命运的不公。他们那个村子,穷人、富人、好人、坏人,谁都没得尿毒症,唯独他爸"中奖"了……

打人这活计不比排土轻松,元宝说,你等着,起身去了工棚。他在工棚里喝了水擦了脸,稍事休息后又出来。那小子早没影儿了,地上有个东西元宝捡起来,是副耳塞,新着呢!应该是刚才那小子的。元宝把它插在手机上,好用。这一夜他睡得很踏实,连鼻孔里的气息都那么顺畅,安宁得就像从前,就像家里没生病的爸爸。

老艾来工地找元宝,他要带老婆孩子去乡下赶婚礼,三天后回来。老艾把大门钥匙交给他,冰箱里给你准备了好多吃的,下了工直接过去。元宝看看他,迟迟疑疑接过钥匙。

旺财和有福撺掇元宝带他俩去老艾家洗个澡,元宝推说自己不舒服。有福抓着后背喊,痒,痒死了!旺财一脸不高兴,大家都打一个村出来,有福同享、有难同当,我有了好事可都想着你们。

元宝刚来工地的时候,旺财有个同学在这边家装公司干活,工程接近尾声,那户人家的钥匙仍在同学手里,他让旺财去那家洗澡,旺财就把元宝和有福一起带上,当时天气特别热,下了工身上都是黏的,洗完澡神清气爽,仿佛日子都好过了。有福说,家乐福那边免费吃喝是我发

手链丁零 / 313

现的!

老艾家变样了,墙壁刚刚粉刷过,沙发套和窗帘也是新的,用的是那种很隆重很有气氛的丝绒。门口的地毯变厚了,跟踩在棉花上差不多,顶棚还吊着一盏闪亮的水晶灯。

他们先后冲过热水澡,元宝出来时看见旺财和有福在餐桌前喝啤酒,真拿自己不当外人! 虽说不是主人,但眼下这里他说了算。元宝在冰箱里翻出花生米、豆腐干儿。

老艾这房子真不赖! 日子过到这份上相当可以了! 旺财和有福边嚼花生米边感慨。这时候元宝紧绷的一根弦也松弛下来,他介绍说,这房子有一百二十平方米,是动迁后的回迁房。

我们怕是一辈子也买不起这样的房。知道吗? 盖的这房子每平方米要超过三万,他们喝着啤酒吃着小菜、吹着冷气聊着房子,惬意得像在自己家里!

元宝脸蛋都喝红了,他又打开冰箱拿出一盒红烧肉罐头。哎哟,开罐头时把手刮破了,血顺着指头往下流,有福抓起茶几上一本本子,要撕一页给元宝擦手。

放下,元宝喊。知道有用没用你就撕? 他去卫生间处理伤口,往上涂了层牙膏。出来时见旺财、有福正翻看那本本子,是个账本儿,上面密密麻麻记录着超市一天的流水。

不起眼个买卖原来这么赚钱! 你别看那些地产老板派头足,他们身上不知背着多少债。说起来还是这些小买卖更靠谱。等我们这个楼盖起来,老艾的生意会更红火。旺财和有福你一言我一语。有福指着记账本,这红烧肉罐头进价十八,老艾卖二十八。元宝一把夺过账本扔进抽屉。

当晚三个人都没回工地,有福直接倒在客厅沙发上,旺财去老艾房间,元宝住小艾屋里。小艾的单人床已经变成双人床,上面铺着粉红色床单,还绣着鸳鸯戏水的图案。墙上壁纸换成了暖黄色,床头那儿摆了两双棉布拖鞋,一双红的,一双绿的……

早起元宝看见有福穿着老艾睡衣挨个房间窜,元宝不高兴,赶紧脱下来!

第二天下工旺财和有福又嚷着去老艾家,元宝坚决不动,澡也洗了、酒也喝了还要怎样?旺财说,袜子落老艾床上了,元宝说,他会把袜子取回来。晚上元宝一个人过去,哪有什么袜子?净扯淡!

元宝从冰箱里拿出羊肉片儿和青菜,一个人像模像样涮起火锅,他正翻看记账本,旺财打电话来,元宝不理睬。这一晚他穿着老艾的睡衣,上半夜睡小艾房间,下半夜睡老艾房间。

妹妹来电话,一共五分钟,她哭了四分钟。元宝心都碎了。

他决定接受小艾,但老艾要拿四十万给他爸换肾,爸是这个家的天,也是元宝的天,不能让天塌下来。四十万对老艾这样的人家不是问题,他元宝身体健康、头脑灵活,一米七八的个头,要不是因为爸,已经是大学生了。

说到底这事儿还是老艾赚了!还有妹妹,妹妹读初二,成绩一直不错,如果现在复学将来准能考上大学。这么想着,元宝都觉得自己很像个英雄,牺牲我一个,幸福全家人。

元宝在心里演练着和老艾的谈判,如何切入如何措辞,用什么样的声调和表情。在心里模拟的时候,元宝脸上挂满泪水。这期间他去老艾家里吃过一顿饭,因为有艾姨和小艾在,便不好开口。这是男人之间的事儿,还是单独谈比较正式。平时老艾都在超市,那里人来人往也不好说。元宝心急。

他想到一个办法,给老艾发信息。他把信息反复修改,着重强调会对小艾好一辈子,并且以后无论生男生女统统姓艾。他把这些决心书似的保证,都画上红色波浪线,发出去之前又逐字逐句念,通篇情真意切,感人至深!上帝听见都要流泪的,能感动老艾吗?

两天了,那边也没有回音,元宝担心是老艾手机丢了。下了工,他直奔超市,买东西的人不少,老艾在前台埋头结账,手机就在旁边。

第二天吃过晚饭,元宝直奔老艾家,在路上碰见小艾,小艾想去夜市吃麻辣烫。

烧烤的焦煳香气是整个夜市的大背景,小艾闻着味儿走不动了。她决定吃羊肉串,吃个满脸花,元宝买了湿巾给她擦。那腕子上的手链丁零响,小艾用竹签拨弄着,喜欢就送给你。元宝摘下给小艾戴上,小艾高兴得来回摇,丁零零丁零零……

小艾想吃烤玉米,元宝给她买一个。我们家也种了很多甜玉米,秋天的时候我带你回家,我妹妹最会烤玉米了。你家离这儿远吗?还成,坐火车要五个多小时。那我们明天就去。

我得在外面挣钱,我爸爸病了。小艾忽然问,尿毒症是什么东西?元宝奇怪,你听谁说的?旺财,旺财和老艾说话时我听见了。旺财?对,刚刚他在我家安晾衣架,我嫌电钻声烦就出来……

天上忽然砸下雨点儿,小艾兴奋地拍手跳,女大三,抱金砖,抱着金砖去南山,元宝赶紧脱下衬衫给她当伞,小艾才不要,金豆子,天上掉下金豆子!一个闪电后雨更大了,元宝索性把手掬成小碗接,嘴里随着小艾喊,金豆子,快下四十万金豆子!

夜幕中有司机看见这俩人在雨中又舞又蹈,他按按喇叭,元宝和小艾仍对着天空大喊大叫,司机一打轮儿从他们身边绕过去——疯子。

到家时两人都成了落汤鸡,老艾满脸不高兴,怎么弄成这个样子?给你打电话也不接,手机上果然有两个未接电话。元宝想进去和老艾聊聊,怎奈老艾关门速度太快,嘭。

早晨元宝问旺财,昨晚你去哪儿了?玩去了!中午,他顾不上吃饭跑到超市,老艾正坐在前台吃饭,一个白瓷碗里盛着被辣椒油浸红的凉粉,上面撒着翠绿的葱末,旁边盘子里放着糖三角,老艾挑着凉粉吃得呼噜呼噜响,嘴角现出两条老于世故的法令纹。

元宝说,他们村的人都喜欢做糖三角,新面下来时家家蒸。糖三角的寓意吉祥美好,三是三生万物,糖三角那个尖儿预示着万物都会拔尖儿,里面包着的一兜子红糖是满腹的甜蜜,糖三角对生活的祝福不言而喻。这是实话,也有卖弄的意思,元宝可是高中生,上过两回高三呢!等新麦下来,让我妈给小艾蒸两锅。

老艾嘴里含着凉粉说了句什么。刚好送货的来了,元宝张罗着往里搬货,花猫跟着凑热闹在他脚边来回跑,元宝心烦给它一脚,花猫疼得惨叫,老艾使劲儿一礅碗,一滴辣椒油溅到鼻尖上,他转身去了厕所。

这期间有人进来买了包香烟买了瓶酱油,元宝替他收了钱,老艾还不出来,该上工了。他朝里面喊,艾叔我走了,收的钱在抽屉里。他在门口拿了两包牛奶离开……

元宝检讨自己太贪心,他要告诉老艾妹妹复学的事儿就算了,眼下救人要紧。晚上再去超市,艾姨坐在那儿,她说老艾带小艾去海边了。回工地看见有福正和几个人打扑克,旺财呢?元宝问。谁知道?换了干净衣服出去的。

早晨,旺财的安全帽不见了,他骂骂咧咧去材料科花一百块钱租一

手链丁零 / 317

个。午饭时他悄声说,夜里想去那边走一趟。有福昨晚打扑克输掉两百多,他对这个提议很赞成,元宝闷头吃饭,他把最后一口馒头咽下去说,行,弄一把锹回来……

元宝趁午休买回来一双软底布鞋,他把鞋子窝成一个筒放在嘴巴上对准旺财,夜里穿它才轻快。他套上软底儿布鞋跑出去,又买回墨镜、鸭舌帽。

晚饭时元宝悄悄说,已经去那边侦察过,沿着工棚一直往左就是材料库。旺财和有福相互看看笑了!元宝很神秘地从兜里掏出连裤丝袜,这个应该也能派上用场。旺财朝他脑袋拍过去,你这么武装上走到半路就被抓了。

到地方元宝说,自己先进去侦察一圈,片刻出来做了个 OK 的动作,都睡得跟死猪一样。元宝在入口摔了一跤,有福拉他,我、我想上厕所。旺财叹口气,他偷盗心切,径直往前走,狗就是这时候跳出来的……

旺财的腿被撕下好大一块肉,他躺在那儿哑巴吃黄连,说是夜里上厕所摔的。老艾来工地看他,隔一天旺财就从工棚里搬出去,住到小艾超市去了,那边的库房刚好能放进一张床,旺财在那儿养伤,顺便照看货,这些都是听小艾说的。她手里把玩着一个草编的小耗子,旺财给我的。元宝说,等晚上变成真耗子咬死你!

元宝心里苦瓜炒辣椒,前几天还待他像亲儿子似的,又检查身体又下馆子,还急火火让把婚事办了,现在却来个一百八十度大转弯,在他们老家,结婚这事儿可不是随便说着玩儿的。

元宝借酒浇愁,喝了半瓶二锅头,他抄起铁锹往外跑,被有福从后面死死抱住,元宝骂旺财这孙子不地道,这不是截和吗?有福从元宝身上摸了根烟叼嘴上,平心而论,旺财比你条件好得多,起码他家里没有得尿毒症的爹。元宝一口痰啐地上,这小子就是看上老艾那份家业。

有福笑,大家还不都是奔着利益去的!元宝说老艾不守信用。有福看看他,没人愿意找个女婿再搭个病爹!那老东西盼孙子眼睛都盼蓝了,巴不得小艾明天就生个大胖小子。元宝冷笑,小艾喜欢我。

星期天,有福、元宝、小艾三人一起去儿童乐园,他们坐了小火车、摩天轮还有旋转木马。坐摩天轮小艾吓得直叫娘,坐旋转木马又开心唱起歌:"小燕子,穿花衣,年年春天来这里……"然后去了烧烤店,牛肉串、羊肉串、鸡翅、鸡心、鸡胗、鸭脖……小艾吃得太快,噎了!元宝帮她敲后背,有福给她倒啤酒,小艾一仰脖干了,就不噎了。有福再倒,小艾又干了,连干五杯后她脸也红了头也晕了,小艾说,困。两个男人把酒瓶撞到一起……

对面就是有福事先安排好的如家酒店,他们一左一右搀着小艾,路上元宝一颗心扑通扑通跳,像里面住了只青蛙,他左顾右盼,做贼似的。有福安慰他,别怕,这可是好事儿,我都嫉妒你了!元宝看着醉醺醺的小艾,这……行吗?你不行?那我来!哈哈……

这一阵工地上好不热闹,前几天来了辆警车把七八个人都给抓走了,他们在人民广场偷鸽子。胆子多大,拿网兜网的。这事儿元宝他们也干过,没敢拿网兜儿。元宝拿着碎馒头喂,旺财和有福扭了脖子塞怀里。

早晨又来了几个大盖帽,元宝吓得直哆嗦,保证以后不吃鸽子,保证不嘴馋。警察没搭理元宝,他们一把将有福控制,元宝急着解释,就一回,才四只,在南马路那边烧烤摊子上烤的,警察让他闭嘴。

有福这次干个大活,他把老艾家保险柜撬了。那天他和元宝搀小艾去酒店，路上把小艾兜里钥匙摸了。元宝心里难过，老艾再不好也不至于去他家盗窃。有福火冒三丈，老艾就是个穷光蛋，保险柜里除了借条就是借据。

警察给有福戴上手铐时，他还回头喊，元宝，咱们都上当了，那账本是假的，那就是个鱼钩！那么重要私密的东西，怎么能随便放外面？老艾就是只老狐狸。

旺财回工地了，看见元宝又搂又抱，相当亲热，还约他一起去看有福。你不知道吧，老艾曾经有赌博的恶习，到现在还欠着一屁股债，超市房子还欠着贷款呢……

三个月后，元宝爸走了，工程已近尾声。回去奔丧那个晚上小艾来工地，你们这个楼的地下两层准备开家乐福超市。我们家超市要关门大吉，老艾正处理东西。小艾边说边从怀里往外掏，猪蹄、鸡腿、棒棒糖……还有？

没了！不信你看，小艾打开上衣拉链，豆大的汗珠从元宝额头滚落，小艾伸手给他擦，那腕子上的手链被摇晃得丁零零丁零零……很是悦耳。

发表于2021年第8期《北京文学》

浣花溪记

铁头风风火火抱个痰盂从外面跑进来,开心得像抱个奖杯。他把痰盂往餐桌上一礅,翠儿嗷一声从椅子上弹起来,他们正吃麻辣火锅,翠儿这么一叫,筷子上夹着的牛丸掉进蘸料碟里。火红的蘸料油汪汪地溅在脸上,就像一颗颗红色的泪珠。

翠儿、翠儿,杨树救火似的赶紧用纸巾帮她擦。烫到没?烫到没?然后对铁头吼,哪儿弄来的这玩意?铁头往门口一指,他买的。老杨在门口换鞋时,就听到翠儿踩了耗子尾巴似的尖叫。又是火锅,红彤彤的一大盆。痰盂也是红色,上面有喜字还有龙凤吉祥的印花。别说,同桌上火锅的颜色蛮搭。

一个商店清仓,居然还有这东西。才三块钱,我结婚时工会送了一个,那时候还四块二呢!老杨一面说一面把痰盂放到墙角。

晚上老杨去餐厅拿痰盂,看见翠儿正对着它啪啪拍照。痰盂也算稀罕物?现在的年轻人啊!老杨听到翠儿回房间的脚步声才又去餐厅,他要把痰盂拿进屋,装个烟头废纸也好。

喂,你爸是不是有病?虽说听墙根有些阴暗,但老杨还是站住。之前左一把右一把买马桶刷,现在又买痰盂。你爸才有病呢!哎哟!咯咯咯……服了服了……

早晨老杨送铁头去幼儿园,还把萨克斯背上。铁头说班里的于小兵也会吹这个。是翠儿让你吹的？她让你练几个小时？铁头忽然停下，你能帮我个忙吗？翠儿过几天出差，她说让你监督我弹琴。好烦……哦，你想让我睁一只眼闭一只眼！铁头让老杨蹲下，然后在他脸上狠狠香一口。

浣花溪公园里不少人在晨练，老杨来到沧浪湖旁边的一处空地，支望远镜的周老头没来，那个免费观看的牌子仍靠在树下。老杨选个角度把萨克斯拿出来。他觉得现在这块牌子需改写一个字——免费观听。

老杨脱掉外套，里面的衬衫雪白簇新。他又从包里摸出一个黑领结套脖子上。下厨就要扎围裙，吹曲儿就要系领结。干啥像啥。老杨拿出他的看家本事《望春风》，他准备在浣花溪公园冒个泡。

老太婆拉着小孙子走过来，在湖边跑步的小伙子停下来，连白鹭也踏着清水来到岸边，老杨兴奋，一曲结束，气儿都没舍得多喘。老杨在老年大学学过好几首曲子，今天他要把会的通通吹一遍，连《我在马路边捡到一分钱》都吹了。

老杨实在舍不得让那几个围观者散去，又不好意思从头再来一遍，体力也欠佳，对，他可以向大家宣传一下吹萨克斯的好处。

吹这个嘛，可以锻炼肺活量，增强人的心肺功能，还可以改善人体的神经系统、心血管系统，从而调节睡眠，促进消化，强心健脑，降低血压。俗话说十指连心，手指头这么一活动，就刺激大脑了。所以啊，吹萨克斯还能延缓衰老，预防老年痴呆。老杨沾边就往上扯。

两个穿保安制服的人走过来，你好，我们是浣花溪公园治安巡逻处的，刚刚接到周边居民投诉。您以后只管来遛弯锻炼，这东西还是不要吹了。我吹萨克斯也犯法？老杨很不服气。个头偏高的说，当然不是，只是您在这里吹,影响了周边居民休息。有人嘀咕,那边有个"草堂之春"别墅区,住的都是厉害角色。

保安还算客气,您是外地人吧?这话老杨不爱听,外地人怎么了?我把儿子养大,供他读了大学,这小子在给你们做贡献。他不在这边安家,我还不稀来呢!

杨树决定留在成都后,老杨特意把那首歌换成手机铃,真是好听啊,诗情画意的,把成都夸成一朵花:"和我在成都的街头走一走,哦哦哦,直到所有的灯都熄灭了也不停留……"哟,老头蛮时髦嘛!我儿子在那边。哦,成都可是个好地方,看您这福气!其实在老杨心里,哪都不如自己家。

老杨在家活得蛮舒坦,老年活动室的牌局,老兄弟们的自驾游,老年大学的音乐课,老单位组织的夕阳红演出,这些足以把日子填得满满。还有那熟悉的老街巷、老口味。老杨楼下开着一家杀猪菜馆,他和几个老兄弟每周都要在那儿聚聚。这么滋润来成都干啥?还不是杨树一天八个电话!还不是马红霞先撒了!

昨天送完铁头转到浣花溪公园,他看见湖边支着一架望远镜,有个老头一边指着免费牌子一边朝他招手。来,过来看看!不花钱的。老杨在望远镜里看到好多白鹭,他就想到"一行白鹭上青天"的诗句。

老头手里捧着水瓶很热情地向他炫耀自己的装备,这是美国星特朗专业天文望远镜,口径一百零二,焦距一千三百二十五,焦比十三,什么意思呢?用通俗的话说,就是我这台望远镜,连那些白鹭双眼皮单眼皮都看得清。

你还卖望远镜?卖什么?还准备买呢!就为免费让人看白鹭单双眼皮儿?算慈善公益!当然也图一乐儿。来呀,过来看看,免费!老头继续招呼着。免费谁不会？可人家偏偏不允许他老杨免费。

有人说"草堂之春"那边投诉问题就严重了，老头你还是去别处吹吧，从这儿出去过马路坐二路公交车，四站后下，那边有个广场，吹拉弹唱，干什么的都有，吹破天都没人管。老杨捧起萨克斯，鼓着腮帮子狠狠吹两口。

他坐在公园长椅上望天，天上刚好有架飞机经过，坐飞机用不上半天他就到家了。他特别想念那些老伙伴，不知道那些老家伙又去哪里开心了。正准备拿手机勾搭，他就看见不远处两个小伙子正掏出烟卷儿点燃。

一个小伙子还金鱼似的嘴巴一鼓一鼓吐烟圈，老杨三步两步奔过去，这里到处都是花草树木还敢抽烟？你还吐烟圈儿，一把火点着，等着吃官司吧。两个小伙子赶紧掐掉，老杨找到点感觉了，来旅游的？是的，叔叔。这里是成都最大的森林公园，号称城市之肺、国家五星级风景区，不管本地人外地人，都要爱护环境，这些都是老杨昨晚在网上查到的。两个小伙子一阵风似的跑路，大概怕罚钱。

刚才那两位保安正巧经过，个头偏高的朝老杨竖起大拇哥。他看看一旁的同事，和你商量点事，我们这儿正缺个巡逻，每月一千五百块，工作嘛，刚才那样蛮可以了。还有这事？老杨本想说回去和孩子商量商量，又觉得一个大男人，不好婆婆妈妈的。

他把萨克斯背到肩上，明天上班？不急，还需要个身体检查。你不急我急，老杨翻开手机，这是电子体检单，身体倍儿棒，吃啥啥香，上个星期儿子带我刚查完。

铁头太喜欢这身保安制服，穿上衣服，戴上帽子，满屋撒欢儿跑，爷爷当保安了，爷爷当保安了。天天逛公园还有人给钱，再说也不耽误接送铁头,老杨这样对儿子儿媳说。晚上翠儿扒着杨树耳朵,你爸怎么想起来当保安了?估计闲得难受……

这事闹的,吹萨克斯竟然吹出一份保安的活儿。老杨不知道那投诉者是男是女、是老是少,倒真成全了他。他都快被闲死了,这一阵天空总雾蒙蒙的,可老杨心里却钻进一个大太阳,他的新晋身份——浣花溪公园保安。

安顿铁头睡下,老杨套上制服来到楼下。郑老头见了笑,哪儿买的?怎么是买的?我当保安了。帽子被铁头压到枕头底下。在浣花溪公园,时间蛮好,不耽误接送孩子。

郑老头摸着制服上的扣子,以后你每天都可以逛公园了。那地方风景好,赶上过年还有草堂祭圣、诗颂新春的活动。天黑了,两个老人坐在小区的亭子里,就算不讲话也愿意多坐一会儿。他们是东北老乡,郑老头已经来成都四个年头,也是来发挥余热的。只是他任务更艰巨些,儿媳刚刚生了二宝,他每天负责买菜做饭、接送大宝。

刚来时老杨在小区里转,看见一个老头手指头虾米似的勾着一大堆购物袋。他过去帮忙,居然还是老乡,天下东北人是一家。老杨高兴得直拍手,你会下象棋不?军棋、跳棋也行。扑克俩人也能对掐。这个,郑老头晃晃手里的袋子,白天太忙,晚上没问题。

郑老头晚上一个人住,儿子那边两室一厅,亲家母刚来时,他睡客厅沙发,进进出出不方便,就在儿子那个单元租一间。老杨去下过几次棋、喝过几次酒,郑老头总犯困,老杨觉得他白天工作量太大。

老杨睡不着,看看表还不到十一点。睡了吗?他用微信问马红霞。还没,刚刚把小朋友哄睡。我找了个活儿,就在给你发照片那个浣花溪公园当保安。儿子同意?这事我自己说了算。

浣花溪记 / 325

看照片那个公园是真漂亮。那当然,有上百只珍稀水鸟在那里繁衍栖息。什么时候来?我带你悠闲悠闲。那边忽然没声了……

马红霞是老杨女朋友,笑什么?老头就不能有女朋友?你说岁数大一般都叫相好的?可老杨腰板挺拔,脸上没皱,体检各项指标均合格,他会吹萨克斯还会唱,关键他还有一颗热爱生活年轻的心。综上所述,叫女朋友没问题吧?

如果马红霞不去日本给女儿看孩子,老杨说什么也不会来这边。马红霞走得很坚决,几乎没犹豫,根本没考虑他的感受。正巧翠儿的弟妹生小孩,亲家母要去那边照顾。杨树恳求,帮帮忙,帮帮忙,就接送铁头,碗都不用你刷。

老杨恶狠狠地给马红霞发条信息,你走我也走,像谁没地方去似的!

老杨和马红霞退休前在一个单位,当时接触并不多,后来单位组织夕阳红春游,两人才算熟络。他们又搭伴报了旅游团,搭伴儿读了老年大学,又慢慢从搭伴儿演变成搭伙。

他们在一起那段日子,进进出出老杨脸上都挂着两朵花儿。马红霞虽一脸平静,可老杨知道她的花儿开在心里。杨树大学毕业那年,老伴走了,日子一下子变得杂乱无章。马红霞的出现,让生活变得更有滋味,一切都那么令人满意。或者说正朝着令人满意的方向发展。哎,美好的东西总不长久,混到这把年纪还搞异地恋。

铁头要吃奶糕,店铺还没开门。成都这地方怪,即便在最忙碌的早晨,人们也迈着方步气定神闲。有人居然还停下来望望树上的鸟,有人居然还在路边的椅子上打瞌睡。这都什么时候了?要说城市也会睡觉的话,成都的睡眠可谓太充足、太饱满。那么长的一个大夜,做梦娶媳妇儿都够了。

卖奶糕的小伙子打开卷帘门,很有耐心地搅和着鸡蛋,那么笃定自然,他一点都不急,嗒嗒嗒,唐宋元明清。嗒嗒嗒,上下五千年。得等到什么时候?老杨和铁头商量,咱明天吃吧。铁头说自己肚子里有条小虫,不给吃它要闹翻天。乖,爷爷第一天上班怎么好迟到?铁头拍拍脑袋,把这事忘了,他对正搅和鸡蛋的小伙子说,我爷爷当保安了,看这衣服多帅!

个子偏高那人居然是保安队长,老杨被分派到白鹭洲巡逻,一个叫老山西的和他搭档。老山西总是眯着一双眼,脸上多数地方黑,应该是太阳晒的。没晒到的褶皱里一条条白,大脸猫似的。老山西提议分头行动,你往东我往西,这样才不浪费人力。老杨心里还是愿意热闹,两个人一起说说笑笑就把活儿干了。

浣花溪公园山水交融,曲径通幽,美得一塌糊涂。公园隔壁就是杜甫草堂,之前老杨去过,一张门票六十块!老杨感慨,那杜老爷子真会找地方。这样的环境待久了,俗人也能冒出几句诗。啊!沧浪湖!啊!万树林!啊!那个"一行白鹭上青天"!

老杨热情高涨,充满新鲜感,有个小孩在湖边玩,喂,小朋友注意安全。有个男人爬到树上拍照,No! No! 老杨扯着脖子喊。看见地上的废纸和饮料瓶,他立刻捡起来扔进垃圾箱。老杨吸吸鼻子,一股清凉涌进心田:"和我在成都的街头走一走,哦哦哦,直到所有的灯都熄灭了也不停留……"

老杨在湖边看着自己的倒影,早晨刚刚刮过的脸泛着青光,这人都花甲之年了身板还如此挺拔,精神还如此矍铄,还被主动邀请当保安,保安是谁都能当的?那要看身体素质,要看精神面貌,要看思想境界。

浣花溪记 / 327

老杨干枯的生活一下子吸足了水分,安定饱满嘴角,不再起大疱。

支望远镜的周老头看见老杨一愣,你这是……? 我在这儿巡逻了,每月一千五,以后差不多天天碰面。不为那几个钱,关键是有个事儿干。对,这个岁数谁还图钱? 人不能闲着,这活巴适得很,周老头感叹,看看我新换的镜片。

老杨又在望远镜里看见白鹭,看它们用长长的嘴巴梳理羽毛,看它们舞动翅膀展示绰约的身姿。对面也由我分管,现在老山西在那边。老山西! 老山西! 老杨在望远镜里看见老山西了。

老山西弓着腰,两只手正在垃圾箱里忙活。他迅速把矿泉水瓶一个个掏出来,然后装进旁边的黑色塑料袋,拎着塑料袋继续向前……然后老山西的塑料袋越来越鼓,越来越鼓……

队长来电话让老杨去大门口帮个忙,不一会儿老山西也赶过来,他两只手插在裤兜里走得不紧不慢。

翠儿出差,杨树去学习。老杨在超市里买了猪拱嘴,铁头哈哈笑,爷爷你吃它? 这是整个猪头的精华,有嚼头! 那我要吃汉堡。翠儿规定铁头每个月只能吃一次,现在翠儿出差了。

爷孙俩吃着自己心仪的食物,都很开心,关键是精神上放松。铁头弹一小会儿琴便去看动画片,不过这一小会儿他弹得还算认真,因为老杨要录成小视频发给翠儿。

老杨和马红霞聊天,他发了好多公园里的照片,还有自己穿保安制服的照片。马红霞把做的寿司端给老杨看,老杨假装伸出舌头,不知道自己啥时候有这口福。其实老杨不爱吃这玩意,主要是逗马红霞开心,没话找话呗。

铁头嚼着薯条看看老杨,要是总我俩一起过该多好。老杨说,你早点睡,明天还要去幼儿园,铁头只顾低头看动画片。这孩子平时被翠儿管得太紧,又是钢琴又是国学又是英语,听说还要报奥数、围棋班。一个五六岁的孩子哪儿吃得消?

铁头上床睡下后老杨赶紧下楼,郑老头在小区亭子里等他。郑老头忙家务没什么娱乐,只盼着晚上和他聊聊天。那个老山西居然捡矿泉水瓶,那么大一袋子,不晓得藏在哪儿。郑老头晃晃脑袋,一把年纪还要为生计操劳,想想他咱也该知足,起码不再为赚钱奔波。

我买啤酒去你那儿喝点儿?手机响了,杨树问,铁头睡了?睡了睡了,我也马上睡了。客厅抽屉里有份文件,你拍照片发给我……

铁头还在看动画片,那会儿是装睡。老杨一离开,他马上从被窝里坐起来。这个熊孩子,老杨赶紧夺下平板。

早晨铁头赖着不肯起,说不准备去幼儿园了,他要一直睡到吃晚饭。老杨急,去不去幼儿园没关系,可他还要上班。老杨说,起来吧,起来吧,晚上还给你买巨无霸汉堡。铁头两眼闭得紧紧的,老杨说,起来吧,起来吧,咱晚上就弹一小会儿琴。铁头居然打起了鼾,老杨说,起来吧,起来吧,你可以随便看动画片,铁头一骨碌爬起来。

老杨在他的分担区域转一圈,就去周老头那边看看,转一圈又过去看看,主要是在望远镜里看老山西。他一边和周老头有一句没一句地聊,一边洞察着老山西。

老山西走到小桥下面去,他在草丛里蹲下了,这儿哪有垃圾箱,大便?可前面不远就是卫生间!

午休一小时,老山西吃饭快,怕别人跟他抢似的,然后擦擦嘴巴说,上工去了。队长就表扬老山西,说他爱岗敬业,说他有主人翁精神。试想人人都如他这般,我们的城市将变得多么美好,我们的国家将变

浣花溪记 / 329

得……有人关心队长,快吃吧,菜都凉了!

老杨下班就去幼儿园接铁头,路上顺便把各自的吃食搞定,老杨喜欢猪头肉、猪拱嘴、猪耳朵,铁头喜欢汉堡、比萨、薯条。到家把大大小小的食品袋堆到餐桌上,铁头两只小脚也搭到桌上。他都快嗨死了!

公园里有好多古树,香樟、古桂、银杏……搭出个绿油油的天然屏障。绿荫下还有一排诗人雕像,都营造出绿竹入幽径、青萝拂行衣的境界,老杨看看四下没人,对着那排诗人说,爱听京剧不?听好了您哪:"一见公主盗令箭,不由本宫喜心间,站立宫门叫小番,小番……"调门起高了,"小番"二字唱得像宰猪,连他自己都乐了。

"人说山西好风光,地肥水美五谷香,左手一指太行山,右手一指是吕梁……"原来是老山西,看样子心情蛮好。山西风景确实好,老杨说他去过五台山。那都是我们老祖宗一砖一瓦盖出来的,看老山西那副得意样,就像是他自己一砖一瓦盖出来的。

有空去我们东北玩儿,我请你吃杀猪菜。血肠炖酸菜,张作霖最得意那口。我们山西厉害人物也好多,关汉卿演戏写剧本赚钱,马远和米芾摆摊卖字画,还有武功高强的卫青和关云长……这算啥?我们那儿可出过皇上,老杨想把清朝那十二位皇帝从头数一遍,可惜顺序记不清了。老杨暗笑,一把年纪怎么像小孩子的把戏。

你稍等,我去朋友那儿讨杯茶。老山西端着纸杯抿一口,这是峨眉竹叶青。还蛮懂行。那望远镜老头你认识?我朋友。东北人以广交朋友为荣,现在周老头和郑老头已经被老杨纳入朋友的行列,虽然彼此认识的时间并不长。

他以前在那边喂鱼,后来公园改造,就在这儿支个望远镜。有两个游人经过,老山西目光尾随着,没走多远,一个人把手里的矿泉水瓶扔进垃圾箱。老杨说要去趟卫生间……

翠儿和杨树回来时,铁头脸都圆了。翠儿捧着他儿子脸蛋儿啄个没完,开始还有点担心,谢谢爸,这一阵辛苦你了,翠儿拿出给老杨买的茶叶和衬衫。不辛苦,不辛苦,可好了!老杨实话实说。卧室里翠儿拱到杨树身上,没想到你爸看孩子一点不比我妈差。那当然,我爸是谁!

老山西送给老杨一小包茶,小到什么程度呢?就是只能泡一次的那种小包装。他说,那个望远镜老头有点资源浪费,你看他整天又招手又喊免费,人家倒以为是陷阱。不如收个一块两块,看的人也心安理得。他就图一乐!

我家里闲着一台,不如合伙。合伙?老杨愣了,就是我把家里的望远镜拿来,我只要少部分利润,你家有望远镜没?有的话也入一股,现买不划算,一年都回不来本钱。你去问问,行的话我明天就把望远镜拿来。

周老头正跟人视频,他把手机递给老杨,我孙子,刚过完一岁生日,都会叫爷爷了。和你住一起?没,在北京呢。老伴在那边照顾,我在那边住不惯,每天嗓子眼都冒烟。

老山西说他家有一台望远镜,闲着也是闲着……那个老家伙就是钱包脑袋,以前他还在那边偷偷卖鱼食。

快看,那个是不是老山西?周老头把望远镜让给老杨,老山西直奔桥下,身影很快淹没在草丛中。这家伙怎么鬼鬼祟祟的?

铁头这阵儿添个毛病,就是他弹琴时总要戴上老杨那顶保安帽。他觉得这样很威风。铁头脑袋小,弹琴动作稍大,帽子就往下掉。老杨可以睁一只眼闭一只眼,翠儿不答应。铁头偏要戴,一个喊一个叫,家里开了锅。

你现在不认真将来怎么办?将来,将来我像爷爷一样当保安。铁头,你要气死我啊,没出息!翠儿本来知书达理,现在她给气糊涂了。

老杨听不下去,一个幼儿园的孩子,让他学那么多品种,连个快乐童年都没有。现在给他一个美好童年,将来就会失去一个美好的成年。杨树小时候也没遭这份罪,照样上名牌大学!现在和那时候怎么能一样?谁家孩子愿意输在起跑线上?杨树今晚加班,没人和稀泥。这么你来我往容易破坏和谐,下楼找郑老头去。

当保安很丢人吗?我这也是老有所为、自得其乐。她也不是诚心针对你,教育孩子罢了。如果你儿子从小立志当保安,你愿意?她可以过后和孩子讲,当着面实在让人受不了。大家在一起就要多担待,我那个亲家母太仔细,装好的垃圾袋都要解开翻一翻,去个卫生间也不开灯,在一个屋檐下不好太计较。

都说知足常乐,如今有多少年轻人坐在家里啃老,儿子、媳妇、孙子全指望老子,有些老家伙被逼无奈就去捡破烂。郑老头以前在厂工会上班,他总能找到宽慰人的理由。老杨一拍大腿,那个老山西。

月亮的清辉把周遭镀上一层银,墙边的蜀葵开得正好,这种花一长老高,很有气势!两个老头坐在亭子里,憋闷呀心烦呀,一股脑地往外倒。这就是男人,大事面前敢打敢拼,对于这些家庭琐碎却絮絮叨叨的。倘若换成两个女人,遇到这样的话题还不咋咋呼呼跟吵架似的?

杨树来电话,说他路上买了夜宵回来。老杨努力控制情绪,汤热在锅里,我和郑叔叔在品翠儿带回来的茶……

翠儿噘着嘴,铁头怎么搞的?居然能三七二十八。弹琴也差劲,之前的曲子忘了好多。杨树两只手搂过去,那一老一小背着咱们搞花活……喂,你爸好像外面有人了,背地里偷偷摸摸打电话。那敢情好,你又多个婆婆疼……

老杨发现一个秘密,什么秘密呢?就是在老山西经常出没的桥下,居然有一片菜地,也不能说一片,是零零星星东一疙瘩西一块,分布极其零散、极其隐秘。

大树下、台阶旁、杂草中,小油菜、小白菜、小菠菜、小香菜、小嫩葱……桥墩那儿还有两棵西红柿树,已经挂上半红半绿拳头大的果子。小菜们青青脆脆,样子可人,用手一碰都能滴下绿汁来。小菜四周还扣着一个个鸡蛋壳儿。这让老杨无端想起过去的日子,都有一份悠久的缅怀在里面。

老杨十五岁才从农村出来,顶喜欢田间地头的感觉。在家时他用泡沫箱种了些小菜,来成都前全部送了邻居。

老杨坐在那儿,心里先就伸出去一只手,他要摸一摸、碰一碰、尝一尝,看,老杨从心里把手掏出来了。他拔了根嫩葱,甩甩上面的土在河里过过水。咔哧咔哧,巴适得很呢!老杨又拔,小菠菜、小白菜、小香菜,一根一根又一根。刹不住了,小葱那儿都快给拔秃瓢了。

老杨也不是没见过世面,上千块的馆子下过多少回,关键还是环境滋生感情。蓝天白云、流水潺潺,让老杨心思浩渺、口中生津。就算菜场里那些名贵的绿色有机菜也不能比,此时老杨吃的并非小菜,而是一种回忆、一种情怀。要是再来点豆瓣酱、有张煎饼就更好了!

老杨理亏,便送给老山西一包茶叶、两包五香豆腐干。老山西迟疑着,他们也给了?他们?老杨明白了,这个"他们"指的是保安队里的其他人。没,两个搭档缘分不浅。那个望远镜的事儿?哦,周老头说他没准哪天就去北京……

午饭时队长拉开他抽屉找打火机,老杨看见里面有一包茶叶、两包

浣花溪记 / 333

五香豆腐干。第二天一早，老山西就把一袋西瓜子塞到老杨怀里。去超市看过，那茶叶二十五块钱一包，五香豆腐干八块一包，二八一十六，这袋西瓜子刚好四十一……

老杨告诉马红霞，林子大了什么鸟都有，活了这么多年，也没见过老山西这号人。马红霞急着向他展示自己做的土豆饼和炸蔬菜，说还学会了包饭团。看这个，马红霞手里摇晃着。裙子？是和服！女儿买的，逛庙会穿。对，过几天准备去洗温泉。这娘们在那边过得蛮熨帖。

最近老杨却有些郁闷。铁头被管制了，晚饭后翠儿直接把铁头关在房间里。琴声、哭声、背单词声、背乘法口诀声纠缠在一起。

家里的餐桌也比之前丰饶许多，翠儿一面啃着老妈的兔头一面宣讲古人精神。孙敬悬梁苏秦刺骨，朱买臣负薪李密挂角，还有囊萤映雪，还有凿壁借光……翠儿小嘴生得俏，好看得像挂在脸上的菱角，那菱角噼噼啪啪、噼噼啪啪；当然也有反面教材，小区对面摆抄手摊子的小伙算一个，超市旁边卖担担面的小姑娘算一个。

老杨三口两口把晚饭解决，他坐在小区亭子里把撕碎的一团纸扔出去，纸屑像白蝴蝶似的随风飘呀飘。保安看见要吼的，郑老头择着韭菜，他两只手被韭菜染得绿莹莹的。连和铁头之间的玩耍都被剥夺，心情能好到哪去？

过日子嘛，总有许多鸡毛蒜皮的事，鸡毛蒜皮的事处理不好，日子也就不会安生。换成我高兴还来不及，巴不得一个人，郑老头用报纸擦掉手上的绿。

老杨说，等下去你屋里。明天起早到水产市场买鲶鱼，今晚要早点睡，不能下棋了。那什么，我想上趟厕所。上厕所？对，翠儿总是霸占卫生间，早晚两头占，洗了脸不行，还要洗头发；洗头发不行，还要吹头发;吹头发不行,还要做面膜。一、三、五泡脚,二、四、六泡澡……那次把我给憋的!哪好意思敲门?本来两个卫生间,一个给改成了衣帽间。

离周老头不远的地方忽然支起一架望远镜,比他那个要高级好多,它被埋在泥土里固定住,上面那个小炮筒可以三百六十度旋转。人们忽然间就觉悟了,就不爱占便宜了,举着手机扫二维码。现在老山西也不时光顾这边,他望着那些人,眼神十分专注。看,有人摇着小炮筒对准周老头那方向,周老头用水杯挡住脸。不许向我开炮!

哎,周老头对老杨叹气,之前他在南边钓鱼,后来公园改造养锦鲤,就开始喂鱼。后来又不养锦鲤了,他就在这儿支个望远镜。这些都是排解寂寞的良方,一边和人交流一边畅谈感想!现在怕是这望远镜也要拜拜了。

公园里有不少背着长枪短炮的摄影爱好者,老杨建议周老头买个相机,周老头说自己有风湿性关节炎,那些费腿脚的娱乐都和他没缘。你还照旧,又不是抢生意。没人看有啥意思?明天,明天还来不来呢?

你在哪儿?什么时候转过来?茶都泡好了。这是老杨从周老头那儿离开不到十分钟收到的信息。周老头缠人,他都开始烦人了,老杨毕竟在上班!

再转过去,老杨举着免费牌子朝游人喊,过来,过来看看,不要钱的。真有个人被他喊过来,周老头很开心,明天给你泡碧螺春。周老头随身带着个竹节模样的大暖壶,茶是在家沏好的,热腾腾,香喷喷,没人的时候来几口。

队长正巧经过,老杨你怎么成了牵驴的?老头子怪可怜的。他给你开工资?没。老杨想说,谁都会老,谁都不容易。那一千五百块对他来说不算啥,他从石油系统退下来,退休金不低。你都未见得赶上我。

浣花溪记 / 335

老杨把这些怨怼的话咽下去,他喜欢浣花溪公园,喜欢这里的山和水,喜欢这里的白鹭和画眉,喜欢脚下这千年的历史。一步一景,移步易景。再说铁头也愿意爷爷当保安,在铁头眼里,当保安的爷爷超威风。

　　翠儿和杨树又双双出差,翠儿不愧学霸,凡事都能找到最好的解决办法。为防止这一老一小不轨,居然在家里安上天眼,现在就算走到天边也无妨。手机轻轻一点,看你们再玩花活?

　　监控的意义是防贼防盗,这算什么?人家是担心儿子偷懒,你也不用想太多。没准是担心我偷懒吧!以为她学历高,相处上不会有障碍,谁知道会这样?我家儿媳妇的弟弟要来了,到时候家里更热闹了!老杨和郑老头你一句我一句,与其说在倾诉,不如说更像自言自语,空气里弥漫着一丝忧伤,却是淡淡地浮在表面,内里更多的是倔强,不让人看见。

　　老杨很烦很无奈,一切都按翠儿的规章制度紧张地进行着。铁头弹琴时他端坐在旁边,铁头背古诗时他手里拿着课本,铁头吃饭时他在一旁削水果。老杨快疯了,都想拿弹弓把那天眼射瞎。

　　伟人说,哪里有压迫哪里就有反抗。回家路上他们买了汉堡和猪蹄儿,一边走一边吃,一边吃一边走,到家门口把嘴巴一擦,然后等待翠儿订的营养套餐,装模作样吃点。怎么感觉这几天过得比几个月还长?

　　等铁头睡着,老杨打电话给郑老头,大宝急性肺炎住院,陪护呢。内急上厕所?走时太匆忙,也没把房间钥匙留给你。不急,就我和铁头,现在家里厕所最安全,那小子拿着平板躲在里面。

　　郑老头不在,老杨就去小区对面的抄手摊子坐坐。就是被翠儿定为反面教材的小伙,小伙子手脚麻利,分分钟就把一碗抄手放到眼前。

这孩子嘴和手一样勤,叔叔长、叔叔短,叔叔给你加勺热汤。摊子上的人吃完也不马上撤,愿意和他多聊几句。小伙子做的辣椒酱颇受喜欢,没问题! 临走用塑料袋给你装点。小伙子爽快! 老杨喜欢这朴素的市井烟火。他喊,再来一碗!

天上飘着绵绵细雨,这种时候周老头不会来,老杨就坐在小亭子里看水中的白鹭嬉戏,心头忽然涌上一股伤感,不知道马红霞在干什么。凄凉的思绪跟温馨的回忆搅在一起,酸酸甜甜。老山西也到亭子里躲雨,一副很开心的样子,这雨能让他的小菜喝个肚满肠肥。

翠儿推着拉杆箱回来时,后面还跟个人——翠儿妈! 她来成都处理之前买的保险。

这老太太喜欢水,水龙头成天哗啦啦响着。她恨不能接一根儿胶皮管子,把家里从上到下冲一遍。她也喜欢太阳,被子、枕头、棉衣、拖鞋,萝卜干子、西葫芦条,全部拿到太阳下面。她用扫把敲着棉被,天气巴适得很,都要晒晒喽!

翠儿妈举着马桶刷,看看这东西也放床上。我,老杨有些不好意思。我后背痒,老头乐根本不管用,还是这个有力道。之前买过好几把,翠儿不知情,都给放进卫生间。

晚上杨树加班,翠儿监督铁头弹琴,翠儿妈搞卫生,老杨要去找郑老头。翠儿妈朝他摆摆手,帮忙把桌子抬到这边,帮忙把椅子拉到那边,帮忙把沙发挪挪……柜子太重,一起来,一、二,翠儿妈没站稳一个趔趄。没事吧你? 没事,再来,一、二。铁头在房间里问,他俩在拔河?

老杨很久没料理过家务,之前晚饭都是翠儿和杨树负责,买半成品回来稍微加工即可。如果两个人都出差,那就更省事了。家里有洗衣机、洗碗机、扫地机器人,老杨也自得清闲。

浣花溪记 / 337

翠儿妈不用洗衣机、不用洗碗机,她用一双勤劳的双手,白馍自己蒸,火锅底料自己熬。她熬了好多放冰箱里备用,把家里搞得像火锅店,老杨不喜欢那味道,也嫌翠儿妈折腾。他和郑老头商量,要不我住你这儿?

我倒是愿意,可你儿子、媳妇那边?她又不常住,再坚持坚持。到底也是帮你儿子家干活,请个保洁也要给钱。前几天儿媳妇弟弟来了。那小子要么吃要么睡,要么倒在沙发上玩手机。腮帮子一甩,能吃掉一整只鸡。

能住多久?他准备在这边找工作。睡客厅沙发?嗯,现在菜要多买,饭要多做,连碗都要多刷一个。来个翠儿妈那样的,我可美坏了。过几天可能要回趟老家,去换医保卡。郑老头像是很期待,回去先到浴池泡他一天,要上一壶老白茶!

小炮筒望远镜忽然坏了,老杨从那儿经过,见周老头正忙着,过来看看,我这是美国星特朗专业天文望远镜,口径一百零二,焦距一千三百二十五……老杨长吁一口,周老头真是需要望远镜来抚慰生活。

老杨使劲揉揉眼睛,不是做梦,他在公园里看见林黛玉和贾宝玉了,他们戴着头饰、穿着长衫,林黛玉肩上扛个小锄头,贾宝玉胳膊挎个筐。拍电影的?老杨天生爱凑热闹。

开始两个年轻人互相拍,然后搭着肩膀自拍,还不时从一旁的旅行箱里往外拿道具,扇子、灯笼、琵琶。后来男孩拿出一把左轮手枪对准自己,咱拍贾宝玉娶不上林黛玉要自杀。

你们这是……?我们在拍抖音。老杨虽然不懂,但也觉得有趣儿。

去前面拍,那边景色更好。老杨把他们领到一片竹林,男孩用支架固定好手机,女孩把一包粉色塑料花片交给老杨,大叔,帮个忙,一会儿我俩假装锄地,你把这个撒到我们头上。效果不好,视频里老杨那只手像魔爪一样起起落落。

重来,老杨爬到树上,他用树叶把自己遮严实,塑料花片从上面飘飘忽忽降落,两个年轻人满意极了。大叔你居然还能爬树,我都爬不上去。老杨说自己以前是运动员。大叔一起玩呀,女孩从行李箱里拿出一件红袍子让老杨披上。男孩递过一把扇子。大叔你从竹林那边走过来,开拍!咔!

"天上掉下个林妹妹,似一朵青云刚出岫,只道他腹内草莽人轻浮,却原来骨格清奇非俗流。"老杨摇着扇子晃着小步,有点意思,有点意思!

我还想拍个唱京剧的。没问题。女孩又拿出一件黑袍子,还有把宝剑。老杨想,要是有头盔就好了,带翎子的那种……用我手机拍,也让马红霞看看我的快乐生活。

老杨好久没这么开心了,要不是去接铁头,他都想请两个年轻人吃一顿。

进门正撞上翠儿妈蹬着椅子挂相框,我来,老杨主动请缨。翠儿妈在下面指挥,往左往左,再往左。不对,再往左就能打滑梯了。老杨回头,看见翠儿妈整个身子在往右使劲。哈哈……两个人笑喷了……翠儿妈准备做泡菜,老杨也要露一手,凉拌心里美萝卜。他把萝卜切成条,红辣椒、青辣椒切成块。糖醋咸盐花椒面,花生油、芥末油、小磨香油……要色有色,要味有味。一个做一个装玻璃罐,配合相当默契。

老杨把视频和照片通通发给马红霞,等了半天也没有回音,就去楼下找郑老头。老杨举着手机,今天可过瘾了。郑老头笑,你这班上得啥也不耽误。机票订好了,下周五回。去几天?一个星期左右。你走了

浣花溪记 / 339

谁给他们做饭？放心吧，地球离谁都转，饿不死人的……

房间隔音太差，老杨听见翠儿对杨树说，喂，你爸是不是看上我妈了？啊！什么情况……嘘……这不是扯淡？不过老杨还是在心里把翠儿妈和马红霞一番比较。一个高一个矮，一个胖一个瘦。马红霞典型的东北娘们儿，翠儿妈一干巴瘦小老太太。这么比着，老杨又觉得自己挺不要脸。

队长都瞪眼了，队长都掐腰了，队长都把唾沫星子喷老杨鼻尖上了。你还帮着牵驴，你还又是秧歌又是戏。看把你能耐的，这是工作，这叫上班！你，简直公报私囊，想想用词不当，你，简直假公济私。

从前老杨是个暴脾气，上班那会儿都跟厂长拍过桌子。这会儿老杨却软了弱了敛声了，一般人老了肚子里都能装船。他当保安纯属娱乐。人一旦衣食无忧，娱乐就显得尤为重要，和柴米油盐差不多。

怎么是假公济私？他是一边巡逻一边兼顾娱乐。说起来老山西才叫假公济私，又捡矿泉水瓶，又开荒种地。但老杨不会检举，自己被雨点砸了，马上去喷别人，这种事儿他不干。

队长要么是厚道，要么是眼下找不到人，居然没让老杨滚蛋。没滚蛋心里也不舒服，谁被臭骂一顿能痛快？周老头又在微信里喊，你过来看看，飞机粘好了。小炮筒望远镜修好后，周老头又陷入寂寥，老杨就把铁头委托他粘的木板飞机拿给周老头，也算帮他打发时间。

下班后老杨跟周老头去了他家，房子不小，就是太乱。茶几上摆着没刷的碗筷，沙发上扔着枕头……窗台上那几盆花也快干死了，周老头把沙发上一个背心儿团巴团巴擦桌子。他随手打开电视，我愿意开着电视，一按开关电视里的人声就来了。

老杨把路上买的吃食拿出来，猪蹄子、扒鸡、张飞牛肉，周老头从柜子里拿出一瓶五粮液。酒柜里放着好些酒,周老头说自己平时不大喝,不过看着这些大瓶小瓶,心里舒坦。

嘎嘎嘎,嘎嘎嘎,一只鸭子溜达进来,它左摇右摆挺着胸,好像对自己的模样过于自信。这鸭子确实漂亮,金褐色的头,通体金丝绒一样的墨绿,脖子上那一圈白就像带着个银项圈。过来,滚呱呱。周老头给它喂了块牛肉。

养了快三年,滚呱呱可聪明了。周老头把刚才当抹布的破背心扔出去。滚呱呱一摇一摆给捡回来。上次带到公园,差一点让人偷走。我在外面就惦记它,周老头滚呱呱、滚呱呱地叫,鸭子又一摇一摆过来,其实周老头喊它也没什么事儿,和鸭子能有什么事儿?喊着玩儿呗!鸭子和电视让屋子好不热闹!来,喝酒!

老杨一口干掉,上班那会儿厂长都不敢对他摆臭脸。周老头觉得,保安队长就是个芝麻绿豆官,科级都不算。老杨说可能和工厂里的班组长差不多。什么?连班组长都赶不上,他也是雇来的。我在那边钓鱼时,他就像你这样天天巡逻。

两人正聊得热闹,马红霞忽然来电话,在周老头这老杨本来不想接,可那边很执着。马红霞说她可能闯祸了,今天女儿带孩子出去玩儿,她就在家里搞卫生,窗帘、床罩、被单通通给洗了,晚上有人开车来敲门,她也听不懂说什么。正巧一位邻居经过,沟通后才知道,他们是自来水公司的,发现这家的水表走得飞快,以为是哪里漏了。不知道会不会罚款!

洗个衣服也这么多麻烦,老杨安慰她,实在不行就回来。你回我也回,不伺候了。好像有人摁门铃,马红霞赶紧挂掉。

谁呀?周老头问得暧昧。我原来的同事,在日本给女儿看孩子,之前我俩在老家又是旅游又是上老干部大学,日子过得有山有水,见日见月,现在也只能靠手机联系。周老头忽然就愤怒了,他一拍桌子,老年人就不能有自己的生活?我现在后背痒痒就往墙上蹭,一口热饭都没人给做!你、你买一把马桶刷!

想到和马红霞在一起的那些快乐时光,想到他们在灰蒙蒙的夜空里找星星,老杨悲从中来,干一杯,又干一杯!电视里正在演昆曲《牡丹亭》,那年轻貌美的杜丽娘正在屏幕里且歌且舞。"一轮明月照窗前,愁人心中似箭穿……"老杨这边也唱上了。

没看出来你还有这两下子。那当然!老杨把手机递过去,给你看个视频。就因为这个让队长臭骂。

谁?这谁?周老头指着手机,老杨这才发现,视频里一棵大树后面有个人影晃来晃去,两人反复看过几遍,同时喊出三个字——老山西。

两个老头边喝边骂,他居然去告密。这个时候老山西就成了一道下酒菜,不比猪蹄子、张飞牛肉差。周老头说旁边那台望远镜一定是老山西的。之前不是还想合伙?看自己没同意就去贿赂管事的。老杨也想起来,那次送他茶叶,老山西居然转送给队长了。

两个老头喝到脸庞红,喝到脖子粗,喝到两眼一片迷蒙。一个有趣而解恨的念头跳出来,他们挥舞着拳头。周老头说,我给你报仇去。老杨说,我给你报仇去。我去!我去!他们勇敢得像上战场。

不只说说,都开始行动了。周老头在阳台找到一把铁锹,老杨在桌子上发现一把螺丝刀。周老头还翻出给孙子买的玩具枪,一扣扳机呜嗷呜嗷叫。

他们带上武器跌跌撞撞来到楼下,外面漆黑,已经夜里了。两个老头脸蛋泛着紫红,像两盏奄奄一息的破灯笼。他们就着这点可怜的光亮,搀扶着前行。

两个都不是坏人,只是在酒精的作用下脑门一热,彰显了男人有仇必报的好斗精神,这是动物的本性,人毕竟是一种动物。

街上的凉风让他们有了一丝清醒,黑灯瞎火,偌大一个成都去哪儿找老山西?两个老头开始迷茫,公园,去公园……周老头往前指。马上到了,周老头却一屁股坐地上,他痛心疾首从嗓子眼挤出一句,你上,我掩护……

队长给老杨放那段监控视频,老杨脸上一阵红一阵白,他尴尬地笑笑,也罢、也罢。他先把帽子摘下来,然后把衣服脱下来,把还没到手的工资留下赔偿。走在街上老杨还在心里回放那个视频。太帅了,他简直太帅了,对着小炮筒望远镜一顿拳脚后开始挖。前边挖后边挖,左边挖右边挖,小炮筒在他强大的攻势下轰然倒下。

看身手哪里像六十岁的人?顶多三十出头!夜晚画面不清晰,那也遮不住他帅气的身姿。视频不全,之后他又去了桥下,彻底捣毁了老山西那些菜地。

老杨在街上漫无目的地转,他发微信告诉马红霞自己被开除了。想想不妥马上撤下,随手拍一张街边花坛的照片发过去。对面不知道谁家在拉二胡,声音过来一下过去一下,过来一下再过去一下,老杨在街边长椅上睡着了。

晚饭后老杨去敲郑老头门,一个满脑袋黄卷毛的小伙子出来,今天下午郑老头坐飞机提前回了,黄卷毛就是他媳妇弟弟。

这小子也不见外,大叔进来帮个忙,手机支架坏了,帮我拍段视频。稍等,我先准备一下。现在年轻人都爱玩这个?老杨以为他是换衣服、拿道具。黄卷毛却端出一个大白盘,盘子里是一只油汪汪的鸡。干啥?

浣花溪记 / 343

拍我吃鸡。

黄卷毛太能吃了,太会吃了!一只鸡腿塞嘴里,三下两下便吐出光溜溜一根鸡骨头。吃鸡脖子、鸡翅膀通通如此,变戏法似的能让骨肉分离。

这小子满脸满手油,一头黄卷毛就像开在日光灯下的向日葵。老杨对他竖起大拇指,厉害!真厉害!只要功夫深,铁杵磨成针,我练了大半年了。老杨都开始羡慕了,现在的年轻人就是聪明,总能找到让自己开心的办法。

早晨老杨照样送铁头去幼儿园,现在他只负责送,接的任务归翠儿妈了。老杨在街心公园看人打牌,其间跟马红霞通个电话。那边一片哇哇哇,老杨以为马红霞在池塘边。掉进青蛙池子了?带孩子打预防针呢,正忙着,挂了!

玩具店门口放个大水盆,里面泡着几只黄色橡皮鸭。老杨打电话给周老头,哎,可累死了!周老头那边气喘吁吁,他在整理东西,过两天儿子同学去北京,也把他带去。你不怕嗓子冒烟?到时候喷西瓜霜,总好过天天吃凉饭。嘎嘎嘎,嘎嘎嘎,到阳台玩去!滚呱呱也带去?嗯,飞机托运。

翠儿妈来了十几天,不知道她什么时候回去?

老杨想到对面台阶上坐坐,对面是一家超市,超市台阶上坐了不少人,细看都是些耄耋之年的老头老太太,他们坐在那里发呆。老杨还没到那个时候,没过去。

老杨在小区里碰到黄卷毛,他举着手机,真没看出来,大叔你还蛮火。火什么?老杨听不懂。这个不是你?老杨在黄卷毛手机里看见自己穿着戏装在唱。

你怎么有这个？上抖音全世界都能看见。呵呵,我的粉丝也在涨。那个吃鸡视频又吸了不少粉。你也看见了,我那是真吃,不像有些人弄虚作假一边吃一边偷着吐。做事要讲职业操守,下一步我准备一次吃掉一只鹅。

我不会抖音,谁给弄的？一个叫宝哥哥的人发的,连微博上都分享了。能知道是哪天发的吗？这简单,黄卷毛说了时间。就在那天拍完视频之后没几分钟,这事儿闹的！！

杨树来电话,翠儿妈过几天要回去,等下过来接他们去饭店,老杨心里一下子亮堂许多。

饭店很高档,老杨还是头一次下这种馆子。都是人手一盅一份的菜式,精致又清爽,每吃完一道,便有服务员收走,再上下一道。服务确实到位,却是吃得匆忙,生怕吃不完浪费,压力很大。

老杨愿意喝白酒,可杨树、翠儿都说红酒,那就红酒吧。除了上菜,还有专门倒酒的服务员、拿着醒酒器一圈圈转、丢手绢似的暗中留心,看谁的杯子空了,立马续上。

铁头拉着老杨说要到外面转转,原来他从窗户看见外面有个卖棉花糖的。一个男人正拿根筷子一圈圈转棉花糖,车把上挂一块牌子,一支两元。

那人朝老杨点点头,原来是浣花溪公园的一个保安。两人都有些尴尬,不去那边了？白天去,晚上帮老婆卖棉花糖。老杨出来没带手机,还好身上有五元钱,来一个。那人朝旁边一努嘴,掌柜的收钱,一个女人从矮凳上站起来。这个画面让老杨心头一热,他就想起杨树妈。老杨递过钱,不用找了！

老杨拉铁头回去,不行,翠儿看见要骂的,就在外面吃光光。

浣花溪记 / 345

来这儿吃饭？是啊！你们都是有钱人，这里很贵的，一顿饭要好几千。知道吗？那个老山西，他居然住在"草堂之春"别墅区，"草堂之春"就在浣花溪公园旁边，那是多少人的梦，有人甚至连梦都不敢做。你说老山西住"草堂之春"？

他儿子是大老板，在郊区有块地，他去那边种地了。他不去浣花溪了？不去了。说起来那也是个怪物，家里那么有钱还去公园当保安，还一边巡逻一边捡矿泉水瓶，都藏在公园的一个山洞里。昨天他儿子派人来拉，整整装了一车。我们几个保安也跟着帮忙装，每人给了两百块。那车破瓶子也不值两百……

你也是个人物，还会唱戏，挺像那么回事，队长给我们看了那个抖音。老杨拉铁头回去。爷爷刚刚你付了五块钱，棉花糖是两块钱一支，可以再吃一支，还剩一块钱。那人笑笑又给铁头转了两支。

晚上马红霞向老杨诉苦，说她腰疼，说她腿疼，说她背疼，说她哪儿哪儿都疼。老杨一拍胸脯，那就回家，你定下日子我这边就打机票。隔天老杨再问。马红霞说她贴了日本膏药，这膏药太神了。过几天马红霞又说她腰疼、腿疼、背疼，哪儿都疼，然后继续贴她的日本神仙膏药。

去年老杨和马红霞到丽江旅游，那边的东西多是旅游品，价格很贵。为了有纪念意义，他们买了一盏台灯。那种景泰蓝花瓶的样式，环绕着两只铜质的小鸟，在枝头彼此依恋。花了三千多块钱，售货小姐说这叫长相依，寓意特别好。临走时有一只鸟忽然掉下来，老杨觉得这辈子和马红霞见面的机会不多了。

两个月了，郑老头还没回来，说是下楼梯摔断了腿！那天老杨跟他视频电话，郑老头缠着绷带坐床上喝茶，吱溜一口，吱溜又一口，哪有半点腿被摔断的痛苦？！

翠儿妈又回来了,翠儿怀了二胎。她有点贫血,时常头晕,现在像大熊猫一样被一级保护着。要不了多久,呵呵,老杨就会接过郑老头的衣钵……郑老头说过,人一忙就顾不上烦了,人一累就只知道睡觉了,人一睡觉就什么都不想了……

那天他走到浣花溪公园,看见那个小炮筒望远镜依旧傲然矗立,只是下面多了几个加固的铆钉。小桥下面一片荒草萋萋,谁能想到这里曾经青菜片片,那些鲜嫩的小菜,用手一碰就能淌出绿汁来……不知道老山西郊区那边菜种得怎么样了。他让朋友寄来不少菜籽儿,一种叫甜青的小菜,碧绿得像蒲扇一样圆圆的叶子,生着吃,炒着吃,煮汤喝。不知道什么时候才能看见他……

发表于2022年第1期《十月》
2022年第2期《小说选刊》转载

梦蝶

> 昔者庄周梦为蝴蝶,栩栩然蝴蝶也。自喻适志与,不知周也,俄然觉,则蘧蘧然周也……
>
> ——《庄子·齐物论》

发财了,发财了,菜刀发财了。啪啪啪、啪啪啪,听见没?数钱呢,满满一鞋盒子。

菜刀开始坐在床上数,数着数着,腾一下站起来拉窗帘。再把钱攥到手里时一拍脑袋,刚刚数到哪儿了?重来!天光被窗帘挡在外面,屋里一下子暗淡了,怎么显得鬼鬼祟祟?太影响数钱的心情了!开灯。他开了壁灯不行又开吊灯,觉得还不行又去开台灯。灯光们凝聚在一起照在钞票上,哇,好一个光明的世界……

看看,你看看这个菜刀!何必抱微词?面对这么一笔飞来的横钱,谁能把持住不动容?你能?喊……信你个鬼呀!

听,他们又在那儿说菜刀了,喊喳……喊喳……

菜刀,知道不?什么牌子?王麻子还是张小泉?我们家一直用进口的双立人。看看驴唇不对马嘴吧!我说那个画家,好家伙,可了不得!画家叫菜刀?人家有本事,就算叫瑞士军刀你也没办法。有人忽然压低嗓音,那个谁前一阵儿搬到菜刀隔壁。俩人做起邻居,我的天啊……

　　这里地脚又偏,房子又差,都算不上个小区。原本只有几栋居民楼,后来被一截围墙圈上,再安个栅栏门。栅栏门旁边再盖个小房子,小房子里再坐进去两个穿制服的保安,安泰小区便有了模样!

　　小区前面有座山,它就像一道天河,把喧闹浮华、高楼大厦连同汽车尾气一并隔在外面。花坛里种着绿莹莹的白菜,一楼住户用木板隔出来一道道篱笆墙。墙上爬着黄瓜、丝瓜、倭瓜、豆角,丝瓜开黄花,豆角开紫花,那篱笆墙就变成一面花墙。居然还有牡丹和月季?什么眼神?那是晾在墙上的花被单子,被风吹得呼哒呼哒、呼哒呼哒。

　　楼上住户也总能找到让他们耕种的角落。围墙下、过道边,就连大门口都栽着几排葱。咯咯咯,不知谁家的母鸡在那儿扯个脖子嚷,下蛋了,我下蛋了。小区里也有猫和狗,不过它们都很安静。不像那只鸡,生个蛋恨不得用喇叭喊。

　　哪个偷黄瓜?声音翻过墙头越过玻璃窗,落到香喷喷的饭桌上。男人正在吃黄瓜蘸酱,咔嚓一口,咔嚓又一口。一滴褐黄色大酱滴到下巴上,男人用舌头舔进嘴里。

　　倘若你不小心从外面闯进来,都会萌生出穿越的感觉,是梦回故乡还是回到了上个世纪?人们都在忙,种下去的种子都讲诚信,春天它给你开花,秋天它给你结果,种子不会辜负人。

　　桃儿很中意这个环境,她刚搬过来,看看这又是鸡又是鸭,又是红又是绿,满眼都是怀旧般的新鲜感!她从外面折了几根柳枝,插哪儿呢?走廊窗台上有个黑坛子。桃儿出来拿坛子,突然一股风,嘭,桃儿被关在门外。

　　桃儿扒着窗台往外看,希望能从这里跳到她家阳台。她伸长脖子

梦蝶 / 349

目测,最终打消了这个念头。从三楼摔下去虽不至死,基本也弄个半残,那样真不如摔死好!

桃儿敲开隔壁门。菜刀这样建议,斧子凿子家里都有,但与其这样舞刀弄枪,真不如找个上门开锁的。当然上门开锁得花钱,但总好过把门砸个窟窿,换锁比换门划算。

菜刀打电话帮桃儿约了上门开锁,桃儿便在门厅那儿坐下。她手腕上缠着一串绿松石念珠,一共一百零八颗,没事就拿在手里捻,嘴里嘟囔着阿弥陀佛,阿弥陀佛。这会儿桃儿又拿起念珠。菜刀端过一杯水。你先坐,我得继续画画,要不颜料干了。

菜刀正画一个人儿,那人儿穿件大红袍,满脸胡子,手里拎着把宝剑。这谁呀?钟馗。干吗的?菜刀看看桃儿。这可是个厉害家伙,谁要是得到他的庇护,要财送财,要官得官,要福赐福,号称"万应之神"。他最大的本事是能降妖除魔!

菜刀把钟馗捉鬼的故事添油加醋讲一遍。那个钟馗呀,抓住小鬼儿用手撕巴撕巴塞嘴里……大鬼也能抓,拿着这把宝剑,菜刀指着他的画,一剑下去脑袋开瓢了。菜刀用毛笔在宝剑上抹了点绿。呵呵,这样宝剑就开刃了,什么妖魔见了不怕?

菜刀平时就自己,屋里多个人他挺高兴。尤其还是个女人,这女人长相蛮好看,清清秀秀,一笑脸上两个酒窝。桃儿张着嘴巴眼睛都不眨,菜刀继续往宝剑上抹绿。咱中国人啊,最没安全感了。从前家家户户都贴门神,钟馗可是门神里的老大,关公和张飞都不能比。钟馗能沟通天地三界,奔走于人鬼神之间。菜刀语调抒情,努力捋直舌头说普通话。即便现在南方有些地方过端午节,还要请钟馗、跳钟馗、闹钟馗。开锁的来了,烦人不?

傍晚,桃儿又过来,你那钟馗卖吗?没等菜刀说话,桃儿已经把五百块钱放在桌子上。菜刀盘算着明天一早去市场买两只鸡,他有日子没喝鸡汤了。在菜刀的概念里,有鸡汤的日子近乎完美。菜刀近期没怎么卖画,虽然每天他都在画。菜刀画山、画水、画花、画鸟、画人,他没读过美院,但造型能力不差,啥都敢画。

菜刀在群众艺术馆上过为期三个月的国画培训班,那个扎小辫儿的老师看看他的画,不错,真的不错!菜刀回头把职辞了,他之前开大货车。

菜刀润格便宜,现在有些画家论平方尺卖,有些画家论张卖。菜刀属于后者,两三百块钱一张。有时候一高兴,买张大的还搭张小的。无所谓,有人买就好。

桃儿家里有不少佛像,释迦牟尼、观音菩萨、千手观音、地藏王菩萨、普巴金刚、太上老君……材质也千秋,玉的、铜的、瓷的、陶的……她是佛教信徒?不是!收藏家吗?非也!这话该怎么讲?就好比有病乱投医,它们都是她的药……

现在桃儿的房间里只有钟馗,用透明胶贴到墙上,也没焚香,下面放了个黑坛子,坛子里插着几根柳枝,桃儿一面捻着念珠,一面望着不远处的青山,心里没来由地安宁。

桃儿再次上门时,菜刀正在煮鸡汤。鸡汤的香气拧成一股绳儿,直往鼻子里钻。那天他一下子买了两只又肥又壮的老母鸡,把每只鸡分成四份,这样就成了八份。他隔几天煮一份,隔几天再煮一份。所以他的鸡汤一直持续到现在。菜刀煮鸡汤时放了不少糖,无论烧菜还是煮汤,他都愿意往里面加些糖。生活太辛苦,他要人为地让舌尖和胃口多享受点甜头。

桃儿进门脸上就挂着两个酒窝,她拉开椅子坐下,眼睛一眨不眨盯着菜刀看,脸上酒窝仍旧保持着。要说酒窝这东西一笑一闪才媚气,一直挂在那儿,倒像两个小窟窿了。

菜刀端来两碗鸡汤,刚刚煮好的。谢谢,谢谢!桃儿脸上的酒窝一下子飞了,眼里忽然涌出一汪水。菜刀丈二和尚,不就是一碗鸡汤,哪至于!桃儿胳膊上挎个奶黄色小包,她把手伸进去摸出来一摞钱,又摸出来一沓,又摸出来一沓。菜刀蒙,但他眼里没沙子,知道那一沓就是一万。

谢谢你,更谢谢你那钟馗。不,是那位钟大神。他太厉害了,太神通了,才几天就把骚狐狸给正法了,你知道之前我请过多少神,拜过多少庙,屁用不顶,还是钟大神他老人家法术高。多亏你在宝剑上抹了那么多绿,寒光凛凛的大鬼小鬼全逃不过。

桃儿拿起桌子上的水果刀,对着自己脖子做了个杀的动作。咔,那只骚狐狸一命呜呼了。菜刀听得后背刮风。你……你杀人了?之前真的想过,可我没那个胆。都考虑过雇人,可敢接这活的不多。

车祸,摔死的。撞坏桥栏又掉进大海,下面刚好有块礁石,都摔成肉饼了。桃儿脸上又呈出两个酒窝……

那后事的处理我也积极参与,我建议老周请和尚诵经,还建议他成立治丧委员会。老周黑着一张脸,去你的,这都什么时候了!还是超度一下好,都成肉饼了,阎王爷那也说不过去。滚一边去!我问老周,你知道钟馗吗?安泰小区那边,我就请了一个。知道钟馗捉鬼不?老周当时脸就白了。奶奶的,新买的雷克萨斯性能绝对没问题,又没喝酒,前后还没车,大白天偏偏就往桥栏上撞,偏偏就给撞碎了,偏偏又掉在礁石上。不是招了鬼是什么?老周居然摸摸我的头,老婆,我心里一直有你。

上次那五百块太微不足道,都有辱大神盛名。这些你收下,桃儿把钞票往桌子里面推。后补也好,追加也罢,我是诚心诚意。桃儿端起鸡汤碗朝菜刀的碗撞撞,一仰脖干了。

菜刀的冰箱被塞得满满,里面都是老母鸡。现在他天天有鸡汤喝。一幅钟馗几乎解决了全年的生存问题。桃儿又来过两次,送鸡送鸭,送白酒、送红酒、送啤酒……

菜刀还去了桃儿那边一次,桃儿和几个好姐妹在家里宴请他。桃儿家里布置的极简单,都是些临时性家具。那幅钟馗已被装上枣红色镜框,下面有个黑坛子,坛子里插着几根碧绿的柳枝,显得别有风味。几个女人开始叫他刀老师,几杯酒下肚后,桃儿、雪儿、凤儿一起举杯,来、来、来,刀大师!

凤儿问他怎么叫菜刀。桃儿插话,菜刀辟邪,这名字本身就有法力。大家都觉得桃儿说得在理。凤儿说也要买一幅挂家里,到时候看他还敢跟我耍花活。菜刀喝得高兴,他说什么钱不钱的,桃儿脸上的酒窝一笑一闪,这个一定要自己买才有诚意。

这几天菜刀有些伤风,他和几个人比赛爬山。那天他爬得特别快,他新买了一双进口轻便运动鞋,居然得了第一。出了身热汗洗了个冷水澡,然后就伤风了。晚上迷迷糊糊刚睡下,一阵急促的敲门声,查水表的改上夜班了?

一个戴眼镜的小伙子站在门外,您好,您是钟大师吧?不是,菜刀转身要关门。这不是一单元三〇二吗?是,可我叫菜刀。对、对,您看我这人,一急脑子就短路,我就找您刀大师。找我?菜刀还没反应过来,小伙子已脱鞋进到门厅。

是凤姐姐介绍我来的,菜刀一时也想不起来谁是凤姐姐。您能帮我个忙吗?小伙子握住菜刀的手。你谁啊?我姓彭,在一家金融公司上班。从大学毕业到现在工作已经有八年了。我小学一年级就戴上红领巾,三年级被评为优秀少先队员。刚上初中就入了团,高中还评过三好学生,大学也是学生会干部。参加工作后还当过办公室主任,姓彭的小伙子极力表白自己是个好人,从小到大根正苗红。不过这些跟菜刀有什么关系?他现在只想睡觉。

菜刀打着哈欠说他这几天伤风了,头晕,还困。实在不好意思,这么晚来打扰您,凤姐姐说您这人特好。你到底什么事?

其实……其实我那个金融公司待遇蛮好的,管早餐和午餐两顿饭,中秋节分月饼,端午节分咸鸭蛋,春节是大米、白面、牛羊肉,听说过几年还有福利购房,凭我现有条件能分个两室一厅。我呢,一直严格要求自己,不迟到、不早退,吃饭也不浪费,吃多少打多少,不像有些人吃一半扔一半。

听起来真不错,那你就干吧,菜刀很不耐烦。姓彭的小伙子把桌子上一个苹果递给菜刀,您吃点水果!我也下决心在这干一辈子。多好的地方,要吃有吃,要喝有喝。可过几天单位里搞竞聘,估计我要滚蛋了。

这事儿应该找领导,或送礼或请客,大半夜你来我这?我那老大不是个好东西,总想着搞掉我,这次重新应聘就是针对我。姓彭小伙脖子上的喉结一跳一跳,像钻进去一只小老鼠。

可我又不认识你们老大。认识他干吗?简直是一种耻辱,他都不配认识您这样有正义感的人!姓彭的小伙脖子里那个小老鼠跳啊跳,再使劲怕要跳出来了!菜刀在脑子里快速检索着他所认识的女性,没找到凤姐呢。

您现在伤风了，体力还成？体力？我想在您这儿求幅钟馗。绕了半天原来这么回事儿。你要送他幅画？不，您那钟馗能降妖除魔，我想……

您也不必惊讶，我可不是个歹毒的人。刚刚跟您讲过，我从小到大都贴着优秀标签，也是被逼得没有办法。最初他看我人勤快，让我当办公室主任，我也是按照办公室主任的标准来要求自己。本来不胜酒力，为了帮他陪客就使劲喝使劲喝，都喝胃出血了。

谁都不愿意值夜班，我来吧。那天晚上我看见他办公室灯还亮着，以为是忘了关灯，就拿钥匙开门，办公室主任嘛，所有房间的钥匙我都有的。一进门他正和一个女的……后来这事连扫地的都知道了，绝对不是我传的，但他就认为是我，处处找碴刁难，办公室主任早撤了。

办公室主任不干就不干，可手里这饭碗不能丢，我老婆下个月就生了。姓彭的小伙子一面说着一面从兜里掏出两沓钱。菜刀就把他领进画画那个屋。小伙子看见墙上挂着两幅钟馗，一幅拿宝剑，一幅拿扇子。不知道哪幅对他威力更猛，那家伙爱好诗歌。

姓彭的小伙子把两幅画比来比去，大师帮我拿个主意？菜刀头忽然不疼了，他也不困了，都是大师的口气了，这个你自己看，别人没法帮忙。小伙子去门厅那打了个电话，然后一阵风似的跑出去，返回时又拿出两沓钱，我媳妇儿说两幅都要，一左一右，两面夹击。

麻烦您在宝剑上再给抹点绿，菜刀差一点笑出声。得，让抹就抹点，这简单。太绿了，再来点墨。坏了，一个墨点儿滴到画上，菜刀信手涂了只蝙蝠。姓彭的小伙问怎么还添东西。那什么，刚刚听你说我也特别来气，就让这只蝙蝠领路，别让钟馗走错道。

姓彭的小伙把两幅画收好,谢谢您!他朝菜刀笑,露出一口整齐的白牙。菜刀本来要说再见,一出口却是,不行你就拿回来。关上门他都想抽自己一个嘴巴。

菜刀把钱数了一遍又一遍,直捻得两根手指头拉不开栓,他去把旧西服上的肩垫撕下来淋上水,蘸蘸手指头,好多了。菜刀把钱装进盒子放衣柜里,想想不行,拿出来放在床底下,想想不行,又拿出来放进洗衣机。一盒钱在菜刀家东转西转,最后被安置在橱柜下面的大米袋子里。

以菜刀的经验,姓彭的小伙说不定什么时候来上门退货,还不是自己嘴贱?怎奈说出去的话就像泼出去的水,就让它们在家里暖和暖和,过路的财神也是财神。

早晨,菜刀急匆匆去菜市场,晚上爬山也不超过一小时,即便在小区的石凳上,也不敢优哉游哉一坐半天,米袋子里藏着钱呢!他有点紧张,有点彷徨,还有点雀跃。

之前一个人吃饱全家不饿,没什么高兴事儿,但也没有发愁事儿。穿着拖鞋不锁门便去菜市场,菜刀心里有底气。这个家白茫茫一片很干净,偶尔的缺粮少盐他也烦,但不害怕。

现在不一样了,忽然就冒出一份担心。说不好,有点类似牵挂的那种。门口那儿一有响动,便以为是姓彭的小伙来了,夜里他居然失眠了。不知道那边的竞聘什么情况,就算被开掉也不好冲动,都快当爹了。此处不留爷,自有留爷处!

当年他从运输队出来,现在不也活得挺好!画画卖画养活自己,从刀师傅变成刀老师,眼下又升级为刀大师。哎,当初在运输队受的那份苦不提也罢。

菜刀在阳台上浇花,看见一个戴眼镜的人站在楼下,以为是姓彭的小伙要退货,又不好意思上来。喂,他朝楼下喊。那人一抬头,女的!

起初菜刀怕姓彭的小伙来,现在竟然有点盼他来。这是转了多大一个弯?菜刀想好了,他会很豪迈地朝橱柜一指,在大米袋子里,自己过去拿。

菜刀好久不和人接触,又何谈牵挂?他曾养过一条叫虎子的斑点狗,后来虎子跑丢了,他到处贴告示也没找到。那时候菜刀时不时会牵挂一下,虎子在哪里?过得怎么样?是到处流浪还是被人收养?后来也渐渐忘掉。

晚上菜刀爬山回来,姓彭的小伙在门口等他。走廊灯坏了,黑咕隆咚的,把菜刀吓一跳,菜刀忽然有些紧张。米袋子、在米袋子里。他左扭右扭才把门打开,姓彭的小伙以担山之势吭哧吭哧拎进来两个大礼包。他放下礼包就和菜刀来个熊抱。成了!成了!

你应聘留下了?何止留下,连办公室主任都给恢复了。就是嘛,人家也不见得像你想的那么坏。他不坏谁坏?他是坏到骨髓里,不然哪会落得这般田地?不过说到底还是您那钟馗有威力。

什么情况?贪污,被抓了,金额大得能吓死人。菜刀嘴巴张老大。大哥!不,大师,您可是我的恩人,救我们一家老小于水深火热。我媳妇生了个八斤半的大胖小子,她是个了不起的女人,做事不拖泥带水,那天果断决定两幅一起拿下。

这是两个钟馗齐心合力的结果,您补上去那只蝙蝠也绝。后来我查过,传说蝙蝠是钟馗的先行官,由它带路直奔恶魔。菜刀看看自己的手,又看看那支毛笔,真邪门儿了!

菜刀现在都喝甲鱼汤了,其实味道并不比鸡汤好。但这充分证明他的生活上了一个台阶,有钱的时候菜刀特别愿意逛菜市场,从东头逛到西头，又从西头逛到东头。怎么说呢？那菜市场就像一座庙，供奉着食物和精神两大尊神，鸡鸭鱼肉、各色蔬菜直抵灵魂。

菜刀定制了一套土黄色绸缎面料的袍子，类似于唐装的样式，也不完全像唐装，下面是肥裤腿儿，就公园里打太极拳老头穿的那种。菜刀瘦，套上这么一身松松垮垮的衣服，显得有些滑稽，有点像练武术的，有点像提着鸟笼子遛鸟的，还有点像算命先生。晚上出去爬山，菜刀便换上另一套运动服。运动服也是新的，土黄颜色。菜刀认为这颜色有种仙风道骨的感觉。

菜刀穿着大师袍在屋里画画，画白脸钟馗，画黑脸钟馗，画红脸钟馗。手中的武器也变换花样，有一幅居然拎着一把菜刀，明晃晃的一把菜刀。钟馗拎菜刀，大概从古至今也没人这么画。菜刀对自己的独创很满意！

现在吃过早饭，菜刀要在阳台喝一会儿茶，那次姓彭的小伙送来好几盒大红袍。晚上爬山回来顺路去超市买瓶啤酒，边走边喝，走到小区也喝光了，把瓶子往垃圾桶一扔。

菜刀偶尔去楼下找保安老李下棋，只要不下雨，大门口那儿都会摆上棋盘。走过路过，谁愿意下就来一盘。之前菜刀不太喜欢下棋，现在他愿意做一些平常却有意义的事，比如下棋。

菜刀输了，整整输掉三盘。看把那个老李得意的。不玩了，菜刀坐在石凳上发呆。菜刀，有人找。老李笑眯眯朝这边喊，他还沉浸在赢棋的喜悦中。一个瘦高男人朝他走过来，您是刀大师吧，我姓魏，想求您一幅画。菜刀四下看看，保安老李正伸个脖子往这边瞧，菜刀把姓魏的带回家。

和您商量件事儿，姓魏的男人吞吞吐吐，菜刀明白他想买钟馗。这有什么好商量？拿钱吧。他往墙上一指,在这!

菜刀已经想好,以后无论谁买画,他都不会顾忌。是你自己跑到我家来,至于后面的事,和他有什么关系？姓魏的男人并没掏钱,他说自己是开大货车的。哎哟!单干还是给公家跑？我自己的车。

行情怎么样？菜刀话多起来。不怎么样,苦和累是这行的特色,没啥好说的。关键是受气,气死我了。姓魏的男人用拳头砸着胸口,嗝、嗝嗝,他使劲儿打嗝。

该死的胖子吃拿卡要不算,前几天还把我一车货扣下。那是一车香蕉,再过几天非烂掉不可。也找人疏通过,胖子胃口那个大的,比他妈那车香蕉贵得多。去他的,要烂就烂去。可货车总不能扔,我妈、我老婆、我孩子,一家人都靠它养活。你说哪个胖子？交警,黄胖子。

菜刀差一点跳起来,原来是那个狗东西。菜刀也被他欺负过,那会儿他给队里开车。可被罚属于个人失误,单位不管,那次他在外面跑了两天两夜,都累脱相了,下了桥刚拐弯就被黄胖子堵住。一个月工资全罚光,后来上了国画培训班,他找到解决吃饭的另一条路。当时菜刀收集了不少关于黄胖子的材料,赶上要参加一个画展,这事儿也就放下了。

听说您的钟馗神通广大,可我老妈心脏病住院手头正紧。真不好意思,我是说能不能先赊一幅回去？我给您打欠条,我向钟馗他老人家保证决不会欠钱不还。放心,钟馗看着呢,欠钱不还哪能放过我？

菜刀朝墙上指,就这幅拎菜刀的吧。姓魏的男人坚持要打欠条。都曾是一个战壕的,打什么欠条,就怕这东西降不了妖魔,当然这些话他只能在心里说。

这几天菜刀没画画,那个黄胖子经常在梦里骚扰他,黄胖子往他脸上吐口水,黄胖子把他驾驶证撕碎。半夜,菜刀从床上爬起来,曾经的愤怒像一只休眠的猫,藏在他心灵的一角。这会儿那只猫纵身一跃,瞪着眼,弓着身,奓开毛。

菜刀要做件有意义的事,眼下什么是有意义的事呢?声讨黄胖子。一份正义感,一颗报复心,为了成百上千的货车司机。菜刀去走访、去调查,还找到之前的工友们。一提到黄胖子,他们都把牙咬得咯咯响。很快,黄胖子的斑斑劣迹被整理成册……

姓魏的男人再次上门,菜刀并没感到意外。昨天《晚报》已经登出对黄胖子的处理结果,菜刀没承想这只苍蝇嘁里咔嚓就被拍掉!昨晚一高兴他不只喝了鸡汤,还喝了白酒、红酒、啤酒,然后拿着毛笔对着镜子,他给自己画上一圈胡子。

姓魏的男人居然拉来一车香蕉,他指挥着两个小伙子往屋里搬。大师尝尝,这些香蕉全被焐熟,口感刚刚好,因为交货迟,上家给拒收了。

屋子里铺天盖地都是香蕉,连厕所里都摞着。你看看,你看看,姓魏的男人脸红了,家里老人住院不方便,能不能拿这香蕉抵一部分画款,就按最低的批发价算,抵多少算多少。可我一下哪能吃这么多?烙香蕉饼、蒸香蕉糕,还可以拿它煮水喝,换着样来呗。吃完怕我也变成香蕉了。

其实我只是表达一份诚意,您那钟馗帮了我这么大个忙,我不能没态度,更不敢忘恩负义。这香蕉不抵画款也罢,权当我孝敬您。

香蕉的颜色一天比一天暗,这让菜刀很有压力。吃又吃不完,扔了还可惜。他把香蕉拿到楼下,大人、小孩、老头、老太太,连猫和狗都有份。现在小区里的猫狗见了菜刀,除了喵喵喵叫就是摇尾巴。小动物都这样有礼数,更何况人?

一把青菜,几根胡萝卜,包子、饺子、手擀面,人们用真心表达着真诚。老太婆敲门送来六个茶叶蛋,东西放下也不急着走,慢慢从身上摸出一个布口袋,打开布口袋,里面是个花手绢,解开花手绢,里面是个塑料袋,解开塑料袋,里面是个牛皮纸信封。

她把牛皮纸信封翻过来,噼里啪啦倒出一堆钞票和钢镚儿,零零碎碎大小面值不等。大师呀,听说你那钟馗……菜刀明白了。

有眼泪从老太婆脸上滑落,它们流过下巴砸到衣服上,衣服就被砸出一个个小黑点儿。她朝窗外指,拐角那个小矮房,我就住那儿。菜刀知道那是靠房山接出来的偏厦。小区一楼靠山墙的住户,差不多都盖一间当仓库。

红娟这女人心肠坏掉,我帮她带孩子,帮她做饭,现在我老了……那小房冬天冷夏天热,蚊子一拨又一拨。你儿子呢?他成天病恹恹躺床上,除了喊疼别的不管。孙子呢?和人打架被抓了,少说也得在里面住几年,红娟说是我惯的,连儿子得病也怪我。钱我只有这么多,大幅买不起,来幅小的。

菜刀把那堆零钱收到信封里,塞给她,几笔就抹出一幅小钟馗,有两个巴掌那么大。老太婆去卫生间洗过手,在衣服上狠狠蹭两下,才毕恭毕敬接过来。你儿媳妇还上班?去外面干保洁。

差不多就快回来,老太婆朝楼下一指,就那个穿花衣裳的。这女人身材壮硕,顶着一头乱发,穿一件绿底红花半大褂子,从上面看像一只胖蝴蝶,手里提着一篮子菜。有只猫在她旁边叫,"胖蝴蝶"上去一脚,猫刺溜跑开。

老太婆又返回来,麻烦您,再给换一幅,这个……这个宝剑太长,不好下手太重,稍微教训一下即可,那个病包子没她不行!虽说她又凶又恶,可……菜刀再囯,这个钟馗背手腆着肚子,没拿任何武器。

"胖蝴蝶"每天这时候都从楼下经过,总是一脑袋乱发,总是那件花褂子,总是拎着一个塑料绳儿编的篮子,像只哈巴狗紧紧贴在身上,那篮子里的内容倒是常变化,昨天白菜,今天萝卜。菜刀抱一盒香蕉坐在小区石凳上吃,一、二、三、四、五、六、七、八……他快撑死了。

菜刀在阳台上看见,"胖蝴蝶"顺利踩到香蕉皮后,啪叽,人仰马翻了。那篮子菜被抛出老远,是捆菠菜,每根都小手指头粗,它们蔫头耷脑,和香蕉皮颜色差不多。菜场总会有这种成色的菜,一块钱一大捆儿。

"胖蝴蝶"爬起来,把地上的菜收进篮子!有一根菠菜被甩到篱笆墙夹缝,她蹒跚着走过去用手指头勾出来。

老太婆端来小半盆茶叶蛋,红娟摔了个大跟头,这两天一直躺在床上。钟大神拿捏的分寸刚刚好,只让她吃了了皮肉苦头。

昨天我给她煮红豆小米稀饭端到床前,还卧了鸡蛋,就像当初她坐月子的时候。红娟看着我,晚上过来吧,住你孙子那个房间……这女人啊未必就歹毒,只是被生活碾压得坏掉脾气。

姓彭的小伙邀请菜刀参加儿子的百日宴,菜刀发现有不少人咬着耳朵朝他这儿看。有人朝他走过来,一个,又一个,呼啦啦,能跟您合个影吗?菜刀成了今天的主角,风头远远压过那个百日胖小子,人们簇拥着往他身边挤,都想沾些仙气!

安泰小区忽然热闹起来,一个接一个外来客。他们低调隐晦不嚷嚷,口袋里装着钱,手里提着礼物,悄悄来又悄悄离开。谁心里没有解不开的疙瘩?即便现在没啥闹心事儿,谁敢保证将来?就请一幅钟馗,权当买一份保险,心里踏实了。

菜刀开始留胡子了,从鬓角到下巴,软塌塌纠缠在一起,毡片样挂在那儿。菜刀作画有前奏了,焚香、洗手、洗毛笔、换袍子。他又置办了不少袍子,赤橙黄绿青蓝紫。

菜刀的画需要预订了,以画作大小论,巴掌大的也得耗时三天。立等可取!哪有那种好事?挑和选?想都别想,画什么样是什么样。当然菜刀还算讲究,他买来朱砂,把钟馗那袍子染得血红血红,让钟馗浑身上下都血气方刚。

菜刀从没给他的钟馗定过价,都是人们自发心甘情愿的,价钱肥得他都不好意思。偏偏就认为这玩意便宜了还能灵吗?菜刀一跺脚,也罢,也罢!

他一面喝茶一面有一句没一句,纠纷?矛盾?受骗?上当?当然要问个明白。与之对应的,是菜刀还是斧头?是宝剑还是月牙刀?菜刀现在用笔超大胆,各种冷兵器都敢往钟馗手里塞。当然也有斯文的,比如佛珠、扇子、毛笔。

菜刀开始收集各种投诉电话,公安局、工商局、税务局、信访办,以及三一五热线和市长公开电话。嘘,这是暗箱操作,潜在水底。有些人的困惑是一堵墙,有些人则是层窗户纸,有些人是跟自己较劲,菜刀隐在水底左突右击,宛如一位侠客。最初也是底气不足,但他靠心性和毅力支撑,渐渐就有了一股史诗般的气概。

菜刀喝着茶,太阳慢慢坠到楼房另一侧,钟摆轻轻摇着,锅里的汤在咕噜咕噜冒泡,乌鸡和人参在水中上下翻滚。一派寸寸斜阳,岁月静好,再有个小朋友跑前跑后,再有个女人贴心贴肝……

他曾经多么渴望有个女人柴米油盐一起过日子,白菜、豆腐、馒头、米饭，一天天变老。然而受贫穷所限，她们通通谢绝了菜刀的邀请，像绕开一根柱子一样绕开他。

现在这事儿变得简单，只要他愿意把手里的钱袋子摇晃摇晃。可他不愿意，只偶尔想想，倏忽一下小风吹过。菜刀不想让任何人晓得他的水底活动。那是隐私，是机密，一种生财之道，他希望钟馗的仙气持续光大。

现在安泰小区又文明又祥和，人们尊老爱幼，相互礼让，不乱丢垃圾。小区围墙上那个窟窿忽然不见了，菜地旁边忽然冒出一块木牌子：可以拔回家。老槐树下忽然多出一个铁盆，猫食狗食装得满满。人们三五成群坐在那儿剥花生，不时往嘴里送一粒，散摊后把地面清理得干干净净，好像从来没人在那儿剥过花生。

红娟给她婆婆买了一套新裤褂，天蓝色底子上开着一朵朵白花。老太婆抱着母鸡坐在树下嘀咕，你要是一天下俩蛋就好了，儿子一个，红娟一个。老母鸡听懂了似的咯咯叫，那是一只黑白相间的芦花鸡，和老太婆的新裤褂很搭，从远处望过去好像一幅画。

小区里有棵老槐树，五月的春天像被打翻的香水瓶，花香一股脑倒出来。花香是公共的，不能独享，但花瓣可以采回家包大包子吃，人们蜂拥着爬梯子拿钩子把花瓣变成口福。那些爬不上去的干着急，一着急就骂。今年人们被这五月槐香熏醉了，这感觉比口福还美！

有个蓬头垢面的老头坐在树下，他正不转眼珠地欣赏头顶的槐花，他已经过百岁了，不记得在这树下坐了多少年，大家都忙，哪有工夫多看他一眼？现在老槐树和百岁老人被夕阳幻化得氤氲出仙气。来，老人家您喝茶！一种世俗的欢腾和喜悦在小区上空飘，还夹杂着无法言说的畏惧和虔诚。

风水宝地,绝对风水宝地,又是钟馗又是菜刀又是寿星老,你看那寿星老背靠大树无思无虑一坐一天,就盯着花看,岂不是达到了老庄的境界?还有花坛里那些蔬菜,鲜嫩嫩的,多年轻,旁边还竖着块白给的牌子!还有那个穿花衣服的老太婆,又干净又慈祥,看她和鸡聊得多开心啊!

想想他们年迈的爹娘,住着洋房吃着补品,还成天要死要活。这里虽然地脚偏,基础设施也差,但它是安泰小区,听听,安泰!难道你不崇尚安康泰平?还等什么?买房子吧。

人们夜间开始数羊,数啊数,眼睁睁数到天明。很正常,这么高的价码,谁都会闹心几天、摇摆几下。不过思前想后还是拎得清,他们这安泰小区不是白给的,听说前面山上早年有个庙,更重要的是这里住着钟馗的缔造者。近水楼台,或多或少也能得到庇护。不卖,给多少钱都不卖!

戴墨镜那人进来时,天蒙蒙黑了。这个时候戴墨镜?盲?事实证明不是那么回事。他进屋后东看西看,还到阳台上转。钟馗在哪儿?钟馗在哪儿?

现在的钟馗可没那么好见,菜刀就算画完也不放明面。一幅大的要多久?真人那么大,身高怎么也得超过一米八。说不准,一年半载吧,菜刀声音不大却坚定。这么久还管球用。不能快点儿?菜刀笑,饭要一口口吃,画要一笔笔画。

其实就算画电线杆子那么高,菜刀也没问题。他很不喜欢这个"墨镜",来求画的人,谁不是一脸虔诚?这人牛哄哄,口气还硬,"墨镜"急匆匆推门走了。

跟着又上来个戴金边眼镜的,这人还算客气。您好,刀大师,久闻大名！有人想和您见见，就在楼下。刚刚那个戴墨镜的？不是，有人想求幅画，想和您当面聊聊。

在楼下？怎么不上来？脚有伤，行动不方便。他已经给菜刀拿过鞋。小区门口停着辆轿车。前面坐一个人，那个"墨镜"本来也在车上，看见菜刀就下来和"金边眼镜"去了对面。

车里虽然暗，菜刀还是觉得这人眼熟，像在哪里见过。衬衫很白，头发很黑，但这种黑太明显，一看就知道是染发剂的成果。这人斯文里透着一股说不出的威严。他很诚恳，想求一幅钟馗，要大的，眼下他遇到一条鸿沟，很宽很宽。"白衬衫"伸手比画着，他希望得到钟馗的庇护，他曾在大海里弄潮儿，不想在阴沟里翻船。菜刀忽然想上厕所。

菜刀去门卫那里解决，桌子上刚好有张报纸，菜刀无意间瞟一眼。上面有幅相片，我的天！是他？回到车里，"白衬衫"和菜刀讲起自己的童年，那时候家里很穷，吃不饱穿不暖，上学都是光着脚，山路把脚底板磨出厚厚一层茧。

菜刀出了一身汗，衣服都湿了。那时候母亲挎着筐卖鸡蛋，供他上学。提到母亲，"白衬衫"用手擦擦眼睛，说，我带你去个地方。他朝外面那两人摆摆手。

菜刀的心在打鼓，咚咚，咚咚，吵得自己都烦。可他现在控制不住自己的心脏，只能由着它擂鼓似的敲。也不知过了多久，他们来到海边，四周空旷寂寥，车在一扇铁门前停下，"墨镜"跳下车把门打开。

虽然天已黑，菜刀还是看见了花团锦簇和流水叮咚，好像一座花园儿。"金边眼镜"带他楼上楼下参观，菜刀在心里悄悄数，一、二、三、四……光卧室就八个。还有一个超级大书房，刀大师可以在书房作画，地方不够就去一楼大厅。

这会儿菜刀心没那么跳了,两只眼睛万花筒一般转个不停,这哪是人住的地方,神仙住还差不多!再回到一楼大厅,"白衬衫"和"墨镜"已经走了。

刀大师就留下,明天一早我会把工具材料送过来,还有你在这里的事儿不能和外人讲。时间不早了,就不打扰了。

菜刀坐在沙发上,现在还没有回过神。他知道"白衬衫"是谁,在电视新闻、报纸头条上都见过。菜刀楼上楼下跑,推开一扇又一扇门。卧室里有拖鞋,没剪商标的睡衣放在床头,他推开窗子换上睡衣,听着外面海浪声阵阵,真是睁着眼睛做梦,都说人死后才进天堂,他却活着进来了。

菜刀还没起床,"金边眼镜"就送来工具材料、各种食物。他督促着帮菜刀把宣纸固定好,丈二的尺寸,整整罩满一面墙。你抓紧,就让钟馗和时间来一次赛跑。

菜刀才不跑呢,铺天盖地的阳光,风在花儿上游弋,在菜刀胡子上游弋,海风夹杂着花香,风里就有了一种奇异的味道,香香的,暖暖的,咸咸的,不知今夕何年。

他去海边游泳,他在露台上品茶,他在餐厅里大吃大喝。夜晚他把两只脚伸进水塘,慢慢搅拌着水里的月光玩。就算什么也不干,只靠着露台望大海,也是春暖花开。他想起中学时那篇课文,在苍茫的大海上,海燕像黑色的闪电,在高傲地飞翔……虽然此时空中飞翔的是海鸥,但并不影响他此刻的美好心情。

没准儿能游上来一条美人鱼,那美人鱼娉娉婷婷、婀婀娜娜来敲他的门。菜刀心思浩渺,如脱缰野马一般想三想四,就是不想还有个丈二宽的钟馗正等着下凡。

忽而心里也毛毛糙糙的不安,但此情此景豪华气派,到处散发着让人感动的光芒,也便得过且过栩栩然了,这样的日子即便过上三天,也是人生的一个顶点。见识过,体会过,死了不遗憾,一辈子没白活。

"金边眼镜"来电话问进展,菜刀才拿起笔。头一次画这么大的画,有些掌握不好比例。画了撕,撕了画。废掉一堆纸后,钟馗那颗头颅才有了模样。

菜刀给"金边眼镜"打电话,他需要上好的朱砂。钟馗的袍子当然要用朱砂,颜色越重越辟邪。菜刀让他多拿些,他要让钟馗的红袍变成刀枪不入的盔甲。

"金边眼镜"送来两个纸盒,一盒是朱砂,一盒还是朱砂。菜刀另有期待,可只有这些!怎么才是个脑袋?胳膊腿呢?这速度可不行。他发现菜刀黑了,耳根子那儿还挂着没冲净的盐痕。

你去游泳了?一边游泳一边构思,劳逸结合。在"金边眼镜"的注目下,菜刀让钟馗长出了胳膊腿。他把那些朱砂一股脑放进水盆,血红血红一大盆,菜刀手也被染红了,刚杀完猪似的。

这朱砂要在盆里多养几天,不能马上画。他不想在"金边眼镜"的监视下继续了。晚上菜刀准备去海边游泳,院子铁门怎么都打不开。太过分,太过分了!那"金边眼镜"居然把门给锁死了。抬头看围墙,上面绕着一条条铁丝网。

来这么久,价钱的事儿只字未提,现在又把他锁起来,不画了,不画了,喝酒。

菜刀给"金边眼镜"打电话说他病了,头疼腰疼浑身疼。"金边眼镜"送来一大包药,去痛的、消炎的、退烧的、止泻的。菜刀哼哼着,疼、疼!"金边眼镜"给菜刀摸了脑门量了体温,最后得出结论,屁事没有,这家伙在泡病号。

当晚"墨镜"又来了,他把墨镜别在脑门上。镜片在水晶吊灯的照射下,骤然反射出两道寒光。他看看墙上的钟馗,回头看看菜刀,又看看钟馗又看看菜刀。"墨镜"用食指搅和那盆朱砂玩儿,忽然他把整只手伸进去又拿出来,在墙上拍出一个猩红的手掌印。一股热乎乎的黄色液体从菜刀裤管中飞流直下……

夜里"墨镜"和钟馗的脑袋鬼片似的在眼前飘,菜刀吓得不敢睡,生怕一闭眼,两个脑袋再来找他。"墨镜"临走扔给他一个口袋,里面是钞票。现在钞票摆在床头柜上,菜刀看一眼,怎么像一道道鬼符?

菜刀决定离开,他最清楚自己的半斤八两。一个开货车的,后来画画勉强维持生计。他哪来什么本事,上坟烧报纸糊弄鬼呢!

菜刀现在谁都不敢糊弄,只想尽快离开。他不吃也不喝,不洗脸也不洗澡。腮帮子一天天往下陷,眼眶子一天天往下塌。头发一天比一天长,胡子一天比一天乱。菜刀摇摇晃晃从床上爬起来对着镜子微微一笑,这熊德行,再不让走就出人命了。

菜刀给"金边眼镜"打电话,空号。再打,仍旧空号!打,往死里打,要坏菜!他转身奔下楼,一脚踏空,整个人像皮球那样一弹一跳骨碌下去。菜刀摔得不轻,他站不起来了。

他艰难地把自己挪到大门口,大门锁得死死的,连只猫都出不去,除非长出一对翅膀来。可他不但长不出翅膀,腿还摔坏了,菜刀忍着剧痛捡回手机。完蛋了,手机也摔坏了,屏都黑了……

菜刀对着墙上的钟馗念阿弥陀佛,说他不想完蛋,他还有那么多钱没花掉,不是亏死了?他一面双手合十,一面在胸口画十字架,然后脑门朝地咣咣磕头,乱套了,全乱套了。

菜刀变成一只皮箱,他把自己挪来挪去。他挪动着去收集房间里的床单,然后用手指头蘸朱砂写 SOS(求救信号)搭在露台上,床单被风扯着呼啦啦飘,上面血红的 SOS 触目惊心。一群好奇的鸟落下来围观,可鸟看见顶什么用?不顶。

菜刀把纸卷成喇叭对着窗外喊,我要回家,我要回家!风当然能听见。可风听见顶什么用?不顶。下雨了,雨点儿炒豆般敲在窗户上,炸雷紧跟着,轰隆隆……菜刀把自己裹进被子里。

天气好时,菜刀在露台上望天,远处海天一色,云雾被风吹成各种形状,像老槐树,像小猫小狗,像芦花鸡,像他那不足六十平方米的小窝……

冰箱和食品柜都空了,好在有酒,酒是粮食精,越喝越年轻。可眼下这种情况,就算粮食祖宗,也抵不上一碗实实在在的大米干饭,配上一碟花生米、一碟小酱菜,可能的话再来半个咸鸭蛋,完满不过如此!

菜刀用汤勺舀酒喝,一把汤勺瞬间在意识形态上把喝提升为吃!他用勺舀用嘴嚼,唇齿间便有了五谷杂粮的味道。一个富有想象力的人是坚强的,他舀啊舀!

窗台上的乒乓球在想象力的驱动下,已经幻化成茶叶蛋。老太婆那茶叶蛋,淡褐颜色,上面交织着深深浅浅的纹理。把它剥开,里面居然藏着一枚金色的小太阳,蛋清嫩,蛋黄软,一口下去胜过人间鲜果儿。

菜刀拿起一沓钞票,出了这个门你们能换一车茶叶蛋,可这会儿,我能把你们怎么样?你们又能怎么样?比擦屁股纸都硬!菜刀像扔手榴弹那样把钱撒出去,你傻呀,那可是钱!钱!菜刀给自己一拳。

菜刀摇摇晃晃把自己挪到阳台,钱呢?撒哪儿了?月光贼亮贼亮,冒着戾气,戾气飘忽着化成缕缕青烟,菜刀在青烟里看见桃儿了,桃儿还是那么好看,一笑两个酒窝。菜刀还看见一个血肉模糊的脑袋,那个被摔成肉饼的狐狸精……

  菜刀连滚带爬回到房间,他奋力把那盆朱砂泼到床单上,菜刀披上猩红的床单手持水果刀对着夜空喊,我是钟馗,我会捉鬼……外面很安静,一只蝴蝶趴在窗前睡着了……

发表于 2022 年第 2 期《中国作家》
2022 年第 3 期《小说月报》转载

吉日

周末早晨的长虹街有些冷清,这是铺在闹市褶皱里的一条街,平日那些匆忙的脚步、焦虑的面孔还有乌泱乌泱的车,这时候大都歇在家里。可不,人困马乏,劳碌一个星期,也该睡个懒觉了。今天风大,几个白色塑料袋被吹成大气球在地上翻几个跟头又升上天空。北方的冬日就是这样,要么雪要么风,不过有什么关系呢?穿戴严实啥事都不耽误!

长虹街拐角的城市银行那边已有人头攒动,他们帽子、围巾、口罩恨不能把两只眼睛都包起来。从对面望过去黑压压一片,一个个袖着手抱着肩,彼此寒暄聒噪,把清净的周末街头划开一条口子。

人们聊完菜价聊肉价,还说家里那缸酸菜居然烂掉一半!还不是今年暖气给得足!大冬天的,屋里穿衬衫都冒汗。话又说回来,宁可热得流汗,也不愿意守在阴冷的冰窖里。头几年他们几乎都挨过冻,在屋里穿着棉袄吐白气,去年市里面给旧楼整体换上新管道才得以改善。有人往这边来,大家把目光投过去,对方包裹得密不透风,等走近扒开帽檐,你这家伙干脆戴个头盔算了!该死的风都能把人吹个跟头。看那边……

有人推着轮椅打马路对面过来,推车的用大棉袄把自己裹得像只笨熊,坐车的身上缠着一条脏兮兮的厚毛毯,头戴一顶浅黄色绒线帽。

帽子顶端悠荡着一个硕大的绒球,那帽子几乎覆盖了整张脸,只留下发紫的嘴唇喘气。遇到个小土坡,推车的左右摇摆调整方向,坐着的那位帽子上的绒球便在头顶活蹦乱跳。推车的心里一点都不急,手上却虚张声势地对着小土坡使劲。她知道大家都在往这边看,也知道跨过眼前这个土坡只是时间问题,她朝坐着的那位说了句什么,大家停下七嘴八舌,一起朝他们看过来。

人群里走过去一个穿军大衣的帮忙把轮椅越过土坡。他把轮椅安顿到一边又走进人群。这家伙坐轮椅有五六年了吧?何止!七八年都有!那女人还挺能坚持。不坚持去哪儿?换了我就是要饭也不伺候他。有人指着军大衣,你王大个就是菩萨心,下次别管他,推不上来他就老老实实在家待着了。

看,虎子来了!有人喊。一个穿枣红羽绒服的人,身边蹦着一条小白狗。小白狗身上套着枣红毛衣,头上扎个羊角辫。看模样是个京巴。人们笑,今天你和虎子穿的情侣装?孙女给织的,她把虎子的照片发到网上参加宠物选美大赛。还有奖金呢!虎子本事,都能给奶奶挣钱了!虎子到这边来,我这有香肠!还是到我这儿,这有鸡腿。虎子这个脚下停停,那个身边站站。它知道这群抠门鬼,别说鸡腿,鸡毛都没一根。虎子对生活要求不高,有君子之风,一箪食一瓢饮就很满足,就是说平日里给狗盆添满水和狗粮即可。当然如果有人向它抛去橄榄枝,虎子也不客气。

虎子冲出人群扑向一个正朝这边走的女人,女人打扮蛮时髦,豆沙色民族风棉袍,领口那儿缠着白丝巾,耳朵上迤逦着一对金光闪闪的耳环。大冷的天都没戴帽子,也是,戴帽子还能看见耳环吗?倒是给这晦暗的街头添了一点颜色。她蹲下拽拽虎子的羊角辫,从兜里摸出个什么塞到它嘴里。虎子摇着尾巴跟她跑。秦美人来了！给虎子带什么好吃的了？秦美人抱起虎子又从兜里拿出吃食，原来是小包装鸡肝。虎子，这可比你亲奶奶大方。它亲奶奶都快喝西北风了！

有人问，秦美人还去跳舞吗？当然去！过一阵还要参加春晚排练！秦美人要上春晚了！人群里像被扔进去一个小钢炮！中央台的？大年三十儿那个？歌伴舞？给多少钱？区里搞的晚会，倒是有一些补助，但谁也不是为了钱，关键是娱乐。区里的呀！那跟咱厂子以前的工会演出差不多！比那级别高多了，天天有鱼有肉的盒饭，还白给两套舞蹈服！秦美人辩解。人越聚越多，天上忽然飘起雪花，有人说，马上，马上，还有五分钟。大家把头望向天空，雪花一片片蝴蝶一样在天上飞，落到脸上凉冰冰的。

哗啦，门开了。人们挪着笨重的身躯鱼贯而入！真是春风扑面，门口那两盆青枝碧叶的龟背竹正玉立着和大家打招呼。人们开始卸掉装备，帽子、围巾、口罩以及厚厚的棉衣，一层又一层，剥粽子似的。假如这时候有人打外面进来，会忽而一愣，怎么清一水儿的枯萎与晦暗？把两盆茂盛的龟背竹都映得灰头土脸。一堆迟暮的老人，一片凌乱的白发，一脸纵横的皱纹，一排沉重的步伐……平时他们不大出门，儿女再三叮嘱，没事别乱窜，果真摔坏了瘫在那儿，我们更没法过了。

今天就算拼了老命也要出来，他们拖着摇摇欲坠的身子从大街小巷潮水般拥到银行。开支？废话！这身子骨还能暴动打劫不成？今天是个关乎生存的好日子，恰逢周末。每月的今天都是他们的黄道吉日，还有什么比开支更让人高兴的事？他们换上干净的衣服，身体方便的前一晚还要洗个澡，就是那不方便的也要把毛巾打上香皂擦擦脸。那老妇人还把藏在抽屉里的戒指找出来，红的、绿的，套在手指头上。

大堂经理小周是个有心的姑娘，高挑的个头、文静的脸膛，她很清楚今天注定是个劳心费力的工作日。已经准备就绪，饮水机里的热水远远不够，又灌满两个大号暖瓶。把那些理财宣传板收到后面，留下宽敞的过道和座椅，她引导大家取号的同时还发给每人一个纸杯。有人说自己带杯子了，这纸杯还不够喝两口的。难道喝水也要限量？旁边人乐了，人家银行也没有水井，现在举国上下勤俭节约，你没见墙上贴着标语，浪费可耻，节约光荣！上次你足足喝了一暖瓶。

小周经理胸前挂着麦克，她用嘴巴吹两下，大家注意了，取到号码就在座位上等候，并把这个纸杯放到脚下，吐痰呀、果皮核呀、烟头呀都丢在里面。大堂本来是无烟区，但考虑到外面风大，有人行动又不方便，为这我特意向上级打了报告，今天大赦。烟鬼老头们乐了，他们一面往外掏烟一面说小周经理好。

其实，小周经理算是亡羊补牢。上次也是这么个日子，一个老头出去抽烟被推拉门的反作用力把头撞个大紫包。这些老人金不金贵不讲，却没一个好惹的。倘若有个闪失，再碰上较真难缠的儿女，那是一点办法都没有。每每这个时候小周经理都告诫自己，一定精神饱满，反应迅捷，拿出十二分的热情来。刚刚在办公室她一口气喝下两罐红牛！大家要小心，打开水时别烫到，开水管够，厨房里还烧着呢！

老人们手里的水杯个头都不小，有人还从家里带了茶叶。他们灌满开水点根烟，又是一个月没见，肚子里积攒了太多话。儿子、媳妇、女儿、女婿、孙子、孙女，还有家里那条狗，有展示的，有倒苦水的，银行大堂里烟雾弥漫、人声鼎沸！

眼下也就开支是个盼头。老人们对逢年过节没啥期待，过年有什么好高兴的？又吵又闹又费钱！孙男娣女来了一群，把他们提来孝敬

吉日 / 375

的东西吃个精光，抹抹嘴巴回了。临走还要发红包给他们。没办法，老祖宗留下的规矩，不管多少，当老人的总要表示一下。

老崔头怎么没来？你不知道？上个月开完支没几天就脑梗了，现在身上还插着管子，躺在床上嘴歪眼斜不会说话。儿子女儿轮班护理，据说俩人为了医疗费闹得很凶，有一阵那儿子都要放弃，女儿坚决不同意。住医院扣掉医保一天还好几千，躺着烧钱，躺着烧钱啊！有人感叹，人走到这步真不如俩腿一蹬，自己不遭罪，儿女省麻烦。老人们把热水喝得哧哧响，脑子里做着一系列换位思考，换成自己，是果断了结还是垂死挣扎？

轮椅上那位已经来到窗口，除掉身上的披挂才看清，是个只剩一把骨头的老头，一张塌陷的脸上瞪着一对骇人的眼珠，胸前挂着个军绿书包。他每次都不排队，这是他给自己的特权。怎么了？国家还有助残日呢，他命令老太婆推着轮椅向前向前向前……谁能和他一般见识？

请您输入密码，柜台里的小姑娘提示，老太婆把密码盒递到老头手里。老头抬眼看看老太婆，嘴里使劲吐出几个字，去，一边去。老太婆知趣地后退，老头觉得她去的幅度不够，又伸脖子对她，去、去、去。老太婆这次后退的幅度大，到了窗台旁边。多亏老头只说三个"去"，四个的话她直接跳窗户出去了。

老头拿一只手遮挡，另一只手颤颤巍巍按密码。小姑娘把一沓票子递出来，很单薄的一沓。老头侧身朝老太婆喊，来、来。老太婆上前把百元票子推进去，麻烦都换成十元，老头子喜欢零钱。百元换十元，体积大了好几倍，整整一小堆儿，老太婆把钱装进老头胸前的书包里。老头年轻那会儿头一次开支只开了三张十元票，他幻想什么时候能开上一书包钱，在他耄耋之年这个愿望实现啦。

老头又费劲巴拉从包里掏出一沓钞票,一元、一元。老太婆对着窗口笑笑,再换成一元。这下钱更多了,书包都装不下了。老太婆要装自己兜里,老头不干,示意把自己的腰带解开,他棉裤里有保密兜。

老头把几枚五角钢镚平铺于手掌,钢镚在白炽灯的映照下熠熠生辉,宛如一枚枚发光的金币。老头数得很仔细,半路上一个喷嚏,乱了!重数!大家哂笑,你的车间主任费少了几个钢镚?老头很淡定,人为地制造两声咳嗽翻下眼皮,再重来!好不容易出来一趟,可不急着回去,他要在人堆儿里多泡一会儿。

老头看见秦美人悠荡着两个大耳环拿着水杯过去,经过他身边时还吸鼻子皱眉头。老头的心口窝像被棍子戳了一下,他知道自己有日子没洗澡了,早上不留神还尿了裤子,因为赶着开支,老太婆也没给他换。这老太婆现在又馋又懒,儿子送来十个猕猴桃,他每天吃一个,今天是第六天,十减六等于四,早晨他发现盒子里只剩下三个。干活也拖来拖去,今天腰疼明天屁股疼。吃饭怎么不喊疼?一顿能喝好几碗粥,现在他都想把老太婆揍一顿,用棍子揍。

老头朝秦美人的方向望过去,她正和几个老东西说笑。今天的大耳环很扎眼,把几个老东西的脑门都晃亮了。他们也都老得不成样子了,弓着腰驼着背,老岳头呼哧带喘离坐轮椅也不远了。秦美人说到兴奋处,还朝他打了一拳,老岳头就不喘了,还把手里的八角帽戴上!

快数你的钢镚吧,这还看上美女了,又一阵哄笑。老头不紧不慢把手心里的钢镚摆出一朵花,心里蘧蘧,我就不快数,我气死你们!老头知道大家伙不待见他,那又怎样?反正他都坐上轮椅了,反正他现在连一句囫囵的话都说不完整,待不待见有什么关系?再待见也得坐轮椅,也不能跑去爬山。

老头说,渴。老太婆把备好的热茶递到他嘴边,保温杯上赫然印着"先进工作者"几个大字,他心里好一番熨帖。想当年他坐在椅子上端着茶,他们在工作台前赶活计。监督管理、命令协调、处罚训斥、安排调度,那是怎么的威风和惬意,往事并不如烟……

那时候他是车间主任,一进车间,只见机器轰鸣,没人偷懒耍滑,劳动场面热火朝天。呵呵,他们见了他就像耗子见了猫,响屁都不敢放一个。在他的森严管制下,车间总是提前完成任务。厂长大会小会地表扬,他们车间连年被评为先进集体,要不是后来工厂萎靡,他有可能当副厂长……

副厂长曾是他的人生理想和目标,他完全是按照厂长的标准来要求自己、处罚别人的。秦美人偏偏闹妖,她拿自己的模样特当回事,上趟茅房也用小镜子照照,不知道想干吗,再照也是那张脸,还能像孙悟空那样七十二变?因为对脸蛋的侧重,手上的活计就没了分寸,怠工、拖延、残次品,整个车间非她莫属。他一见秦美人就头疼,要是自己闺女早把屁股打开花了。可惜她是食堂大师傅老秦的千金,就这货,老秦还当她宝贝疙瘩。

秦美人工作时间涂口红被当场抓获,他夺过来在墙上好一番描画,终于完成一幅红屁股图。他对着自己的作品左右端详,又信手添上一条尾巴,然后把秃了头的口红嗖一声飞进垃圾桶。眼里没有活,手上没技术,就是把脸画成猴屁股顶什么用?那可是秦美人一个月的奖金,却被他变成"红屁股"挂到墙上。

秦美人对他咬牙切齿,赵歪脖没老婆!秦美人实话实说,他脖子歪,小时候从树上掉下来摔的。他也确实没老婆,儿子小学还没毕业,那女人就跟人跑了,还顺手偷了他的存折!他认为歪脖和没老婆本来两码事,不能混为一谈。秦美人用顺口溜把它们拉扯到一起着实让人愤怒。他举起茶杯砸过去,墙上的"红屁股"顿时水灵灵、鲜艳艳,比刚刚还生动!

秦美人又出残次品,行,今天干不好你就别回家,不能因为你一个人影响集体。晚上交工后,秦美人搽胭脂抹口红,把眉毛画成毛毛虫。她胜利了!他知道是谁英雄救美,还不是那几个好色之徒!老岳、老贾、老谢……她拍拍这个肩,拉拉那个手,他们就成了帮凶!正逢厂里组织义务献血,你们不是有爱心吗?那就多多奉献!帮凶以及被怀疑的帮凶均榜上有名!宁可错杀一百,也不落掉一个。

不给他们点颜色车间就乱了,他要努力打造一支有组织有纪律、有技术有上进心的革命队伍,他要带领这支精良队伍,朝着厂长的目标迈进。他都是天蒙蒙亮赶到车间,晚上顶着星星回去。一则是因为积极上进,二则是家里实在没意思。儿子搬出去过,就剩他孤零零一个。有人因暴风雪天气迟到,奖金照样扣,他自己就没迟到,他认为大家都顶着同一片蓝天,自己能做到的事情别人一样行!他希望在全厂职工大会上聆听厂长的表扬,老赵他们车间,无论天气多么恶劣都没人迟到,困难像弹簧,你弱它就强……

王大个有意见,凭什么我们献血?其他人也跟着起哄,凭什么?午饭时他亲眼看见秦美人朝王大个嘴里塞鸡蛋,秦美人也妄想腐蚀他。那次她又偷懒,他就拿把椅子坐到她旁边监督,秦美人趁机往他嘴里塞了一块水果糖。他没防备,那粒糖直接掉到嗓子眼,差点没把他给噎死。

他二目圆睁,解放军上前线打仗都不怕流血,你们献个爱心怕个屁?王大个问,说得这么漂亮你怎么不献?他不好意思说自己打小就有晕针的毛病，一看见护士手里的针自己先尿了。我当然愿意献爱心，可这一阵陪厂长接待，血里净是酒精，这样的血白给者没人要。

秦美人那天穿着喇叭裤去献血，她就是个二皮脸，耳环被没收，高跟鞋被锯断，喇叭裤也给撕开一条口子！可她就像坚强的战士，把喇叭裤缝几针穿上献血去了。秦美人还把头烫成羊屁股，满头毛毛卷。想想都好笑，把脸画成猴屁股，把头烫成羊屁股，一前一后两个屁股有多滑稽。扣奖金、写检讨、用大喇叭广播点名批评，秦美人油盐不进。他都想给她一巴掌扇回姥姥家，可惜一个车间主任还没有这样的权限，如果他是厂长就好了！

后来各车间裁人减员，他直接把秦美人开掉，连同那些帮凶。当然没过几年工厂解体，他自己也回了家。那些英年下岗的人忽然间丢掉铁饭碗，几乎丧失了理智，都摩拳擦掌要找他拼命。他们都叫他赵千刀，他是谁？机灵着呢，借出差之际溜之大吉。后来经历一番苦难，这些人也都找到位置，有人还混出点名堂。王大个出劳务到新西兰，一干就是五年，回来还买上新房子，老岳学新技能修汽车，老谢在街上卖水果，秦美人能说会道搞推销。混着混着大家都老了，好几个都混没了，人越来越少……

秦美人让小周经理把窗户拉开，屋里味道怪怪的。大家在秦美人的引导下一起吸鼻子，人们推测着味道的来源。老太婆像干了亏心事，蔫头耷脑缩在一旁。老头手里托着钢镚对着小周经理喊，冷！不许开！秦美人瞥他，像是要揭穿一个秘密。小周经理找来一瓶空气清新剂，一股甜丝丝的橘子味儿在人群里飘散。

老太婆觉得时间差不多了，等下她要拿这些钢镚买盒索米痛片。她总腰疼，有时候疼得一夜一夜睡不着。老太婆说话时碰到老头胳膊，哗啦,钢镚散落在地上,老头嘴里发出愤怒的叫骂,不给,滚蛋!

老头肚子里燃着一团火,他正想找人干一仗,刚巧老太婆撞上来。老头机关枪似的发射出好几个滚蛋,把老太婆扫射得眼泪汪汪,她哭诉,伺候你这么多年,没有功劳也有苦劳!雇个保姆还发工资。买盒索米痛片你都不舍得。每天买菜你就给十块钱,回来还得过过秤。那次买鱼少二两,你非说我给昧下了。你儿子送点水果恨不能搂进被窝里。炒菜你嫌费油,烧水你嫌费火。老太婆今天豁出去了,掰着手指头历数老头滔滔劣迹。

老太婆原来在老头家附近捡破烂,后来被老头捡回家去。开始俩人一起买菜一起遛弯,老太婆又会烫酒又会炖菜。赶上老头有天来情绪,就去民政局登了记。儿子不同意,搭个伙还成,领证就没必要了!没几年老头脑梗瘫了,老太婆屎一把尿一把伺候着。老太婆把目光投向人群一把鼻涕一把泪,像要寻找她的支持者和难兄难弟,一盒索米痛片才四块二,把人逼急了我就上法院!

老太太们多感慨,无论什么时候都要有属于自己的一份收入,哪怕微薄的收入。假如没有这仨瓜俩枣的工资,家里的老头子还不见得什么嘴脸,管你什么半路的、打小的夫妻,男人差不多一个德行。老伴比她多开个几百块,就成天对她没好气。谁家里面少得了哭诉和争吵!听说要工资上调,到时候俩人能平起平坐了!

老太婆举起胳膊,胳膊肘那儿贴块补丁,看看现在还有谁穿成这样,都赶上旧社会了。有人说,家里不少衣服还七八成新,等下次给她拿过来。这老太婆利手利脚,到哪吃不上一口饭?对,前几天老万婆子没了,老万头还硬实呢!天天在广场上打太极。小周经理社会经验多,她朝保安点点头,两人去了后面。谁愿意掺和这是非?

老太婆今天疯了,还在这里煽动群众。还要找法院?要找也是找工会妇联!老头觉得没文化真可怕!老太婆平日没话,让买菜买菜,让做饭做饭。他床头有个记账簿,一个萝卜、两个土豆、三个地瓜……一笔都不落。不光记账,他还记人,老太婆几点去的菜市场、几点去的药房、几点去交的水电费,每次耗时多长时间,就像他当车间主任那时候,谁迟到谁早退、谁八小时之内偷懒,那都要记录在案。每每记上一笔他都痛定思痛,不是简单的追忆和回顾,只想证明他还喘气还活着,还能约束别人!

他也是没话找话,只有打架能激发老太婆多说几句。不过打架属于力气活,不能天天干!他平时最大的消遣就是看电视,把音量开到最大,睡觉也开着,电视就像他身体的一部分,他是那么需要它。电视能洗衣服做饭的话都不要老太婆了!

儿子不中意这个人,说她出身卑微,和他老爹不匹配。他老爹确实当过车间主任,领导有四五十号人,比有些董事长、总经理人马还多。可后来也下岗回家去,企业那点可怜的退休金只够糊个口,凑合过吧!虽说无官一身轻,有子万事足,可他觉得老太婆比他儿子更实惠。老太婆一面哭着一面还不忘捡起地上散落的钢镚。

大家陆续到窗口拿钱,都很快,谁能像赵老头那么磨叽?手上有了钱心里便有了底,就有渺小的愿望在脑子里转。晚饭蒸一只鸡、煮一只鸭,邻居老头吃蛋白粉气色好多了,问问哪儿买的,自己也想试试。有人说长兴批发市场的鱼肉蛋便宜得多,算算加上打车费也差不多。还打车?你怎么不坐飞机?坐公交也就几站地,况且都有免费乘车卡。老人们拿了钱并不急着回去,有的说想把快烂掉的酸菜做成辣白菜,有的说孙子昨天又领回一个女孩,有的说过两天华联超市周年大酬宾……

推门进来一个黄毛小伙,刚刚也有人进来,看见这黑压压的阵势都没了耐心,转头回了。小伙子手里拎着一个大皮箱。老人们好奇,这是要取多少钱啊?取这么多钱至少要两个人,带保镖都不过分。小伙子没到前面取号,径直来到人群。他左右看看已经没有空位置,虎子也占了一张座,它奶奶林老太心虚地看看小伙。人家一点都没计较,从皮箱外层拿出一个马扎坐到虎子对面,大家又觉得这孩子够细心。他们出门也愿意带这个,无论走到哪儿都能坐下歇歇。小伙子伸手拨弄虎子的羊角辫玩,看虎子没反对进而加大了动作,将它抱在怀里又亲又摸,就像找到了彼岸。这小子专门来玩狗的?

小伙子一手托狗另一只手从胸口掏出个小牌。爷爷奶奶你们好,首先自我介绍一下,我叫毛毛,你们看胸牌上有我的名字。大家把脑袋凑过去,看不太清,没戴老花镜。有人去窗口找来眼镜,这回清楚了,胸牌上写着"王牌神力医用冷敷贴"总销售,下面是名字和电话,还有小伙的彩色二寸照片。毛毛放下虎子,迅速打开皮箱,满满一箱子膏药!爷爷奶奶们,今天让你们认识一个宝贝,这之前你们不认识它、不了解它,但通过毛毛介绍你们一定会爱上它并且离不开它。

"王牌神力医用冷敷贴"由多种中草药熬制而成,外加无纺布背衬层、凝胶层、聚乙烯薄膜覆盖层。这款冷敷贴力大无比,功效神奇,可用于治疗颈椎病、肩周炎、关节炎、网球肘、腱鞘炎、腰椎间盘突出、腰肌劳损、拉伤扭伤……比手术更安全,比吃药更直接,比按摩更靠谱,所有病症包您十分钟内得以缓解。"王牌神力医用冷敷贴",让您拥抱健康!毛毛字正腔圆,附带感情,就像电视里的新闻播音员。随着他嘴唇不断活动,就有白色的唾液堆积,浪花一样翻卷。有人说,你喊这么热闹不就是膏药吗？爷爷您说得没错，民间叫膏药，我们医学界叫它冷敷贴。

小周经理从对面走来，手里捧着一个暖瓶。你好，我们这儿禁止一切推销活动！姐姐好，毛毛笑笑，露出一排干净的牙齿。他把小周经理的暖壶接过来给大家杯子里续水，姐姐你们平时工作辛苦，不妨试试这款冷敷贴，其实人和东西也要讲个缘分……有人喊周经理接电话。

毛毛说，我自己家的爷爷奶奶也用它，效果特别好。今天总部有活动，二十五块钱一盒，买二赠一。老人们相互看看不搭话。毛毛来到秦美人面前，您来试试好吗？我颈椎病之前用过不少膏药，基本不太管用。毛毛转身掀起头发，您看我正用着，现在年轻人玩电脑，颈椎也都有问题。那我试试，你说十分钟见效果！好嘞，我帮您贴上。

一股凉冰冰的气味扩散开来，人们看着秦美人，等待着她对这膏药的评判。后脖子贴上膏药的秦美人眉眼里含了赞许，她从包里拿出一百块钱，想想又拿了一百。别说二十五一盒，二百五的都用过，屁用不顶。这个蛮有效果，舒服多了。秦美人站起来摇晃几下脖子，这回可以放心参加春晚了。

老岳头你不来几贴？刚刚你还喊腿疼！我……算了。秦美人撕开一贴，送你的，体验体验！毛毛帮忙把老岳头的裤腿挽上，有人问，能用医保卡吗？有赠品吗？药房里消费一百块钱就给二斤挂面，二百块钱给五斤鸡蛋。赠品！毛毛拽拽自己的黄毛，迅速从皮箱里拿出一沓纸片，这个是积分兑换券，一百块给一张，等下次消费兑换现金十块钱。他撕下两张递给秦美人。这是您的，两张兑换二十块钱。哦，十块钱能买四斤挂面、三斤鸡蛋，倒是比药房合适，秦美人念叨。

老岳头从腰间摸出一个布包，布包里有个手绢，手绢里有个信封，他用两根指头夹出一张百元钞票，我先买两盒！你得找我五十块，老岳头说。怎么不给我兑换券？爷爷，一百块钱才给的。一百块钱兑给十块，我花五十得兑我五块。爷爷，这是公司的规定，够一百块才行。你这老头子买一百块不就得了？秦美人替他急。我就买五十块，你不给我就不买了。

旁边老贾头要上厕所，毛毛赶紧上前，爷爷我扶您去。两人从厕所出来，老贾头拿出五十块钱，那我也买二赠一，老岳头还在争取兑换券。老贾头大气，那我和他给一张。到时候我们一家兑五块钱，老岳头把兑换券放进信封，觉得还是由他来保管放心！

还有谁？谁还去厕所？没关系，不买冷敷贴我也扶你们去。刚才大家喝了不少水，让毛毛一提示都觉得肚子里胀鼓鼓。可后面的厕所要上四级台阶，都挺打怵的。既然有人愿意扶，那还等什么？奶奶们也没问题，我可以把你们扶过台阶。

毛毛送回来一个扶走一个，再送再扶，有个胖老头边走边抓后脖颈的槽头肉，这老头一身肥肉，虚腾得像个面包。毛毛告诉他，颈椎这一坨肉不是肥胖是堵塞。有人说它是富贵包，其实它是夺命刀，严重影响脑部供血。您时常头晕吧？不。您经常恶心吧？没。您时而健忘吧？哪有？赵千刀当年扣我二十块奖金记忆犹新。那是一个风雨交加的早晨，我骑自行车掉进水沟，仅迟到两分钟就让赵千刀给罚了，事情发生在一九八八年六月十日周五早晨七点五十八分。你看我记性好不？

胖老头在厕所里突然裤腰带断开，就是一根棉布绳子。毛毛给它系个扣，但长度短了一截，捆不住胖老头腰了。毛毛跑到窗口要了一根捆钞票的塑料绳，他把布绳和塑料绳加工到一起。你多大？二十六了。我孙子二十五，处过三个女朋友，第一个是初中同学，第二个是高中同学，第三个是大学同学。转了一大圈儿，现在这个还是那初中同学。

吉日 / 385

毛毛把加工后的裤腰带给胖老头系上，还富余一截，他顺手打个花扣。胖老头还想坐着马桶聊一会儿，他要告诉毛毛，孙子这个女朋友赶不上大学那个，那姑娘勤快，给他蒸过鸡蛋羹。毛毛看看手表，爷爷，您这颈椎一定要重视，它和高血压、高血脂、淋巴液都有连带，把后脖颈子这坨肉疏通好，其他病也没了，这需要一个疗程的冷敷贴。

胖老头说先买一盒试试。一盒里有几贴？五贴。那我买一盒，你赠我两贴好了，本来应该两贴半，算了，你刚才帮我做了一根裤腰带，就不计较那一贴半贴的。毛毛说买两盒可以破例给他申请会员，公司经常组织会员活动，爬山、游泳、下象棋、打扑克。毛毛附到胖老头耳朵上，正常消费四百块才办会员，这个你要保密的。

胖老头消费五十元，他主要对下棋感兴趣。毛毛把最后一个老头送到座位上，头上的汗雨点一样。只有胖老头和一个老太太各消费五十元，还为兑换券由谁保管争论不休，又是秦美人解围，当然女士优先，大男人这点风度都没有？

毛毛觉得大家对冷敷贴态度冷漠，爷爷奶奶，大家给我一个信任，毛毛送您一个健康。买回去觉得没效果，我会上门退款。你们都按月开支，可我是按销售额开支。爷爷奶奶家里有孙子吧？如果他们老大不小还没有女朋友你们着急吧？我也到了这个年纪，也该有女朋友了，可没有钱哪来的女朋友？爷爷奶奶就像心疼你们孙子那样心疼心疼我，买盒冷敷贴回去试试。

老人们相互看看，他们都老成这样了，哪还有能力心疼别人？家里孙子有半年没见，把小浑蛋一手拉扯大，长翅膀飞了。林老太买了两盒，她家里没孙子，倒是有个孙女，孙女乖巧懂事，上个月还给虎子织了件毛背心。孙女是个好孩子，虎子是条好狗。这小伙模样不赖，和孙女有没有缘分?

毛毛促销不果有点急,他说人要学会爱自己,老年人更要活得舒坦!谁知道哪一天呜呼哀哉挂掉?前几天也有老人在这里开支,他一箱子冷敷贴被哄抢,那才叫会生活。这话不中听了,那些人啊,都是公务员和事业单位的,工资比我们高出好几倍。

大家越说越来气。赵老头都把那顶绒线帽摔地下,他同学就是公务员,比他多开四千块!四千块呀!赵老头把地上的帽子用车轱辘碾。老太婆只顾看热闹,这些老家伙怎么吹胡子瞪眼翻脸了?黄毛小伙子刚刚说什么了?不就是夸自己的膏药好,包治百病、哪疼贴哪!那东西肯定比去痛片效果好!不行就偷偷拿私房钱买。她当然有私房钱,以前捡破烂攒一点,到老头家又攒一点,呵呵……

秦美人走过去,赵老头还以为她要揭发自己身上的异味。谁想到呢,她弯腰把帽子从地上捡起来,然后用手掸掸灰,放到他腿上,还亲热地望他一眼。赵老头眼窝发烫,他们已经好多年没讲话了,时间不光能把黑头发变成白头发,也能将心里的恩怨一点点化开。后来他看见孙女穿上弹力裤,那裤子把两瓣屁股丫子中间那条沟都勒出来,后来他看见有闺女露着肚脐子上大街,后来他还看见有人把头发染成红毛、绿毛、黄毛,秦美人那牛仔裤算个屁?现在她出落得人模狗样,走路都带着风。听说还要参加春晚,见过世面人就大派了!好……用?什么?膏……药。那当然,你可以试试!

赵老头说,来、来!老太婆说,来了、来了!赵老头说,来!已经在这儿了。钢镚一个都没少,有一个滚到椅子底下,我给捡回来了。赵老头朝毛毛使劲,来、来!老太婆不解,你叫他来?对、来!赵老头从挎包里摸钱,来……二百块的!毛毛开心地接过一沓钞票。他尊重货币,聚

吉日 / 387

沙成塔,积土成山,不鄙视零钱。膏药被赵老头揽在怀里,秦美人正朝他笑呢!来……再来……二百块!这老头脑袋被门挤了!老太婆问,买这么多?和……你……一起……用!

赵老头是毛毛今天最大一单生意,谢谢爷爷,您可以随时电话我,不光买药,家里有力气活也没问题,就把我当您孙子用。您的消费已经达到我们公司会员级别,春天我们会组织踏青一日游,挖野菜、品尝农家菜,到时候我联系您!老太婆今天蛮开心,虽然挨一顿骂,却获得了比索米痛片更昂贵的膏药。春天还能去挖野菜,预想不到的事,生活充满希望!此时赵老头满面慈祥,他正回味着那个明媚的微笑。

小周经理从办公室出来,今天电话绵长,外面都做成好几单生意了。毛毛此时的心情好比四月天上的云彩,姐姐您忙,等下我还要去送货,改日再聊。他朝大家挥挥手,记得给我打电话哦,爷爷奶奶再见,秦阿姨再见!毛毛一阵风样出了门。秦美人,你和这小子认识?他叫毛毛,大家都刚刚认识的!我听他喊你秦阿姨,他知道你姓秦?你们不是叫我秦美人吗?这孩子机灵,就秦阿姨了!刚才有人喊你秦美人吗?她朝老岳头一指,他叫的,秦美人、秦美人,唱戏一样!王大个质问,刚刚你喊她秦美人了?我喊了吗?喊了吧!

门口又进来一个人,黑衣黑裤,脖子上顶着一张大红脸,像蒙着一块红色遮羞布,手里拎着一瓶红星二锅头。虎子汪汪着扑过去!他没好气地朝虎子屁股踢一脚。虎子本想跳起来和他掐,看那手里的酒瓶也就作罢!过一段它还要去参加狗狗选美大赛,给破了相不划算。人们交头接耳,看,林老太儿子,这小子卖毒馒头给罚了一大笔。毒馒头?就是往白面里掺漂白粉。这么缺德的事都干得出来?还不是为了多挣钱!这样的人就该给抓进去。我还买过他的馒头呢。个头大,面还白,原来是放了漂白粉！事后他成天向老妈要钱买酒喝,这都追到银行了。

林老太已经将头缩进衣领里,她正努力把自己的体积缩小再缩小,由一个长方体变成球体,就像玳瑁。她都开始羡慕玳瑁了,把头藏起来天王老子都不怕。然而她不是玳瑁,身上更没有硬壳,那件褪色的枣红羽绒服早被儿子看在眼里。他一屁股拱到林老太身边,一张脸皱皱的,也不知是愁眉苦脸还是没洗脸,对着他老妈直打哈欠。林老太把头从衣领里挪出来,你就先回去,这边一时还轮不到我,晚上让孙女来家里拿。

红脸男人看看身边的老谢头,你也没拿到钱？早着呢,再有两个小时也排不到。红脸男人翻白眼,撒谎,钱早被你藏在兜里。老谢头用拐杖敲地,真有意思,我钱到没到手有你什么事？别说你,我儿子都管不着,你算什么东西？红脸男人喝一口酒转过身,你呢？你们这些人都没排到？老人们要么闭眼要么低头,有人干脆把身子扭个一百八十度。谁愿意和这么个浑蛋掰扯？

红脸男人歪在林老太肩上迷糊,他困了。你先回去,回去吃碗热汤面,然后睡一觉。红脸男人一听热汤面来了精神,他喜欢热汤面,里面打上鸡蛋,放上对虾,配以青菜和红辣椒,再撒上一层胡椒粉,当然还需一瓶牛二。他对吃喝很在意,不管有钱没钱都不能在饮食上丢掉尊严,于是撒娇似的抿抿嘴,那你先给点钱买面去。林老太摇头,真的还没排到我。

红脸男人咆哮,还热汤面？冷汤面都没的吃。那娘们儿不知死哪儿去了,丫头片子也不着家！林老太知道没人愿意守着这个败家的,孙女现在最紧的不是找工作而是找对象,早点离开她这不成器的爹。钱说什么也不能交给他,这浑蛋转身便换酒喝。

吉日 / 389

红脸男人卷起裤腿露出一块青紫，早晨下楼梯摔的，你先给点钱买瓶红花油。林老太拿出膏药，你先贴上这个，刚才一个小伙子卖的。红脸男人拿膏药放鼻子下面闻闻，多少钱？二十五一盒，买二赠一，我留一盒，剩下你拿回去。太贵了，药房里才几块钱。你有钱帮助卖假药的，没钱心疼自家儿女。这个和药房的不一样，你秦姨刚刚试过，她说效果很不错。都是蒙人的，没准儿她私下里拿回扣。

秦美人不干了，你撒酒疯也要找个好地方，一把年纪还啃老，把你祖宗的脸都丢尽。红脸男人拎着酒瓶子走过去，现在他走到哪儿都拎着它，酒能壮胆，酒瓶子能吓唬人！老人们纷纷站起来。

林老太扯住儿子，红脸男人发现他老妈身后背着包，那里面肯定有钱，刚才都买膏药了！他转移目标反手拉住拎包带儿。林老太死命护着不愿给，秦美人跑过来了，王大个跑过来了，虎子也跑过来了，连赵老头都让老太婆推过来匡扶正义，大家齐心合力筑成一道斜扭歪垮的篱笆把林老太挡在身后。

红脸男人骂，我和我妈要钱，又没和你妈要钱！一个个狗拿耗子。他用余光寻找机会，王大个那儿不行，他是整个队伍中最强壮的，走路不晃也不用拐棍，那个胖老头门板一样，也不好对付。他决定从下面钻过去，老家伙们腿脚都不好，比较容易攻克。可细看除了棉裤腿还有木头腿，足足十几条拐棍。红脸男人心里有数，今天喝得不多，他意识清醒，拐棍比那些老腿强硬得多，十几条抡起来不是好玩的。不能盲目！

红脸男人用余光看见最边上有个豁口，一台轮椅上坐着个瘦削老头，队伍到他那儿就矮下去一截。很好，他拎着酒瓶晃过去，赵老头一点都没退缩，同时还有一点兴奋，年轻时他在大街上徒手制服过两个小偷。他命令老太婆，冲！红脸男人奇怪，平时人们一见他手里的酒瓶都躲得远远,胆子小的撒开脚丫子跑。这老头什么情况?

赵老头脑溢血,说话连不成句,但一个字一个字往外迸很痛快!冲、冲、冲,赵老头情绪激昂,平时老太婆万不会这么听话,对方还拿着酒瓶,岂不找死?可今天老头子给她买了那么多膏药,她愿意和他一条心,她脚下发力带着助跑。咣当,红脸男人被撞翻在地,连酒瓶子都撞碎了。赵老头向四周看看,居然没人给他叫好!赵老头指使老太婆继续冲,老太婆不同意,人都倒了,再冲,这浑蛋肚子就放炮了!

红脸男人躺在地上哭,说他今天太倒霉,早晨摔了腿,现在又被撞,家里老婆跑了,丫头走了,他一个人还活个什么劲儿。他忽然一指林老太,都是你个护犊子的,我小时候懒,你就让老大帮我写作业,考试怕我不会,教我在胳膊上打小抄!没文化哪里会有好工作?老大自己写作业就有文化,就有好工作。

红脸男人坐起来,老大房子好几套,和他借钱却没有。说到钱他又躺下了,现在他腰也闪了,头也撞了,他要去医院做CT(电子计算机断层扫描)、做心电图、做X光,还得吃跌打损伤药,加起来一共是……?红脸男人躺在地上掰手指头。

王大个上前,你做毒馒头害了多少人?你赔偿了吗?我还买过你的馒头!我也买了,还有我!赔钱!赔钱!红脸男人辩白,这世上比我坏的人多了,贪污腐败、男盗女娼、大偷小摸,他们都赔偿了吗?有本事找那些人去,我不就放点漂白粉,我是按照十比一的比例,放得也不多!风水轮流转,瓦片都有翻身的时候,何况我!

小周经理带着保安过来,刚刚她在后面写总结,前边怎么打起来了?水倒上,号排上,连烟灰盒都准备好了,可还是不太平。满大堂的酒气和烟火气。这些老家伙合伙欺负我,他们得赔我医疗费。保安说,这

吉日 / 391

里是银行,你该去醒酒室才对。红脸男人觉得这小子和自己过不去,一口恶痰飞出去,还好保安闪身快,小周经理让赶紧拨打110。林老太拉住她,都有浑浊的老泪在眼眶里。姑娘,千万别,别打110,我那俩钱只够给他交个养老保险、喝碗粥,他被抓进去还得拿钱往外赎,上次的罚金都是跟亲戚借的。

老人们摇着头,口里就苦涩起来,心里就彷徨起来,没着没落的。他们都是从企业退下来,总共没几个退休金,生活多半局促。不省心的儿女还要从自己饭碗里挖,老胳膊老腿,谁不是一身病?有些药医保不承担,这点钱在他们兜里热乎不了几日便要散出去。他们不是惜财,是怕。儿女靠不住,单位靠不住,只有兜里的钱最靠得住。钱于他们远远比儿子亲,天下的儿子哪个能孝顺过钱?要酒有酒,要肉有肉,不用心焦不用催促,再体贴不过。

红脸男人刚刚被酒瓶的碎玻璃扎一下,脑门那儿有血流下来,红红的,像一条匍匐的蚯蚓。林老太用卫生纸给他擦,回去把膏药贴上,回去吧!红脸男人捏着膏药走了。

赵老头今天特开心,八十几岁还能参加这样的战斗,以后怕是再没机会了,跟儿子说他会信吗?儿子比林老太家的浑蛋不知要强多少,经常给他送水果。老太婆今天也勇敢,等膏药用完再买几盒。窗口的小姑娘递出最后一笔钱,伸着懒腰长呼一口气,老人们该拿的钱拿了,该说的话说了,不该买的膏药也买了,他们拎着兜挎着包,秦美人扶着林老太,老太婆推着赵老头,下一个吉日见!外面雪更大了,脚踏上去就是一个洞,那街上的人个个顶着一头白发,也看不出哪个年老哪个年轻!

发表于2019年第6期《大家》